Dieses Buch ist für Mary Kittredge

Danksagung

Für die Hilfe und Ratschläge zu diesem Buch möchte ich den anderen Mitgliedern des Workshops meinen Dank aussprechen: Bruce Bethke, Peg Kerr Ihinger und Pat Wrede; David Dyer-Bennet; Harry F. Leonard; meiner Lektorin Carol Kennedy; meiner Agentin Eleanor Wood; meinem Verleger John Silbersack; meiner Frau Felicia Herman; Diane Duane für die Schluckaufkur; und besonders – für die Unterstützung bei einer noch andauernden Forschung zum Thema Vaterschaft – meiner Tochter Judith Eleanor Rosenberg.

Die zerspellten Inseln
N
W
O
S
Insel Salket
ZIRRISCHER SEE
Lundeport
Lundeyll
Ehvenor
Faerie
Melawei

Das Tal
Bremon
Sciforth
Heim-Tabernakel der Gemeinschaft von der Heilenden Hand
Wüste von Elrood
AERSHTYL-
dathaway
Metreyll
Aeryth
Handelsweg
GEBIRGE
Therranj
Aershtyn
Khar
Die Soda-Ebene
Holtun
Bieme
Nyphien
MITTELLÄNDER
Das Kathard
HP

PROLOG

DER TRAUM IST DERSELBE

Der Alptraum ist immer derselbe:

Wir versuchen, aus der Hölle zu entkommen. Eine ganze Schar von uns läuft durch die schleimigen Flure. Alle, die ich jemals geliebt habe, sind dabei; außerdem fremde Gesichter, von denen ein paar mir eigentlich vertraut sein müßten.

Hinter uns tobt eine kreischende Dämonenhorde; einige Gestalten sehen wie einem Horrorcomic entsprungen aus, andere wie mißgestaltete Wölfe. Sie alle hatten mir einen so fürchterlichen Schrekken eingejagt, daß ich kaum die brennendheiße, stinkende Luft einatmen konnte. Die Wände drohen auf mich herabzustürzen, doch ich stoße ihre heiße, schleimbedeckte Oberfläche weg.

Der Ausgang befindet sich direkt über unseren Köpfen, ein Spalt in der Wand, und die Menge beginnt hindurchzudrängen. Ich kann nicht sagen, wer schon durchgekommen ist, ich kann nur hoffen, daß meine Kinder dabei sind. Bitte.

Einigen von uns ist die Flucht gelungen, aber für den Rest gibt es keine Möglichkeit mehr: Die Dämonen nähern sich zu schnell und werden uns packen.

Und dann sehe ich ihn: Karl Cullinane, Jasons Vater, steht hoch aufgerichtet mit strahlendem Gesicht da, Hände, Brust und Bart mit frischem und geronnenem Blut befleckt.

»Wir müssen die Gänge halten!« ruft Karl. »Wer ist dabei?«

Er lächelt, als hätte er sein ganzes Leben lang auf diesen Moment gewartet, der verdammte Idiot. Ein paar Gestalten schieben sich aus der Menge nach vorn, alle bluten, und einige von ihnen gehen gebeugt.

Als erstes fallen mir Kosciuszko und Kopernikus auf, obwohl beide kleiner sind, als ich dachte.

Dann tritt ein buddhagesichtiger Chinese vor. Sein Antlitz glänzt vor Schweiß, den er nicht zu bemerken scheint. »Ein Boddhisattva«, trägt er vor, »ist ein Mensch, der sich dazu verpflichtet, nicht eher den Himmel zu erlangen, bevor der Rest der Menschheit es vollbracht hat.«

Ein anderer Mann steht aufgerichtet und schlank wie ein Schwert da; doch er scheint nicht zu spüren, daß seine rechte Brustseite aufgeschlitzt ist – man kann seine graubraun schimmernde Leber sehen. »Natürlich«, sagt er und nimmt seinen Platz neben einer dünnen, falkengesichtigen Frau ein, die ein Gewand wie eine Begräbnisrobe trägt. Das Gewand brennt so heftig, daß ich ihr Fleisch brutzeln höre. Sie windet sich im Schmerz, aber das hält sie nicht auf.

»Moi aussi«, sagt sie.

Zwei nichtssagende Männer treten gemeinsam vor. »Noch einmal, Master Ridley«, sagt der erste mit einem ausgeprägten britischen Akzent.

Der andere schüttelt den Kopf und lächelt müde. »Ich dachte ... aber nein: dann eben noch mal ...«

Ein vollbärtiger und gewichtiger Mann, der noch immer seine Henkersschlinge trägt, drängt sich mit vor Wahnsinn aufgerissenen Augen nach vorn, Schulter an Schulter mit Georgie Patton persönlich.

Die Menschheit fließt an uns vorbei, und meine einzige Sorge ist, nicht mit ihr davongeschwemmt zu werden.

Zwar kam mir der Gang schon die ganze Zeit eng vor, vielleicht sieben Meter breit, doch die Menschenkette – Tausende, mit eng verschränkten Armen – reicht nicht ganz von einer Seite zur anderen.

Sie brauchen noch eine Person, um die Reihe zu schließen – oder es ist alles umsonst, denn die Dämonen kommen rasch näher.

Noch einen. Sie brauchen immer einen mehr.

Karl schaut mich an – alle schauen mich an: Brown, Ridley, Joan, Ahira, Horatius, alle –, Erstaunen liegt auf Karls blutverschmiertem Gesicht. »Walter? Worauf wartest du noch?«

Dann wache ich auf.

TEIL EINS
HAUSAUFGABEN

Kapitel eins

In dem ich einen Morgen auf Schloß Cullinane verbringe

Wenn du nicht glaubst, daß Sex eine heiße Sache ist, dann tob dich doch mal aus.

– WILL SHETTERLEY –

Mein Name ist Walter Slowotski.

Soweit ich es ausrechnen kann, müßte ich innerhalb der nächsten Zehntagesfrist dreiundvierzig werden. Vielleicht wäre es langsam an der Zeit, erwachsen zu werden. Ich habe die letzten Dekaden verschiedentlich als Held, als Händler, als Farmberater, als Dieb und als Jeffersonscher Politfanatiker verbracht. Ach ja, und als Mörder. Einzel- wie Großhandel. Ich bin eine Art Hansdampf in allen Gassen.

Weiterhin habe ich es zum Vater zweier Töchter gebracht (soviel ich weiß jedenfalls, denn ich … ich, äh, bin etwas herumgekommen), habe einige hundert interessante Aphorismen kreiert und mit einer sogar noch größeren Auswahl interessanter Frauen geschlafen als zu meiner Collegezeit (siehe oben), einschließlich der zukünftigen Frau meines zweitbesten Freundes. (Zu der Zeit kamen wir noch nicht so gut miteinander aus. Und als er es herausfand, brachte er mich beinahe um. Doch am Ende blieben wir Freunde.) Und einige Jahre später schlief ich auch mit seiner Adoptivtochter. (Das hat er nie herausgefunden. Ich bin mir noch immer nicht sicher, wie das ausgegangen wäre.)

Da bin ich also und komme in die Jahre. Mir stehen einige größere Veränderungen in meinem Leben bevor, und ich dachte mir, ich begegnete dem auf meine Weise. Ich könnte daher ebensogut mit dem Essen anfangen.

Essen ist ein wichtiger Teil meines Lebens. Die allmorgendliche Menschenmenge lief zum Frühstück zusammen, und auch ich war in dem Haufen dabei.

Sich in einem neuen Schloß einzurichten nimmt viele Stunden in Anspruch und macht einen gesunden Appetit. Den habe ich sowieso immer gehabt, ob ich nun einen Kater hatte oder nicht.

»Reich mir bitte den Speck rüber«, sagte ich. Den Geschmack von Nitraten vermisse ich nicht; in Bieme versteht man sich gut auf das Räuchern von Schweineteilen. Schon der Gedanke an Bohnen und Haxen auf biemestrische Art läßt mir das Wasser im Munde zusammenlaufen.

»Hast du's eilig?« Jason Cullinane gestikulierte mit einer Gabel. »Vater pflegte zu sagen, daß der Tod immer bis nach dem Frühstück wartet.«

Er sah abscheulich frisch für diese verdammte nachtschlafene Morgenstunde aus: das Gesicht gewaschen, das dunkelbraune Haar feucht zurückgekämmt und die Augen leuchtend. Teufel noch mal, ich wäre nicht überrascht gewesen, wenn ihm ein buschiger Schwanz gewachsen wäre.

Mein Mund schmeckte nach Galle und schalem Whisky, und mein Kopf schmerzte. In der Nacht zuvor hatte ich etwas zuviel getrunken, aber nur ein wenig zuviel, entschied ich: Mein Kopf pochte nur, er hämmerte nicht.

Es ist eine Sünde, gutes Essen verkommen zu lassen, und ich wähle meine Sünden gerne sorgsam aus. Ich biß in ein dickes Stück Schinken und spülte es dann mit einem großen Schluck Milch aus einem glasierten Becher hinunter. Milch sollte fast so kalt sein, daß einem die Zähne weh tun.

»Mein Kind«, sagte ich, »diesen Ausspruch hat dein Vater mir gestohlen. Wie die meisten seiner guten Sprüche.«

Ich wurde mit aufblitzenden Zähnen belohnt – diese Art Lächeln, die sein Vater immer zur Schau trug. Trotz des Zehntagebartes, der seine Wangen und sein Kinn verdunkelte, konnte man ihn schwerlich als einen Erwachsenen bezeichnen. Er sah so verdammt jung aus.

Sein Blick schweifte in die Ferne, als ob er über etwas nachdenken würde, und nur für einen Augenblick huschte der Schatten der anderen Seite seines Vaters über sein Gesicht, und das hatte etwas Entferntes und Kaltes. Aber der Augenblick zog vorbei, und er sah wieder wie fünfzehn aus, obwohl er sogar einige Jahre älter war. Ein braves Kind.

Eigentlich schlug Jason Cullinane eher nach seiner Mutter. Ich konnte Andreas Gene an der Form seiner Wangenknochen und seinem Haarwirbel erkennen und in den warmen, dunklen Augen. Aber man konnte mehr als nur ein wenig von Karl Cullinane sehen – hauptsächlich in der Form des Kinns und der Schultern. Ich würde sagen, daß es mich manchmal beinahe ängstigte. Doch jedermann weiß, daß sich der große Walter Slowotski nicht fürchtet.

Was nur zeigt, wie wenig jedermann weiß.

»Speck?« Ich zeigte auf die Platte.

Tennetty gab sie schließlich weiter. »Wozu die Eile heute morgen?«

»Wer hat denn von Eile gesprochen? Ich bin hungrig.« Als ich Tennetty vor Jahren zum erstenmal traf, jagten Karl und ich eine Horde Plünderer, die gerade Heim überfall hatten. Tennetty kam aus einem Sklavenwagen herausgestolpert, eine farblose, magere Frau von der Art, die man leicht übersieht. Keine Charakterzüge in ihrem Gesicht, keine interessanten Narben.

Selbst in Anbetracht dieses anfänglichen Aussehens hatte Tennetty sich über die Jahre nicht sehr gut gehalten; ihr knochiges Gesicht fiel am Morgen in sich zusammen, und der Flicken hing locker über ihrer leeren linken Augenhöhle. Sie rieb an der Wunde, die sich um ihr heiles Auge herumschlängelte; dann warf sie den Kopf herum, um die Haarsträhnen vor den Augen beiseite zu schleudern – also gut, nur *dem* Auge. Vielleicht wurde Tennetty in letzter Zeit etwas nachlässig. Früher hätte sie ihr Haar nicht so lang wachsen lassen, daß es ihr ins Gesicht gefallen wäre.

Damals, in den alten Zeiten. Der Ärger mit den alten Leuten ist der, daß sie über die alten Zeiten immer so reden, als wären es die guten Zeiten gewesen. Das nehme ich ihnen nicht ab. Vielleicht weil ich ein gutes Gedächtnis habe – ich erinnere mich an zu viele Tage draußen auf der Straße, an denen ich auf dem harten Boden schlief. Doch niemals tief, denn es stand immer Ärger an. Zum Teufel, damals waren wir auf Ärger aus. Das gehörte einfach dazu.

»Und?« fragte Jason. »Was hast du heute morgen vor?«

»Ich habe eine Verabredung mit einem Bogen und einigen Kaninchen – vielleicht auch mit einem Hirsch«, antwortete ich. Vielleicht auch mit etwas anderem. Ich war wahrscheinlich eher mit dem Ast einer Eiche verabredet. Nein, nicht um daran zu hängen, sondern um einige Pfeile hineinzuschießen.

Tennetty nickte verständnisvoll. »Du und der Zwerg?«

Ich schnaubte, aber die Bemerkung hätte mich eigentlich nicht überraschen dürfen. Selbst nach zwanzig Jahren war Tennetty noch immer nicht aufgefallen, daß Ahira nicht gern jagen ging. Wenn es nicht unbedingt notwendig war, auch nicht nach Nahrung – und als Sport schon gar nicht.

»Ist nichts für ihn. Ahira schläft noch.« So war das eben mit meiner Familie.

Es war, wie sooft, später als spät geworden, aber die Sonne war noch nicht einmal richtig aufgegangen. Ich machte ihr das nicht zum Vorwurf. In der Stunde kurz vor Tagesanbruch möchte ich langsam in ein Bett hineinwanken, um zu schlafen, und nicht herausstolpern. Es war untypisch für mich, zu dieser Stunde wach zu sein, aber ich habe schon vor langer Zeit gelernt, untypische Dinge zu tun – das hält einen jung und manchmal am Leben.

Oder ich machte mir nur selbst etwas vor. Ich bin nie sehr konsequent gewesen. Vielleicht war ich wegen der verdammten Träume und wegen Kirah aufgewacht.

Ich schenkte mir noch eine Tasse Tee ein. Ich weiß nicht, was U'len hineinmischt, aber er roch angenehm nach Nuß, und das mochte ich inzwischen sehr gern. So etwas hätte ich in meiner Zeit auf der Straße nicht zu trinken gewagt – denn man kann es den ganzen Tag im Schweiß riechen; wenn du auf der Straße lebst, ißt du das gleiche wie die Einheimischen, und wenn nicht, dann halte dich zurück – aber der Tee schmeckte wirklich gut.

Jason beobachtete mich fragend über den Rand seines Bechers hinweg. »Geht's dir gut?«

»Alles in Ordnung«, sagte ich leichthin. Lügen fallen mir immer leicht. Tatsächlich habe ich in letzter Zeit eine Menge Probleme mit dem späten Einschlafen. Und das waren nicht mal die einzigen Probleme. Nach mehreren Jahren, in denen es Kirah besser ging, verschlechterte sich ihr Zustand nun wieder. Manche Dinge vermag selbst die Zeit nicht zu heilen. Manche Dinge bleiben einfach unter der Oberfläche und schwären weiter.

Verdammt noch mal, es war nicht meine Schuld. Bevor ich sie damals getroffen hatte, bevor Karl und ich sie befreit hatten, war Kirah mißbraucht worden. Einer ihrer Besitzer war mehr als nur brutal gewesen, und während ihr Körper auch keine Narben trug – glaub mir, in glücklicheren Tagen haben wir dies *sehr* sorgfältig erforscht –, hatten die Verletzungen ihrer Seele im Laufe der Jahre weitergewirkt.

Es mußte schon ein Wunder geschehen, doch ich hatte keines zur Hand.

Wir von der Anderen Seite haben manchmal scheinbar Wunder gewirkt, aber das ist nur eine Frage des Scheins – wir haben einfach die Fertigkeiten eingesetzt, die wir mitgebracht oder beim Übergang erlangt hatten. Wir waren ursprünglich sieben Personen: ich, ein Student der Agrarwissenschaft, Karl, ein Dilettant; James Michael Finnegan hatte Computertechnik studiert, Andrea Englisch, Doria Hauswirtschaftslehre, Louis Riccetti Ingenieurwesen und der verstorbene Jason Parker (R. I. P. – er überstand nicht einmal vierundzwanzig Stunden auf Dieser Seite) Geschichte.

Die angemessene Behandlung für Kirahs Leiden war auf Dieser Seite nicht zu bekommen. Ob sie auf der Anderen Seite zu bekommen wäre, sollte man nur dann erörtern, wenn man gerne über sinnlose Fragen debattiert. Psychotherapie kann wohl helfen, aber sie kann keine Wunder wirken.

Die angemessene Behandlung für das, worunter *ich* litt, konnte man wahrscheinlich, wenn man von der letzten Nacht ausging, zwei Zimmer entfernt von Kirah und mir finden – im Bett von Jasons Adoptivschwester Aeia. Natürlich nur, wenn man davon ausging, daß Aeia da weitermachen wollte, wo wir aufgehört hatten.

Andererseits war es an der Zeit, wieder auf die Straße hinauszuziehen.

Mir gefiel keine der beiden Möglichkeiten besonders. Meine Beziehung mit Aeia wieder aufzunehmen würde gefährlich sein, und andererseits war es sinnvoll, zum gegenwärtigen Zeitpunkt in Jasons neuer Baronie und in Form zu bleiben, um auf Neuigkeiten über Mikyn zu warten.

Mir behagte also keine der beiden Möglichkeiten, zumindest nicht im Augenblick. Ich mochte auch Brens Idee nicht, mich mit Baron Adahan unter einem Dach aufzuhalten. Egal, ob er wirklich deswegen da war, um der Familie zu helfen sich niederzulassen, oder ob er Aeia den Hof machen wollte. Vor allem konnte ich die Tatsache nicht ausstehen, daß es dem Universum offensichtlich scheißegal ist, was ich mag und was nicht.

Jason spießte das letzte Stück Speck auf und legte es auf meinen Teller. »Wir könnten hier draußen etwas mehr zu essen brauchen!« rief er, ohne darauf eine unmittelbare Antwort zu erhalten. Mit der Bedienung stand es noch nicht zum besten.

Tennetty schüttelte den Kopf. »Nicht wie in den alten Zeiten auf diesem Schloß. Damals pflegte man die Diener springen zu lassen.«

Mit einer Bewegung wies er sie an, still zu sein. Es war keine Überraschung, daß es auch jetzt funktionierte. Nachdem sie jahrelang Karls Leibwächterin (das ist die freundlichste Beschreibung dafür) gewesen war, schien Tennetty bei Karls Sohn auf die gleiche Verhaltensweise zu verfallen.

Wir drei saßen allein um den kleinen runden Tisch in dem Raum, der einst die Kammer des alten Schloßkochs gewesen war – ein Kämmerlein zwischen den Küchen und dem offiziellen Speisesaal, dessen fleckige Glasfenster innen wie außen mit Gitterstäben versehen waren.

Tisch und Kammer konnten acht bis zehn Personen aufnehmen, so daß Jason es drei Wochen lang – Verzeihung: zwei Zehntagefristen – als Frühstückszimmer für die Familie in Beschlag genommen hatte, bevor wir angekommen waren, um das zu übernehmen, was einst Schloß Furnael gewesen war und sich jetzt Schloß Cullinane nannte.

Durch das Geklapper der Teller und Schüsseln in der Küche hindurch konnte man U'len hören, die gerade dabei war, einen der jüngeren Köche auszuschimpfen. Ihre Stimme schwoll in gespieltem Ärger an und wechselte dann in gegrummelte echte Flüche über.

Es gibt zwei Theorien: Wenn man davon ausgeht, daß man bei seinen Bediensteten vor allem Erfahrung im Umgang mit den Leuten wünscht, denen sie am Ort dienen sollen, wäre es wohl am besten, einen vollständigen Austausch der Bediensteten vorzunehmen, nachdem Thomen Furnael abgegangen ... Entschuldigung, als Kaiser Thomen fortgegangen war. Plan A hieße also: Scheiß auf das Geld, und laß den Austausch seine zwei Dollar kosten. Nach Plan B sparte man dieses Geld. Hierbei ginge man davon aus, daß es vor allem auf die Erfahrung mit den Örtlichkeiten ankomme, so daß beinahe alle Leute da bleiben, wo sie waren. Schließlich erforderte der Wehrturm an Bediensteten noch nicht einmal ein Viertel dessen, was das gesamte Schloß benötigte.

Beide Möglichkeiten wären vernünftig gewesen und beide hätten funktioniert, aber niemand fragte Walter Slowotski nach seiner Meinung. Ahira und ich brachten dem Jungen das sogenannte Familiengeschäft bei, aber ein Schloß zu führen hat nie wirklich dazugehört, und wir behielten unsere Meinung größtenteils für uns.

Es konnte dann auch nicht überraschen, daß Jason sich auf einen untheoretischen Kompromiß festgelegt hatte: Bring ein paar deiner eigenen Leute mit, behalte die meisten Einheimischen und laß diese und jene überall in diesem verdammten Schloß zusammenstoßen.

Das ist der Grund dafür, daß die Brötchen unten schwarz

waren, mein Zimmer eine ganze Woche lang nicht ausgefegt worden war – obwohl die Blumen täglich ausgetauscht wurden –, und ein heißes Bad ohne ein besonderes Abkommen und eine Menge Überredungskunst einfach nicht zu haben war.

Tennetty warf Jason einen raschen Blick zu. Er nickte, und sie wandte sich wieder an mich. »Brauchst du Begleitung?«

»Wie bitte?«

»Brauchst du Begleitung? Beim Jagen?« Sie legte den Kopf auf die Seite. »Wir sprachen doch übers Jagen, oder nicht?«

»Ja. Nein, eigentlich nicht, keine Begleitung«, antwortete ich und änderte dann meine Meinung. »Also gut, ich hab's mir anders überlegt. Wenn du nichts Besseres zu tun hast, dann komm mit.« Falls man sich nicht gerade wie der Weiße Ritter ausstaffiert, kann man eine zusätzliche Waffe gut gebrauchen. Außerdem war Tennetty eine sehr gute Waffe.

Sie lächelte. »Nichts totzuschlagen hier, außer der Zeit.«

Ich wäre erheblich glücklicher gewesen, wenn sie das nicht erwähnt hätte. Ich wollte den Morgen auf der Jagd mit dem Bogen verbringen, einmal um dem ganzen Ärger zu entgehen, vor allem aber, um in Form zu bleiben. Es macht mir nichts aus, mein eigenes Essen zu töten – damals, als ich Fleischwissenschaft belegt hatte, schlachtete und zerlegte ich mehr als nur ein paar Kühe –, aber es stellt keinen Reiz für mich dar. Tennetty dagegen genoß das Töten. Deswegen hatte ich kein gutes Gefühl, mit ihr auf die Jagd zu gehen.

Offen gesagt, hätte ich beinahe alles über den Haufen geworfen, auf der Stelle. Mit Waffen zu spielen ist ein unangemessener freudianischer Ersatz, wie groß und männlich der Bogen auch sein mag oder wie weit oder schnell er schießen kann.

Jason runzelte die Stirn. Manchmal kann ich beinahe Gedanken lesen: Es war für ihn leicht gewesen, Tennetty die Erlaubnis zu geben, mich zu begleiten. Aber es fiel ihm schwer zu entscheiden, ob sein Sinn für Pflichterfüllung dagegen sprach oder sogar von ihm forderte, daß er selber mitkam.

Schließlich gelangte er zu dem Schluß, daß es ihm doch Spaß machen würde; allerdings hätte ich keine Wette angenommen, über welchen Umweg er zu diesem Ergebnis gekommen war.

»Ich bin lange nicht mehr auf der Jagd gewesen«, sagte Jason und schüttelte sich für einen Augenblick die Last der ganzen Welt von den Schultern. Er entspannte sich, aber nur ein klein wenig.

Ich war kurz davor, dies zu einer Lektion darüber zu machen, daß man eine Einladung nicht unbedingt annehmen muß, aber ich entschloß mich dann, die Gelegenheit verstreichen zu lassen. Seit sich Jason die Silberkrone des Kaisers von Holtun-Bieme für die Baronie eingehandelt hatte, hatte er nicht mehr viel Zeit zur Entspannung gefunden, und die hatte er wahrlich verdient. »Sicher«, sagte ich. »Komm mit.«

»Guten Morgen«, wünschte uns Aeia Cullinane, als sie zusammen mit meiner Tochter Janie den Frühstücksraum betrat. So wie die beiden Licht in meinen Tag brachten, machten sie ihn auch kompliziert.

»Morgen, Vati. Morgen zusammen.« Janie beugte sich herunter, um meine Wange zu küssen. Kurzes schwarzes Haar und ein Pony, der die ganze Zeit über die Augen zu fallen drohte, magere Glieder, die beinahe täglich voller wurden, Männer-Reithosen aus Leder und darüber ein Musselinhemd, das eng gegürtet war und die schlanke Taille sowie die sanften Kurven betonte: meine jugendliche Tochter. Knapp sechzehn, aber sechzehn auf Dieser Seite und nicht sechzehn auf der Anderen Seite. Mir kommt es vor, daß die Menschen hier schneller wachsen, als ich es von dort in Erinnerung habe.

»Morgen, meine Süße«, erwiderte ich.

Sie rutschte auf den Stuhl an Jasons Seite und griff nach einem großen Stück Brot, während Aeia in einer Pose verharrte, bei der sie so tat, als müßte sie sich entscheiden, wo sie sitzen wollte. Mir machte das nichts aus, sondern ich genoß den Anblick.

Ein scharfer Verstand verbarg sich hinter den klaren Augen, die ein kleines bißchen schräg zu sein schienen. Ein Teil ihres sonnengebleichten Haars war zu einem Pferdeschwanz zusammengebunden, während der Rest ihr Gesicht umrahmte, wobei einzelne Haarsträhnen die hohen Wangenknochen berührten. Sie trug, wenn man überhaupt davon sprechen kann, daß sie angezogen war, ein kurzes weißes Seidenhemd, dessen schräg geschnittener Saum links etwa kniehoch und rechts auf der mittleren Höhe des Oberschenkels verlief. Es war ein großartiger Anblick, aber wahrscheinlich kein großartiger Einfall, denn die Wachen, die überall herumstanden, waren ein ziemlich roher Haufen.

Jason blickte seine Adoptivschwester finster an. »Tust du mir einen Gefallen?«

Sie legte den Kopf zur Seite. »Kommt drauf an.«

»Zieh dir was an, bevor du deine Kammer verläßt!« Die Stimme des Haus-und-Hof-Meisters paßte noch nicht ganz zu ihm, aber er wurde schon besser.

»Und wie nennst du das?« Mit der Hand strich sie an einer Seite hinunter.

»Ärger. Ich weiß nicht, was du in Biemestren getrieben hast, aber so geht das hier nicht.«

»Oh«, sagte sie, womit sie das Thema eher umschiffte, als darauf einzugehen. Als sie sich neben mich setzte, lächelte sie mich an und legte mir kurz ihre warme Hand auf den Arm, während sie ihr Bein gegen meins drückte. Nicht nekkend, nur berührend.

Das erkläre mir mal einer: Warum sind Frauen zwei Grad wärmer als Männer?

Und warum gerate ich immer wegen der Frauen in Schwierigkeiten?

Dabei ist es wirklich einfach, jedenfalls das meiste: Ich mag die, mit denen ich schlafe, ob sie nun ihre Kleider anhaben oder nicht, ob sie sich ausziehen wollen oder nicht. Dann füge ich dem Ganzen etwas Hofieren und, na ja, Charme hinzu, ziehe ein Gefühl der Verzweiflung ab, das die meisten Männer in der Nähe schöner Frauen befällt, und mache meine Sache gut – oder komme in Schwierigkeiten, je nachdem, wie man es betrachtet.

Tennetty beäugte ihre Fingernägel. »Ich würde mir keine Sorgen machen. Wenn es hier irgend jemanden gäbe, der nicht weiß, was passiert, wenn er Hand an Aeia oder Janie legt, dann werde ich es erklären ...«

»Vielen Dank, Ten«, tönte es von Janie, die gerade in ein Stück Brot biß, »aber ich kann für mich selber sprechen.«

»... und falls ich Hilfe brauche, sind Durine, Kethol und Pirojil immer zur Stelle.« Tennetty betrachtete die Schneide eines Messers, von dem ich gar nicht bemerkt hatte, wie es in ihre Hände gelangt war. Wie ich zu sagen pflege, morgens bin ich zu langsam. »Ich glaube allerdings nicht, daß ich Hilfe brauche.«

Jason wischte den Einwand mit einer Handbewegung beiseite. »Das habe ich nicht gemeint. Ich möchte nicht, daß Bren jedesmal an die Decke geht, wenn jemand zu Aeia hinüberschielt.«

»Keine Sorge.« Aeia lächelte erheitert bei dem Gedanken an Bren Adahans Eifersucht. »Vielleicht ist er zu beschäftigt damit, mich zu beobachten, um seine Hände auf Janies Hintern zu legen. Es ist nämlich wichtig, das Männervolk zu beschäftigen, hat mir Janie gestern abend verraten.«

Sie warf Jason einen Blick zu und drehte sich dann zu mir um, um festzustellen, ob ich schon etwas bemerkt hatte. Ich gab vor, nichts zu bemerken, worauf sich ihr Lächeln noch verstärkte.

Jason wurde nicht gerade rot. Andererseits setzte Janie ein gelungenes Pokerface auf. Als sie sich ihm wieder zuwandte, war das Lächeln vollständig aus ihrem Gesicht verschwunden.

Ich nehme an, ich hätte mich darüber ärgern sollen, aber anscheinend ist bei meiner genetischen Ausstattung ein Teil der Elternschaft vergessen worden: Der Gedanke, daß meine Tochter sexuell aktiv ist, kümmert mich nicht. Tut mir leid. Solange sie zweimal im Jahr die Spinne oder die Eareven-Klerikerin besucht und Vorsorge für sich treffen läßt – etwas, worauf ich im ersten Jahr nach dem Eintreten der Regel bestanden hatte –, hoffe ich einfach nur, daß es ihr Spaß macht.

Wenn jemand versuchen würde, ihr Gewalt anzutun oder sie zu verletzen, wäre das etwas anderes, aber das ist kein Sex, verdammt noch mal. Ich würde mit dieser Sorte Abschaum das gleiche machen wie mit dem, der damals ihre Mutter vergewaltigt hat. (Und ich würde es nicht langsamer machen. Das macht die Sache nicht besser, und es macht die Leute nicht toter als tot.)

Trotzdem wollten sie vor mir verheimlichen, was zwischen Janie und Jason lief. Das sollte die Sache einfacher machen, denn Jason und ich hatten schon genug, worüber wir stritten.

Aeia fuhr fort: »Aber wenn ich bei meinen Beziehungen Hilfe brauche, werde ich es dich sicher wissen lassen.«

Jason hatte nicht den geringsten Verdacht. Er war ein zu schlechter Schauspieler, um nicht jedem einen Blick zuzuwerfen, hätte er es gewußt. Janie schien auch nicht darauf einzugehen, was aber nichts zu bedeuten hatte.

Ich erwiderte Aeias Lächeln auf eine onkelhafte Weise, hoffte ich wenigstens. Wir müßten mal ein ausführliches Gespräch führen, sie und ich, und das müßte wie ein Orchester arrangiert werden.

Aber vergiß das Orchester – welche Tonart wollte ich spielen?

Einer meiner Freunde, ein Schauspielschüler, pflegte zu sagen, daß es im Theater ein altes Sprichwort gibt: »Betrunken und auf der Straße zählt nicht.« Wir waren zwar nicht betrunken, aber auf der Straße gewesen. Und, um die Wahrheit zu sagen, es war für uns beide verdammt gut gewesen.

Vergleiche das mit einer Frau, die sich nicht mehr von mir berühren ließ, die behauptete, daß sie mich liebte, aber in meiner Gegenwart niemals lachte oder lächelte, und deren Schultern in der Nacht von lautlosem Weinen geschüttelt wurden. Erzähl mir nicht, daß du lieber in ihrer Nähe schläfst als bei der, die in deinen Armen liegt, ihr warmer Atem an deinem Hals, ihre Beine mit deinen verflochten, Herzschlag für Herzschlag in Einklang mit dir.

Aber du verläßt deine Frau nicht, mit der du beinahe zwanzig Jahre zusammenlebst, weil sie ein emotionaler Krüppel ist, und du wirfst sie nicht wegen einer jüngeren Frau weg, nur weil diese dir bei jeder Berührung das Gefühl gibt, doppelt so lebendig zu sein.

All das hört sich vernünftig an. Obwohl ich nicht weiß, was du machen würdest. Es gibt mir ein Gefühl, schrecklich alt zu sein.

Als ich jünger war, wußte ich immer, was zu tun war.

Ich fuhr vom Tisch auf. Das schien im Augenblick die angemessene Reaktion zu sein. Der Boden öffnete sich nicht, um mich zu verschlingen. Das ist immer ein gutes Zeichen.

»Jason, Tennetty und ich gehen auf die Jagd«, teilte ich Aeia mit.

Entweder verstand sie den Wink nicht oder hielt nichts von diesem Vorschlag. »Viel Spaß.« Sie zog eine Schnute und griff nach einem Rosinenbrötchen. »Ist Bren schon auf?«

Ich schüttelte den Kopf. »Ich habe ihn noch nicht gesehen.«

Ich dachte einen Augenblick darüber nach, ob das nicht eine rosa Beruhigungspille für mich sei, damit sie sich davonstehlen konnte, um mit Bren zu schlafen, so wie es Janie mit Jason machte. Doch dann kam ich zu dem Schluß, daß solche Fragen zu nichts führten. Es ist mir egal, wer mit wem Bettmusik macht, solange ich nicht allein schlafen muß. Allerdings war das in letzter Zeit genau das Problem gewesen, zumindest eines von vielen.

Außerdem hat Slowotskis Gesetz ungefähr folgenden Wortlaut: Wirf deiner Geliebten nicht vor, daß sie dich mit ihrem zukünftigen Bräutigam betrügt.

Zum Teufel, ich verschwendete zuviel Zeit damit, mir Gedanken über Bettmusik zu machen. Ich stand auf. »Ich mach' mich auf den Weg, Leute.«

Tennetty brach sich ein faustgroßes Stück Brot ab, tauchte es in den Honig und erhob sich ebenfalls. »Laß uns losgehen und etwas töten.«

Das Schloß lag schweigend im goldenen Morgenlicht. Niemand war bei der Arbeit, vermutlich ein Überbleibsel, das auf das Konto von Karls Bediensteten ging. Er pflegte darauf zu bestehen – na ja, er versuchte darauf zu bestehen – lange auszuschlafen, und U'len sorgte, vermutlich in seinem Angedenken oder vielleicht auch einfach aus Gewohnheit, für Ruhe.

»Ich treffe euch bei den Ställen«, verabredete ich mich mit Tennetty und Jason.

Tennetty nickte und rannte zur Hintertreppe, während Jason seinen würdevollen Schritt beibehielt. Ich ging hinauf zu den Gemächern, in denen meine Frau und ich uns zwei Zimmer teilten. Na ja, vielleicht waren es auch drei Zimmer, wenn man den geheimen Durchgang zum Nachbarzimmer mitrechnete. Doch dieser Raum war unbenutzt und der Durchgang von unserer Seite verschlossen. Mir gefällt die Vorstellung, einen Ausgang nach hinten zu haben, doch ich bin vorsichtig genug, um niemandem den Zugang durch die Hintertür offenzulassen.

Kirah lag ausgestreckt auf dem Bett, und die Decken waren zur Seite gerutscht, so daß eines ihrer langen Beine beinahe bis zur Hüfte hinauf zu sehen war. Sonnenlicht fiel auf ihr langes goldenes Haar, und ihre Brust hob und senkte sich in sanften Atemzügen; ihre Arme waren weit ausgebreitet und ihr Mund ein wenig geöffnet – alles vertrauensvoll, unschuldig, verletzlich und lieblich.

Ich fühlte mich betrogen: Ich wollte sie berühren und für einen Augenblick in meinen Armen halten, bevor ich aufbrach, aber ich konnte nicht. Niemals, wenn sie schlief! Eine der Regeln. Nicht meine. Kirah besteht auf ihre Weise auf ihren Regeln. Man kann es passiv-aggressiv nennen, aber es tut ihr weh, wenn ich sie dränge.

Verdammt.

Ich zog meine Baumwollhose aus und eine lederne an –

das Buschwerk kann einen leicht verletzen –, und nachdem ich die Hose zugeknöpft hatte, zwängte ich mich in eine Jagdweste und legte die doppelten Schulterhalfter an, die Kirah für mich angefertigt hatte. Ich gürtete mein Kurzschwert und befestigte ein paar Halterungen für Wurfmesser, wo sie gerade hinpaßten.

Eine Eichenschatulle mit einem Trickverschluß – man muß den Deckel hinunterpressen, während man von unten gegen das Schloß drückt – enthielt mein bestes Paar Pistolen, geladen, in Ölpapier eingeschlagen und zum Gebrauch bereit. Ich ließ sie in die Halfter gleiten. Eine hübsche Anfertigung: Die eine Pistole wurde ein wenig zu hoch gehalten, aber die andere, die von einer u-förmigen Feder im Leder an ihrem Platz gehalten wurde, steckte mit dem Kolben nach vorn schräg unter der Achsel. Ziehen, spannen und – peng!

Was mich betrifft, so bewahrte ich meine Feuerwaffen lieber gesichert und ungeladen auf, und im Prinzip könnte ich es auch tun. Jasons Paar sechsschüssiger Revolver war das erste auf Dieser Seite, aber es würde nicht das letzte bleiben. Bei seinem Revolver mit dem Schnellader geht es klapp, schwupp, schnapp und peng – klapp die Trommel heraus, schwupp den Riccetti-Schnellader hinein und schnapp die Trommel wieder ein, wobei die Hülse des Schnelladers irgendwo hinfliegt, und dann *peng*. Aber letzteres ist der schlimmste Fall. Meistens lasse ich den Revolver geladen und vertraue Lou Riccettis nichtlizensierter Modifikation des Ruger-Sicherungshebels, der verhindern soll, daß der Revolver plötzlich losgeht.

Andererseits braucht man über eine Minute, um eine Steinschloßpistole zu laden, und ich befand mich so oder so niemals in einer Lage, wo ich mir sagen konnte: »Tja, es wäre schön, in ungefähr einer Minute eine geladene Pistole zu haben.«

Niemals. Es hieß entweder jetzt oder sofort.

Ein metallenes Pulverfläschchen, das einen Extrakt Drachenbann enthielt, stand auf der Kommode und war sorgfältig mit Wachs versiegelt, nicht so sehr, weil ich den Dampf dieses klebrigen Zeugs nicht mag, sondern vor allem, weil ein guter Freund von mir höchst allergisch dagegen ist, denn er ist selber ein Drache. Zwar sind Kreaturen mit einem magischen Metabolismus, dem Drachenbann schaden kann, schon seit langem aus der Gegend von Eren vertrieben worden – Menschen und magische Kreaturen kommen wohl nicht miteinander aus –, doch hatte man Gerüchte vernommen, daß irgendwelche Wesen aus Faerie hervorgebrochen wären. Außerdem hatte Jason draußen auf dem Zirrischen See einige Kreaturen entdeckt, die er nicht identifizieren konnte.

Daher ließ ich den Flakon in meine Westentasche gleiten.

Zu guter Letzt stopfte ich zwei Therranjsche Garrotten in ihre getrennten, ledergesäumten Taschen. Furchtbare Dinger – die dünnen Stränge waren aus federndem Stacheldraht, dessen Dornen so nach hinten wiesen, daß die Garotte nur fester angezogen werden konnte, sich aber nicht mehr löste. Du steckst den Griff durch die Schlaufe, streifst die Stacheldrahtschlinge über einen Kopf, gibst dem hölzernen Griff einen kräftigen Ruck und läßt los. Um die Schlinge abzustreifen, müßte der arme Schlucker den Griff entfernen und dann die Schlinge am Griffende lösen. Du kriegst sie nicht über den Kopf deines Gegners? Kein Problem – schlag sie ihm wie eine Peitschenschnur um den Hals, steck den Griff durch die Schlaufe und zieh.

Du kannst Gift drauf nehmen, daß die Therranjer eine so bösartige Waffe entwickeln – Elfen können üble Gesellen sein – und daß so jemand wie ich gleich zwei davon mit sich herumträgt.

Aber trotzdem ist Frieden etwas Schönes. Du mußt keine großen Vorsichtsmaßnahmen treffen, wenn du zu einem ganz gewöhnlichen Waldspaziergang hinausgehst.

Ich wollte einen letzten Blick auf Kirah werfen, die schlafend dalag, aber dann auch wieder nicht. Daher hängte ich mir einen Köcher über die Schulter, griff mir meinen besten Langbogen und einige Ersatzsehnen und eilte hinunter zu den Ställen.

Jason saß bereits im Sattel eines riesigen roten Wallachs – ich glaube, auch der war ein Fohlen Carrots gewesen –, und der Stallbursche sattelte gerade einen untersetzten Rotschimmel für Tennetty. Ich wählte eine kleinwüchsige buntscheckige Stute und sattelte sie selbst. Das entlockte dem Stallburschen ein breites Lächeln, bei dem seine Zahnlücken zu sehen waren, denn es erstaunte ihn, daß der große Walter Slowotski bei seinem eigenen Pferd Hand anlegte.

Na ja, es schadete ihm nicht, wenn er so dachte.

Wasser und Reiseproviant werden in den Ställen jederzeit bereitgehalten. Solange die Telegraphenleitung nach Biemestren und hinaus nach Little Pittsburgh nicht gelegt ist, weiß man nie, wann ein Bote eilig aufbrechen muß. Ich hängte eine Feldflasche über das Sattelhorn und legte ein Paar Satteltaschen davor.

Wir ritten durch das Haupttor hinaus und in den Tag hinein.

Das sanfte Hügelland, welches das ehemalige Schloß Furnael, jetzt Schloß Cullinane, umgab, war in allen Himmelsrichtungen mindestens eine Meile weit gerodet, vermutlich, um dem Baron ein Stück eigenes Ackerland zu verschaffen, vor allem aber, um zu verhindern, daß sich eine größere Streitmacht ungesehen an das Schloß heranschleichen konnte. Die westliche Straße wurde auf einer Strecke von mindestens drei Kilometern von Weizenfeldern gesäumt, bevor sie sich nach Norden wandte und in die Wälder führte, die zahllosen Baronen auf Furnael als privates Jagdrevier gedient hatten. Diese drei Kilometer, die wir auf der Straße zurückzulegen hatten, reichten den Pferden gerade, um warm zu werden.

Die Hufe klopften leise auf der ungepflasterten Straße, während hoch droben weiße, bauschige Wolken über einen tiefblauen Himmel glitten, wie es nur weiße, bauschige Wolken tun können. Unten bogen sich die hüfthohen Halme des grünen jungen Weizens sanft in der Brise. Die Luft war noch immer kühl von der Nacht, und ihr fehlte der nachmittägliche Geruch sonnendurchglühter Felder, aber der Tag war ja noch jung.

»Ein schöner Tag«, bemerkte Jason.

»So ist es«, stimmte ich zu und fingerte an meinen Halftern herum. Schöne Tage machen mich nervös.

Jason trug einen seiner Zwillingsrevolver in einem Halfter links an der Brust, dessen Griff etwa in der Höhe seines linken Ellbogens nach vorn zeigte. Wirklich kein schlechter Platz, denn obwohl es ein wenig umständlich war, die Waffe auch mit der linken Hand zu ziehen, war es doch durchaus möglich.

Ich beneidete ihn um diese Waffen. Wenn nicht bald ein Bote aus Heim auftauchte und mir ein ebensolches Paar mitbrachte, würde ich wohl hinüberreiten und ein ernstes Wort mit Lou sprechen müssen. Schließlich war ich es, der die erste Steinschloßpistole auf Dieser Seite konstruiert hatte, und dieser Erfahrungsvorsprung sollte doch etwas gelten, oder nicht?

Tennetty kicherte. »Immer bei den Helfern einschmeicheln, was?«

»Hä?«

»Das Pferd«, erklärte sie. »Du hast es selbst gesattelt.« Sie schnaubte abfällig. »Dieser mistfüßige Stallbursche hat dich angeschaut, als ob du etwas ... ich weiß nicht, etwas Besonderes wärst.«

»Na ja ...« Ich zuckte mit den Achseln so bescheiden, wie es unter den Umständen nur möglich war. »Das bin ich nun mal, Tennetty.«

Sie war geneigt, es dabei bewenden zu lassen, aber nicht so Jason. »Also, warum hast du es gemacht?«

Ich zuckte mit den Schultern. »Früher habe ich anderen Leuten mein Pferd zum Satteln anvertraut, aber dann wurde mir klar, daß ich ein größeres Interesse an meinen Sattelgurten habe, als es ein Stallbursche jemals entwickeln kann.«

Tennetty nickte. Jason runzelte die Stirn. Wir ritten im Schritt die Straße hinunter.

»Also«, nahm er schließlich das Gespräch wieder auf, »bist du der Meinung, daß wir uns schon genügend eingerichtet haben?«

Ich nickte zustimmend. »Sicher. Du mußt natürlich zusehen, daß sich die Probleme mit den Bediensteten lösen, aber es sieht so aus, als ob hier alles in Ordnung wäre. Juckt es dich, wieder auf die Straße zurückzukehren?«

Er nickte. »Ellegon müßte morgen oder vielleicht übermorgen eintreffen. Ich halte es für das Beste, Mikyns Spur zu suchen. Ich mache mir Sorgen um ihn.«

Mikyn war ein guter Junge, aber was mich betraf, so ließ ich ihn lieber in Ruhe. Ja, als Kinder waren Jason und er Freunde gewesen, aber für mich glich er einer Götterdämmerung, die nur darauf wartete, irgendwo auszubrechen – und ich habe zu meiner Zeit genug davon erlebt. Ich hab's nicht eilig, danke. Außerdem ...

»Laß uns noch eine Weile hier herumhängen«, schlug ich vor. »Ahira hatte eine Unterredung mit Danagar, bevor wir Biemestren verließen – er hat noch ein paar Fühler ausgestreckt.«

Mikyn war irgendwo – vielleicht in den Mittelländern, vielleicht auch anderswo in Eren –, auf der Suche nach dem Mann, der seine Familie versklavt hatte. Die Chancen waren gering, daß Mikyn eine heiße Spur verfolgte. Und seine Verkleidung als reisender Hufschmied würde wohl nicht lange ihren Zweck erfüllen können.

Aber auch schlechte Aussichten würden ihn nicht von der Suche abhalten, den jungen Idioten. Na ja, zum Teufel, Aussichten hätten mich auch nicht abgehalten.

Jason schürzte die Lippen. »Ich hätte das machen sollen.«

»Vielleicht.« In Wirklichkeit wäre das keine gute Idee gewesen. Daß Jason des Kaisers bestem Agenten im Außendienst erzählen mußte, was er tun sollte, war das letzte, was Kaiser Thomen Furnael brauchen konnte. Thomens Position auf dem Thron war vermutlich ohnehin problematisch genug, denn sein einziger Anspruch auf besagten Thron leitete sich daraus ab, daß er ihn von Jason, dem Sohn des Usurpators, geschenkt bekommen hatte. Ich verurteile wohlgemerkt niemanden: *Usurpator* ist ein Terminus technicus, und Karl war mein zweitbester Freund.

»Jedenfalls«, fuhr ich fort, »wird es für uns vermutlich das beste sein, wenn wir auf eine Nachricht warten und dann zu einem Ritt auf Ellegon abheben. Das wird wahrscheinlich Zeit sparen. Außerdem möchte ich, um die Wahrheit zu sagen, noch mindestens ein paar Tage mit Ausruhen, Essen und einem guten, leichten Training verbringen, bevor wir uns wieder in die Schwierigkeiten stürzen.« Trotzdem machte ich mir Gedanken über Mikyn. »Weißt du, ob er etwas von Feuer und Eisen versteht?«

Jason nickte. »Mehr als ich. Nehera hat vor einigen Jahren einen ganzen Haufen von uns im Schnellverfahren unterrichtet. Ich glaube nicht, daß irgend jemand uns beide mit einem Meisterschmied verwechseln würde, aber ich kann schon eine gute, saubere und schnelle Arbeit erledigen, und Mikyn war besser als ich.«

»Auf jeden Fall warten wir ab. Wir werden früh genug etwas hören.« Oder früher als früh genug.

»Sehr gut.« Er nickte. »Sollten wir nicht besser in Biemestren warten?«

Tennetty kicherte. »Oh, eine großartige Idee.« Sie zog ihr Schwert, ein kurzes Rapier mit einem kreuzförmigen Heft, und führte probehalber einige Streiche in der Luft. »Wie wäre es, Thomens Beine tatsächlich abzuhacken?« Sie ließ das Rapier mit einem energischen Schnappen in die Scheide zurückgleiten.

»Was?« Jason war nicht dumm, aber er war noch jung.

»Überleg doch mal«, half ich ihm auf die Sprünge. »Stell dir vor, du reitest zum Schloß hinauf. In Biemestren. Was wird wohl geschehen?«

»Was meinst du mit ›wird wohl geschehen‹?«

»Genau was ich sagte. Sag mir, was geschieht. Was mußt du als erstes machen?«

Er zuckte mit den Achseln. »Um bei Thomen vorbeizuschauen, würde ich durch das Tor reiten und mein Pferd dann stehenlassen.«

»Richtig«, sagte ich. »Du würdest einfach durch das Tor reiten. Natürlich ohne um Erlaubnis zu fragen, weil du den größten Teil deiner Kindheit dort verbracht hast und es dir noch immer wie dein Zuhause vorkommt. Du glaubst, daß niemand auf die Idee käme, dich aufzuhalten. Richtig?«

Er begriff. An Jason war nichts so schlecht, daß es nicht in den nächsten Jahren des Heranwachsens in Ordnung kommen würde, vorausgesetzt, er würde diese Zeit haben.

Er verzog den Mund. »Und was seine Königliche Hoheit, Kaiser Thomen, vormals Baron Furnael, nicht brauchen kann, ist Karl Cullinanes Sohn, der ihn daran erinnert, daß er keinen wirklichen Anspruch auf den Thron hat.«

»Genau.« Ich nickte bestätigend. »Du hältst dich, zum Teufel, von Biemestren fern wie all die andern Barone, bis man nach dir schickt. Und wenn du hingehst, dann ein kleines bißchen ehrerbietiger als diese.«

Er lächelte. »Und jetzt sag noch: laß gelegentlich deine wirkliche Stimmung ein wenig zum Vorschein kommen, nur um bei einem einzigen Blick des Kaisers zu verstummen.«

Tennetty lachte. »Er macht rasche Fortschritte.« Sie wandte sich ihm zu. »Und inzwischen?«

Er hob die Hände und gab sich geschlagen. »Bleiben wir hier, nehme ich an, oder?«

»Fürs erste«, sagte ich.

»Gut, dann wollen wir ein wenig üben.« Ohne ein höfliches Wort der Warnung trieb Tennetty ihr Pferd zum Galopp an. Wir beide brauchten einen knappen Kilometer, um sie wieder einzuholen. Wo die Straße sich nach Norden wandte und einen freien Blick auf Benai Hill gewährte, erstreckte sich über die gepflügten Felder hinweg ein Pfad in den Wald.

Der Pfad war sogar tiefer im Waldesinneren in gutem Zustand – herabhängende Zweige waren abgeschlagen, und den Rand hatte man teilweise vom Unterholz befreit. Ich wäre nicht gerne im Dunkeln darauf entlanggaloppiert, nicht einmal im leichten Galopp im Hellen, aber für einen angenehm schnellen Schritt war er vollkommen ausreichend.

Wirklich erfreulich: stattliche Eichen und Ulmen wölbten sich hoch über dem Weg und hielten alles darunter kühl, grün und feucht, obwohl die Hitze des Tages bereits zunahm. Für einen Menschen habe ich ein schrecklich gutes Gehör, aber bei dem Klappern der Pferdehufe konnte ich keinerlei Tiergeräusche vernehmen.

Ein schöner, ruhiger Tag.

Im Buschwerk, das den Weg säumte, raschelte etwas.

Ich hielt ein Wurfmesser in der linken Hand und eine gespannte Pistole in der rechten, als ein Kaninchen über den Pfad hoppelte und dann im Wald verschwand.

Tennetty war mit der Steinschloßpistole nicht viel langsamer; Jason war dritter, und sein Revolver, einer der beiden einzigen, die es gab, war vorsichtig himmelwärts gerichtet.

»Was ...?«

»Ta havath«, sagte Tennetty, *laß gut sein*. »Nur ein Kaninchen.« Tennetty strahlte mich an, während sie ihre Pistole in den Halfter zurücksteckte und ihr Rapier wieder in die Scheide schob. »Was war denn das?«

Ich zuckte entschuldigend mit den Achseln, während auch ich Pistole und Wurfmesser wieder wegsteckte. »Tut mir leid.«

Die beiden waren so freundlich, die Sache auf sich beruhen zu lassen.

Es war ein schöner Tag. Warum mußte ich also bei jedem Geräusch beinahe aus der Haut fahren? Ja, es gab diese Gerüchte, daß Wesen aus Faerie hervorbrachen, aber wir befanden uns in den Mittelländern, weit weg von Faerie.

Das war noch lange kein Grund. Es stimmte zwar, war aber keine Entschuldigung.

Ich hätte argumentieren können, daß Tennetty und Jason genauso sprunghaft wie ich waren, aber das hätte nur zum Streit geführt. Die beiden handelten nach dem gesunden Prinzip, daß jemand, der schnell eine Waffe zieht, auch einen guten Grund dafür hat. Und den hatte ich nicht. Ein Kaninchen in Schußweite sollte ein Anlaß sein, eine Jagdwaffe langsam und vorsichtig zu ziehen, ohne die übrige Jagdgesellschaft aufzuschrecken. Es ist keinesfalls ein Anlaß, durch Wort oder Tat nahezulegen, daß die Kacke am Dampfen ist.

Wir ritten schweigend weiter, und ich hielt meine Nervosität unter Kontrolle, während wir dem Pfad etwa eine halbe Stunde folgten – denk daran, jeden Schritt, den du hineingehst, mußt du auch wieder herausgehen –, bis wir zu einer kleinen Lichtung gelangten, wo ich mich für eine Pause aussprach.

Ich saß steifer ab, als ich es zugeben mochte, und rieb mir das Ende meines Rückgrats.

Man wird von Jahr zu Jahr älter, Walter.

Tennetty hatte entweder keine Beschwerden, oder sie wollte es nicht zeigen. Auf beides hätte ich keine Wette abgeschlossen.

»Die Pferde zurücklassen?« fragte sie, als sie aus dem Sattel glitt – wirklich elegant.

»Sicher.« Ich löste den Sattel und legte ihn auf die ausgebreitete Pferdedecke, nahm das Zaumzeug ab und band das Pferd an einen Baum, wo es nur von Seil und Halfter gehalten wurde. Jason tat es mir nach.

Tennetty löste einfach das Zaumzeug und ließ die Zügel fallen. »Steh«, sagte sie. Ich vermute, wenn ihr Pferd nicht mehr wie festgenagelt stehen konnte, wäre sie bereit, auch die Folgen zu tragen.

Ich schlüpfte in meine Schießhandschuhe und den Lederschutz – notfalls schneide ich mir auch in die Finger und reiß mir den Arm auf, aber doch nicht bei der Übung, vielen Dank – und spannte dann meinen Compositbogen, eine schöne therranjsche Arbeit, die mich mehr gekostet hat, als ich mir ausmalen mochte. Den werde ich Lou zeigen müssen; ich bezweifle, daß sogar er etwas an ihm verbessern könnte. Hübsch und elegant zurückgebogen, bestand er aus drei Stücken beinahe schwarzem Holz. Ein langer Streifen rötlichen Horns war mit Sehnen um seinen Bauch gebogen, und das ganze Stück war mit geschmeidigem Lack überzogen. Der Griff war weich, aus dickem Leder, das sich mit jeder Benutzung immer mehr an die Form der Finger anpaßte. Ein Zug von ungefähr fünfzig Pfund – das ist schon allerhand.

»Ich habe immer geglaubt, daß du eine Armbrust bevorzugst«, bemerkte Jason und spannte seinen Langbogen. Er schlang seinen Köcher über den Kopf und befestigte ihn dann an seinem Schwertgurt. Einen Augenblick dachte er darüber nach, hakte dann seinen Schwertgurt aus und ließ ihn über seinem Sattelknauf hängen.

Ich nickte. »Normalerweise tue ich das«, erwiderte ich. »He, Jason?«

»Ja?«

»Was würdest du sagen«, fragte ich ruhig, »wenn ich dir sagen würde, daß sich hinter den Bäumen dort drüben sechs holtische Rebellen verstecken, die gerade über uns herfallen wollen?«

Er stürzte zu seinem Pferd.

Tennetty kicherte. »Du solltest sagen, ›Tut mir leid, holtische Rebellen, ich nehme mir die Freiheit, meine Hosen fallen zu lassen und mich vor euch zu verbeugen, damit ihr mir mein Schwert in den Hintern schieben könnt‹, das solltest du sagen.« Sie zeigte mit dem Daumen auf sein Pferd. »Trage das Schwert.«

Er legte das Schwert gutmütig an. Ich habe Leute kennengelernt, die schlimmer auf eine freundschaftliche Belehrung reagiert haben als Jason. Viele von ihnen. Gelegentlich habe ich sogar einen von ihnen im Spiegel gesehen.

Ich legte einen Übungspfeil auf die Bogensehne – ich verschwende keine tödlichen Pfeilspitzen an Bäume.

Nun, ich mag Armbrüste. Du kannst sie mit einer Hand, aus dem Sattel oder aus einer abschüssigen Position abfeuern, drei Dinge, die du mit einem Langbogen nicht machen kannst. Mit einem kurzen Bogen kannst du zwei von diesen drei Dingen machen, aber auf Kosten der Reichweite und der Durchschlagskraft. Kein guter Kompromiß. Ein Langbogen hat eine größere Reichweite als eine Armbrust ohne eine gute Winde, und eine viel raschere Schußfolge. Die einzige Schwierigkeit besteht darin, daß man sehr viel üben muß, um gut zu werden, und noch mehr üben muß, um gut zu bleiben.

Auf der gegenüberliegenden Seite der Wiese, vielleicht zwanzig Meter entfernt, saß eine ölig schimmernde Krähe auf einem Ast und schaute auf die dummen Menschen herab.

Gut, wir wollen mal sehen, ob ich noch immer Zen-Bogenschießen beherrsche. Als Fremder unter Fremden hast du das Problem, daß du dein eigener Zenmeister sein mußt. Ich brachte den Bogen nach oben, nahm einen perfekten Stand ein, zielte nicht mit den Augen, nicht richtig, und vergegenwärtigte den Abschuß, während die Sehne meine Finger in perfekter Form verließ – glatt, gleichmäßig, augenblicklich und ohne jedes Reißen.

Ich ließ los, und keinen Herzschlag später steckte der Pfeil zitternd im Ast, einen ganzen Meter rechts von der Stelle von der die Krähe nun abgeflogen war.

Jason kicherte. »Eine volle Pfeillänge daneben. Nicht besonders gut, Onkel Walter.«

Tennetty fing meinen Blick auf; ihre Mundwinkel waren nach oben gezogen. Bei jedem anderen hätte ich diesen Ausdruck als Lächeln bezeichnet. »Versuche doch, wie nahe du an seinen Pfeil herankommst, Jason Cullinane. Ich bin gespannt.«

Jason hob den Bogen und ließ die Sehne zu schnell los, die laut gegen seine ledernen Ärmel schlug. Der Pfeil verschwand im Wald.

Tennetty brach in lautes Lachen aus, und Jason reagierte zunächst widerwillig, fing sich aber dann.

»Na ja«, meinte er, »dann geht die Jagd eben da entlang.«

»Später«, widersprach ich ihm. »Laß uns zuerst noch einige Übungsschüsse abgeben.«

Jagen ist wie Fischen – und Sex, was das betrifft – eines der Dinge, bei denen du ganz dabei sein mußt, um sie zu verstehen.

Abgesehen vom Töten macht es mir sehr viel Spaß, zumindest auf Jasons Art. Du schreitest über den Boden des dunklen Waldes, hast den beruhigenden Geruch von verrottetem Laub und Erde in den Nüstern, und du lauschst und beobachtest voller Aufmerksamkeit – ohne dir darüber Sorgen zu machen, daß jemand hinter einem Baum hervorspringt und dich tötet. Das gefällt mir so gut daran.

Mir standen Leute zur Seite, denen ich vertraute, denn ich gehe nicht mit Leuten auf die Jagd, denen ich nicht vertraue.

Man kann aber auch auf andere Weise jagen. Eine der besten Methoden, um etwas Eßbares zu erlegen, besteht darin, eine geeignete Stelle zu finden und darauf zu warten, daß der ganze Zirkus an einem vorbeikommt. Du sitzt da, sparst deine Energie und wartest. Wenn du den Ort gut gewählt hast, wird schließlich dein Kaninchen auftauchen oder dein Hirsch oder die Antilope oder was auch immer. Aber das ist Jagen, um zu überleben.

Sich anzuschleichen machte mehr Spaß. Drüben auf der Anderen Seite konnte ich mich nie so leise bewegen. Ich beklage mich wohlgemerkt nicht, aber zu den großen Leuten zu gehören ist ganz und gar nicht so, wie man sich das vorstellt. Glaub mir.

Abgesehen davon jagten wir nicht richtig. Wir machten es zur Entspannung, und als wir tiefer in den Wald eingedrungen waren und dabei hier und da ein paar Übungsschüsse abgegeben hatten, war ich meine Sprunghaftigkeit losgeworden. Fürs erste.

Also gut. »Jason, siehst du diesen Baumstumpf dort drüben?« fragte ich ihn und wies auf einen ungefähr vierzig Schritt entfernten Stumpen.

»Der hinter dem umgestürzten Baum?«

»Genau. Wetten, du schaffst es nicht, einen Pfeil in die Wurzel zu setzen, die sich rechts nach oben biegt.«

Er hob die Schultern. »Das schaffe ich locker.«

»Von hier aus?« Ich zog eine Augenbraue hoch. »Eine Silbermünze für den, der besser trifft?«

Er nickte. »Einverstanden.«

»Tennetty?«

»Nein, ich muß mich nicht an der Spende beteiligen«, antwortete sie.

»Macht nichts, wir brauchen dein Urteil als Schiedsrichter.«

»Ja, klar.« Sie brachte sich wie ein Feldwebel in Stellung. »Achtung, Pfeil einlegen, spannen, drei, zwei, eins, los!«

Es war ein anspruchsvoller Schuß, schwieriger als er aussah, wenn ich mich nicht irrte – die Blätter eines herabhängenden Astes einer alten Eiche ragten oben in die parabolische Flugbahn des Pfeils hinein. Man darf nicht übersehen, daß der Schuß nicht in einer geraden Linie verläuft, sondern in einem Bogen. Der Trick bestand nun darin, so zu zielen, daß die Flugbahn des Pfeils durch eine Lücke im Blattwerk führte ...

Sanft ließ ich die Sehne los. Ich lag ein bißchen daneben, hatte aber Glück dabei: der Pfeil streifte nur einige Blätter und wurde nicht so stark abgebremst, daß daraus ein Fehlschuß wurde. Er bohrte sich satt in die Wurzel, während Jasons Pfeil gut einen Fuß davor in die Erde drang.

»Her mit dem Geld«, forderte ich.

»Setz es auf meine Rechnung«, gab er zurück.

»Na gut.«

Ich holte mir meinen Pfeil wieder, legte ihn ein und sah mich nach einem anderen Ziel um.

»Ähm, Onkel Walter?« Jason runzelte die Stirn, als er seine Pfeilspitze prüfte, aber ich glaubte nicht, daß dies dem Pfeil galt.

»Ja?«

»Wie kommt es, daß ich den Eindruck habe, daß wir gar nicht richtig hinter Hirschen her sind?«

Tennetty kicherte. »Vielleicht, weil wir so damit beschäftigt sind, die Bäume abzuschießen?«

»Hinter den Baracken gibt es einen perfekten Schießplatz«, bemerkte Jason.

»Wenn du etwas Langweiligeres kennst, als den ganzen Morgen Pfeile ins Schwarze zu setzen, brauchst du es mir nicht zu erzählen.«

Was mich betrifft, so tue ich viel lieber so, als ginge ich auf die Jagd, und schieße einige Bäume. Ich übe nie wirklich mit meinen Wurfmessern – ich benutze sie einfach in größeren Abständen, um mich dessen zu versichern, daß ich noch immer das Talent dafür besitze. Das aber steckt tief in mir. Ich muß es ebensowenig üben wie ein Fisch das Schwimmen mit den Flossen.

Mit den Fertigkeiten, die ich gelernt habe, ist es dagegen eine andere Sache: wenn ich nicht ungefähr alle zehn Tage zumindest ein paar Stunden mit dem Langbogen übe, roste ich ein – das war mehr als nur einmal beinahe schiefgegangen. Schief insofern, als sich Stash und Emma Slowotskis kleiner Junge aufgrund dessen beinahe umgebracht hätte. Woody Allen würde sagen, daß der Tod eines der schlimmsten Dinge ist, die jemandem in unserem Geschäft zustoßen könne, und viele von uns ziehen es vor, den Preis dafür zu bezahlen.

Also übe ich. In meinem Leben habe ich viel zuviel Zeit damit verbracht zu üben, wie man einige Dinge abschießt und andere aufschlitzt, aber so ist das nun mal. Das gehört zum Bezahlen dazu.

Aber niemandem zeigst du wirklich alles, was du kannst.

»So gefällt es mir besser«, sagte ich. »An einem schönen Tag in netter Gesellschaft ausziehen, frische Luft atmen – vielleicht bei Gelegenheit ein paar Silberstücke machen ...«

» ... von irgendeinem Gimpel«, sagte Tennetty lächelnd.

Aber es war kein freundliches Lächeln, und es verdarb beinahe den Morgen.

Kapitel zwei

In dem ich einige Familienangelegenheiten erörtere

Chi fa ingiuria no perdona mai.
(Er vergibt denen nie, die er verletzt.)

– ITALIENISCHES SPRICHWORT –

Meistens kann es nur noch schlimmer werden, doch von Zeit zu Zeit wendet sich das Universum des Menschen zum Besseren hin – so auch, wenn zum Beispiel jeder erwartet, daß etwas ganz Schlimmes geschehen wird, und dann doch etwas völlig anderes, etwas Angenehmes eintritt.

Manchmal ist das Ereignis selbst nett – manchmal nur dadurch, daß das Schlechte nicht eintritt. Ich bin mit beidem zufrieden.

So war ich, wenn ich mich recht erinnere, sieben Jahre alt, als so ein Fall eintrat. An diesem Abend waren meine Eltern ausgegangen, und mein Bruder Steven hatte eine Verabredung. Deshalb hatten meine Eltern einen Babysitter eingestellt. Ihr Name war Mrs. Kleinman. Sie lebte von einer Art Witwenrente in einigen seltsam riechenden Zimmern, in einem Mietshaus aus rotem Backstein, etwas weiter unten im selben Block wie unser Haus. Sie war eine häßliche alte Schachtel und konnte Kinder überhaupt nicht leiden. Niemals hatte sie Lust zum Spielen oder zum Plaudern. Sie schaltete immer nur den Fernseher ein, zog die Schuhe aus und schlief auf der Couch ein, während ihre Hand in einer Schüssel Kartoffelchips ruhte.

Was hätte ich also tun sollen? Ich tat das Naheliegendste. Doch als Stash und Emma nach Hause kamen, gab es Ärger. Immer wenn der gute Stash – das ist ein alter polnischer Spitzname, versteht ihr? – wütend wurde, dann hatte er bei jedem Pulsschlag dieses Zucken in seiner rechten Wange.

Er kam in mein Zimmer. Das Licht im Flur verbarg die Hälfte seines Gesichts im Schatten. Seine Fäuste öffneten sich. Stash war ein kleiner stämmiger Mann, aber er hatte riesige Hände, die er zu riesigen Fäusten ballen konnte.

Zwar würde er mir keinen auf die Nase geben, aber er war kurz davor, mir den Hintern zu versohlen. Sein Gesicht war vom Kinn bis zur Glatze hinauf rot angelaufen, so daß ich schon befürchtete, daß er jeden Augenblick platzen könnte. Dabei pulsierte das Zucken in seiner Wange bestimmt zweimal die Sekunde, wie nach einem Hundertmeterlauf. Ich schwöre, als er sich über mich beugte, machte ich mir mehr Sorgen um ihn als um mich.

»Walter ...«, er nannte mich sonst immer Grille, außer wenn er sich über mich ärgerte. Und diesmal war er echt wütend.

Doch dann riß er mich in seine riesigen Arme. Ich konnte den Whisky in seinem Atem riechen. Ein dröhnendes Lachen schüttelte mich, aber es war sein Lachen.

»Mein Gott, Grille, der alte Drache hat es wirklich verdient, daß du ihr die Schuhe am Fußboden festgenagelt hast.«

Ich glaube, seitdem hat mich keine Whiskyfahne mehr gestört.

Ich striegelte gerade die Stute, als ich Brens Schritte hinter mir hörte. Die Striegelställe auf Schloß Furnael – nein, ich meine eigentlich Schloß Cullinane – sind sinnvoll eingerichtet. In ihrer Mitte steht jeweils eine niedrige, oben offene Holzbox, die einem bis zur Wade reicht. Das ist deswegen günstig, weil man so das Pferd in diese Box stellen kann, um es daran zu hindern, herumzulaufen oder einem einen Tritt zu verpassen.

Ich hatte keine Angst davor, getreten zu werden. Eigentlich gab es überhaupt keinen richtigen Grund, sich über irgend etwas Sorgen zu machen, oder etwa nicht? Einer der Stalljungen und zwei der Soldaten der Kavallerie hielten sich draußen vor der Tür auf. Sie beschlugen einen störrischen Wallach. Der zweite Stalljunge arbeitete auf der anderen

Seite des Ganges an Jasons Pferd, während die Hofwache sich in Rufweite befand. Wenn es denn Probleme geben sollte, dann bestimmt nicht hier.

Nebenbei bemerkt, Bren Adahan würde hier wohl kaum auftauchen, um mir Probleme zu bereiten, oder?

»Hallo, Baron«, sagte ich, während ich mich langsam umdrehte, wobei meine Hand auf der brusthohen Zwischenwand ruhte, die zwei der Striegelboxen voneinander trennte. Das ist ein Reflex aus meinen ersten Tagen auf Dieser Seite. Stets halte ich nach einer Fluchtmöglichkeit Ausschau. Dazu hatte ich auch immer einen Grund. Zwar gab es nicht immer einen Ort, wo ich hinfliehen konnte – das spielt auch keine Rolle –, aber ich halte immer nach einem Ausschau. »Wo hast du denn gesteckt?«

»Fast überall, Walter Slowotski«, sagte er. »Ich verbrachte den Morgen auf zweien der Pachtgüter. Dann bin ich zurückgekehrt und habe den Tierbestand des Anwesens überprüft. Danach kamen die Hundezwinger an die Reihe und nun bin ich hier.«

»Den Tierbestand des Barons inspiziert?« Ein guter Einfall und etwas, an das ich auch hätte denken können. Doch ich neigte dazu, nur das Gemäuer des Bergfrieds als Jasons neues Heim zu betrachten. Obwohl zu dem Schloß ebenso der Haushalt gehörte und der riesige Haufen Land, auf den man es gesetzt hatte. Außerdem zählte auch das Vieh dazu, das in einigen Kilometern Entfernung, hinten bei dem Weideland, in einigen Gehöften untergebracht war und versorgt wurde.

»Irgend jemand muß sich ja darum kümmern«, bemerkte er. Heute bestand seine Kleidung ganz aus Leder – ein heller, beinahe schneeweißer Uniformrock sowie enge Hosen aus Rehleder. Dies wurde noch unterstrichen durch eine Spange aus Hirschhorn, die das Haar zurückhielt, das sonst über sein rechtes Ohr gefallen wäre.

Sehr stilvoll, aber dann doch wieder typisch Bren. Baron Adahan legte viel Wert auf ein elegantes Aussehen. Ich selbst ziehe eher haltbare Sachen vor. Nein, das war eben unfair von mir. Ich bin mit ihm draußen in den Feldern gewesen. Dort hat er sich genauso angestrengt und schmutzig gemacht wie jeder andere auch. Ein tüchtiger Mann, den man gern im Kampf in seinem Rücken weiß. Jason und ich wußten das aus Erfahrung.

Vielleicht nur um mich daran zu erinnern, trug er einen sehr einfachen ledernen Waffengürtel mit seinem Kurzschwert zur Linken und dem Dolch und der Steinschloßpistole zur Rechten.

»Hast du einen Moment Zeit für mich?« fragte er.

»Für dich, Baron, habe ich immer Zeit«, sagte ich, ohne es wirklich zu meinen.

Er lächelte, als wenn keinerlei Falschheit in seiner Stimme gewesen wäre, oder gar in meiner. »Ich werde morgen abreisen. Es gibt Angelegenheiten in meiner Baronie, die nur ich selbst erledigen kann.«

»Little Pittsburgh?« bemerkte ich, denn in der Stahlstadt war immer etwas los.

»Ja. Nicht nur deswegen, aber trotzdem, ja.« Er nickte, und dann, ohne ersichtlichen Grund, geschah es: wir waren wieder Freunde, wenn auch nur für einen Augenblick. »Laß mich dir zur Hand gehen.« Er streifte seinen Waffenrock ab, löste sein Schwert und hängte es an einen Pfosten. Ich hielt ihm die Bürste hin, noch bevor er die Hand ausstrecken konnte.

Er rieb mit dem Daumen über die harten Borsten. »Ranella schenkt ja doch ihre ganze Aufmerksamkeit der Eisenbahn, und irgend jemand muß sich schließlich um die Verwaltung kümmern«, erklärte er, während er auf der anderen Seite die Stute striegelte. Da sie etwas herumtänzelte und schnaubte, beruhigte er sie, indem er ihr mit sicherer Hand durch die Mähne strich. »Etwas, für das ich ausgebildet wurde, nicht wahr?«

»Jedem das Seine, Bren.«

Sein Lächeln war gezwungen. »Ich habe vor, Aeia zu fragen, ob sie mitkommt.«

»Mach dir deswegen keine Vorwürfe, ich würde sie auch fragen, wenn ich du wäre«, sagte ich.

Er schwieg eine Weile. Manchmal müssen wir mit dem Schweigen leben. »Vielleicht täte es ihr einmal gut, von hier und all den Menschen wegzukommen.«

Ich nickte. »Vielleicht, aber das wird sie entscheiden müssen.«

»Das wird sie wohl.« Er wechselte das Thema. »Ich habe gesehen, daß du heute überhaupt nichts gefangen hast. Hat dir die Jagd trotzdem Spaß gemacht?« fragte er, indem er die Mähne der Stute mit einer Hand fester griff und ihr mit der anderen beruhigend über den Hals strich.

»Es war recht unterhaltsam.«

»Wohl eher das Tun und nicht die Beute, was?«

»So ungefähr.« Ich klemmte mir den Hufreiniger unter den linken Arm und bückte mich, um den Vorderhuf der Stute anzuheben und auszukratzen. Er war vollgestopft mit Pferdedreck und Schmutz, beinahe wie das Leben selbst. Von mir aus hätte ich das nicht so genau genommen – ich bin ein ziemlicher Faulpelz und habe sonst meine eigenen Maßstäbe. Doch es können alle möglichen Hufkrankheiten hervorgerufen werden, wenn man die Hufe nicht gründlich genug reinigt.

Bren streckte die Hand nach dem Hufreiniger aus. Ich reichte ihn rüber und beruhigte das Pferd, während er seinerseits den rechten Vorderhuf bearbeitete. Danach nahm er sich die rechte Hinterhand vor. Ich erledigte die Arbeit am letzten Huf, schlug dem Pferd herzhaft auf die Flanke und schloß die Tür der Box.

»Die Stute kann ruhig in der Pflegebox bleiben, wenn es euch gefällt!« rief der Stallknecht uns zu. Er arbeitete auf der anderen Seite des Stalls an Tennettys Pferd. »Ich muß ihre Box noch ausmisten und erledige das, sobald ich mit diesem Pferd fertig bin.«

»Sie braucht etwas frisches Stroh«, stellte Bren fest.

»Ich mache das schon, Baron …« Der Stallknecht hörte mitten im Sprechen auf, denn Bren war beinahe schon die Leiter zum Dachboden hinaufgeklettert. Ich eilte hinter ihm her.

Als wir oben ankamen, raschelte es zwischen den Heuballen im Stroh, doch die Stallratten selbst waren nicht zu sehen.

Ställe sind eben Ställe: hier lagen die Heuballen, die mit einer Schnur zusammengebunden waren, zu vier Reihen entlang der Vorderwand aufgestapelt. Bren zerschnitt die Schnur mit einem Heumesser, während ich eine Heugabel nahm, um das Stroh hinunter auf den Steinboden zu befördern.

»Es ist nicht leicht«, bemerkte er, wobei er am Rand des Heubodens stand und gedankenverloren die Klinge seines Messers in Augenschein nahm, »ein Schüler des seligen, großen Karl Cullinane zu sein.«

»Davon habe ich auch schon gehört.«

»Man muß sich verändern, verstehst du?« Nun war sein Lächeln überhaupt nicht mehr freundlich. »In früheren Zeiten wäre es einfacher gewesen. Keiner, der nicht meines Standes war, hätte auch nur daran gedacht, etwas zu nehmen, was ich haben wollte, und wenn jemand das getan hätte, so wäre das auch kein Problem gewesen.« Er schlug auf die Stelle seines Gürtels, wo sich normalerweise der Griff seines Schwertes befand. »›Alle Menschen sind von Geburt gleich‹, oder was? So war man das nicht gewohnt damals. Keiner, der von niedrigerem Stand war, hätte die Zeit gehabt, so gut mit dem Schwert zu werden, wie ich es war – und noch bin.«

Er verharrte grübelnd, wandte sich dann schließlich ab und steckte das Heumesser zurück in einen Ballen. Dann verschwand er die Leiter hinunter. Er hatte Pferdehaare, Schweiß und Dreck auf Brust und Reithosen. Ich glaube, daß das auch der Grund dafür war, weshalb er beim Weggehen seinen Waffenrock in den Händen trug und sich nicht einmal umsah.

Ich schaute ihm noch eine Weile hinterher, auch noch, als er schon verschwunden war.

Ich ging in unsere Räume hinauf, um Kirah zu suchen, doch sie war nicht zu finden und hatte auch keine Nachricht hinterlassen, wohin sie gegangen war. Als ich auf Diese Seite gekommen war, konnte ich Erendra weder schreiben noch lesen. Daher gab ich mir Mühe, das zuerst zu ändern, um als nächstes meiner Frau das Schreiben beizubringen. Es war schon verdammt rücksichtslos von ihr, nicht einmal eine kurze Nachricht zu hinterlassen.

Eigentlich hätte ich jetzt nach Kirah suchen sollen, doch statt dessen schaute ich bei einigen Freunden vorbei.

Ich traf Doria mit Ahira und meiner kleinen Tochter drüben in der Werkstatt des Schmieds, gleich neben dem Badehaus.

»Vati!« Das Gesicht meiner kleinen Tochter erstrahlte, als sie auf mich zurannte. Für eine Tochter ist der Vater immer ein Held, selbst wenn er diese Auszeichnung überhaupt nicht verdient.

Erfreut nahm ich sie in meine Arme. »Na, was machst du denn gerade, meine Kleine?«

»Tante Doria und Onkel 'hira zeigen mir, wie man schmiedet«, erwiderte sie. Doch dann wurde sie plötzlich sehr ernst und hob einen Finger. Kinder können mit dreieinhalb sehr ernst sein. »Faß aber auf keinen Fall das Eisen an. Das ist nämlich sehr heiß.«

»Mach' ich, Dorann«, antwortete ich und gab ihr einen kleinen Kuß auf die Stirn. »Ich werde vorsichtig sein.«

Meine Töchter passen ständig auf mich auf. Das ist sehr lieb von ihnen. Ich fuhr ihr mit den Fingern durchs Haar. »Wäre jetzt nicht Zeit für ein Mittagsschläfchen?«

»Ich brauch kein Schläfchen«, behauptete sie. Damit war die Sache geregelt.

Meine beiden Töchter neigen zur Halsstarrigkeit, sobald sie sich einmal für etwas entschieden haben. Kirah behauptet zwar, daß sie das von mir hätten, doch ich weiß, daß sie es von ihr geerbt haben. Wir streiten uns regelmäßig darüber, wenn auch nicht ganz ernsthaft, bis sie schließlich nachgibt. Daher weiß ich, daß ich immer im Recht bin und die Halsstarrigkeit tatsächlich von Kirahs Familienseite herrührt.

»Was hast du denn da im Ohr, mein Süße?« Ich versteckte ein Stück Zucker aus meiner Tasche in der Hand, während ich sie auf den Boden absetzte. Es war in ein Stück Papier gewickelt. Ich klemmte es einfach auf dem Handrücken zwischen Zeige- und Mittelfinger ein und klatschte in die Hände, um zu zeigen, daß sie leer waren, und um es gleich darauf angeblich hinter ihrem Ohr hervorzuziehen. »Du hast ja schon wieder Süßigkeiten versteckt.«

Diese Fingerfertigkeit ist verwandt mit dem Taschendiebstahl, der auch zu meinen Begabungen gehört. Ich habe niemals einen Juwel so glänzen sehen wie Doranns freudestrahlende Augen, und erst ihr vergnügtes Lachen, als sie sich das Bonbon in den Mund stopfte.

Ahira hatte den Schmied aus seinem Reich vertrieben – genau genommen hatte er ihm einen freien Tag verschafft. Über das Schmiedefeuer gebeugt, beschäftigte er sich mit einigen kleinen Reparaturen an einem Kettenhemd. Eine knifflige Arbeit – denn man muß dabei sicherstellen, daß jeder einzelne Ring eng in die anderen greift, ohne daß dadurch das Kettenhemd starr wird. Während der Zeit, als wir in Endell im Dienst von König Maherralen standen, hatte er sich etwas von dieser Kunstfertigkeit angeeignet.

Ich hatte mich auch darum bemüht, wenn auch nicht ganz so intensiv wie er, obwohl ein Vergleich nicht ganz fair wäre, wenn man bedenkt, daß ich einen Vorsprung von der Anderen Seite mitgebracht hatte, bevor alles anfing. Denn damals verbrachte ich einen ganzen Sommer in Sturbridge Village, um bei einem Schmied in die Lehre zu gehen. Zwar könnte man jetzt die alte Streitfrage aufwerfen, ob genetische Faktoren oder Umweltbedingungen einen Menschen formen, doch bei Ahira war wirklich schwer zu entscheiden, was von beidem zutraf.

Ich war mir nicht sicher, ob Doria wirklich Interesse am Schmieden hatte, oder ob sie einfach gern mit Dorann und Ahira zusammen war. Bei Dorann war das anders – sie interessierte sich für alles.

Ich konnte mich noch daran erinnern, daß Doria den Mantel trug, der für die Mitglieder der Gemeinschaft der Heilenden Hand so kennzeichnend ist: ein großes, sperriges, stumpfweißes Ding, in dem sie alt und unförmig aussah. Doch seit Melawei hatte ich sie nicht mehr darin gesehen. Daher wird sie ihn wohl mit all den anderen Erinnerungsstücken von der Heilenden Hand beiseite gelegt und damit vielleicht auch aus ihrer Erinnerung entfernt haben.

Heute trug Doria ein weißes Baumwollhemd, das sie in die engen Heim-Jeans gestopft hatte. Damit sah sie sehr frisch und sauber aus – wie bei dem unförmigen Mantel nicht zu vermuten gewesen war –, während sie Doranns Händchen hielt.

»Du siehst aber heute reizend aus, Dore«, sagte ich.

Doria und Ahira sahen auch sehr jung aus, aber das sagte ich ihr lieber nicht. Ahira arbeitete mit bloßem Oberkörper, so daß man unter seiner haarigen, tonnenförmigen Brust seine kräftigen Muskeln erkennen konnte, die sich wie Seile unter seinen Narben spannten. Einer der Striemen auf seiner rechten Schulter war noch immer deutlich erkennbar – rot und zornig. Es sah so aus, als ob jemand unbeholfen mit der Spitze eines Messers Schiffeversenken über seiner linken Brustwarze gespielt hätte. Das kam dem, was damals geschehen war, ziemlich nahe – jedenfalls meines Wissens nach, denn er sprach ja nicht viel darüber.

Wenn man einmal von den Narben absah, so hatte sich Ahira in all den Jahren, in denen wir uns auf Dieser Seite befanden, kein bißchen verändert: sein Kopf reichte mir knapp bis zur Brustmitte, und in seinem Schopf mit den dikken – beneidenswert dichten und dicken – braunen Haaren war noch immer keine Spur von Grau. So würden sie wahrscheinlich noch für eine ganze Weile bleiben, denn Zwerge sind sehr langlebig.

Die Finger, welche die Zange im Schmiedefeuer hielten, waren kurz und kräftig, die Knöchel dick wie Walnüsse. Sein Gesicht war von der Hitze feuerrot, und Schweiß lief ihm in Strömen von der Stirn über das Antlitz, bis er von den Wangen tropfte. Mit der freien Hand nahm er eine Schöpfkelle voll Wasser aus dem Kühltrog und entleerte sie über seinen Kopf. Dorann fand das zum Kichern.

Bis auf ihre Augen, sah Doria noch immer aus wie in ihren frühen Zwanzigern. Ihre Haut war zart wie ein Pfirsich. Ihr kurzes blondes Haar leuchtete wie bei einer Jugendlichen. Unter ihrem Männerhemd hüpften ihre festen Brüste einladend. (Na gut, ich gebe es zu: ich mag Frauen. Dafür kann man mich ruhig verklagen.)

Plötzlich legte Doria ihren freien Arm um meine Taille. »A-hi-ra wird es woh-hohl zu hei-heiß hier«, sang sie spöttisch und lehnte den Kopf gegen meine Schulter. »Ich glaube, er hat zu lange nicht mehr den Hammer geschwungen.«

»Mir wohl zu abgehoben.« Er schüttelte den Kopf, um das restliche Wasser loszuwerden. Dann zog er die Zange aus dem Schmiedefeuer und begutachtete die Farbe des glühenden Rings, bevor er ihn an seinem Platz einhakte und zusammenhämmerte. *Bamm, bamm.* »Ich muß schon sagen, wir haben in letzter Zeit nicht genug für Unruhe gesorgt.«

Doria zwinkerte ihm mit einem Auge zu. »Jedenfalls keine *bedeutende* Unruhe.«

Der Zwerg grinste. »Oh, das meinst du, nun ja.«

In Betonung und Wortwahl lag ein gewisser Unterton, jedenfalls ein bißchen. Damit spielten sie zwar nicht darauf an, daß sie miteinander geschlafen hätten, sondern sie meinten irgendeine andere harmlose Teufelei.

Die Theorie der fortgeschrittenen Unruhe war Ahiras Theorie – nicht meine. Nach seiner Meinung war auf Dieser Seite Lou Riccetti, der Ingenieur, der wahre Revolutionär. Daher sei der technische Fortschritt, der von der Heim-Kolonie im Varnath-Tal ausging, die wirkliche Herausforderung für die etablierte Ordnung. Aus diesem Grunde wäre das, was der Rest von uns täte, nur eine Art Ablenkung, die dazu diene, die Aufmerksamkeit von diesen Ereignissen fernzuhalten. Karl hatte dem zugestimmt.

Ich bin mir da nicht so sicher. Was hatte denn die Sklaverei in den Vereinigten Staaten beendet? War es die Armee der Union oder die industrielle Revolution gewesen?

Ich weiß es nicht, ich *tu* immer nur so, als ob ich alles wüßte. Meistens ziehe ich es vor, wenn die Dinge kompliziert sind, aber nicht immer. Meiner Ansicht nach sollten wir an unserem ursprünglichen Plan festhalten: die Sklavenhändler töten, um so den Preis für die menschliche Arbeitskraft in unerschwingliche Höhen zu treiben.

So weit, so gut. Es wird jedes Jahr etwas schlimmer werden, aber die Sklaven werden auch jedes Jahr teurer.

Ein Teil unseres Plans bestand darin, ihn weiterhin ausführbar zu halten, das heißt zu überleben. Ich sage immer, mein persönliches Überleben ist Kernstück eines guten Plans.

Ich lachte. »He, wir haben der halben Welt weisgemacht, daß Karl noch immer lebt und irgendwo dort draußen ist.«

»Wahrlich, das haben wir.« Der Zwerg spitzte für einen Augenblick die Lippen. »Ich fände es dennoch sinnvoll, hier zu warten, bis wir Neuigkeiten von Mikyn erhalten.« Sein großes Gesicht verzog sich zu einem Lächeln. »Wir Zwerge sind geduldige Leute.«

»Selbstredend!« Doch mit Sarkasmus kam man bei Ahira nicht weit. Damit meine ich nicht, daß er ihn nicht versteht – denn das tut er –, aber es macht ihm nichts aus. »Dennoch ... Mikyn hat ein etwas großes Stück vom Kuchen abgebissen. Er könnte Hilfe beim Kauen gebrauchen.«

»Das ist schon möglich, aber ich habe es nicht eilig.«

Ahira griff nach einem dünnen, ungefähr eine Spange langen Eisenstab und legte ihn ins Schmiedefeuer. »Wenn Ellegon zur Verfügung steht, könnten wir trotzdem zur Küste hinüberfliegen und ein bißchen in der Umgebung von Ehvenor herumstöbern.« Er sagte das so beiläufig, als wäre es etwas, über das er gerade erst nachgedacht hätte. Aber wir beide waren schon zu viele Jahre miteinander befreundet, als daß er mich damit noch hätte hereinlegen können. Ahira hatte schon beschlossen nachzuforschen, und er hatte bereits angefangen, mich zum Mitmachen zu überreden.

Er schaute mich an und lächelte hintergründig, als er seine Schulter rieb.

Doria hatte die unangenehme Angewohnheit, Fragen zu stellen, auch wenn sie die Antworten bereits kannte. »Vielleicht hast du ja auch vor, bei demjenigen noch einmal vorbeizuschauen, der dir das da angetan hat?«

Er schüttelte den Kopf. »Für so was ist das Leben zu kurz.«

Ein dunkler Schatten huschte über sein Gesicht, und ich begriff, daß er irgend etwas Wichtiges erlebt haben mußte, seit wir uns außerhalb von Ehvenor getrennt hatten. Aber eines hatte ich bereits vor vielen Jahren über James Michael Finnegan gelernt – er sprach nur dann über seine Probleme, wenn er es wollte. Ich glaube nicht, daß es jemand anderen gibt, dem er mehr vertraute als mir, aber sogar ich würde – wenn überhaupt – erst später davon erfahren.

»Das Leben ist zu kurz, genauso wie du«, stichelte Doria. »Warum sollte uns das überhaupt etwas angehen, was in der Nähe von Ehvenor geschieht?«

Es konnte alles oder nichts bedeuten. Man erzählte sich Geschichten über seltsame Morde in der Nähe von Ehvenor, von Tierverstümmelungen, die mich an ähnliche Vorfälle in den Südstaaten auf der Anderen Seite erinnerten. Vielleicht waren es auch weitere Drachen, die aus Faerie eindrangen, oder andere mächtige magische Kreaturen, von denen die meisten das Gebiet von Eren seit der Ankunft des Menschen verlassen hatten.

An einigen der Geschichten war wahrscheinlich etwas dran – als Jason und sein Trupp auf den zerspellten Inseln waren, hatten sie eine dieser riesigen Kreaturen getötet. Doch die jüngsten Berichte aus Ehvenor klangen anders als alles, von dem ich je gehört hatte.

Er sah zu mir auf. »Was hältst du davon?«

»Ich glaube, Doria hat recht. Wir haben so schon genug zu tun, auch wenn wir uns diesmal kein Stück von dem magischen Problem abbeißen.«

Und außerdem hatte er seinen Plan noch nicht genau genug durchdacht, denn mit einem magischen Problem konnten wir uns nicht beide allein befassen.

Im Zentrum der Stadt Ehvenor stand seit langem ein Gebäude, das eine Art Außenposten von Faerie im Gebiet von Eren darstellte. Vielleicht war es sogar der einzige Außenposten in Eren. Ich hatte es mehrmals aus größerer Entfernung gesehen – ein riesiges, strahlend weißes Gebäude, das jedesmal, wenn man es von neuem betrachtete, eine leicht veränderte Form zu haben schien. Ich hatte nie versucht, näher heranzukommen, und verspürte auch nicht den Wunsch danach. Ob man es nun die Faerie-Botschaft oder den Faerie-Außenposten nennt – oder wie immer man es auch bezeichnen mag –, es gab für mich nie einen Grund, mich näher mit dem Bauwerk zu beschäftigen. Wenn man in Faerie ist – da gibt es etwas, das die Menschen in den Wahnsinn treibt, obwohl die äußeren Bezirke von Ehvenor schon wild und verrückt genug sind. Das kann man mir glauben.

Ich rieb mir den linken Handrücken – die Stelle, an der eigentlich eine längst verheilte Narbe hätte sein sollen, wenn ich damals nicht ein Fläschchen mit einem Heiltrank zur Hand gehabt hätte.

Er hatte es tatsächlich nicht richtig durchdacht – wir beide würden es allein nicht schaffen können. Selbst mit Jason wären wir noch immer zu wenige. Aber erst einmal genug davon. Wenn wir es lange genug aufschieben konnten, mußten wir vielleicht nichts mehr unternehmen. Wir könnten es doch das Problem von irgend jemand anderen sein lassen.

»Denk darüber nach und gib mir dann Bescheid«, sagte er.

»Ich kann es dir jetzt schon sagen«, antwortete ich. »Es geht uns nichts an. Außerdem haben wir anderes zu tun.«

»Kann schon sein«, entgegnete er. Darin bestätigte ihn Doria mit einem kurzen Nicken. Dorann streckte die Arme aus, damit Doria sie hochnahm. Das war wohl eine Art Entlassung für mich.

Doria, meine kleine Tochter und mein bester Freund sollten einen wirklich schönen Tag ohne mich verbracht haben.

Ich traf Andrea Cullinane an ihrem neuen Arbeitsplatz, als sie ihre Ausrüstung auspackte.

Im Idealfall sollte die Werkstatt eines Zauberers von außen gegen die Mauer des Bergfrieds gebaut werden, wo sie von allem abgelegen wäre. Dafür hatte ich gesorgt, als Lou und ich die Pläne für Heim entwarfen, und Karl und Andy hatten es in Biemestren ähnlich gehalten. Aber Schloß Cullinane war zu klein dazu, denn der meiste Raum innerhalb seiner Mauern war anderweitig besetzt.

Andrea hatte eine Vorratskammer im Kerker belegt, da nur dort noch etwas frei gewesen war. Es war die letzte, feuchte und kalte Kammer am Ende einer Reihe von Vorratskammern, in die nur durch vergitterte Fenster etwas Licht fiel. Es waren einfache, unverglaste Öffnungen, die knapp unterhalb der Decke in die Außenwand eingelassen waren. Der Weg zu Andreas Werkstatt führte durch sämtliche anderen Vorratskammern. Dazu mußte man sich zwischen Stapeln von muffigen Weinfässern hindurchwinden, vorbei an dicken Getreidesäcken und geduckt unter grünschimmernden Schinken, die von der Decke herabhingen. Währenddessen lief man durch Dunst und Dunkelheit, die von den spärlichen Streifen des Sonnenlichts zerteilt wurde.

Ich mag keine Keller. Damals zu Hause, als ich noch ein Kind war, hörte ich jedesmal das Geraschel der Ratten, wenn ich die Treppen hinunterstieg. Ich kann mich noch erinnern, wie ich einmal eine Ratte mit einem Baseballschläger verfolgt habe. Doch – ich schwöre es – sie wandte sich gegen mich, zischte und jagte mich die verdammte Treppe wieder hinauf.

Keller und Kerker auf Dieser Seite neigen dazu, noch schlimmer zu sein. Ich hatte große Anstrengungen unternommen, der Rattenplage in Endell Herr zu werden, was bei weitem die Summe rechtfertigte, die mir König Mahertalen zu zahlen pflegte.

Aber hier gab es keine Ratten – oder Mäuse. Hier gab es nur Moder, Feuchtigkeit und kalte Stille.

Mich fröstelte.

Ich verhielt vor dem, was wohl als Tür zu Andreas Verlies dienen sollte: ein Tuch aus grober Baumwolle und von undefinierbarer Farbe, das klamm vor der Öffnung hing.

»Andrea? Ich bin's.«

Pause – »Einen Augenblick, Walter«, klang es dumpf heraus. Angestrengt versuchte ich, etwas zu erlauschen, doch da gab es nichts, außer einem leisen Rascheln von Papier oder Stoff – dann: »Du kannst genausogut reinkommen.«

Als ich den klammen Vorhang zur Seite schob, schauderte ich schon bei seiner Berührung. Die Kammer war – zusätzlich zum spärlichen Sonnenlicht, das durch die vergitterten Fenster fiel – von einigen Fackeln erleuchtet. Dennoch vermochte das flackernde Licht nicht die Düsternis zu vertreiben, die hinter jeder Kiste oder Truhe zu lauern schien. Hölzerne Kisten – einige offen, die anderen noch zugenagelt – stapelten sich auf dem Steinfußboden und den Tischen. Man sieht, es ist egal, wo man sich befindet – ob nun auf Dieser oder auf der Anderen Seite –, Umzüge arten überall leicht in Arbeit aus.

Andrea dampfte noch vom Baden, während sie über einem lodernden Feuer etwas Wasser in einem geschwärzten Kupferkessel erhitzte. Sie war gerade dabei, ihre Hose zuzuknöpfen.

Ich hätte ihr gern bei ihren Kleidern geholfen. Ob nun beim Anziehen oder Ausziehen. Andrea Andropolus Cullinane: schwarzes Haar, das nicht mehr von grauen Strähnen durchzogen wurde; hohe Wangenknochen; eine vornehme Nase. Ihre Zunge fuhr über die volle Unterlippe. Sie trug eine glatte, schwarze, hochgeschnittene Lederweste, die zu ihren schwarzen Lederjeans paßte. Ihre Jeans saßen so eng, als hätte man sie ihr mit einem feinen Pinsel aufgetragen. (Ich gebe es zu: auf Frauen in engen Jeans reagiere ich wie die meisten jungen Männer.) Ihre spärliche Kleidung saß knalleng um ihre schlanke Taille und ihre vollen Brüste, wobei sie ihre Figur eher betonte als verdeckte. Ihr flacher Bauch war unbedeckt.

Ich konnte die schwache Zeichnung von Dehnstreifen auf ihrer Bauchdecke erkennen, doch nur, wenn ich genauer hinsah. Nicht, daß es mir etwas ausmachte, genauer hinzusehen; wie dem auch sei, sie sah *gut* aus. Vielleicht zu gut.

Ich fingerte an dem Abwehramulett, das an einem Lederriemen um meinen Hals hing. Der kristallklare Diamantsplitter pulsierte unter der Oberfläche in wechselnden Farben, die von mattem Grün bis zu Bernstein reichten. Kein Rot, kein Indigo und keine leuchtenden Farben waren dabei.

Doch das hatte nicht wirklich etwas zu bedeuten. Denn da Andy all unsere Amulette hergestellt hatte, war sie auch in der Lage, diese Eigenschaften der Steine außer Kraft zu setzen. Nur, warum sollte sie das jetzt tun?

»Wie geht es mit der Arbeit voran?« fragte ich, mit Betonung auf ›Arbeit‹.

Sie lächelte. »Das Auspacken macht einen ganz schön schmutzig. Doch ich meine, es macht wenig Sinn, sich dabei auch noch die Kleider zu versauen.«

Selbst wenn das bedeutete, nackt in einem kalten und feuchten Verlies zu arbeiten? Falls sie sich dabei in ein oder zwei glänzenden Oberflächen gesehen hatte, würde ihr das sicherlich nichts ausgemacht haben.

Ich griff nach ihrer Kristallkugel, hielt jedoch inne und setzte dann die Bewegung fort, nachdem sie kurz zustimmend genickt hatte. Ein recht beeindruckender Gegenstand – dessen Ständer aus einer Messingschlange bestand, die den unteren Pol der Kristallkugel aufspießte.

Die Kristallkugel fühlte sich kälter und schwerer an, als sie eigentlich sollte – eben wie das Leben selbst, oder nicht?

Ich schaute in den lupenreinen Kristall, aber ich erblickte nur mein eigenes, vergrößertes und verzerrtes Spiegelbild darin. Ich hatte nicht mehr erwartet und daher auch nicht mehr bekommen.

Na ja, auch gut.

»Wir können versuchen, ihn hierher zu bekommen, indem wir ihn dazu bringen, Little Pittsburgh zu inspizieren«, schlug sie vor.

Ich brauchte erst einen Augenblick, um zu begreifen, daß Andy unser Gespräch vom vorherigen Abend wieder aufgenommen hatte, in dem es darum gegangen war, den Ingenieur, Lou Riccetti, zu einem Besuch herzulocken. Lou hatte seit vielen Jahren die Heim-Siedlung nicht mehr verlassen, daher würde es ihm wahrscheinlich gut tun, eine kleine Reise zu unternehmen und die Welt zu sehen. Andys neuester Einfall war nun, ihn zu einer Inspektion nach Little Pittsburgh einzuladen, der Stahlstadt in der Baronie Adahan, die als Nachbarbaronie im Osten von Schloß Cullinane lag.

Das war zwar keine schlechte Idee, aber ich hasse diese Art von beiläufigen Gedankensprüngen, bei denen sie von mir fordert, die Kette all ihrer Gedanken bis zum letzten Gespräch zurückzuverfolgen.

»Schon möglich«, sagte ich. Ich machte nicht erst den Versuch, etwas an Andy zu verändern, was eigentlich nur irritierte. Da war es schon besser, das Thema zu wechseln. »Womit hast du dich gerade beschäftigt?«

Ihr Lächeln war eine Spur zu wissend. »Schlafen, Träumen, Arbeiten, Auspacken, halt das Übliche, du weißt schon.«

Ihr Tonfall war ein Hauch zu hoch, ein Hauch zu beiläufig, oder hatte mich meine eigene, verdorbene Phantasie überempfindlich gemacht? Dies wäre immerhin das erste Mal gewesen, denn noch nie hatte mich jemand beschuldigt, zu feinfühlig zu sein.

»Träume?« erkundigte ich mich.

»Träume«, sagte sie. »Du weißt schon: Geschichten, die man sich selbst erzählt, bevor man einschläft. Würstchen, die hinter Brötchen durch Tunnel herjagen, was von dieser Art.«

»Und wie ging's weiter?« Weißt du, meine Träume sind nur Träume. Jungianische Archetypen drangen tröpfelnd in die Windungen meines Verstandes ein. Ich befasse mich mit Magie, doch die Träume einer Hexe sind so armselig wie meine.

»Gar nicht«, sagte sie und hob die Hand, um das Thema zu beenden, und ließ sie dann fallen. »Nein, das ist nicht alles. Ich habe auch schon Träume gehabt, in denen ich durch endlose Straßen lief. Immer war ich verloren, immer suchte ich nach einem Ausweg. Das war überhaupt nicht gut.« Sie seufzte. »Aber es sind eben nur Träume.« Sie schaute auf ein Buch hinab und schlug mit einem ihrer kurzen Nägel gegen den glatten Ledereinband. »Vielleicht sollte ich vor dem Schlafengehen keinen Wein mehr trinken. Ich träume davon zu viel.« Wieder blickte sie auf das Buch.

Es gibt eine Möglichkeit für einen Zauberer, in die Träume von anderen einzudringen. Doch das ist für beide Seiten riskant. Es ist eine der klassischen Arten der Zauberduelle, in denen der eine versucht, den Willen des anderen zu beugen.

Sie sah zu mir auf. »Mit welcher Frage plagst du dich gerade herum?«

Ich spitzte die Lippen. »Ich bin mir nicht sicher, ob du dir darüber Sorgen machst, daß jemand dich durch deine Träume angreift, oder ob du dir wünschst, daß ein anderer Zauberer da wäre, um mit dir zusammen zu träumen.«

Ihr Lächeln war möglicherweise nicht ganz unwiderstehlich, aber ich würde nicht darauf wetten wollen. »Weder noch. Mich wundert etwas anderes viel mehr.« Sie spielte mit dem Buch. »Ich frage mich, warum im Augenblick mein Interesse an Lokalisationszauber und an Fernmagie entfacht ist. Ich war zwar schon immer gut darin, aber erst kürzlich bin ich richtig auf den Geschmack gekommen.« Sie spielte mit einer dünnen Stahlnadel. »Wenn du dies hier in einen Heuballen stecken würdest, könnte ich dir eine gute Demonstration geben.«

»Nein, lieber nicht.«

Ihr Ansinnen war überhaupt nicht gut, denn als Andy damals versuchte, herauszubekommen, wo Karl sich aufhielt, hatte Andy sich verausgabt. Auch Zauberer oder Zauberinnen können nicht nach Lust und Laune ans Tor des Todes pochen. Andy wäre dabei fast wahnsinnig geworden und würde sich davon wohl nie wieder ganz erholen, sie würde lediglich lernen, es besser zu verbergen.

Ich wechselte das Thema. »Hast du heute schon meine Frau gesehen?«

Sie nickte. »Sie war irgendwo hier in der Nähe«, antwortete sie und gestikulierte dabei vage. »Bist du deswegen hier heruntergekommen?« fragte sie. »Was ist eigentlich los?«

Ich hatte das Gefühl, irgend etwas zu verlieren, war mir aber nicht sicher, was es überhaupt war. »Ich habe gerade mit Ahira gesprochen. Was hältst du von einem kleinen Ausflug? Wir könnten uns dabei besser unterhalten«, fragte ich, hoffte aber, daß sie absagen würde.

Wenn wir uns aufmachen sollten, um nachzusehen, was an der Grenze von Faerie vor sich ging, würden wir jemanden brauchen, der in der Anwendung von Magie bewandert war. Wenn ich erst Andy dazu bringen konnte, davon abzuraten, so würde es kein Problem darstellen, Ahira den Ausflug auszureden. Es gab zwar noch ein halbes Dutzend weniger begabte Zauberer in Holtun-Bieme, aber sie alle wiesen die für Zauberer typisch übersteigerte Nervosität auf, wenn es darum ging, sich in Gefahr zu begeben. Ich hätte sowieso keinem von ihnen getraut. Höchstens Henrad, der frühere Lehrling von Andy, bliebe übrig. Aber Henrad war schon mit Ahira und mir auf Reisen gewesen, und ich bezweifelte, daß er noch einmal Lust auf ein weiteres Unternehmen verspürte. Die Dinge hatten sich damals etwas tumultartig entwickelt – zumindest für sensitive Leute wie Henrad und mich. Jedenfalls in dieser Angelegenheit.

»Wohin?« erkundigte sie sich.

»In Richtung Faerie, vielleicht bis nach Ehvenor.«

»Wohl um die Gerüchte zu überprüfen?« fragte sie, vielleicht eine Spur zu eifrig. Als ich nickte, lächelte sie. »Das würde ich gern.« Sie griff auf ihren Arbeitstisch und befingerte eine Gemme, wobei sie diese zwischen Daumen und Zeigefinger rieb. »Als Aufwärmung könnte ich ein paar Zaubersprüche aus der Deutungsmagie ausarbeiten – einfach um zu sehen, was vor sich geht. Aber das ist eigentlich kein allzu guter Einfall, denn ich versuche, gerade in diesem Bereich etwas kürzer zu treten – und du weißt ja, wie schwer mir das fällt.«

Es gibt ein paar Dinge, die der Mensch nicht tun sollte. Man kann sie leicht daran erkennen, daß sie entweder einem selbst oder jemand anderem schaden. Es ist noch keinem dadurch besser gegangen, daß er Heroin genommen hat, und Magie scheint auf einige Leute beinahe genauso zu wirken: sie werden davon abhängig. Gefestigtere Magier schaffen es, sich auf eine gleichmäßige Dosis einzustellen. Vielleicht hatte Andy es übertrieben, als sie versuchte, Karl zu lokalisieren. Der zusätzliche Mangel an Übung, Nahrung und Schlaf hatte alles eher noch verschlimmert, so daß sie es schließlich nicht mehr im Griff hatte.

Doch noch immer sah sie wirklich gut aus.

»Du fragst dich, ob ich eine Erscheinung bin«, sagte sie, wobei sie eine Hand an der Hüfte abstützte.

»Nein.« Jedenfalls nicht, sollte sie nackt gearbeitet haben – an und für sich eine reizvolle Vorstellung. Ich wußte nicht genug über Magie, um sicher zu sein, ob sie sich über ihre eigene Erscheinung genauso täuschen konnte wie all die anderen. Aber es spielte sowieso keine Rolle. Ich kannte Andrea: sie würde nicht ohne Kleidung arbeiten, wenn sie sich am Anblick ihres wirklichen Körpers störte – und selbst wenn sie eine andere Erscheinung angenommen hätte, so ließ dieses sie nicht vergessen, wie sie wirklich aussah.

Ich glaube, ich hörte mich nicht sehr überzeugend an, denn sie schüttelte den Kopf und verneinte die Unterstellung, die ich nicht ausgesprochen hatte. »Nein, Walter, es ist keine Erscheinung. Genügend Ruhe, Nahrung, Gymnastik und ...«

»Das Haar ändert sich nicht durch Gymnastik.«

» ... und etwas Färbemittel«, fügte sie hinzu, während sie einen Schritt auf mich zu machte. »Ich habe nicht gern graue Haare. Das verjagt die Männer.« Sie streckte die Hand aus und berührte meine Stirn, genau dort, wo meine Haare reichlich grau wurden. »An dir sieht es besser aus.«

Ich vermute, dies war die Gelegenheit für mich, sie in die Arme zu nehmen oder etwas Ähnliches. Aber ich war mir nicht sicher, ob überhaupt einer von uns beiden etwas Derartiges wollte. Wir hatten uns schon geliebt – ein-, zwei- oder fünfmal, je nachdem, wie man mitzählte. Ich genieße es lieber, als mitzuzählen. Das war jetzt beinahe zwanzig Jahre her, doch es funkte noch immer zwischen uns.

Aus einem Grund war es schon eine Versuchung. Aber vergiß die Hormone für einen Augenblick – obwohl ich sonst zuviel Zeit damit verbringe, zu meinem eigenen Vergnügen mit den Hoden zu denken. Andy und ich hatten uns schon recht ausgiebig und viele Jahre lang geliebt. Ihr früherer Ehemann, mein bester Freund, war jedoch tot, und vielleicht wollten wir seiner auf eine sehr private und persönliche Weise gedenken.

Aber nicht unter demselben Dach, unter dem sich meine Frau befand.

Ich kam mir irgendwie sehr edel vor, so seltsam das auch klingen mag, als ich versuchte, sie von ihrem Vorhaben abzulenken. Sowohl Andy als auch ich wußten, was geschähe, wenn wir uns zusammen auf eine Reise begeben würden. Vielleicht hatte ich sie gerade, wenn auch sehr indirekt, dazu überredet, zu Hause in Sicherheit zu bleiben.

Ich nahm ihre Hand in die meine. Ihre Finger waren weich und warm, als ich sie an meine Lippen führte.

»Meine liebe Freundin«, sagte ich, »es tut mir gut zu sehen, daß es dir gut geht.«

Verdammtes Getue. Doch man darf nicht vergessen, daß Walter Slowotski jemand ist, der sich um seine Freunde und drumherum Sorgen macht. Andy ging es anscheinend das erste Mal einigermaßen gut, seitdem man von Karls Tod berichtet hatte. Damit wollte ich nicht herumspielen – auf keinerlei Weise.

Nun, vielleicht sollte ich am besten ein Nickerchen machen, etwas essen oder mit jemand Nettem ins Bett steigen. Einige dieser Kombinationen wirken sehr gut, wenn man nicht weiß, was man tun soll.

Daher zog ich mich in die Räume zurück, die Kirah und ich bewohnten. Doch war niemand da. Also entkleidete ich mich, streckte mich gemütlich unter der Daunendecke aus und schlief ein.

Zwischenspiel

Der Traum ist derselbe

Der Alptraum ist immer derselbe: Wir versuchen, aus der Hölle zu fliehen. Millionen von uns strömen über die endlos weite Ebene. Alle, die ich jemals geliebt habe, befinden sich unter ihnen, und mit ihnen vertraute und unvertraute Gesichter.

Hinter uns erstreckt sich entlang des Horizonts eine kreischende Dämonenhorde, einige Gestalten wie aus einem Horrorcomic entsprungen, andere wie mißgestaltete Wölfe. Sie alle hatten mir einen so fürchterlichen Schrecken eingejagt, daß ich kaum die eisige Luft einatmen konnte.

Der Ausgang befindet sich direkt über unseren Köpfen, eine goldene Leiter, die durch die Wolken hindurch nach oben führt. Und die Menschen steigen hinauf in einem stetigen Strom, der sich nach oben durch das flockige Weiß der Wolken und darüber hinaus seinen Weg bahnt. Ich kann nicht sagen, wer schon durchgekommen ist, ich kann nur hoffen, daß meine Kinder dabei sind. Bitte, laß meine Kinder dabei sein.

Einige sind bereits durch die Wolken hindurch geklettert, aber es gibt keine Möglichkeit, daß wir alle es schaffen: Die Dämonen nähern sich zu schnell und werden einige von uns packen.

Und dann sehe ich ihn: Karl Cullinane, Jasons Vater, steht hochaufgerichtet mit strahlendem Gesicht da; Hände, Brust und Bart mit frischem und geronnenem Blut befleckt.

»Wir müssen unbedingt die Stellung halten!« schreit Karl. »Wer ist dabei?«

Er lächelt, als ob er sein ganzes Leben lang auf diesen Moment gewartet hätte, dieser verdammte Idiot.

»Ich komme mit dir«, sagt jemand.

Einige Gestalten schieben sich aus der Menge nach vorn, einige bluten und einige gehen gebeugt. Jefferson und Franklin bahnen sich ihren Weg hindurch, begleitet von einer dicken, alten schwarzen Frau, deren Haar unter einem blauen Kopftuch nach hinten gebunden ist. Ihre Schultern sind durch zu viele Jahre harter Arbeit gekrümmt. Vielleicht ist es auch gar nicht Jefferson – sein Haar hat eher die Farbe von staubigem Rot als von klarem Weiß. Doch das spielt keine Rolle – er gehört hierher.

»Bitte, Madame«, sagt er mit fester Stimme, »gehen Sie mit den anderen.«

Sie schnauft. »Ich habe ja nur siebenunddreißig Jahre lang auf meinen Knien die Fußböden weißer Leute geschrubbt, um für meine sechs Kinder das Essen auf den Tisch zu bringen und danach diese sechs Kinder auch noch zur Schule zu schicken.« Ihre Hände ballen sich zu Fäusten. »Denkst du, ich lasse die an meine Babies ran, du Arschloch?«

Franklin lacht in sich hinein. »Er bittet Sie um Verzeihung, Madame.«

Jefferson verbeugt sich tief. »Selbstverständlich tue ich das.«

Ein anderer Mann mit schneeweißem Walroßbart und gewaltigen Augenbrauen, die sich über Augen erheben, denen nichts entgeht, beißt seine Zigarre durch und wirft sie dann mit einem gemurmelten Fluch fort. »Wir können die Stellung halten«, sagt er, wobei seine Stimme quiekender klingt, als ich angenommen hätte. Doch er hört sich nicht wie Hal Holbrook an. »Aber wir brauchen noch mehr.«

Karl schaut mich an – alle schauen mich an: Jefferson, Twain, Ahira, der verrückte alte Semmelweis, alle schauen mich an –, Erstaunen liegt auf Karls blutverschmiertem Gesicht. »Walter? Worauf wartest du noch?«

Dann wache ich auf.

Kapitel drei

In dem Schluckauf geheilt, Abendbrot gegessen und ein Ausflug arrangiert wird

Das offenkundige Zeugnis von Unsterblichkeit ist unsere Unzufriedenheit mit jeglicher anderen Lösung.

– RALPH WALDO EMERSON –

Etwas zu wollen reicht noch nicht. Wenn es das täte, hätten wir alle gelernt, entschlossener zu wollen. Ich kann schon ganz energisch wollen, danke schön.

– WALTER SLOWOTSKI –

Man nennt es den pathetischen Trugschluß, aber das ist lediglich der Terminus technicus dafür, denn es ist nichts Pathetisches dran.

Ich erinnere mich – damals, als ich anfing, Dinge zu personifizieren, war ich ungefähr fünf oder sechs Jahre alt.

Das liegt in der Familie. Stash – als Kind hielt ich ihn für meinen Vater – hatte noch das Große Auto, den 57er Buick Starfire 98, den er in Las Vegas auf seinem ersten und letzten Trip dorthin gekauft hatte. Der Wagen war einer der letzten und absolut besten Riesenschlitten, die in Amerika serienmäßig hergestellt wurden. Ein gewaltiges Auto, das von einem dreihundert PS starken V8 umhergezogen wurde, was für diese Monstermaschine, die aufbrüllte wie ein Löwe, ein Kinderspiel war. Es war zweifarbig, schwarz und gelb wie eine Hummel, mit einer gebogenen Windschutzscheibe, geschwungenen Kotflügeln und einem Heck, das groß genug war, um darauf zu zelten.

Das Große Auto hatte Sitzbänke wie eine Couch. Es war groß wie ein Haus, und wenn ich mitfuhr, festgehalten von den Sicherheitsgurten mit den großen Schnallen, für deren Einbau Vati und sein Freund Mike ein ganzes Wochenende gebraucht hatten, fühlte ich mich so sicher wie zu Hause auf der Couch.

Manchmal kam es vor, daß uns Leute in Volkswagen spöttisch anhupten.

Vati hatte immer nur in sich hineingelächelt. »Sie haben's nicht drauf, was, Em?«

Mutti stieß dann immer ihren tiefen Seufzer aus, mit dem sie sagen wollte, *jetzt geht das schon wieder los*, und dann sagte sie meistens: »Was haben sie nicht drauf?«

Er erwiderte dann immer so etwas wie: »Wie all dieses Metall um uns herum uns schützt, wie es diese kleinen Scheißautos ...«

»*Stash.* Schhh.«

» ... über die ganze Landschaft verstreuen wird, wenn wir mit ihnen zusammenstoßen – aber unsere alte Schönheit hier wird uns beschützen.«

Für die beiden war es so etwas wie ein Mantra, obwohl ich bezweifle, daß einer von ihnen jemals dieses Wort gekannt hat.

Sie hörten an dem Tag auf, dieses Mantra zu wiederholen, als irgend so ein Idiot in einem blauen Corvair auf unserem Heimweg in uns hineinpflügte, als wir gerade in unsere Auffahrt einbiegen wollten. Wir wurden *hart* gerammt – die Windschutzscheibe zersplitterte in einem einzigen Augenblick. Der volle Aschenbecher versprühte seinen Inhalt in die Luft und ließ mich so lange erblinden, bis meine Tränen die Asche aus den Augen herausgespült hatten. Die Schnalle meines Sicherheitsgurts hinterließ an meiner rechten Hüfte blaue Flecken, die noch wochenlang gelb und purpurn schillerten – aber uns war nichts weiter passiert. Am schwersten von uns war mein Bruder Steve verletzt, der gegen die Rückenlehne des Vordersitzes geschleudert wurde – und alles, was er abbekam, war eine blutige Nase.

Der Idiot in dem Corvair wurde in einem Notfallwagen abtransportiert, denn er war so schwer verletzt, daß ich bis zum heutigen Tag nicht weiß, ob es sich um einen Mann oder eine Frau handelte.

Überall war Blut verspritzt, und in der Luft hing der strenge Geruch von Benzin und schwelendem Öl. Mutti hatte eine Hand um Stevens Nacken gelegt und brachte ihn ins Haus, doch niemand hatte daran gedacht, mich fortzuscheuchen.

Ich wartete mit Vati, während der Mann mit dem Abschleppwagen unseren Wagen abholte. Unseren Wagen.

Gott, war der durch die Mangel gedreht worden. Es war nicht nur so, daß Scheiben, Kotflügel und Motorhaube zertrümmert waren, sondern auch die Vorderräder in einem eigenartigen Winkel abstanden, als wäre die Vorderachse gebrochen, während die Karosserie auf einer Seite über den Rahmen hinaushing.

Der Mann vom Abschleppdienst schüttelte den Kopf, als er den Hebel betätigte, mit dem er den vorderen Teil des Wagens in die Höhe zog.

»Kaufen Sie sich einen neuen, Mr. Slowotski?« fragte er über den nutzlosen Protest des Metalls hinweg.

»Stash«, sagte Vati abwesend. »Jeder nennt mich Stash. Eine Kurzform von Stanislaus. Und ja«, sagte Vati. »Ich habe ihn neu gekauft. Vor zehn Jahren.« Er streichelte das verbeulte Blech und zog dann verlegen die Hand zurück.

Der Mann vom Abschleppdienst schüttelte den Kopf in einer schnellen, ruckhaften Bewegung, als ob er sagen wollte, *ist schon gut, ich verstehe*. »Ja. Ein verdammt guter Wagen. Ich wünschte mir, man würde sie noch immer bauen«, sagte er, als er aufbrach.

»Es ist nur ein Auto.«

»Sicher, Stash.« Der Mann vom Abschleppdienst lächelte. Er glaubte Vati ebensowenig wie ich.

Oder ebensowenig, wie Vati sich selbst glaubte. Stash fuhr mit seinen derben, sanften Fingern durch mein Haar. »Ich hab' deine Mutter mit diesem Auto ins Krankenhaus gefahren, als wir dich bekamen, Grille.«

»Kann man ihn reparieren?« fragte ich, während ich nach meiner Seite tastete und mir die Hüfte rieb.

Er schüttelte den Kopf, und Tränen, die er nicht bemerkte, bahnten sich ihren Weg hinunter über den Fünfuhrschatten auf seinen Wangen.

»Nein, er ist zu sehr demoliert, um ihn zu reparieren. Aber dir, Steven und Mutti ist nichts passiert, Grille, und das ist es, worauf es ankommt. Das ist die einzige verdammte Sache, auf die es überhaupt ankommt.« Fest ergriff er meine Hand.

»Nein, ich bin nicht ganz okay«, widersprach ich vermutlich etwas weinerlich. »Ich habe mir *wehgetan*.«

»Ja. Aber nur ein bißchen. Vielleicht etwas gequetscht. Grille, das tut mir wirklich leid, ich meine es ehrlich, aber wir könnten alle tot sein. Tot, tot.«

Er murmelte etwas auf polnisch und ließ dann meine Hand los, um sanft auf die metallene Flanke des Wagens zu klopfen, während der Abschleppwagen ihn vom Bordstein zog. Ich habe nie viel Polnisch gelernt und kann mich nicht an die Worte erinnern – und doch weiß ich, was sie bedeuteten.

Sie bedeuteten: »Ich danke dir, du guter und treuer Diener.«

Wir sahen ihm nach, bis der Abschleppwagen um die Ecke gebogen und das Große Auto verschwunden war. Dann standen wir einfach dort und blickten noch eine ganze Weile hinterher, bis unsere Augen trocken waren.

Als ich aufwachte, saß Kirah vor meinem Bett und beobachtete mich.

Ich hatte sie bereits wahrgenommen, aber, so seltsam es auch klingen mag, in meinem Hinterkopf sträubte ich mich, ihretwegen aufzuwachen.

Alles war ein bißchen gespenstisch: sie saß mit untergeschlagenen Beinen in einem gut gepolsterten Lehnstuhl beim Fenster, und die Sonne warf durch die Jalousien goldene und dunkle Streifen auf ihr Gesicht. Lediglich ein Teil ihres Mundes war sichtbar, der ein Lächeln andeutete, das ebensogut freundlich wie gezwungen sein konnte. Ich vermochte es nicht zu deuten. Meine Frau hatte schon gelernt, sich zu verstellen, bevor wir uns kennenlernten.

»Guten Abend, Liebling«, sagte sie. Sie war gerade dabei zu nähen. Auf ihrem Schoß häufte sich weißer Stoff, in dem kreuz und quer Nadeln steckten.

Ich streckte mich und rieb mir dann die Augen. »Ach, hallo.« Aus der Kommode neben meinem Bett nahm ich eine Hose und schlüpfte hinein. Dann schwang ich mich aus dem Bett und schlenderte über den Teppich zu ihr hinüber, um mich langsam, sanft und vorsichtig über sie zu beugen und sie zu küssen, wobei ich darauf bedacht war, meine Hände hinter mir verschränkt zu halten. Sie konnte nichts dagegen machen, und ich konnte nicht anders.

Sie warf den Kopf zurück, vielleicht um ihn zur Schau zu stellen oder vielleicht auch aus Nervosität. Ich trat einen halben Schritt zurück und war betrübt darüber, wie sehr sie unter Spannung stand.

»Gut geschlafen?« fragte sie in ihrem immer leicht schleppenden Englisch.

»Na ja. Im Schlafen war ich noch nie sehr gut«, antwortete ich. Das war ein alter Scherz zwischen uns. Manchmal, wenn alles auseinanderfällt, greift man auf die alten Gewohnheiten zurück.

»Du hast ein paarmal aufgeschrien«, sagte sie. »Ich wußte mir nicht zu helfen.«

Das war schon in Ordnung so. Ich wechselte ins Erendra. »Schlechter Traum«, sagte ich.

Ich ging zum Waschbecken, spritzte mir etwas Wasser ins Gesicht und auf die Brust und trocknete mir vor dem Schrank das Gesicht ab. Währenddessen griff ich mir ein paar Kleidungsstücke für ein halbformelles Abendessen und zog mir schnell ein kurzes, braunsilbernes, weitgeschnittenes Jackett über ein lohfarbenes Rüschenhemd und eine gedeckte Hose mit einem seitlichen Silbersaum. Ich mag es, wenn meine formelle Kleidung bequem zu tragen ist, und achte darauf, daß der Schnitt der Ärmel einen leichten Zugang zu meinem Wurfmesser erlaubt, das ich griffbereit am linken Unterarm trage. Das Messer hatte ich zwar noch nie bei einem formellen Essen gebraucht, aber man kann ja nie wissen.

Ich schnallte mir den Gürtel meines Präsentationsdegens fest um die Taille und fand, daß er sich gut machte. Dann öffnete ich den Gürtel wieder und legte ihn über die Schulter.

»Wo hast du dich heute herumgetrieben?« fragte ich.

Sie zuckte mit den Schultern. »Überall.« Sie biß einen Faden ab und stach die Nadel in den Stoff. Nachdem sie vorsichtig ihre Arbeit niedergelegt hatte, stand sie auf und kam zu mir herüber, wobei sie sich das lange, goldene Haar im Nacken zusammenband.

Sie blieb ganz nahe vor mir stehen, ohne mich zu berühren.

Es war nicht einfach nur das Kleid, obwohl das schon beeindruckend war. Kirah hatte eine lange Robe aus weißer Spitze über roter Seide angelegt, die vorne nur leicht und hinten dafür tief ausgeschnitten war, so daß viel von ihrer zarten, sanften Haut enthüllt wurde. Ich schwöre, meine Frau wurde von Jahr zu Jahr schöner. Bei Frauen in den Dreißigern kann eine Fülle von Schönheit auftreten, nachdem alle Spure von Babyfett und Unschuld verschwunden sind, aber noch bevor die Jahre der Haut und den Muskeln die Elastizität genommen haben.

Und all das konnte man betrachten.

Nein, das war nicht fair. »Sag mal ehrlich, wo warst du?«

»Ich habe den Morgen damit verbracht, Andrea zu helfen.«

Das war es also, was Andy mir verheimlicht hatte. Ich war auf solche Dinge nicht gut zu sprechen, doch ich hoffe, daß mir meine Mißbilligung nicht ins Gesicht geschrieben stand.

Nach Dorias Anordnungen sollte Andy doch eigentlich die Anwendung von Magie auf ein Minimum beschränken. In ihrem besessenen Drang, Karl aufzuspüren, hatte Andy bei weitem zuviel Energie verschwendet. Und es ist für Menschen nicht gut, ob Zauberer oder nicht, sich die ganze Zeit mit Magie zu beschäftigen. Macht ist gefährlich, selbst wenn man glaubt, sie zu kontrollieren.

Nun, meiner eigenen Einschätzung nach hatte Doria ein bißchen zu viel von einer Glucke, etwas, was eigentlich nicht zu ihr paßte. Aber unabhängig davon, inwieweit sich Doria über die tatsächliche Gefahr im klaren war, wird es für Kirah noch immer relativ ungefährlich gewesen sein – denn sie konnte noch nicht einmal die magischen Schriften lesen. Eine Seite aus Andreas Buch der Zaubersprüche dürfte für sie genau derselbe undurchsichtige Wirrwarr wie für mich sein. Wenn man nicht die Anlage dazu hat, kann man auch keine Zaubermagie praktizieren. Wenn man zu den Göttern, Mächten oder Feen nicht die richtige Beziehung hat, kann man auch keine priesterliche Magie tätigen, wie Doria es zu tun pflegt.

Sie neigte den Kopf zur Seite. »Ich war gerade dabei zu erwägen, dich entweder zum Abendessen aufzuwecken oder dich einfach durchschlafen zu lassen.« Sie lächelte, als sie einen Schritt zurücktrat und sich dann wieder näherte, jede Bewegung der Schritt eines Tanzes.

»Gibt's bald Abendessen?«

Sie schüttelte den Kopf. »Es dauert noch eine Weile. Aber du brauchst immer so lange, um wach zu werden.«

Ich nahm sie in den Arm und spürte, wie sie sich versteifte. »Es tut mir leid.« Ich ließ die Arme fallen.

Sie legte ihre Arme um mich und lehnte den Kopf gegen meine Brust. Manchmal ließen die Regeln das sogar zu. »Nein. Mir tut es leid, Walter.«

»Du kannst nichts dafür.« Ich begann meine Arme anzuheben, doch dann besann ich mich eines Besseren. Es war nicht ihre Schuld. Ich hatte sie daran zu erinnern.

Meine Hände ballten sich zusammen. Es war nicht ihr Fehler, daß sie sich verspannte, wenn ich sie hielt, und daß sie aufschrie, wenn ich nach ihr griff.

Aber mein Fehler auch nicht. Ich habe stets das Beste für sie getan, aber wer immer ich auch sein mag, ich bin kein Heiler der Psyche und des Geistes. Bestenfalls bin ich ein Beobachter der Psyche und des Geistes.

»›Auch das wird vergehen‹«, sagte sie, wobei sie mich korrekt, und nicht etwa Abe Lincoln unkorrekt zitierte. Ich pflegte dies als eine Art Mantra zu benutzen, als sie schwanger war. Das ist wirklich komisch. Politisch gesehen liege ich immer daneben. Hier, indem ich vorschlage, daß Frauen ungefähr dieselben Rechte wie Männer haben sollten oder, wenn ich auf der Anderen Seite darauf aufmerksam mache – doch das mache ich sehr, sehr selten und gewöhnlich mit schlechten Ergebnissen –, daß schwangere Frauen ungefähr für ein Jahr oder länger verrückt werden.

Vielleicht ist es nicht ihre Schuld. Vielleicht trägt keiner die Schuld an irgend etwas.

»Sicher.« Es könnte passieren. Ich bin skeptisch, aber wer weiß, es könnte passieren.

Langsam und vorsichtig legte ich die Arme um sie, ohne sie jedoch dabei festzuhalten, und küßte sie leicht auf die Seite ihres Halses. Sie nahm es gefaßt hin. Sie schreckte zurück, schrie aber nicht auf und stieß mich nicht zurück.

Schon ein kleiner Sieg, oder? Ich ließ meine Arme hinuntersinken. »Ich sehe dich beim Abendessen.«

Es war nicht immer so gewesen. Am Anfang hatten wir mehr Zeit im Bett verbracht als außerhalb, und wenn das in der Realität nicht möglich war, dann zumindest in meinen Erinnerungen.

Zur Hölle auch, das erste Mal waren wir schon ein paar Stunden, nachdem Karl und ich sie mit dem übriggebliebenen Häufchen Sklaven aus dem Sklavenwagen herausgezogen und befreit hatten, zusammengewesen. Wie ich zu sagen pflegte, hat dieses Geschäft schon immer seine beiläufigen Vorzüge gehabt.

Schon in unseren ersten Tagen hat es Anzeichen gegeben – oftmals, wenn ich mich ihr in der Nacht näherte und sie zurückwich, nur um mir zu erklären, daß sie gerade müde war. Oder, wenn ich mich ihr von hinten näherte und meine Arme überraschend um sie legte, worauf sie einen erstickten Schrei ausstieß und entschuldigend lächelte, daß sie so leicht zu erschrecken sei.

Aber diese Zwischenfälle kamen damals nur selten und in großen Abständen vor.

Es hatte sich langsam gesteigert, von wenigen Malen, die weit auseinander lagen, zu ›gelegentlich‹, zu ›nicht unhäufig‹ und dann allmählich sehr häufig, bis ich bemerkte, daß wir uns schon seit beinahe einem Jahr nicht mehr geliebt hatten, weil sie es nicht mehr ertragen konnte, von mir berührt zu werden.

Ich brauchte einen Drink.

Im Wohnraum der zweiten Etage fand ich eine grauschimmernde Keramikflasche mit holtischem Weinbrand und zwei Kognakschwenker aus Ton.

Also, die Bediensteten nannten ihn den Wohnraum – ich hielt ihn mehr für einen aufgemotzten Raum. Der Vorleger, der den Fußboden bedeckte, war eine Patchwork-Arbeit aus Fellen. Die Wände waren verziert mit den Köpfen verschiedenster Bestien, die von verschiedensten Furnael-Baronen erlegt worden waren. Darunter befanden sich ein paar Siebenender, einige ansehnliche Wolfs- und Keilerköpfe sowie ein riesiger Braunbär mit weit geöffnetem Maul und gelben Zähnen – zum Beißen bereit. Ich bezweifle, daß die Zähne im wirklichen Leben genauso poliert und glänzend waren, wie sie sich jetzt präsentierten.

Unter all diesen Raubtieren befand sich hoch oben an einer Wand ein kleines Kaninchen – die einzige Trophäe, die an der Seite auf einem kleinen Sockel befestigt war, als wäre sie mitten im Sprung eingefroren. Ich bin sicher, daß hinter dieser Sache eine Familiengeschichte steckte, aber ich habe niemals herausgefunden, worum es sich handelte.

Das Zimmer wirkte ein wenig gespenstisch, aber nicht deshalb, weil die Tiere den Eindruck erweckten, sie würden jeden Moment zum Leben erwachen. Das taten sie nicht. Biemishe Präparationsarbeit war nicht für ihr hohes Niveau bekannt. In den meisten Gebieten von Eren hat es auch niemals großartige Glasarbeiten gegeben. So verwendeten auch die Präparatoren anstelle von Glasaugen traditionell die weißen Kugeln aus poliertem Knochen. Es war genauso, als hätte man ein volles Zimmer mit Orphan Annies kleinen Kuscheltieren ausstaffiert, die auf mich herunterstarrten. Es dauert ein wenig, bis man sich daran gewöhnt hat. Weinbrand hilft dabei.

Das einzige Problem war, daß ich einen Schluckauf bekam. Ich hasse es, mit Schluckauf zu trinken. Das zieht den Weinbrand bis zur Nase rauf.

Schnell hatte ich ein Feuer im Kamin entfacht und mich bequem in einem niedrigen Stuhl vor den aufflackernden Flammen niedergelassen, als Doria mit einem Fingernagel gegen den Türrahmen klopfte.

Zum Abendessen hatte sie ein langes, purpurnes Kleid angezogen, das aus einem Stoff angefertigt war, den ich immer für Velour hielt, obwohl ich weiß, daß dies nicht der richtige Name dafür war. Das Oberteil lag von ihrer Brust bis zur Hüfte eng an, von wo sich ein Faltenrock unter einem gewebten goldenen Gürtel aufbauschte. Dessen goldenes Muster wurde von Filigranarbeiten auf den Ärmeln und dem Ausschnitt des Kleides sowie auf dem Band ihrer Tasche aufgegriffen.

»Gut so?« fragte sie.

»Hübsch«, antwortete ich. »Stell schon mal einen Thron auf.«

Sie schaute zu den beiden Kognakschwenkern, die sich auf den flachen Steinen vor dem Feuer erwärmten.

»Hast du mich erwartet?« fragte sie, während ich die beiden Schwenker mit einer lässigen Handbewegung drehte.

Als ich den Kopf schüttelte, bekam ich wieder Schluckauf. »Nein. Aber es macht keinen Umstand, zwei Schwenker aufzuwärmen. Man weiß nie, ob nicht ein Freund auf einen Drink vorbeischaut.«

»Oder um deinen Schluckauf zu kurieren.« Sie lächelte, als sie sich im Stuhl niederließ und den Kopf gegen das hohe Rückenteil lehnte.

»Ja.« Ich war ein bißchen sarkastisch.

Aus ihrer Tasche zog sie etwas hervor, das wie ein Stückchen Quarz aussah. »Lutsch eine Weile darauf.«

Ich zuckte mit den Schultern und steckte es in den Mund. Süß ... »Kandiszucker«, sagte ich lutschend. Demosthenes, erblasse vor Neid.

»Ausgezeichnet, Watson.«

Ich zog eine Augenbraue hoch, als ob ich sagen wollte: *Und das soll den Schluckauf heilen*?

Sie nickte. »Zu neunzig Prozent. Schluckauf wird verursacht durch ein elektrolytisches Ungleichgewicht im Blut, das ein Verkrampfen des Zwerchfells verursacht. Gewöhnliche Übersäuerung des Blutes. Zucker oder Salz erzielen den umgekehrten Effekt. Wenn das nicht hilft, bedeutet das, daß du alkalisch bist, und ein wenig Zitrone würde dann helfen. Mach noch ein bißchen weiter.«

Ich fing an, mit ihr darüber zu diskutieren, doch der Schluckauf verschwand, möglicherweise aus eigenem Entschluß. »Wo hast du davon gehört? Von der Hand?«

»Nein. Es handelt sich um etwas von der Anderen Seite. Eine Freundin von mir namens Diane. Ich weiß nicht, ob du ihr jemals begegnet bist.«

»Hmmm ... vielleicht. Ich weiß nicht.«

»Nein, du bist ihr nie begegnet.« Sie lächelte. »Du würdest dich erinnern. – Was machen die Schwenker?«

»Warte eine Sekunde.« Die Tonschwenker waren warm genug. Gerade so heiß, daß man sie anfassen konnte. Die ideale Temperatur, um holtischen Weinbrand zu trinken. Ich entkorkte die Flasche und schenkte jedem von uns einen ordentlichen Schluck ein. Ich wollte gerade aufstehen, um ihr den Becher zu reichen, doch statt dessen erhob sie sich und ließ sich auf der Armlehne meines Sessels nieder, den Arm um meine Schultern gelegt. Sie roch nach Seife und Blüten.

»L'chaim«, sagte ich mit einem leichten Gurgeln auf dem hebräischen *Ch*-Laut.

Das brachte mir ein Lächeln ein. »L'chaim«, wiederholte sie und trank. Ich tat es ihr nach. Der Weinbrand brannte mir im Hals und wärmte mir den Baum. Keine schlechte Marke.

»Macht dir was Sorgen?« fragte sie.

»Nur das Übliche«, antwortete ich, wobei ich meiner Stimme einen unbeschwerten Klang verlieh. »Weißt du, du bist nicht die einzige, die sich Sorgen macht.«

Sie lächelte leicht. »Worüber machst du dir jetzt Gedanken? Über deine Aussichten bei dem Mädchen eine Etage höher?« Ihre Finger spielten sanft mit meinem Haar.

Ich täuschte ein Schaudern vor. »Hast du schon einmal das Mädchen von über uns *gesehen*?«

»Selbstverständlich.«

Ich zuckte mit den Achseln, jedoch sanft genug, um sie nicht zu vertreiben. »Ich sollte mich nicht beschweren, die Dinge laufen ganz gut. Andy sieht schon viel besser aus, und der Zwerg ist auch schon so gut wie geheilt. Jason ist ein guter Junge. Grüner als der Hulk, aber ...«

Sie brachte mich mit einem Finger auf meinen Lippen zum Schweigen. »Wir kommen jetzt zu Kirah, nicht wahr?«

Ich antwortete nicht.

Doria wartete. Sie war besser im Warten als ich.

»Es ist nicht ihre Schuld«, sagte ich schließlich. »Als was würdest du es bezeichnen? Als posttraumatische Streßkrankheit?«

Sie zuckte mit den Schultern. »Vier Semester Psychologie, und du würdest mich zum Psychiater haben wollen.«

»Ich werde es nicht gleich der Medizinischen Gesellschaft Amerikas erzählen.« Ich hob den kleinen Finger. »Großes Indianerehrenwort.«

»Also, so sieht's aus.« Sie nahm einen Schluck, durchdachte das Problem und ließ mit einem Achselzucken von ihm ab. »Das spielt keine Rolle, Walter. Das Ganze mit einem Etikett zu versehen, bedeutet nicht, es auch zu verstehen oder zu wissen, wie man es heilen kann. Sie befindet sich in einem schlechten Zustand ... oder zumindest eure Beziehung.« Doria nahm einen Schluck und seufzte.

Ich zog eine Augenbraue hoch. »Ich wußte nicht, daß man es uns ansieht. Du hast noch immer genügend Kraft, es herauszufinden?«

»Nein.« Sie schüttelte den Kopf. Hatte die Matriarchin sie

all ihrer Kräfte beraubt, oder waren da noch einige Zaubersprüche auf dem Grund ihrer Seele verblieben, die lediglich eines Anstoßes bedurften? Doria würde sich dazu nicht äußern. »Ich habe Zaubersprüche immer für eine Möglichkeit gehalten, eine andere Wahrnehmungsfähigkeit zu entwickeln, und nicht für einen Ersatz. Wie lange ist es für euch beide jetzt schon her?«

»Ist was schon her?«

Sie zog einen Mundwinkel zu einer finsteren Miene herunter. »Rate mal.«

»He, nicht ich gebe hier die Antworten. Erinnerst du dich?«

»Ja.« Sie lächelte. »Üblicherweise.« Ich dachte an das letzte Mal und versuchte, es zu vergessen. Statt dessen erinnerte ich mich an eine wilde, warme Nacht in Heim, vor vielen Jahren, kurz nachdem Karl und ich von einem Streifzug zurückgekehrt waren. Ich glaube, es war die zweite Nacht – die erste hatte Karl freigehabt. So mußte es gewesen sein. Wir hatten damals Janie, die noch ein Baby war, bei Karl und Andy zurückgelassen. Wir nahmen uns aus der Siedlung einige Decken mit, durchstreiften die Wälder und erklommen einen Hügel. Von einer kleinen Flasche wilden Heidelbeerweins waren wir unglaublich betrunken und liebten uns die ganze Nacht lang unter den Sternen.

Ich meine, wirklich, kein Scheiß, ich schwöre bei Gott: die ganze Nacht lang.

Wenn ich die Augen schließe, kann ich sie noch immer sehen mit ihrem Haar, das über mir im Wind weht und vom Licht der Sterne eingerahmt ist …

Aber das war vor langer Zeit, in einem anderen Land, und das Mädchen würde eher tot sein, als wieder warm in meinen Armen liegen.

Ich wechselte das Thema. »In letzter Zeit sieht Andy viel besser aus. Ich glaube, daß es nicht nur den Anschein hat.«

Für einen Moment saß Doria still, lächelte dann und brachte die Sprache wieder auf Kirah und mich. »Es ist erstaunlich, was ein paar Übungen, etwas Essen und allgemeine Aktivitäten auszurichten vermögen, nicht wahr? Ganz davon zu schweigen, keine Magie mehr zu machen.«

»Sie ...« Ich unterbrach mich selber.

»Sie hat es noch nicht aufgegeben?« Doria zuckte mit den Achseln. »Darüber bin ich nicht erstaunt. Das Krankheitsmodell ist auf Alkoholismus nicht immer *ganz* anwendbar, doch alles auf ihre suchtartige Hingabe an die Magie abzuschieben, ist wahrscheinlich auch nicht ganz richtig.«

Ich war überrascht, sie auf diese Weise reden zu hören. Doria hatte alle Hebel in Gang gesetzt, um Andy auf Teufel komm raus nach allen Kräften aus ihrer Werkstatt fernzuhalten.

»Aber wir sind sehr *dicht* dran«, sagte sie. »Ich wünschte, der Rest von euch würde mir das glauben. Es lauert immer eine Verführung, eine permanente Versuchung. Ich war ein schrecklich pummeliges Mädchen«, sagte sie, so als ob sie das Thema wechseln würde, obwohl sie dies nicht tat. »Schließlich habe ich es geschafft, mein Gewicht meistens auf einem halbwegs erträglichen Niveau zu halten, indem ich darauf achtete, was und wie ich aß. Nicht mehr und nicht weniger. Wenn man anfängt zu hungern, stürzt man sich nach einiger Zeit unweigerlich in ein Freßgelage – das bringt nichts.«

Ich legte ihre Hand in die meine und küßte sie. Sanft, ganz sanft. Man mußte Doria stets sanft berühren. Das war schon immer so gewesen und ich hatte es schon immer an ihr gemocht. »Du hattest andere Probleme, aber du hast es weit gebracht, mein Kind.«

Sie seufzte. »Hoffentlich.« Ihre Finger spielten mit meinem Kragen und dann an meinem Schnurrbart. »Wir sollten jetzt besser zum Abendessen hinuntergehen, oder?«

Die Herausforderungen des Lebens der herrschenden Klasse lernt man nach einer Weile zu ertragen, selbst wenn man nur durch eine eheliche Verbindung zu einem Mitglied dieser Klasse geworden ist. Alles ist ein einziger Handel. Man pflegt gut zu essen, aber man kann auch jederzeit unterbrochen und dazu genötigt werden, bei einer Vielzahl von Dingen plötzlich auszuhelfen.

In diesem Fall war ich damit beschäftigt, mich um zwei kürzlich eingetroffene Dorfvorsteher zu kümmern, die sich auf einem formellen Besuch befanden. Wirklich, es ist keine schlechte Idee, die Dorfvorsteher einzuladen, um sie mit Speis und Trank zu bewirten. Ich bin froh, daß ich Jason diesen Vorschlag gemacht hatte.

Wir nahmen unsere Plätze um den Tisch herum in der üblichen Weise ein. Jason saß am Kopf des Tisches, Andrea ihm gegenüber. Ritelen, der ältere der beiden Vorsteher, saß zu Jasons rechter Seite. Dann folgten Kirah, Dorann und Janie. Auf der anderen Seite waren es Doria, meine Wenigkeit, Aeia, Bren Adahan und schließlich Benen, der andere Vorsteher. Jedem Vorsteher wurde ein Ehrenplatz zur Rechten von Jason oder Andrea zuteil. Dadurch bot sich Kirah die Möglichkeit, mit Ritelen – ein Mann mit gewaltigem Brustkorb und Walroßschnauzer – ein höfliches Geplauder zu beginnen, da sich sowieso nur Jason und Kirah in normaler Lautstärke mit ihm unterhalten konnten.

Es sah albern aus. Der für förmliche Abendessen vorgesehene Tisch war dafür gedacht, dreißig Menschen Platz zu bieten, doch diesmal waren es weniger als ein Dutzend Leute, die sich um den Tisch herum fast verloren.

Ich persönlich hätte es vorgezogen, uns in zwei Gruppen an jedem Ende des Tisches zu plazieren. Vier oder sechs Leute sind ungefähr die richtige Anzahl für eine Unterhaltung beim Essen. Einer mehr, und die Gruppe tendiert dazu, sich in mehrere Gesprächsgruppen aufzuteilen. Und die meisten Leute werden das Mißtrauen nicht los, sich in der falschen Gruppe zu befinden. (Ich natürlich nicht. Per Definition ist die Unterhaltung mit mir immer die interessanteste.)

Oder es kann in einen Monolog umschlagen.

Natürlich entwickelte sich von Seiten der beiden Dorfvorsteher kein Monolog. Das wäre zu vernünftig und zu interessant gewesen. Ich hätte es vorgezogen, mehr über die Weizenfäulnis zu hören, die in Teleren aufgetreten war. Außerdem hätte ich lieber die beiden Vorsteher darüber ausgefragt, was sie über den Wert von Sojabohnensprößlingen als Ergänzungsnahrung dachten.

Aber es kam nicht dazu. Während die Suppe gereicht wurde – es gab eine dicke, fleischige Schildkrötensuppe mit zerstoßenem Pfeffer und Karotten, die gerade eben so fest waren, daß man sie gut beißen konnte; dazu wurden heiße Brötchen serviert, welche noch wunderbar warm, fest und knackig-knusprig aus dem Ofen kamen; U'len war wirklich eine ausgezeichnete Küchenchefin –, während also die Suppe gereicht wurde, ließ sich Bren Adahan über einen besonderen Aspekt der Reitkunst aus, wobei Aeia ihm mit entzückter Aufmerksamkeit folgte, während die anderen mit leidlich vorgetäuschtem Interesse lauschten.

» ... der Kniff besteht darin, dem Tier nicht die Möglichkeit zu geben, einem zuvorzukommen, sondern es augenblicklich reagieren zu lassen. Jeder Trottel kann mit einem Pferd auf eine Hürde zugaloppieren und dann erleben, daß er sie nimmt, ohne es überhaupt gewollt zu haben. Die meisten guten Reiter erahnen früh, daß das Pferd zum Sprung bereit ist. Am besten ist es, wenn nichts geschieht, solange du es nicht sagst. Ich kann mich an einen Vorfall erinnern ...«

Aeia und Janie zollten ihm äußerste Aufmerksamkeit, und die anderen Frauen hörten beinahe ebenso gebannt zu.

Außer Andrea. In dem langen Kleid, tiefschwarz und karmesinrot, sah sie umwerfend aus. Sie hatte die Fingerspitzen vor dem Mund zusammengeführt und gab vor, aufmerksam zu lauschen.

Ich bilde mir ein, den Zusammenhang zwischen Frauen und Pferden zu verstehen, aber ich kümmere mich nicht darum. Er ist fast immer sexueller Natur, oder vielleicht sollte ich das fast streichen, und ... nein, ich habe nicht die Absicht, irgendwelche derben Witze über Frauen und Hengste zu machen. (Tatsächlich sind alle Frauen, die ich kenne, genauso wie ich darauf bedacht, sich auf Teufel komm raus von Hengsten fernzuhalten. Ein nicht kastriertes, männliches Pferd geht dir vollkommen durch, wenn es eine rossige

Stute wittert oder wenn es zu nahe an eine menstruierende Frau gerät.)

Das soll nicht heißen, daß ich etwas gegen Pferde hätte – genau das Gegenteil ist der Fall. Während der letzten zwanzig Jahre habe ich Tausende von Kilometern zu Fuß zurückgelegt und bin mindestens zweimal so weit geritten. Ehrlich, ich würde mir nicht wünschen, daß es anders herum gewesen wäre. Ich bevorzuge Autos, und *noch mehr* bevorzuge ich es, auf Ellegon zu reisen, wenn er verfügbar ist. Aber ich habe nicht das geringste gegen Pferde, wirklich nicht.

Andererseits sind es bemerkenswert einfältige Tiere. Sie haben kein bißchen Verstand – man kann sie zu Tode reiten, wenn man sie zu hart antreibt, und man sollte sich davor hüten, sich zu sehr an sie zu binden, denn wenn nichts mehr geht, muß man in der Lage sein, sie zurückzulassen. Einst brachte ich einen ganzen Tag damit zu, versteckt in einer Regentonne zu hocken und mich dabei durch eine kleine Röhre notdürftig mit Luft zu versorgen. Ich kann mir nicht vorstellen, daß ein Pferd zusätzlich mit hinein gepaßt hätte. Wäre ich nicht bereit gewesen, meinen Gaul von einem Augenblick auf den anderen aufzugeben – eine süße kleine Stute, die sich immer liebevoll mit ihren Nüstern an mich schmiegte, ganz wie ein Hund, ich hoffe, daß sie einen fürsorglichen Besitzer gefunden hat –, dann wäre ich tot gewesen, tot, tot.

Also erzähl mir nichts vom Pferd.

Und ganz besonders nichts darüber, wie man einen Zaun überspringt, wenn man gar nicht die Absicht hat. Einmal hätte ich mir beinahe das Genick gebrochen.

Ahiras Mundwinkel zuckten zu einem Lächeln. »Wäre es vielleicht möglich, daß wir beim Abendessen noch über etwas anderes sprechen könnten?« fragte er, als U'len eintrat und den nächsten Gang auf einem silbernen Präsentiertablett hereintrug.

»Um Himmels willen, jetzt redet ihr, anstatt meine herrlich tranchierten Masthähne zu essen?« sagte U'len. Sie war eine gewaltige Frau, die nur aus Fett, Muskeln und viel

Schweiß bestand und fast immer ein leicht spöttisches Grinsen zur Schau trug.

Der örtliche Brauch, den Fleischgang vor dem Fischgang zu servieren, hat mir noch nie imponiert, aber wirklich beeindruckt war ich von den drei Vögeln, die auf dem riesigen Serviertablett drapiert waren. Sie waren riesig, prall und braun und strotzten vor Nelken, kleinen Knoblauchstücken und Zwiebeln. Ihre knusprige Haut brutzelte noch vor sich hin.

Sie rochen wahrhaft himmlisch.

»Verlang nicht zu viel von mir«, sagte Jason, der mühelos als U'lens verbaler Sparringspartner in die Rolle seines Vaters schlüpfte. »Gutes Essen erkenne ich am Geschmack. Wir werden sehen, ob es hier der Fall ist.«

»Hmph.« U'len setzte die Geflügelplatte direkt vor Jason ab und führte dann selbst das große Tranchiermesser und die Gabel.

Aeia sah in ihrer Rüschenbluse heute abend außergewöhnlich reizvoll aus. Sie trug diese Bluse über einem langen, hellen, um die Hüfte geschwungenen Melawei-Rock, der ihr linkes Bein vom Fußknöchel bis zur Mitte des Schenkels entblößte. Sie lächelte über ihr Weinglas zu mir herüber, was mir einen kühlen Blick von Bren Adahan einbrachte, aber keinen einzigen flüchtigen Blick von meiner Frau.

Bren, bleib ruhig, dachte ich. *Du wirst uns allen nur das Leben schwermachen.*

»Was hältst du von dem Wein?« fragte sie. Ich nahm noch einen Schluck. »Nicht schlecht.« Es wäre angenehm, neben ihr zu sitzen und ihr Bein an meinem zu spüren – zu spüren, wie eine Frau sich immer enger an mich schmiegte, anstatt mich von sich zu weisen.

Ich trank noch ein wenig Wein. Nach meinem Geschmack etwas zu herbe, denn er war noch ziemlich jung – die biemische Art der Weinkelterung bringt einen Wein hervor, der lange gelagert werden muß. Nichtsdestotrotz kann das Resultat sich sehen lassen. Die Weinerzeugung war eines der Dinge, die Bieme während der Kriegsjahre aufgeben mußte und fast der gesamte Weinvorrat, den die Furnaels eingelagert hatten, war während der Belagerung ausgetrunken worden. Im ganzen Land gab es nichts, was reif genug zum Trinken war.

U'len begann mit dem Zerteilen. Ich weiß nicht, wie du es hältst, aber ich hatte immer schon eine Vorliebe dafür, jemandem bei Tätigkeiten zuzusehen, die er besonders gut beherrscht.

Die Klinge blitzte im Kerzenlicht auf und schneller, als man es in Worte fassen konnte, hatte sie den ersten Vogel auf erenische Art aufgeschnitten. Die Haut war in handflächengroße Stückchen zerteilt, wobei jedes mit einem Häufchen vom Löffel geformter Füllung gekrönt war. Die Brust war in dicke Scheiben zerschnitten; die Schenkel waren von den Keulen getrennt; der obere Teil der Keule war sorgfältig aus dem Fleisch herausgelöst worden. Der Rücken und der Rest des Gerippes wurden von der fetten, alten Frau stolz zurück in die Küche gebracht, um als Suppengrundlage zu dienen. Schließlich brachten zwei ihrer Helfer das Gemüse und die Beilagen herein, die zu den Vögeln gereicht wurden.

Während sie anfing, den zweiten Vogel aufzuschneiden, spießte Jason ein Stück Haut und Füllung auf und kostete einen Bissen.

»Und?« fragte sie, ohne dabei ihre Arbeit zu unterbrechen oder die geringste Spur von Ehrerbietung oder auch nur Respekt in ihre barsche Stimme zu legen. »Wie ist es?«

»Nicht sehr gut«, erwiderte Jason.

Ich dachte, Benen würde der Unterkiefer auf den Teller herunterfallen, doch Ritelen, der bemerkt hatte, was da vor sich ging, versteckte ein Lächeln hinter seinem Walroßschnurrbart und der Serviette.

»Nicht ... *was*?« U'len stemmte ihre dicken Fäuste in die noch dickeren Hüften.

Er musterte sie für einen langen Augenblick. »Nein. Wir, äh, können allen anderen das ... ehm, Problem abnehmen, das zu essen. Ich werde es einfach übernehmen.«

»Onkel Jason lü-ügt, lü-ügt«, sang Dorann und verstummte im nächsten Augenblick, als ihr der Mund mit Füllung vollgestopft wurde – Kirahs Timing ist manchmal wirklich gut.

Nachdem U'len den Fisch aufgetragen hatte – Bachforelle gebacken in Sauerampfer und Sahne; aber ich kenne eine viel bessere Art, frische Forelle zu kochen – und dabei war, das Dessert zu servieren, kamen Kethol, Durine und Pirojil herein.

Sie waren nicht gerade die drei Musketiere. Kethol mager, knochig und rothaarig, Pirojil stämmig und reichlich häßlich und Durine ein ruhiger Bär von einem Mann. Sie waren die einzigen Gefährten Karls gewesen, die jenes Ereignis überlebt hatten, das man später den legendären Letzten Ritt nannte, und zwei von den dreien hatten Jason auf der Suche nach Karl begleitet, die ... na ja, mich zum Vorschein gebracht hatte.

Pirojil sprach für alle drei. »Baron, wir haben draußen einen Bauern, der sagt, daß er dich sprechen will. Es hat in der Nähe von Velen ein bißchen Ärger gegeben.«

Ich glaube, es war die Nacht, in der für Benen ein Schock auf den anderen folgte. Erstens, weil drei Soldaten das offizielle Mahl des Barons unterbrachen, ohne auch nur so etwas wie ›Mit Eurer Erlaubnis‹ vorzubringen. Zweitens: der Grund der Unterbrechung. Und drittens: die Art und Weise, wie Jason bereits aufgesprungen war und sein Schwert gürtete, während er zum Ausgang eilte.

»Nun, wir wollen sehen, worin das Problem besteht«, sagte er. »Baron Adahan, bitte laßt Euch auf meinem Platz nieder.«

Eigentlich hätte Jasons Höflichkeit gegenüber dem Holtuner mich beeindrucken sollen, aber ich reimte mir zusammen, daß Jason lieber auf diese Weise versuchte, Adahans Nase aus der Sache herauszuhalten, als ihm einen Schlag auf dieselbe zu verpassen.

»Ich bin gleich bereit«, murmelte Tennetty über einem letzten Bissen Forelle, doch es schien ihr nichts auszumachen, das Essen zu unterbrechen. Tennetty hat noch nie viel für Desserts übrig gehabt. Sie stand auf und tastete automatisch nach dem Heft ihres Messers, bevor sie ihr Schwert gürtete.

Ich hatte nicht vor, sie zu begleiten – die drei Musketiere wußten genug, um den Bauern zu suchen, und schließlich war auch noch Tennetty dabei. Außerdem freute ich mich auf U'lens Himbeertorte, obwohl die Kerne immer zwischen meinen Zähnen steckenblieben. Aber Jason brach auf, und Ahira folgte ihm, und so schloß ich mich ihnen an.

Ich glaube, mein Sinn für Gleichberechtigung hätte es erfordert, den Bauern hereinzubitten, aber niemand hatte danach gefragt.

Wir trafen ihn auf dem Hof unter den wachsamen Augen der Wache, einem Dutzend flackernder Fackeln und einem sternenübersäten Nachthimmel.

Der Bauer war nicht so, wie ich erwartet hatte, obwohl ich mir das hätte vorstellen können. Velen war gut zwei Tagesmärsche entfernt, und der Bauer war nicht selbst gekommen, sondern hatte seinen Sohn geschickt. Ja, er war klein und schmutzig, stank und war nicht allzu schlau, aber auch nicht so dumm, daß er nicht aufgeregt gewesen wäre. Während er sprach, schlug er sich unaufhörlich gegen die Stirn und grunzte seine Beschwerde heraus, daß etwas oder jemand die Kuh seines Vaters getötet hätte.

Er weinte sogar.

Ja. Eine Kuh. Keine große Sache, oder? Falsch. Für eine Bauernfamilie mit einem kleinen Stück Land und zwei Kühen macht es vermutlich den Unterschied zwischen Durchkommen und Verhungern aus. Eine gute Milchkuh ernährt eine kleine Familie mit Milch – und alle ein oder zwei Jahre einem Kalb – für lange Zeit. Die Kuhhaltung ist nicht gerade die wirtschaftlichste Methode, mit eßbaren Gräsern umzugehen – wenn man genug von der Ergänzung der Proteine versteht, ist vegetarische Ernährung um eine Größenordnung effizienter –, aber eine ganze Menge von dem, womit Kühe bestens auskommen, ist für Menschen nicht genießbar.

Nutzungsrechte für einige Weiden des Barons würden der Bauernfamilie nicht weiterhelfen. Bauern essen kein Gras.

»Hört sich nach Wölfen an, wenn du mich fragst«, vermutete Jason. Er schürzte die Lippen und krauste die Stirn. »Ihre Anzahl hat während des Krieges zugenommen.«

Auch die herrschenden Klassen sind für ein paar Dinge gut; die Zahl der anderen Räuber niedrig zu halten, gehört dazu. In Bieme ist das außerdem eine der traditionellen Aufgaben des Barons.

Tennetty zuckte mit den Achseln. »Mit Wölfen werden wir fertig«, sagte sie abschätzig. »Mit der vierbeinigen und der zweibeinigen Art. Haben alle Gewehre dabei?«

Durine nickte. »Nicht um sie zu erlegen, aber um sie zu vertreiben.«

»Hat er jetzt die andere Kuh von der Koppel genommen?«

Ahira hob die Schultern. »Möglich.« Er warf mir einen Blick zu, zog eine Augenbraue halbwegs hoch und spreizte die Hände.

Ich schürzte die Lippen und schüttelte den Kopf. »Nein.«

Ahira nickte zustimmend.

»Ihr glaubt nicht, daß es ein Wolfsrudel war?« Jason war irritiert.

Ich seufzte. »Falsch. Ahira hat mich gerade gefragt, ob ich es für eine offensichtliche Falle halte, oder ob wir losziehen und einen Blick auf den Kadaver werfen sollten, bevor die Wölfe den Rest besorgen.«

»Hast du das?« fragte er und drehte sich zu dem Zwerg um.

Ahira nickte. »Habe ich tatsächlich.« Er lächelte. »Ganz schön widerlich, was?«

Jason sah nachdenklich aus, und ich lächelte.

So ist es bei alten Freunden: Du bist mit jemandem über viele Jahre zusammen und führst immer wieder die gleichen Debatten mit ihm. Wenn du dann irgend etwas machst oder über andere sprichst, bemerkst du eines Tages, daß du die meisten Worte ausläßt oder sogar alle Worte. Du brauchst nicht mehr darüber zu spekulieren, wie man sich in einer bestimmten Situation zu verhalten hat: Du *weißt es*. Eine Geste, ein Wort oder sogar noch weniger – und es ist klar.

Aber das kannst du einem Siebzehnjährigen nicht erklären, auch nicht einem sehr verantwortungsbewußten, vorsichtigen Siebzehnjährigen. Er wird dir nicht glauben.

In diesem Fall war es jedoch einfach. Ahira und ich hatten es nicht nötig, uns an einer gewöhnlichen Wolfsjagd zu beteiligen, aber wenn es etwas anderes war, konnte man das mit den Geschichten von Dingen verbinden, die aus Faerie hervorbrachen, und alles was Magie einschloß, konnte Arta Myrdhyn und uns auf den Plan rufen.

Ehrlich, ich habe keine Ahnung, warum Arta Myrdhyn – ja, *der* Arta Myrdhyn der Sagen und Legenden – uns herübergeschickt hat. Wahrscheinlich nicht mal, damit wir das Tor für seine Wiederkehr öffnen, wie er behauptet hat. Ich für meinen Teil bin da skeptisch. Ich glaube, das liegt zum Teil daran, daß ich etwas dagegen habe, wenn Leute mich herumschieben, die ich nicht mag – dafür sorgen schon meine Freunde. Ich habe Puzzle noch nie gemocht und noch weniger gefällt es mir, ein Teil davon zu sein.

Oder ich fürchte, daß das Universum mit mir macht, was ich selbst immer gerne machen würde: ich knalle das Teil an seinen Platz, auch wenn es nicht ganz paßt.

Für das Teil ist das meistens ziemlich hart.

Das Problem mit dem Leben ist, daß nichts davon mit einer Anleitung daherkommt und du immer entscheiden mußt, was dich etwas angeht und was nicht. Nach mehr als zwanzig Jahren der Freundschaft wußte ich, daß Ahira besser schlafen würde, wenn er diese Sache überprüft hatte und daß er sowieso nicht schlafen würde, bevor wir einer Klärung näher gekommen waren.

Wie gewöhnlich trieb er mich in eine Sache hinein, die mich mit bösen Vorahnungen erfüllte.

Nun, wir versuchten, dem Kind etwas über das Leben und so beizubringen, und daher konnte ich ebensogut die Lektionen fortsetzen.

»Ausrüstung«, sagte ich zu Ahira. »Sag ihm, was wir meiner Meinung nach mitnehmen.«

Er nickte, zog Jason zu sich herunter und flüsterte ihm ins Ohr.

Eigentlich war das ein bißchen zu hart.

»Also gut«, erklärte ich. »Stell dir einen Planwagen und ein Gespann vor, das ihn zieht.« Das war leicht; jeder weiß, daß ich eine gepolsterte Bank einem harten Sattel vorziehe. »Wir brauchen also Rationen und die übliche Ausrüstung für die Straße – nimm einfach einige Packtaschen aus dem Stall. Doch wir sollten uns aus der Versorgungskammer noch schnell für jeden eine Hängematte holen.« Sie waren aus Elfenseide angefertigt, federleicht und haltbar. Mit der richtigen Ausrichtung ruhe ich viel lieber einige Fuß über dem kalten Boden als auf ihm. Oder in ihm, wo wir gerade dabei sind. »Signalraketen, fünf schnelle Pferde – nur für den Fall. Eberspieße, Granaten, Gewehre und die persönlichen Waffen. Aber ich wette, er hat die Keimbox vergessen.«

Ahiras Lächeln wurde breiter. »Was du alles weißt. Ich habe ihm gesagt, er soll zwei nehmen.«

»Ausgezeichnet.« Eine meiner weniger verrückten Theorien lautet folgendermaßen: Wenn Leute irgendwo ländliche Nahrung essen – was größtenteils Stärke und Bohnen bedeutet –, dann verbessert es ihre Ernährung wesentlich, wenn sie einige von diesen Bohnen nehmen und keimen lassen, zumal das wenig Aufwand erfordert und nichts kostet. Daher also die Keimbox. Johnny Appleseed, erblasse vor Neid. »Das ist noch nicht alles.«

»Das habe ich ihm gesagt.« Ahira lachte. »Weiter.«

»Das ist alles zu zweckmäßig – du hast ihm gesagt, daß er nicht vergessen soll, ein paar Extradecken auf das Klappbett zu werfen, damit ich meinen zarten Hintern nicht auf einer harten Bank lagern muß. Nimm eine *saubere* Teekanne und etwas Tee. Und eine Flasche von Riccettis Bestem.« Ich neige nicht dazu, mich auf der Straße zu betrinken, aber ein gelegentlicher Schluck guter, milder Maiswhisky vor dem Schlafengehen spült den Staub wirklich prima runter.

Ahira gab dem Jungen einen heimlichen Stoß. »Siehst du.«

Jason runzelte die Stirn. Ich glaube, er suchte nach dem Haken an der Sache, aber da gab es keinen, jedenfalls keinen außer der Tatsache, daß wir seit zwanzig Jahren befreundet waren. Ich bin wirklich ausgefuchst, aber das hier ging nicht auf mein Konto.

Tennetty kicherte.

Der Bauer hatte nichts von alledem verfolgt, was verständlich war – ein Großteil der Unterhaltung war auf Englisch geführt worden, und er sprach wahrscheinlich nur Erendra.

Jason wandte sich ihm zu. »Kannst du uns zeigen wo?«

»Ja, Herr. Ich denke – sicher wird es bald hell.«

Jason winkte Durine herbei. »Finde für Maduc etwas zu essen und einen Platz zum Schlafen, und kümmere dich darum, daß er gesättigt und zur Morgendämmerung bereit ist.«

»Ja, Baron Fur ... Cullinane.«

»Jap«, sagte Jason mit einem Lächeln. »Baron Furcullinane, das bin ich. Was ist mit deiner anderen Kuh? Wie kannst du wissen, daß sie in Sicherheit ist?«

Eine gute Schlußfolgerung: Der Bauer, jung oder alt, würde seine einzige andere Kuh nicht für die anderthalb Tage, die er dafür gebraucht hatte, herzukommen, einer Gefahr aussetzen.

»Mein Vater hält sie mit in der Hütte, Herr.«

Ahira schaute mich an und spreizte die Hände. Durine führte den Bauern weg.

»Du siehst besser zu, daß du etwas Schlaf bekommst, Jason«, sagte ich. »Morgen wird ein langer Tag für uns.« Andrea war damit beschäftigt, im Dunkeln hinter uns herumzuschleichen, ohne bemerkt zu werden, also tat ich so, als bemerkte ich sie nicht. Sie sollte ihren Spaß haben.

»Du auch.«

Ahira schüttelte den Kopf. »Nein. Die Nacht ist hell genug. Walter und ich ziehen jetzt los.«

»Eine schlaflose Nacht«, wandte ich ein.

Er zuckte mit den Achseln. »Wäre nicht das erste Mal. Wir sagen der Familie gute Nacht und dann los.« Er wandte sich Tennetty zu. »Kommst du mit?«

»Sicher.« Tennetty seufzte. »Aber wahrscheinlich finden wir nichts zu töten.« Sie wandte sich an mich. »Wie willst du im Dunkeln etwas finden?«

Ahira zuckte an meiner Stelle die Schultern. »Vor der Dämmerung sind wir sowieso nicht da, und bis dann wird alles gut zu sehen sein. Bussarde.« Er dachte einen Augenblick darüber nach. »Wir drei sollten genug sein.«

Jason räusperte sich. »Und was ist mit mir?«

Ich lächelte. »Aber du brichst doch morgen auf?«

Er spreizte die Hände. »Schön. Eine Lektion für mich. Darf man fragen, zu was sie gut ist?«

»Ich dachte, das wäre klar.« Ahira seufzte. »Wenn wir *hier* sind, bist du Baron Cullinane, und wir sind Gäste in deinem Haus. Gut. Kein Problem. Aber sobald wir unseren Fuß vor diese Mauern setzen oder auch nur vorhaben, das zu tun, sind wir nicht mehr deine Gäste oder deine Diener, sondern deine Partner.«

»Nenne es ›Seniorpartner‹«, fügte ich hinzu. »Und außerdem ›Lehrer‹. Der Zwerg und ich sind dir nicht nur um ein paar Jahre, sondern auch um eine Menge Erfahrung voraus.«

Er stand für einen Augenblick da und schwieg, und ich fragte mich ernsthaft, wie das weitergehen würde. Ich meine, als ich siebzehn war, konnte ich es nicht so gut verkraften, in aller Öffentlichkeit zurückgestellt zu werden.

Wenn ich es mir recht überlege, gefällt mir das noch immer nicht. Ich nehme es nicht einmal dann gern hin, wenn ich unter vier Augen gemaßregelt werde.

»Gute Reise«, sagte er, drehte sich um und ging weg.

Tennetty spuckte auf den Boden. »Arschloch.« Ich hätte gerne gewußt, ob das Jason oder Ahira und mir galt, aber ich fragte nicht. Stell keine Frage, wenn du die Antwort nicht hören willst.

»Nicht fair«, sagte Andrea Cullinane von hinten. »Trotzdem, danke.«

Ich sprang ein Stück in die Höhe, als ob sie mich erschreckt hätte. Tennetty legte den Kopf argwöhnisch auf die Seite, was Ahira nicht erst tun mußte.

Ich kicherte. »Ich habe das nicht gemacht, damit du ihn noch etwas länger hier hast. Ich habe es für meine eigene zarte Haut gemacht. Wenn Jason mit uns loszieht, muß er zuverlässig werden.« Außerdem mußte er die Dorfvorsteher unterhalten.

Und vielleicht hatte ich noch nicht vergessen, daß der Junge einmal weggelaufen war, als es darauf ankam – na gut, unmittelbar *nachdem* es darauf angekommen war –, und daß er dabei einigen Leuten einen ganzen Sack voll Schwierigkeiten aufgehalst hatte.

Sie trug wieder ihre neue Lederkleidung und darüber einen passenden schwarzledernen Reisemantel, dessen geschwärzte Oberfläche dennoch nicht glänzte. Sie hatte eine Tasche über die Schulter gehängt, und unter dem aufgeknöpften Mantel sah man eine Steinschloßpistole an jeder Hüfte, wobei die linke mit dem Griff nach vorn zeigte.

»Warum hast du dich verkleidet?« fragte ich, als wüßte ich es nicht.

Ihr Blick wurde leer und richtete sich in die Ferne, was mir gar nicht gefiel. »Ich muß hier einmal rauskommen, sonst werde ich noch verrückt.« Sie schüttelte den Kopf, als wollte sie ihn frei machen.

»Es hat Gerüchte gegeben«, fuhr sie fort, »über Dinge, die aus Faerie hervorbrechen, und über Tiere, die in Stücke gerissen wurden. Und dann gab es das riesige Ding – was immer es war –, das Jason und Tennetty bei den zerspellten Inseln begegnet ist. Ihr werde mich vielleicht brauchen.«

»Wahrscheinlich war's ein Wolfsrudel.«

Magische Kreaturen und Menschen kommen für gewöhnlich nicht miteinander aus, und nur wenige bleiben überhaupt in Eren. Zwar kursieren immer Geschichten, doch meistens sind es eben einfach nur Geschichten. Ich war an so vielen Legendenbildungen beteiligt, daß ich weiß, wie unsinnig sie sein können.

Sie legte den Kopf auf die Seite. »Und was, wenn es nicht nur ein Wolfsrudel ist? Was wollt ihr dann machen?«

Was, zum Teufel, erwartete sie? »Ich werde wie ein Verrückter rennen, was denn sonst.«

Ich hatte mir schon heute früh überlegt, Andy bei solchen Unternehmungen erst mal nicht dabeizuhaben, denn alles sprach dafür, Andy vorläufig besser zu schonen, ungeachtet Dorias Theorien.

Paß auf: Einmal angenommen, es steht in der Welt, in der wir leben – und den Situationen, in denen wir waren –, nichts in Zusammenhang damit, daß viele Frauen, die ich kenne, vergewaltigt worden sind. Einen gewissen Schutz vor solchen Überfällen bietet eine vergleichsweise moderne Erfindung – nur ist in den meisten Gesellschaften äußerst fraglich, wer außer der Frau noch erniedrigt würde. (Wir sind es gewohnt, über die Andere Seite zu sprechen, als ob dort alles richtig wäre, aber in dem Land, in dem ich geboren wurde, sind Überfälle ein Verbrechen gegen den Staat und nicht gegen die Person, und der Staat entscheidet, ob er die Sache verfolgt oder nicht. Ja, ich weiß.)

Alles läßt Narben zurück. Kirah hat ihre Probleme. Tennetty wurde zu einer nahezu unkontrollierbaren Psychopathin. Doria war nahe daran, auf Dauer zwischen Radieschen und Broccoli zu enden, wenn du verstehst, was ich meine. Und wenngleich ich der Ansicht bin, daß Aeia es von allen am besten getroffen hat, hat sie doch Spuren des Wahnsinns um die Augen. Genau wie Andrea.

Nein, *eine* Verrückte, nämlich Tennetty, war draußen schon schlimm genug – auch wenn wir nur einige magere, furchtsame Wölfe jagten. Wir brauchten nicht noch jemanden, bei dem es auf der Kippe stand, und ganz besonders brauchten wir keine Magiesüchtige mit Borderline-Symptomatik. Na ja, vielleicht war sie ja doch keine Magiesüchtige, Doria konnte sich durchaus irren.

Aber Andy war jahrelang nicht mehr dort draußen gewesen, und nach all meinem Gerede darüber, daß wir praktisch gegenseitig unsere Gedanken lesen können, kam ich mir idiotisch vor, das erwähnen zu müssen, und als Ahira sagte: »Gut, laß uns schnell Aufwiedersehen sagen und dann nichts wie los«, überraschte mich das völlig.

Und es war keine angenehme Überraschung.

Kapitel vier

In dem ich unkluge Gedanken anstelle und den Meinen Lebewohl sage

Die Wege wahrer Liebe verlaufen niemals gerade.

– WILLIAM SHAKESPEARE –

Nichts ist ärgerlicher als jemand, der ein scharfes Auge für das Offensichtliche hat.

– WALTER SLOWOTSKI –

Es gelang mir, mich von meiner ganzen Familie zu verabschieden, angefangen bei meiner Jüngsten.

Doria Andrea kommt nach ihrem Vater – sie gehört zu den Nachtmenschen unter den Slowotskis, ebenso wie ich und Stash, anders dagegen Emma und Steve sowie ihre Mutter und ihre Schwester – aber wenn man in diesem Alter ist, so bedeutet spät aufbleiben, daß man ein langes Abendessen durchhält, mehr nicht.

»Schlaf gut, kleiner Ankläger«, sagte ich, als ich sie in die Arme nahm. Das war ein kleiner Witz zwischen uns, den nur die Eingeweihten verstanden, und niemand außer mir fand ihn auch nur annähernd komisch.

Als ich mich vorbeugte, schlang D. A. ihre kleinen Arme um meinen Hals. »Komm bitte schnell zurück, Vati.«

»Das werde ich«, versprach ich und löste mich vorsichtig aus der Umarmung. Ich legte die Hand für einen Augenblick auf ihren Kopf, auf das weiche Babyhaar, das jeden Tag goldener wurde, wie das ihrer Mutter. »Nacht, Liebling.«

Janie lehnte wartend draußen in der Halle an der Wand. Sie hob an, mir etwas zu sagen, unterbrach sich aber und legte einen Finger auf meine Lippen. Ich schloß sacht die Tür und folgte ihr hinüber zum Eingang.

»Das Schlimme ist, liebster Papa«, hob sie wieder an, wobei sie meine Grimasse überhaupt nicht beachtete, »daß du auf deine alten Tage viel zu listig wirst.«

»Ach?« sagte ich und versuchte überrascht zu klingen. Ich hasse es, wenn sie mich liebster Papa nennt.

»Du hast es geschafft, meinem Freund beizubringen, daß er dich nicht mehr herumschubst, daß er nicht mal mehr den Versuch macht. Aber für mich sieht es so aus, als hättest du einen billigen kleinen Testlauf gestartet, der eigentlich auf alle deinesgleichen angewandt werden sollte. Das scheint mir kein guter Handel zu sein«, sie hob die Schultern, »falls meine Meinung überhaupt zählt.«

Da mir das sowieso höllischen Kummer bereitet hatte, fand ich es genauso schwer, ihr zu widersprechen, wie es mir schwerfiel einzugestehen, daß ich im Unrecht war, also tat ich keins von beidem.

»Deine Stimme zählt, Kind«, versicherte ich und drückte sie für einen kurzen Moment an mich.

Sie lächelte. Warum läßt das Lächeln meiner Tochter die ganze Welt heller erscheinen?

»Sei wieder gut«, sagte ich.

Kirah saß in dem mit Kissen gefüllten Ohrensessel, eine Lampe an ihrem linken Ellbogen und ihrem Nähkasten an der Seite. Sie strickte oder flickte oder arbeitete an sonst etwas. Ich kenne den Unterschied nicht, und es kümmert mich auch nicht.

»Du gehst«, sagte sie mit flacher Stimme, als wenn sie sagen wollte: *Ich werde dich nicht bitten zu bleiben.*

»Es sieht so aus«, ich lächelte. »He, mach dir keine Sorgen. Ich weiß, wie man in Deckung geht.«

Sie zwang sich zu einem Lächeln. Entweder war es wirklich so, oder ihr echtes und ihr gezwungenes Lächeln sahen inzwischen gleich für mich aus. Nach all den Jahren hätte ich den Unterschied kennen müssen. Das hätte ich wirklich.

»Das ist gut«, antwortete sie.

Äußerlich begann es jetzt erst richtig frostig zu werden, innerlich war es das schon längst. Ich streifte meine Abendjacke ab und schlenderte zum Wandschrank hinüber, zog mir schnell Unterwäsche, eine schwarze Lederhose, ein weites schwarzes Baumwollhemd und – ich fürchte, ich sah wie Johnny Cash aus – einen langen braunen Hausmantel an, den ich locker mit einer geschwärzten Messingspange vor dem Brustbein schloß. Dann zog ich eine Rose aus der Vase von unserem Nachttisch, roch einmal daran und schob sie unter die Spange. Dabei begutachtete ich mich im Garderobenspiegel.

Ich war mir nicht ganz sicher, ob ich den Gesellen mit dem stechenden Blick mochte, der mich dort anschaute, obwohl er eine stattliche Erscheinung war.

Tatsächlich sah er verdammt gut aus, mit ebenmäßigen Zügen, und er hatte einen interessanten asiatischen Einschlag in den Augen, eine schöne, bäuerliche Kinnpartie und einen klugen Mund unter dem Fu-Manchu-Schnurrbart. Er war gut über vierzig, hatte aber nur ganz feine Linien in den Augenwinkeln. Der Anflug von Grau an den Schläfen wirkte sehr kleidsam. Nur schade, daß das Grau genauso schräg war wie sein Lächeln.

Das viel zu selbstsichere Grinsen ließ deutlich werden, daß er überreichlich Zeit damit verbrachte, mit sich selbst zufrieden zu sein. Aber es war mir nicht klar, ob sich in seinem Gesicht genug Charakter fand, um das zu rechtfertigen.

Es war durchaus möglich, daß er daran dachte, mit einer besonders attraktiven, alten Freundin auszugehen und wie er – ihrem Sohn hatte er auf listige Weise ausgeredet, sie zu begleiten – bei ihr landen konnte.

Es war auch möglich, daß er daran dachte, wie falsch es war, solche Dinge in Anwesenheit seiner Frau zu erwägen. Ich bezweifle es aber. Wie gesagt, ich war mir nicht ganz sicher, ob ich diesen Burschen mochte.

»Woran denkst du?« fragte sie ganz so, als wären wir ein normales Ehepaar, das sich derartige Fragen stellen konnte und eine aufrichtige Antwort erwartete.

Kirah, dachte ich, *was ist mit uns geschehen?*

»Na ja«, antwortete ich und setzte mein gewinnendes Lächeln auf, »ich denke, ich bin praktisch nackt.« Das lag nahe bei der Wahrheit.

Ich ging zur Kommode hinüber und legte meine Waffen an: Wurfmesser in ihren Scheiden, Pistolen in ihren Halftern, einen breiten Gürtel mit Kurzschwert und meinem langen, spitzen Dolch. Ich weiß, daß ein Bowiemesser eine bessere Waffe ist, aber ich bevorzuge den Dolch. Es lebe die Tradition.

Außerdem habe ich mich an das Ding gewöhnt.

Ich rollte meine Jagdweste ein und klemmte sie unter einen Arm. Die therranjschen Garrotten steckten in zwei meiner Taschen.

Sie legte ihr Strick- oder Flickzeug, oder was es sonst war, beiseite und ging in die Ecke zu der Schneiderpuppe mit dem Chiffonkleid.

»Hier«, sagte sie und reichte mir einen vollen Lederrucksack, »Kleidung, etwas getrocknetes Rind, einige Süßigkeiten, alles was du brauchst.« Sie lächelte zu mir auf. »Fast alles.«

Ich stopfte die Weste in den Rucksack und hängte ihn über eine Schulter. »Danke.« Ich küßte meine Fingerspitzen und berührte die Luft vor Kirah.

Sie kam meiner Hand entgegen und schluckte ein-, zweimal hart. »Wirst du bald zurück sein?«

Natürlich, hätte ich sagen sollen. *Mach dir keine Sorgen.* »Möchtest du das?«

»Ja.« Sie nickte. »O ja, das möchte ich.«

»Warum nicht? Gut.«

Sie blickte erwartungsvoll zu mir auf. Es spielte keine Rolle, wie oft es schon schiefgegangen war, immer dachte ich, wenn ich langsam und vorsichtig genug vorging, wäre es für sie in Ordnung. Dieses Mal wäre es in Ordnung *gewesen*.

Ich Idiot.

»Es ist gut, Kirah«, sagte ich und legte meinen Arm um sie. Für einen winzigen Augenblick dachte ich, es *wäre* alles in Ordnung und sie könnte sich wieder von mir berühren lassen.

Aber sie schüttelte zunächst abwehrend den Kopf und dann nochmals gequält. Dann setzte sie mir die Hände auf die Brust und stieß mich fort. *»Nein.«*

Ich verließ das Zimmer und überhörte den Schluchzer hinter mir.

Verdammt, es ist nicht meine Schuld.

Unten in den Ställen wartete ein Abschiedskomitee auf uns: Doria, Aeia, Durine, Kethol und Pirojil. Bren Adahan war zurückgelassen worden, um den Dorfwachen Gesellschaft zu leisten.

Die Reitpferde waren schon gesattelt, und das Pferdegespann war an den Wagen geschirrt.

Ich blieb bei der gescheckten Stute stehen, die Tennetty für mich ausgesucht hatte, um meine Sattelgurte zu überprüfen und eine Mohrrübe für das Pferd hervorzuholen, bevor es ans Ende des flachen Jagdwagens gebunden wurde. Ich würde das Gespann fahren, aber ich wollte außerdem ein Reitpferd. Man weiß ja nie, ob man nicht einmal schnell vorankommen oder querfeldein reiten muß. Jagdwagen und Felder vertragen sich nicht.

Ahira saß schon im Sattel seiner kleinen grauen Stute, und als ich durch die breiten Tore ging, schwang sich Tennetty gerade auf den Rücken eines nervösen, schwarzen Wallachs mit einer weißen Blesse auf der Stirn. Sie brachte ihn hinter den Laternen auf Trab, hinaus in den dunklen Hof.

Andrea faltete eine Decke sorgfältig zweimal und legte sie auf den Sitz des Jagdwagens, bevor sie ihn bestieg. »Laßt uns aufbrechen«, sagte sie und klopfte auf den Platz neben sich.

Doria, die noch immer ihr lila Abendkleid trug, sah mich an, schürzte die Lippen und zuckte mit den Achseln. »Paß auf dich auf, Walter«, meinte sie. Sie packte meine Schultern und küßte mich sanft auf die Lippen. »Gib acht, ja?«

»Auf wen?« Ich schenkte ihr mein gewinnendes Lächeln, das sie nicht erwiderte.

»Auf euch alle«, antwortete sie, »besonders auf Andrea.«

Ich wußte nicht, wie sich die Dinge mit Aeia entwickeln würden – und mir war nicht klar, welche Entwicklung ich eigentlich wünschte –, bis ich mich selbst sagen hörte: »Begleite mich ans Tor. Die anderen werden uns in Kürze einholen.«

Ich fing den Blick des Zwergs auf. Für einen Moment spreizte ich die Finger einer Hand. *Gib mir fünf Minuten, in Ordnung?*

Er wiederholte die Geste und nickte. *Aber keine sechs,* bedeutete das.

Aeia und ich traten aus den Ställen in die Dunkelheit. Ich konnte fast die feindseligen Augen in meinem Rücken spüren und fragte mich, aus welchem Fenster Bren Adahan herunterschaute. Die Fackeln rings um den Burghof prasselten in der stillen Luft und schickten Schwaden dunklen Rauchs in den finsteren Himmel. Über uns starrten Millionen von Sternen auf uns herab, als verfolgten sie jede unserer Bewegungen und jedes Wort. Oder auch nicht.

Aeia trug immer noch das von Melawei inspirierte Abendkleid, das sie während des Essens getragen hatte. Ich machte mich gedanklich an dem komplizierten Knoten an ihrer linken Hüfte zu schaffen.

»Die Sache ängstigt dich«, stellte sie fest.

»Ich habe immer Angst.« Das war wirklich so. »Ich wache am Morgen ängstlich auf und gehe abends ängstlich ins Bett.«

Sie lachte in einem warmen, vollen Ton wie ein sorgfältig gestrichenes Cello. »Als kleines Mädchen hättest du mich nicht davon überzeugen können. Mein Onkel Walter und ängstlich? Nichts konnte meinen Onkel Walter erschrecken, nicht mehr als ...«, sie griff in die Luft und suchte nach dem richtigen Vergleich, » ... es meinen Vater erschrecken konnte.«

Ich gluckste. »Also das stimmt halbwegs. Karl war zu dumm, um sich zu fürchten.«

Sie nahm mich bei der Hand, und wir schritten schweigend fürbaß, hielten dabei Händchen wie Schulkinder. »Nur für ein paar Tage?«

Ich zuckte mit den Schultern. »Wahrscheinlich. Es kann auch etwas länger dauern. Die Geschichte kann sogar richtig heiß werden, so daß wir für eine ganze Weile wegbleiben. Wer vermag das schon zu sagen.« Es war wie in den alten Räuberzeiten, wenn ein Trupp auszog, um Streit zu suchen. Gewöhnlich fanden sie ihn in Gestalt eines Sklaventransports. Sklavenhändler müssen ihre Ware schnell absetzen, besonders wenn sie neu ist. Die Leute neigen dazu, Beziehungen zu anderen Menschen aufzubauen, selbst wenn diese Menschen ihr Besitz sind. Das ist schlecht fürs Geschäft.

Ich habe diese Zeit nie wirklich gemocht, damals als ich Karls zweiter Mann war. Ja, sie hatte ihren bestimmten Reiz; jenen Reiz, an dem Karl nicht teilhatte, der aber oft auf seine Art angenehm war. Verstehst du, nicht alle, die wir über die Jahre befreit haben, waren Männer. Einige, und nicht gerade wenige, waren Frauen, und von denen waren manche mehr als nur ein bißchen attraktiv. Es ist erstaunlich, wie dankbar eine Frau sein kann, wenn du sie gerade gerettet hat, und oft ist es unglaublich, auf welche Weise sie dir ihre Dankbarkeit zeigt. Du kannst meine Frau danach fragen.

Außerdem gab es gutes Geld.

Aber ...

»Bren hat mich gebeten, mit ihm nach Little Pittsburgh zu ziehen«, sagte sie. »Was meinst du, soll ich es tun?«

»Little Pittsburgh ist eine interessante Stadt«, erwiderte ich, »ein bißchen dreckig und düster, aber interessant.«

»Das habe ich nicht gemeint.«

»Ich weiß.« Ihre Hand lag warm in der meinen. »Du hast gemeint, daß wir irgendwann eine Entscheidung treffen müssen«, erwiderte ich. »Bren wird nicht ewig warten, und Kirah wird nicht ewig wegsehen. Wir haben zu entscheiden, was wir sind.«

Sie nickte. »Du kannst hinzufügen, daß auch ich nicht ewig warte. Aber ich habe auch nicht nach einer Entscheidung für alle Ewigkeit gefragt. Ich habe nicht wissen wollen, was irgendwann sein wird, sondern ich will wissen, was jetzt mit uns ist, Walter Slowotski.«

Ich streichelte mit dem Daumen zärtlich ihre Handfläche. »Zumindest sind wir Freunde.«

Sie versteifte sich, ließ meine Hand los und faßte sich an eine Stelle über der rechten Hüfte. Die Luft zwischen uns wurde frostig, und ich fühlte mich an eine Aeia mit angelegtem Gewehr erinnert, den Kolben gegen die Wange gepreßt, den Abzug langsam durchziehend und die rote Nässe ignorierend, die sich auf ihrer rechten Hüfte ausgebreitet hatte.

»Kriegskameraden«, sagte sie mit einer Stimme, die eine Spur jener Kälte der Cullinanes enthielt, »zumindest.«

»Natürlich.« Ich machte eine entschuldigende Geste. »Für alle Zeiten«, fügte ich hinzu.

Die Kälte verwandelte sich in ein Lächeln. »Es ist besser so.« Sie legte die Hände an meine Wangen und küßte mich stürmisch.

Als wir durch das Tor fuhren, setzte Andy an zu sprechen, aber sie unterbrach sich wieder. Auch egal.

Kapitel fünf

In dem ich eine Nacht durchreite und wiederentdecke, wie sehr davon der Hintern weh tut

Ich werde meinen Augen keinen Schlaf gestatten und meinen Lidern keine Ruhe.

– AUSSPRÜCHE 132:4 –

Zunächst mal war es interessant, auf einer Landstraße in der Dunkelheit zu reisen. Vor uns wand sich die Straße in Kurven und Biegungen und schlängelte sich sanft durch Felder und Dörfer, während die Pferde durch die Dunkelheit klapperten. Der Rhythmus ihrer Hufe hallte mit schwerfälliger Unregelmäßigkeit. Eines Tages werde ich mir ein Pferdegespann zulegen, bei dem die Beine und Schrittlängen übereinstimmen.

Ja, es war dunkel, aber nicht bewölkt; die Sterne über uns warfen ein fahles Licht über die Landschaft und tauchten sie in feine Schattierungen von bleichem Weiß bis zu violettem Schwarz. Die Nacht war voller Geräusche und Gerüche. Aus der Ferne schrie eine Eule, und das Zirpen von Insekten mischte sich mit dem leisen Säuseln des Windes in den Bäumen. Für mich riecht es in der Dunkelheit in der Nähe eines Waldes immer leicht nach Minze. Es war kühl in dieser Nacht.

Aber alles wird schnell langweilig.

Vor uns machte die Straße, was alle Straßen tun: sie führte für eine Weile geradeaus, ging in eine Kurve und verlief dann wieder gerade. Die Sterne über unseren Köpfen ergossen ihr weißes Licht über die Landschaft, raubten ihr alle Farben, bis auf Anflüge von seidigem Blau, und verwandelten die Nacht in etwas, das ich mal in einem alten Schwarzweiß-Fernsehfilm gesehen hatte.

Und die ganze Zeit klapperten die Pferde die Straße entlang. Hin und wieder erleichterten sie sich und erfüllten die Luft mit einem Gestank von Mist und Pferdepisse.

Ehrlich gesagt, ich fahre lieber einen Buick.

Übrigens, nur aus Gründen der Unterhaltung hätte ich gern mit Ahiras Augen gesehen. Zwerge können das Infrarot intensiver wahrnehmen als Menschen. Nicht nur, daß sie damit über zwei Farben mehr verfügen – es ist gerade in der Dunkelheit von großem Wert. (Deshalb werden ihre Bauten gewöhnlich durch Glüheisen, die gleichzeitig als Hitzequelle dienen, beleuchtet – aber auch eine Taschenlampe strahlt eine *Menge* Infrarot ab.)

Meist schwiegen wir. Es wäre vollkommen verständlich gewesen, wenn wir uns während der Fahrt unterhalten hätten. Nur hatte ich die ganze Zeit das Gefühl, daß jemand im Hinterhalt liegt und sich darüber belustigte, wie einfach wir es ihm machten, während wir unter seinem Baum durchfuhren. Ohne die Ablenkung der Unterhaltung waren Ahira oder ich vielleicht in der Lage, ein verräterisches Geräusch zu bemerken, falls uns jemand auflauerte.

Wenn ich jedoch wirklich davon ausgegangen wäre, daß wir Schwierigkeiten vor uns haben würden, dann wären wir nicht hier draußen; ich hätte vielmehr behütet in meinem Bett im Schloß gelegen, anstatt auf der harten Bank des Jagdwagens zu sitzen und mir von jedem Schlagloch der Straße die Sitzlehne gegen die Nieren hämmern zu lassen.

Als wir Velen erreicht hatten, schmerzten meine Augen vor Erschöpfung, die Sonne blinzelte spöttisch über den Horizont, und im Südwesten kreisten Habichte am Himmel.

Kapitel sechs

In dem wir mit Wölfen zusammenstoßen

Es gibt keine Verträge zwischen Löwen und Menschen,
und Wölfe und Schafe haben kein Abkommen.

– HOMER –

Wie kommt es, daß du niemals einen Drachen findest,
wenn du einen brauchst?

– WALTER SLOWOTSKI –

Als wir die Habichte schließlich erreichten, war es später Vormittag geworden. Die Vögel hatten sich auf dem Tierkadaver und in den umliegenden Maisfeldern niedergelassen.

Ohne auf den Schaden zu achten, den sie in den hüfthohen Maisreihen anrichtete, galoppierte Tennetty auf die Hühnerhabichte zu und ließ sie in alle Richtungen auffliegen.

Ich nehme an, die Vögel kannten sie nicht. Doch Tennetty nahmen sie ernst genug, um mit trägem Flügelschlag aufzusteigen. Aber ein halbes Dutzend von ihnen ließ sich auf einer benachbarten Eiche nieder und schrie seine Einwände und Schmähungen heraus. Der Mittelländer-Hühnerhabicht ist kleinwüchsiger, als ich immer gedacht hatte. Der Habicht der Anderen Seite (ehrlich gesagt, habe ich niemals einen Habicht der Anderen Seite gesehen, so daß ich nicht sicher bin) hat ungefähr die Größe einer großen Krähe. Große häßliche Kehllappen hängen unter ihren boshaften, gebogenen Schnäbeln. Widerliche Biester.

Mit schmerzenden Gliedern zog ich die Bremse und kletterte vom Wagen.

Was wir hier vorfanden, war eine typisch hiesige Landschaft: ein schmutziger Fuhrweg verlief diagonal über ein ungefähr rechteckiges Stück Land und verschwand in der Finsternis des Waldes. Die Gehölze konnten entweder nur Streifen von einigen Dutzend Metern Breite sein, die man hauptsächlich als Windschutz stehengelassen hatte, oder sie waren viel tiefer.

Der Fuhrweg wurde durch einen niedrigen, mit Steinen belegten Wall begrenzt, der sich ungefähr zwei Fuß über das flache Land erhob. Ich habe schon besser gepflegte Begrenzungswälle gesehen. Dieser hier war ein bißchen verfallen. Aber das war ja nicht mein Problem. Es war das Problem des Barons und seiner Steuereintreiber – von ihnen wurde erwartet, sich darum zu kümmern, daß die Bauern ihren Besitz und die Wege in Ordnung hielten.

Das Haus, so wie wir es vorfanden, war eine Fachwerkhütte mit Wänden aus Flechtwerk, die mit Lehm verschmiert waren. Es stand direkt an der Straße. Zwischen Hecken ein stilles Örtchen, ein windiger Hühnerverschlag und der unvermeidliche Steinbrunnen waren die einzigen übrigen Bauten.

Drüben in der Pächterhütte regte sich etwas, und darum würden wir uns kümmern müssen. Aber zuerst wollte ich einen Blick auf die Kuh werfen.

Oder was von ihr übriggeblieben war. Die Wölfe hatten gute Arbeit geleistet und die Habichte hatten sich sehr darum bemüht, den Rest zu erledigen. Sie – das waren die Wölfe; denn Habichte essen keine Mitnehm-Gerichte – hatten die Kuh vielleicht dreißig Fuß durchs Feld gezerrt und dabei größeren Schaden an dem jungen Mais angerichtet als Tennetty es getan hatte.

Die Kuh war ein blutiger, stinkender Haufen.

Ich war irgendwie erleichtert. Damals, als ich Fleischwissenschaft studiert hatte, mußte ich viele Kühe schlachten. Und was ich am meisten dabei haßte, war das Töten und Hantieren mit dem frisch Geschlachteten. Du hast dieses pneumatische Betäubungsgerät, das aussieht wie eine Art Großwildbüchse, die mit einem Schlauch an einen Kompressor angeschlossen ist, und du legst sie an die Stirn der Kuh und ziehst den Abzug. Die Preßluft löst den Hammer aus – im Grunde genommen nur ein Bolzen –, welcher der Kuh einen harten Schlag auf den Schädel versetzt, hart genug, um sie zumindest bewußtlos zu schlagen, meistens aber den Knochen sprengt. Wenn das geschehen ist, ziehst du sie hoch, schneidest sie auf und läßt sie ausbluten.

Eine schmutzige Arbeit, aber innerhalb weniger Minuten hast du nichts mehr, was an eine Kuh erinnert; du hast Teile, Rinderseiten, Eingeweide, Zunge. Die abgezogene Haut wartet darauf, gegerbt zu werden.

Hier fanden wir weniger vor. Die Wölfe hatten ungefähr die Hälfte der Kuh gefressen. Genauer gesagt, die hintere Hälfte der Kuh, die Beine und so weiter, waren von ihnen gefressen oder weggeschleppt worden. Das Vorderteil hatten sie liegenlassen, es war mehr zerrissen als angefressen.

Etwas war merkwürdig. Der Kadaver war nicht zerfetzt, verwüstet, im Gegenteil, es war zu ordentlich – an zu vielen Stellen war das Fleisch ein bißchen zu sauber. Ich vermute, daß ein Wolf dazu fähig ist. Allerdings würde es ihm sehr schwerfallen, so ordentlich vorzugehen. Und warum sollte er auch? Wer würde einem Wolf beibringen wollen, mit seinem Futter zu spielen?

Aber es waren doch Wölfe gewesen, ihre Spuren fanden sich überall auf dem weichen Boden. Das Rudel war nach Osten in die Wälder abgezogen.

Ahira und Andrea hatten ihre Pferde an den Wagen gebunden und leisteten Tennetty auf dem blutigen Schlachtfeld Gesellschaft. Schwärme von Fliegen wurden von ihnen aufgescheucht.

Der Zwerg zog die Brauen zusammen. »Es sieht so aus, als ob die hintere Hälfte von diesem Ding verschwunden ist, sauber abgebissen.«

Andy hob eine Augenbraue. »Meinst du, so wie Ellegon es tun würde?«

Ahira gab darauf keine Antwort.

Aus der Hütte kam weiteres Rumoren. Tennetty stiefelte hinüber und hämmerte mit dem Gewehrkolben an die Tür.

»Rauskommen, alles raus! Sofort! Wir haben mit euch zu sprechen«, befahl sie. Man kann sich immer darauf verlassen, daß Tennetty genau weiß, wie sie die Dinge anzupacken hat.

Ich hätte geschworen, daß dieser Schafstall nicht mehr als drei, vier Leute aufnehmen konnte, aber in wenigen Minuten stand eine siebenköpfige Familie nervös im Schmutz. Die Mutter hielt ein Baby in den Armen. Die jüngste Tochter – niedlich, wenn man vom Dreck absah; in dem Alter verstehen sie es wirklich, niedlich auszusehen – preßte ein flatterndes Huhn an sich.

Tennetty bückte sich und verschwand im Haus. Ich wünschte, sie würde ihre Pläne absprechen, bevor sie diese in die Tat umsetzte. Solche Situationen können zu Todesfallen werden. Aber sie kam lachend heraus – nicht einfach kichernd, sondern aus vollem Hals lachend. Mit einer Hand hielt sie sich den Bauch. Ich befürchtete schon, sie würde ihre Waffe fallenlassen. »Mann«, brachte sie zwischen zwei Lachanfällen heraus, »die haben eine ... Kuh da drin und eine Ziege, und ich glaube, die haben einige ... Hühner im Keller.«

Ahira und Andrea standen bei der Familie und versuchten, sie zu beruhigen. Ich hatte den Eindruck, daß für sie die Gesellschaft einer Horde bewaffneter Fremder weder normal noch besonders anheimelnd war.

Andererseits kann Andrea, wenn sie ihr Lächeln aufsetzt, mit ihrem Charme Rinde von einem Baum schälen.

»Seid alle gegrüßt«, sagte sie, »wir sind gekommen, uns um euer Problem mit den Wölfen zu kümmern. Der Baron hat uns geschickt.«

»Der alte oder der neue?« fragte die Frau, sowohl uns als auch dem Gedanken mißtrauend, daß die Herrschaft sich um die Bestien kümmern würde.

»Der neue«, behauptete Andrea, »Baron Cullinane. Wir arbeiten für ihn. Tennetty, Daherrin, Worelt und Lotana«, stellte sie uns der Reihe nach vor.

Für einen Moment war ich beunruhigt. Andrea hatte immer einen unglückseligen Hang zur Aufrichtigkeit. Und drei von uns waren in der Gegend von Eren ziemlich bekannt. Das kann sehr hilfreich sein, aber meistens bringt es Ärger: jede Menge Idioten hätte gern mal herausgefunden, was es ihr einbringt, die frühere Kaiserin von Holtun-Bieme festzuhalten. (Den Tod würde es ihnen einbringen, hoffe ich. Aber vielleicht wissen sie das nicht, oder vielleicht kümmern sie sich nicht um meine Hoffnungen.) Und viele der Typen würden gern herausfinden, ob sie mit dem Kurzschwert besser als Einauge-Tennetty oder schneller mit dem Messer als Walter Slowotski sind. (Klar, natürlich sind wir beide besser, aber man wird verstehen, daß ich keine Lust habe, das andauernd zu demonstrieren.)

Andy hatte mit dem richtigen Instinkt gehandelt, als sie für uns drei falsche Namen nannte, aber nicht für Tennetty. Tennetty war in ihrem eigenen Reich einigermaßen berühmt – Kriegerinnen waren nicht sehr häufig, besonders nicht solche mit einem Auge –, und ihr einen falschen Namen zu geben, hätte den Verdacht aufkommen lassen, daß wir anderen auch unter falscher Flagge reisten.

Der Mann beugte sein Haupt. »Ich bitte Euch um Verzeihung, aber ...«

Seine Frau schüttelte schnell den Kopf. »Nein.«

»Ich habe sie gesehen«, beharrte er.

»Wie viele?«

»Ein halbes Dutzend, vielleicht mehr. Wölfe, ja, aber ...«

»Aber was?«

»Da war noch etwas«, antwortete er.

Andys mildes Lächeln wurde breiter. Ich glaube, sie versuchte ermutigend auszusehen, aber sie sah belustigt aus.

»Und was soll das gewesen sein?«

Er gestikulierte. »Es sah wie ein Wolf aus, genau wie ein Wolf, aber es war keiner.« Die Worte kamen schnell, wenn auch holperig. »Ich habe gesehen, daß es kein Wolf war, ganz bestimmt. Es war größer, und es bewegte sich komisch. Es war kein Wolf, es sah nur wie einer aus.«

Ich machte einen Versuch. »Was meinst du damit? Es war kein Wolf, aber es sah genau wie einer aus?«

Er rang verzweifelt seine Hände. »Es bewegte sich nicht richtig. Es krümmte sich an den falschen Stellen.«

»Ein Wolf, der sich an den falschen Stellen bewegt?« fragte Tennetty. »Ich glaube nicht, daß das ein schwerwiegendes Problem ist.« Tennetty entließ die Leute mit einem Wink, und sie verschwanden wieder in der Hütte. Dennoch konnten wir ihre Blicke auf uns spüren.

»Es ist anderthalb Tage her«, sagte Ahira, *sotto voce*. »Wölfe können in anderthalb Tagen ein riesiges Gebiet durchstreifen, wenn sie wollen.«

Ich wünschte, ich hätte den Biologiekurs belegt. Welche Gewohnheiten haben Rudelwölfe? Haben sie ein Revier oder ...

Andrea kniete neben einem Dunghaufen und fingerte mit einer Hand in ihrem Zauberbeutel.

»Warte einen Augenblick.« Ich stutzte. »Ich habe nicht ...«

»Wenn du eine bessere Methode als einen Lokalisierungsspruch weißt, Walter«, sagte sie, »dann laß hören.«

»Ich bin ein einigermaßen guter Fährtensucher«, brachte ich vor. Traditionell ist es die Verantwortung des Adels, die Kleinbauern zu beschützen, egal ob es sich um einfallende Banden oder um wandernde Wölfe handelt. Wir waren nicht der zuständige Baron, aber wir vertraten ihn.

»Das reicht mir nicht.« Tennetty schüttelte den Kopf. »Wenn sie sich verschanzt haben und nicht auf Wanderschaft sind, sollte man sie in ein paar Tagen finden können. Während sie sich in der Zwischenzeit an den Kälbern der Umgebung sattfressen, müssen wir auch noch in der Hitze des Tages schlafen und nachts jagen.«

»Andererseits sollte Andrea den Gebrauch von Magie auf ein Minimum beschränken. Es ist nicht gesund ...«

» ... für dich, über mich in der dritten Person zu sprechen«, sagte Andy mit breitem, aber nicht ausgesprochen freundlichem Grinsen.

Ahira hob seine Hand. »Wir sind alle müde. Aber laßt uns überlegen.« Er unterstrich seine Rede mit einem seiner kurzen Finger. »Falls Wölfe in der Gegend umherziehen, ist das kein Problem für uns, solange die Tiere klug genug sind, sich von den Leuten fernzuhalten. Diese sind es nicht.« Er nahm einen zweiten Finger dazu. »Sie jagen nicht etwa die Kälber, weil andere Beute rar ist. So ist es nicht. Sie haben eine Vorliebe für Rindfleisch und fürchten sich nicht genug vor Menschen. Also müssen sie verschwinden. In den Wäldern ist es kühl; wir verlassen die Straße, tauchen im Wald unter und spannen die Schlafplane auf. Jeder kriegt etwas Ruhe, dann eine heiße Mahlzeit, und am späten Nachmittag jagen wir ...«

Er zog die Stirn in Falten. » ... mit dem Lokalisierungszauber.«

Es gab keinen Grund, noch weiter zu warten. Die Pferde waren gesattelt, die Gewehre geladen und an ihren Plätzen festgezurrt. Mein Bogen war nur halbgespannt über meine Brust gestreift; zwei Dutzend Jagdpfeile mit breitem Blatt klemmten in einem Köcher auf meinem Rücken. (Jawohl, klemmten – man möchte ja nicht, daß die Pfeile herausfallen, selbst wenn man stürzt.) Eine Flasche mit Earevener Heiltropfen war an meine rechte Wade gebunden – meine Schwertscheide schlug immer wieder dagegen.

Meine Hand, mit der ich den Eberspieß hielt, war verschwitzt. Dieser Spieß war die beste Jagdwaffe, die jemals erfunden wurde: ein sechs Fuß langer Schaft, Griffmulden, die mit Leder und Messing umwickelt waren, und an der Spitze ein langes, faustbreites Blatt. Ungefähr zwei Fuß unterhalb der Klinge saß das Kreuzstück. Das klassische Kreuzstück bestand schlicht und einfach aus einem Stück Messing und war dazu gedacht, auf Armeslänge von dir fern zu halten, was immer du gerade aufgespießt hast. Irgendein Genie –, nein, keiner von uns; wir haben ja kein Patent auf Genialität – hatte es in eine Art U-förmige Gabel mit scharfen Spitzen, aber ohne Widerhaken, umgeformt.

Das Ergebnis sah wie ein Dreizack mit einer Drüsenkrankheit aus.

Tennetty hielt vier der Pferde. Sie standen und stampften,

während Andy in einem Ring von Fackeln über der Wolfslosung kauerte.

Etwas in ihrem Gesicht führte mich weit in die Erinnerung zurück.

Einst, vor langer Zeit, sah ich einen kleinen Spaniel, der vielleicht hundert Meter vom Tierarzt entfernt von einem Auto angefahren worden war. Mein Bruder Steven und ich waren gerade aus der Schule gekommen und auf dem Weg nach Hause. Wir kamen hinzu, als fast alles schon vorbei war. Dr. MacDonald, ein komischer rundlicher kleiner Mann, kam mit einer schwarzen Tasche angerannt, wie sie richtige Ärzte besaßen. Er kniete sich über den kleinen Hund.

An den Hund selbst kann ich mich kaum erinnern – ich habe weggesehen.

Aber ich erinnere mich an den Ausdruck in Dr. Macs Gesicht, als er die Spritze aufzog: er zeigte nicht nur ernsthafte Hingabe, sondern einen schnellen, aber nicht überhasteten Sachverstand. Ich mißdeutete besagten Gesichtsausdruck und griff nach Steves Arm. »Er kann ihn retten!«

Steve schüttelte den Kopf. »Nein, er nimmt dem Hund die Schmerzen.«

Da war der gleiche Ausdruck in Andreas Gesicht, als sie still im Staub kniete, vor sich Teile von Knochen, Schnäbeln und Federn, die in der Form eines überfahrenen Vogels ausgestreut waren.

Mit ärztlicher Sorgfalt reinigte sie die Unterseite ihres linken Daumens; dann stach sie mit der scharfen Spitze eines Messers hinein, das sie sich von Tennetty geliehen hatte. Sie ließ ein, zwei, drei dicke Bluttropfen herausquellen und in den Staub und den Wolfskot fallen.

Feuer flammte auf, als sie sprach. Zunächst in einem leisen Murmeln; dann wurde ihre Stimme lauter und klarer. Sie sprach Worte, die nur gehört, aber niemals erinnert werden konnten, glatte Silben, die am Ohr und der Erinnerung vorbei verschwanden. Die Fackeln flackerten höher, als sie die flüchtigen Verse herausschrie.

Für einen Augenblick, nur für einen einzigen Augenblick dachte ich, daß nichts geschehen würde. Es gibt einen Teil in mir, der nicht wirklich an Magie glaubt.

Aber dann krümmte sich eine Feder, und ein Knochensplitter fing an zu vibrieren, und die gekrümmte Feder erhielt Gesellschaft von einer weiteren, die weiß und durchscheinend wie der Knochen aussah. Und dann fügte sich noch eine dazu und noch eine. Teile von Federn und Knochen, die zugleich Wirklichkeit und bleiches Trugbild waren, vereinigten sich zu einem Vogel und schwangen sich in die Lüfte.

Ahira und Tennetty saßen schon auf ihren Pferden; die stumpfen Enden ihrer Speere ruhten auf den Steigbügeln.

Andrea erhob sich. Im Licht der Fackeln leuchtete ihr Gesicht bleich und verschwitzt. »Schnell jetzt«, zischte sie hastig, »der Vogel wird versuchen, sich auf halbem Weg zwischen mir und dem Wolf zu halten. Wir müssen uns beeilen.«

Wir galoppierten auf die untergehende Sonne zu.

Nur um mal deutlich zu machen, was für ein Hammel ein Kerl aus New Jersey sein kann – ich dachte doch tatsächlich, daß ein galoppierendes Pferd zu reiten ungefähr das gleiche sei, wie ein schnelles Auto zu fahren. Ja, ich glaubte, man müßte sich nur Sorgen darum machen, nicht in irgendwas hineinzureiten, aber nicht um die eigene körperliche Belastung, höchstens um die des Pferdes.

O ja, ich wußte schon 'ne Menge damals.

Wir galoppierten Wege hinunter, jagten quer über Felder, ohne uns um Flurschäden zu kümmern, aber immer das Unheil vor Augen, das eine Meute Wölfe unter dem örtlichen Viehbestand anrichten konnte. Trotzdem vermieden wir, quer durch die Wälder zu reiten.

Vor uns flatterte, gerade noch sichtbar, der Vogel. Er verzögerte ständig, flog aber immer ein bißchen zu schnell, immer ein bißchen zu weit vor uns, so daß wir die Pferde nicht langsamer laufen lassen konnten. Auf einem schnell galoppierenden Pferd zu reiten ist ganz schön anstrengend.

Ja, meine Stute übersprang zwar die Entwässerungsgräben, aber ich mußte mich dabei auf ihrem Rücken halten, und die Landung war genauso hart für mich, als hätte ich den Sprung selbst getan. Ganz abgesehen davon, daß der Sattel des gewöhnlich im Handgalopp und nur zeitweise im Vollgalopp laufenden Pferds drohte, mir das Steißbein in den Schädel zu rammen.

Ich war drauf und dran, nach einer Rast zu verlangen – als Ausrede wollte ich vorbringen, daß ich dachte, die Pferde könnten nicht mehr –, als der Vogel am Rande eines Feldes genau auf einem knorrigen Baumstumpf landete und sich dann in eine Wolke von Federn und Knochen auflöste.

Ich schaute zu Andrea hinüber.

Sie nickte; der Spruch hatte sich aufgelöst, weil wir angekommen waren und nicht, weil die Magie erschöpft war.

Die untergehende Sonne verschwand hinter den Bäumen, und in ihrem Schatten wurde es dunkel und unheimlich.

Ahira war mit seinem Eberspieß in der Hand bereits abgestiegen. Er rammte ihn in den Boden, griff nach seiner Armbrust, spannte sie schnell und legte einen Bolzen ein.

»Tennetty, halte du deinen Speer bereit, aber holt Gewehr und Bogen heraus. Andrea, die Flinte entsichern ...«

Ich glitt aus dem Sattel und spannte meinen Bogen.

Ahira schüttelte den Kopf. »Nein, Walter, du umgehst sie und treibst sie auf uns zu.« Er warf mir zwei Granaten zu.

Ich kicherte tapfer, als ich die Granaten in meine Weste stopfte. Nun gut, es sollte ein tapferes Glucksen werden, aber für mich hörte es sich aufgesetzt an; ich hoffte nur, daß die anderen nicht so aufmerksam waren.

»Und was ist, wenn sie sich entschließen, auf mich zuzurennen anstatt auf euch?«

Er kicherte zurück. »Dann schlage ich vor, daß du auf einen Baum kletterst. Los jetzt.«

Durch die Wälder zu schleichen, ist nur zum Teil eine Kunst, hauptsächlich ist es Handwerk.

Es ist egal, wer oder was du bist, wenn du versuchst, auf

einem Waldboden zu gehen. Mit Zweigen, trockenem Laub und Gott weiß was sonst noch unter den Füßen wirst du unvermeidlich Geräusche machen. Der Trick besteht darin, auf festem Sand zu gehen, auf ebenen Felsen oder grünem Gras. Das kann ein bißchen kompliziert werden, wenn du dich dann auch noch darum bemühst, in der Nähe tiefhängender Zweige zu bleiben.

Auf der windabgewandten Seite schlug ich einen Bogen um die Stelle, wo sich das Wolfsrudel aufhalten sollte, und machte dabei mehr Lärm, als mir lieb war, aber nicht so viel, daß es über größere Entfernung trug. Der Plan sah vor, daß ich die Tiere erschreckte und in Richtung meiner Freunde trieb.

Eine nette Sache, die man seinen Freunden da antut, nicht wahr?

Schön, es war Ahiras Plan gewesen, nicht meiner. Es sollte aber eigentlich keine Schwierigkeiten geben – dafür waren die Gewehre und der Bogen da. Doch darum brauchte ich mich nicht zu kümmern, jedenfalls im Augenblick nicht. Ich machte mir Sorgen darüber, wie ich am Leben bleiben konnte, ohne gebissen zu werden, während ich die Meute aufstöberte.

Hmm. Wenn ich ein Wolfsrudel anführen würde, hätte ich Wachen in einiger Entfernung von der Hauptgruppe aufgestellt. Es war ein interessantes mathematisches Problem – je weiter der Kreis der Posten gezogen wurde, desto früher konnten sie Alarm schlagen, aber desto mehr Wachen waren erforderlich. Wahrscheinlich eignete sich hier eine Art Minimax-Lösung, oder die Spieltheorieanalyse, aber ich glaube, daß Wölfe weder das eine noch das andere beherrschen.

Die andere Möglichkeit war natürlich, entweder anstelle oder zusätzlich zu den Posten einen Wachmann regelmäßige Rundgänge machen zu lassen.

Ich weiß nicht, ob es ein Posten oder ein umherstreifender Wächter war, der mich ansprang. Fast ohne das Rascheln eines Blatts oder Zweigs schossen zweihundert Pfund dichtes Fell und fürchterlicher Gestank aus den dunklen

Büschen auf mich zu, die Zähne unfehlbar auf mein Bein gerichtet.

– Das nicht mehr dort war.

Emma Slowotskis kleiner Sohn trödelt nicht herum, bis er von einem Wolf gebissen wird. Ich tänzelte ihm aus dem Weg und versetzte ihm einen Tritt, als er an mir vorbeisprang. Ich verletzte ihn nicht, aber es lenkte seinen Sprung hinter mich.

Bis er sich umgedreht hatte, war ich schon beim nächstbesten Baum und zog mich auf einen dicken Ast. Ich hatte das Gefühl, als würde mein Magen irgendwo in meinen Stiefeln hängen.

Während ich weiter die Äste hochkletterte, hörte ich Rufe und Schüsse aus einiger Entfernung, aber sie schienen mir unwichtiger zu sein als die Art und Weise, wie der Wolf an der Borke des Baumes kratzte und sich bemühte, mich zu erreichen.

Er heulte einmal kurz auf, dann wurde er still – er fletschte weder die Zähne, noch knurrte er. Die Stille war erschreckender, als ein Knurren es gewesen wäre. Am meisten aber erschreckte die Art, wie er sich zum Sprung niederduckte.

Ich weiß, daß ich eigentlich in jeder Situation vollständig gelassen und ruhig bleiben sollte, aber das steht nur im Drehbuch, es hat nichts mit der Realität zu tun. Meine Finger zitterten, als ich eine Granate aus der Weste zog und versuchte, die Lunte an einer Reibfläche an der Seite anzureißen. Nach den Schüssen und Rufen zu urteilen, die aus der Entfernung zu hören waren, klang es so, als wenn der Kampf dort bereits entbrannt war, aber es erschien mir trotzdem sinnvoll, irgendwelche zurückgebliebenen Wölfe aufzuschrecken und auch noch in jene Richtung zu treiben.

Unterdessen belauerte mich mein neuer Freund zwischen seinen Sprüngen, die seine furchtbaren gelben Zähne bis auf wenige Zentimeter an meine Fersen brachten. Ich erwog den Versuch, mich ganz auf den Ast zu ziehen und auf ihm zu stehen, anstatt zu sitzen. Doch fürchtete ich, dabei das

Gleichgewicht zu verlieren. Ich hätte ihm zwar gern auf die Nase getreten, aber es blieb bei dem Wunsch.

Es kostete mich drei Versuche, bevor die Lunte der Granate zu sprühen anfing. Dann warf ich sie mit aller Kraft in die Richtung, von der ich hoffte, daß sich dort das Rudel befand. Dann wandte ich mich wieder dem einsamen Wolf zu.

Ich wünschte, ich hätte etwas Kluges oder Heldenhaftes zu berichten, aber ich zog nur eine von meinen beiden Pistolen heraus und spannte sie. Als der Wolf sich das nächste Mal für einen Sprung sammelte, bot er mir ein gutes Ziel. Ich legte an und zog den Abzug vorsichtig durch. Nach unten zu schießen gilt als schwierig, aber nur, wenn man auf größere Entfernung nach unten schießt – man neigt dazu, für die horizontale Komponente beim Anvisieren des Ziels einen Ausgleich zu schaffen.

Aber bei unserem Wölfchen, das sich ungefähr zwei Körperlängen unter mir befand, legte ich nur mein Schießeisen auf seinen unteren Brustbereich an und zog den Abzug durch. Ich wurde belohnt durch einen Knall, eine Wolke fauligen Rauchs und Spritzer aus Fleisch und Blut aus seinem Halsansatz.

Er taumelte ein halbes Dutzend Schritte zurück; dann brach er zusammen und beobachtete mich aus glasigen Augen, während ich hinabkletterte.

Es war nichts Persönliches, jetzt nicht mehr. Wölfchen hatte nur sein Rudel verteidigt, so wie ich meins beschützte. Nur, daß ich nun mal mit Waffen ausgerüstet war, denen er – genetisch bedingt – nichts entgegenzusetzen hatte. Ich sollte eigentlich sagen, daß es mir leid tat, aber das tat es nicht.

Mir tat nur leid, daß wir auf verschiedenen Seiten standen. Als ich an ihn herantrat, erinnerte er mich an einen alten Freund, so wie er knurrte. Die Zähne zu einem letzten Wunsch entblößt, noch einmal das Blut eines Feindes auf der Zunge zu spüren.

Ich ließ eines meiner Wurfmesser in die Hand gleiten und

schleuderte es mit Wucht. Die Spitze grub sich in seine Kehle und trennte die Halsschlagader durch. Blut tränkte seine Brust und rann dunkel auf den Boden.

Er starb schnell.

Ich weiß, daß die Granate irgendwann während dieser Ereignisse detoniert war, und ich weiß, daß von mir erwartet wird, daß ich in der Lage bin, auf alles zu achten, was um mich herum geschieht. Aber ehrlich gesagt, kann ich mich nicht erinnern, wann es geschah. Sieh es mal so, ich bin kein Held, aber es war nicht Feigheit, die mich noch für einige Zeit bei dem toten Wolf verharren ließ.

Ich glaube, der Grund war, daß ich mich einfach beschissen fühlte.

Mir war danach, dem toten Körper einen versöhnlichen Klaps zu geben, aber das hätte auch nichts geändert. So eilte ich fort in den Wald.

Dichtes Unterholz zerrte an mir, alles war in schummriges Licht getaucht. Mein Orientierungssinn ist unfehlbar, daher wußte ich, daß ich nur wenige Fuß vom Rand des Gehölzstreifens entfernt war, wo er in gerodetes Land überging. Aber bei meinem Leben, ich konnte es nicht sehen.

Plötzlich brach ich durch die Büsche und trat in weichen Matsch und auf ein Schlachtfeld, das in das rote und orangene Licht der untergehenden Sonne getaucht war.

Es war noch zu hell für die Sterne, aber das Elfenlicht wirkte schon. In seinem Pulsieren sah ich Wolfskörper und Teile von Wölfen über das Feld verstreut liegen, den meisten ragten Pfeile aus ihren reglosen Leibern, einige waren von bleiernen Zähnen zerrissen worden. Einer hatte sich durch den Hagel von Blei und Stahl durchgekämpft, um Ahira zu erwischen; er lag auf dem Boden und rang immer noch an der Spitze des Eberspießes um sein Leben.

Nur einer stand in Angriffshaltung vor Andy und Tennetty.

Ahira befreite seinen Eberspieß mit einem heftigen Ruck, der den Wolf noch einmal aufzucken ließ, und drehte sich herum, um dem letzten Angreifer entgegenzutreten.

Nur, daß es kein Wolf war.

Er *sah aus* wie ein Wolf, das stimmt, auch wenn es sich um ein übergroßes, graues Exemplar handeln mochte. Bis er sich rührte, ging ich davon aus, daß wir den Leitwolf vor uns gehabt hätten. Doch er bewegte sich nicht in den Gelenken, so wie es jedes andere Tier tat, er floß wellengleich mit schlangenartigen Beinen, anstatt seine Glieder einzuknikken.

Tennetty schoß eine Pistole auf seine Flanke ab, aber entweder traf sie nicht, oder es verursachte keinen großen Schaden. Er schüttelte sich nur und duckte sich zum Sprung. Kein Laut kam zwischen seinen entblößten Zähnen hervor.

Andy riß ihr Gewehr hoch, aber sie war nie eine gute Schützin gewesen; der Schuß ließ nur Erde aufspritzen.

Das Wolfsding sprang auf sie zu.

Im selben Augenblick trieb Ahira seinen Eberspieß in die Brust der Bestie. Dabei stöhnte er vor Anstrengung. Er schob die dreigeteilte Spitze des Speeres nicht nur durch das Wolfswesen, sondern noch volle zwei Fuß in den weichen Untergrund und spießte ihn auf wie einen Käfer im Schaukasten.

Seine Beine krümmten sich wie Schlangen, und sein Körper schüttelte sich in Wellen von der Nasenspitze bis zum Schwanz. Seine glänzenden Augen wurden stumpf und glasig, dann dunkel, als das Schaudern verebbte. Ahira stieß noch einmal zu und ließ den Spieß dann los.

Ich war über das matschige Feld auf sie zugerannt und dabei mehr als einmal gestrauchelt, so daß ich fast hingeschlagen wäre – der Himmel allein wußte, was ich auf die Entfernung hätte tun können. Jetzt beruhigte ich mich und ging langsam hinüber. Wenn der Feind tot ist, braucht man sich nicht mehr zu beeilen.

Tennetty ließ die Schwertspitze sinken und reinigte die Waffe an ihrem Beinschutz, bevor sie die Klinge in die Scheide schob. Dann ging sie zu einem anderen Eberspieß hinüber, der aus dem Körper eines toten Wolfs ragte, setzte ihren gestiefelten Fuß auf den Brustkorb des Wolfs und riß den Speer frei. Wie ein Bauer auf seine Heugabel stützte sie sich auf den Spieß.

»Verdammt, Walter«, rief sie aus, »du hast den ganzen Spaß verpaßt!«

Es war gefährlicher geworden, als unser Plan vorgesehen hatte. Eigentlich hätten die Wölfe nur wegrennen und einzeln mit Bogen und Gewehr erledigt werden sollen, statt daß sie alle zugleich angriffen. Ahira mit seinem Eberspieß war als eine Art stille Reserve gedacht gewesen, um zu erledigen, was die Gewehre und Bögen nicht vermocht hätten.

Ahira stolperte ein oder zwei Schritte beiseite, hockte sich auf den weichen Untergrund und ließ sich heftig keuchend zurückfallen.

Ich stand neben ihm. »Ist wohl ein bißchen eng geworden, was?« Ich bot ihm meine Hand, aber er schüttelte den Kopf.

»Zu eng«, erwiderte er, »sie haben als Team gearbeitet. Vermutlich wurden sie von diesem Wesen angeleitet.« Er machte eine schwache Handbewegung zu dem Wolfswesen am Boden. Der Spieß steckte immer noch tief in ihm.

Andrea lächelte, als sie über ihre Braue strich. »Jetzt weiß ich, warum ich euch immer die Drecksarbeit machen lasse.« Sie wies auf das Wolfswesen. »Was ist das?«

Ahira schüttelte den Kopf. »Es gibt Gerüchte darüber, daß sonderbare Dinge aus Faerie herüberkommen. Sieht so aus, als hätten wir gerade eines davon getötet.« Sein Mund verzog sich zu einem schmalen Strich; dann entspannte er sich wieder. Jetzt nach seinem Tod spielte es keine Rolle mehr, was es gewesen war.

Ich hob gerade an, etwas zu sagen, zweifellos etwas Kluges, doch Andys Augen weiteten sich, und ihr Mund stand offen.

»O mein Gott!«

Das Wolfswesen hatte sich erhoben. Seine zuvor stumpfen Augen glühten jetzt, sein Körper wallte um den Eberspieß wie Wasser. Es schüttelte sich wie ein Hund und wirbelte dadurch den Speer durch die Luft. Nicht die kleinste Wunde hatte der Spieß in seinem dunklen Fell hinterlassen.

Oh, verdammt!

Das Wolfswesen machte knurrend einen Schritt auf Ahira zu und duckte sich zum Sprung.

Tennetty hielt mit ihrem eigenen Eberspieß auf das Wesen zu, aber sie überschätzte sich. Eine grauhaarige Pfote bewegte sich knochenlos, wischte den Speer achtlos aus ihren Händen. Sie griff nach ihrem Schwert, als das Wesen auf sie zusprang.

Ahira war zu weit entfernt. Er befand sich zwischen Andy und der Stelle, wo das Wolfswesen Tennetty wütend angriff. Blieb nur noch ich, um einzuschreiten.

Die einzig richtige Reaktion, die einzig sinnvolle Handlung wäre für mich gewesen, Distanz zu halten und ein Wurfmesser an die richtige Stelle zu schleudern. Das Dumme an diesem Plan war nur, daß die beiden so schnell herumrollten, daß es keine Möglichkeit gab, diesen Plan auszuführen – ich hätte viel zu leicht Tennetty verletzen können. Aber da war ja noch immer der Behälter mit dem Drachenknochenextrakt in meiner Weste; ich konnte etwas davon auf die Klinge auftragen und darauf hoffen, daß wir es hier mit einer der Kreaturen mit magischem Metabolismus zu tun hatten, die von Drachenknochen vertrieben werden.

In diesem Fall wäre es das Dümmste gewesen, auf seinen Rücken zu springen und zu versuchen, ein Messer genau zu plazieren. Nur ein Idiot hätte das versucht, und ich bin keiner. Karl war ein Idiot gewesen – denn genau das wäre sein Stil gewesen.

Meiner nicht, ich bin zu gescheit.

Meine Reflexe dagegen verhielten sich dämlich: Bevor ich noch richtig wußte, was ich tat, hatte ich eine meiner therranjschen Garrotten aus der Weste gezogen und war dem Biest auf den Rücken gesprungen.

Tennettys Arm war entweder absichtlich oder zufällig zwischen seine Zähne gerammt. Es war das einzige Mal, daß ich Tennetty schreien gehört habe. Die Kreatur hatte ihre Brust und ihren Torso auf den Boden gedrückt, umschloß Tennettys Hüfte und drohte sie einzuhüllen und zu verschlingen.

Ich warf einen Arm um seinen Nacken und verkrallte mich auf seinem Rücken wie ein Reiter auf einem durchgegangenen Pferd. Aber es war, als wollte man sich an einen festen Pudding krallen. Es gab keine harten Muskeln, keine Knochen, an denen man Halt fand. Irgendwie – weiß der Himmel wie – schaffte ich es, meine Füße unter ihm zu verschließen, als ich versuchte, die Garrotte um seinen Hals zu legen, aber Tennettys Arm war im Weg.

»Laß los!« rief ich. »Um Himmels willen, loslassen!«

Irgendwie gelang es mir, den Draht um den Nacken zu legen und den Handgriff durch die Öse zu ziehen.

Ich riß mit einem Ruck, die Garrotte verschwand in dem dichten Fell. Jetzt hätte das Wesen sich erfolglos winden müssen, um seinen Hals aus der Würgeschlinge zu befreien, während es starb – diesmal endgültig. Aber das Wolfswesen hörte nicht auf, im Gegenteil, es steigerte seine Anstrengungen, indem es herumrollte und uns beide fest an den Boden preßte.

Die Lage wurde für einen Moment etwas unübersichtlich, aber ich versuchte dranzubleiben, als Tennetty mit einem harten Ruck herumgeworfen wurde. Plötzlich drehte sich der Hals unfaßbar weit für mich herum, als wir in einem Knäuel auf dem Boden herumrollten.

Ich glaube mich zu erinnern, daß ich ein Wurfmesser in meine freie Hand gleiten ließ und dann zwischen die Rippen des Wesens stieß, aber eigentlich wäre das gar nicht möglich gewesen.

Irgendwann während dieses Gerangels schaffte es das Wesen, sich von meinem Dolch zu befreien, aber ich krallte mich weiter krampfhaft auf seinem Rücken fest …

… bis ich trotz eines doppelten Würgegriffs, aus dem sich eine Kreatur mit einem richtigen Rückgrat nicht hätte befreien können, in hohem Bogen weggeschleudert wurde und hart aufschlug.

Einige Fähigkeiten lassen mich nie im Stich; ich landete auf dem Boden und ließ mich gekonnt abrollen. Mein Arm war taub von dem Aufschlag, doch ich rappelte mich gleich wieder auf.

»Er gehört mir«, sagte Andrea Andropolous Cullinane, wobei ihre ruhige Stimme durch die Rufe und das Knurren drang.

Sie hatte ihre rauchende Flinte sinken lassen. Als sie dem Wolfswesen entgegentrat, warf sie trotz der kalten Luft ihren Mantel achtlos auf die Seite. Die tief stehende Sonne hüllte sie in alle Farben des Feuers. Ahira war schon an ihrer Seite, jetzt mit seiner Axt in den Händen, aber er zog sich auf ihre Geste hin zurück.

Entschlossen begegnete sie dem Wolfswesen.

»Hinfort, du wirst den Meinen und mir nicht schaden«, sagte sie, »ich sage es nur einmal.« Sie warf den Kopf zurück und schüttelte die Haare aus dem Gesicht. Ihre Zunge schlängelte sich heraus und berührte ihre vollen Lippen einmal, zweimal, dreimal.

Das Wolfswesen unternahm einen zögerlichen, schwebenden Schritt auf sie zu.

Ihr Lächeln war dünn, als sie eine Hand hob. Ihre kräftigen, schlanken Finger peitschten die Luft vor ihr. »Hebe dich fort, jetzt und für alle Zeiten. Ich befehle es dir zum zweitenmal.«

Ein tiefes Trommeln erfüllte die Luft, als sie die Arme nach vorne warf, die gekrümmten Finger gespreizt.

Das Licht der untergehenden Sonne verflüssigte sich, Streifen glimmenden Honigs wallten über ihre Finger und tropften um sie herum auf den Boden. Bei der Berührung mit dem flüssigen Licht flammten Reisig und verwelkte Pflanzenteile auf. Die Erde selbst begann zu rauchen.

Heißer als ein Schmiedefeuer schlug mir die Hitze ins Gesicht.

»Zurück, zurück!« rief der Zwerg.

Sein Gesicht war rot und verschwitzt. Ahira nahm Tennetty unter den einen Arm, umschlang meine Taille und zog mich rückwärts, obwohl ich wirklich keine Extraeinladung gebraucht hätte. Ich konnte mich von dem Bild noch immer nicht abwenden.

Andrea trat geschmeidig einen Schritt auf das Wolfswesen

zu. Einen Fuß schwang sie zur Seite und setzte ihn fest auf den Boden; ihre Hüften schwang sie mit einer mahlenden Intensität, die beinahe als erotisch zu bezeichnen war. Oder vielleicht nicht nur beinahe – ich weiß nicht viel über Magie.

Als sich die Kreatur zu einem Sprung duckte, ließ Andrea Lichtstrahlen zwischen ihren Fingern hervordringen.

»Hebe dich fort, befehle ich dir zum dritten und letztenmal.«

Sie senkte die Stimme, und der Lichtstrom versiegte langsam. Zuerst dachte ich, daß der Spruch nicht wirken würde, aber nein, das Trommeln wurde lauter und schärfer. Lautstärke, Anschlag und die Kraft der Trommel wurden eindringlicher, bis es wie ein Gitarrenriff von Jimi Hendrix klang.

Das Trommeln trieb das Wesen zurück.

Andy streckte die Finger aus und sammelte schwelende Stränge goldenen Dunstes auf. Geschickte Finger, unmenschlich stark und fein, woben die Stränge zu einem Strom geflochtenen, beweglichen Lichts, das von ihren Fingern rann und gegen das Wolfswesen brandete. Wo es vom Strom berührt wurde, loderte es auf und verschleuderte Brocken schwelenden Fleisches in die Luft.

Ich brachte Ahira zu Fall und preßte ihn und Tennetty zu Boden. Andrea schrie harsche, dissonante Silben, die sich kein Mensch merken kann; ihre Kraft wuchs gewaltig und kam auf die Welt herunter. Licht gleißte so hell, daß ich die Augen bedecken mußte.

Gerade noch rechtzeitig. Selbst durch meine schmerzhaft zusammengepreßten Lider blendete mich der Blitz, und Hitze wusch wie eine Welle über mich hinweg.

Das Schlimmste auf der Welt ist, während eines Kampfes blind zu sein. Ich zwang mich, die Augen zu öffnen.

Andy stand auf einem Erdhügel, der aus einer von zwei unregelmäßig geformten Lavapfützen herausragte. Schweiß strömte über ihr Gesicht. Über der anderen Pfütze schwebte eine finstere Wolke, die sich bereits auflöste.

»Hebe dich fort, auf mein Wort«, sagte Andrea ruhig.

»Für hier und jetzt«, fuhr die Wolke mit dunkler, unwirklicher Stimme fort. »Aber du hast mir den Spaß verdorben. Vielleicht werde ich dir eines Tages deinen verderben.«

Andrea murmelte etwas, sah dann erwartungsvoll auf. Nichts geschah. »Wer bist du?« fragte sie.

Die Stimme lachte. Es war kein freundliches Lachen. »Nicht alle deine Gesetze funktionieren bei mir, nur einige. Ich werde dir keine Handhabe geben, mich festzuhalten oder zu formen. Oh, rufe mich mit Boioardo, obwohl das niemals mein Name war und auch jetzt nicht ist.«

Sie murmelte einen weiteren Spruch und hob die Hand, deren Finger schwerfällig gekrümmt waren.

»Oh, gib mir noch etwas Zeit«, bettelte Boioardo, »vielleicht kommt es dir zugute, wenn wir uns an einem Ort mit anderen Regeln treffen sollten.«

Faerie? dachte ich. »Nein, Andy, bring es jetzt zu Ende.« Tennetty kam langsam zu sich. Ich umschlang sie mit dem Arm und war bereit loszurennen. Ich kann besser laufen als der Zwerg – aber wenn Andy das Wesen nicht halten konnte, waren wir alle geliefert.

»Oh, du bist immer so schlau, Walter Slowotski aus Secaucus. Wirst du auch an dem Platz-An-Dem-Die-Bäume-Schreien oder an dem Ort-Wo-Nur-Das-Was-Du-Geliebt-Hast-Dir-Helfen-Kann so schlau sein?«

»Selbstverständlich.« Ich setzte ein Lächeln auf. Angabe ist immer ein billiges Vergnügen. »Ich werde sogar noch gerissener sein. Das gehört zu meinem Charme.«

Vielleicht wurde es doch kein billiges Vergnügen – die Dunkelheit rückte auf mich zu.

»Nein! Verschwinde!« rief Andrea und streckte die Finger aus. Sie murmelte ein anderes Wort, und Wind blies die Finsternis in das Licht der untergehenden Sonne.

Es war fort. Wir standen allein in der Dämmerung. Kleine Rauchfahnen stiegen vom Feld auf. Ahira hatte sich über Tennetty gebeugt und versorgte ihre Wunden, Andrea stand auf dem Erdhügel, der sich über der abkühlenden Lavapfütze erhob. Ihr Gesicht war gerötet und ihr ganzer Körper schweißbedeckt.

Geschmeidig drehte sie sich um, schwebte wie ein Tänzerin. »Liebe Freunde, ich glaube, darauf genehmige ich mir ein Bravissimo!« Mit Leichtigkeit setzte sie über die Lava, machte drei Schritte auf uns zu – und fiel in Ohnmacht.

Kapitel sieben

In dem Ellegon erscheint und auf eine Verpflichtung hinweist

Ich war erfreut, sofort antworten zu können, und tat es. Ich sagte, ich weiß es nicht.

– MARK TWAIN –

Ich mochte stets Robert Thompsons Idee, Kompromisse zu vermeiden, um der Person mit starker Überzeugung ihren eigenen Weg zu lassen … und dann begriff ich, daß es Leute dazu ermunterte, eine starke Überzeugung zu haben, wenn sie nicht genug Informationen besaßen.

– WALTER SLOWOTSKI –

Es lag ein heller, goldener Schleier auf der Wiese. Das Korn war so hoch wie ein Elefantenauge – zugegeben, es mußte ein kleiner Elefant sein, und vielleicht müßte der Kritiker ein bißchen in die Hocke gehen. Und – keine Scheiße, ich war da – es sah aus, als würde es direkt in den Himmel emporschießen.

»Scheißmorgen«, murmelte ich halblaut. Ich hasse den Morgen. Ich habe auch nie viel von Oklahoma gehalten.

Gut, wir brauchten jemanden, der Wache hielt. Aber warum ich? Zwar hatte Tennetty sich verletzt und wollte nicht mehr vom Heiltrank vergeuden als notwendig – der Stoff war schließlich teuer, sicherlich mehr wert als mein nächtlicher Schlaf. Auch Andy war erschöpft, und außerdem besaß sie nicht die Wachsamkeit für die Umgebung wie der Zwerg und ich.

Dieser Prozeß des Ausschlusses ließ nur noch den Zwerg und mich übrig, doch wie gewöhnlich war mal wieder ich der Angeschissene. (Ich will mich nicht beklagen, denn diesmal mußte ich nicht allein die Suppe auslöffeln.) Als Ahira und ich die Nacht aufteilten, glaubte ich zuerst, die bessere Hälfte erhalten zu haben. Aber wenn ich zu dieser frühen Morgenstunde darüber nachdenke, hatte ich wohl doch kein gutes Geschäft gemacht.

Wir lagerten am Rand des Waldes; eine provisorische Warnanlage schützte uns vor wem oder was auch immer, das hinter uns herumschleichen mochte, und ein einzelner Wächter, nämlich ich, schützte unsere Vorderfront. Außendienst ist eine gute Übung in praktisch angewandter Paranoia.

Zeit zu sitzen, zu wachen und nachzudenken, während die Morgendämmerung allmählich in den Tag übergeht.

Nachts kann man über vieles nachdenken. Zu vieles.

Was auch immer an der Grenze zu Faerie geschah, war zu unserem Problem geworden. Es hatte sich ganz in der Nähe ereignet. Nicht, daß ich etwas dagegen hätte, wenn sich magische Monster anderswo mit Leuten messen, denn die Welt ist groß, und mich wird es nicht so schnell treffen. Doch meine Frau und meine Kinder befinden sich augenblicklich in der Baronie Cullinane. Und da Boioardo, was immer er oder es auch war, in ebendieser Baronie Cullinane herumlungerte, war diese Sache unweigerlich eine persönliche Angelegenheit.

Trotzdem wäre es kein Beinbruch, einige Zeit in der Nähe der Baronie zu verbringen, anstatt sich vorschnell in Schwierigkeiten zu stürzen. Man konnte doch darauf warten, bis sich alle im Schloß eingelebt hatten, und dabei die Ohren für jede Neuigkeit offenhalten. Währenddessen konnte Tennetty gesund werden, und wir mußten nicht für sie die teuren und seltenen Heiltränke verbrauchen. Weiterhin könnte ich so auch etwas mehr Zeit mit Bogen, Schwert und Pistole verbringen. Denn mein Wahlsprung lautet: Lieber sitzen als laufen, lieber laufen als kämpfen, doch lieber kämpfen als sterben.

Vielleicht gab es da einen Ausweg. Denn wenn du ein Problem lange genug auf sich beruhen läßt, löst es manchmal ein anderer für dich – so drehte Präsident Reagan Däumchen über dem Osirak-Reaktor bei Bagdad, bis die Israelis das Problem für ihn aus der Welt schafften.

Ich wäre unheimlich glücklich, wenn etwas Entsprechendes geschähe. Denn Magie und Menschen scheinen nicht miteinander auskommen zu können, was wohl einer der Gründe sein könnte, warum wir uns auf der Anderen Seite in eine andere Richtung entwickelt haben, und warum das Weltliche dazu neigte, das Magische aus Eren-Gebieten zu vertreiben. Es gab einmal das Zeitalter der Drachen, als Wolken von ihnen den Himmel verdunkelten – wenn man den Legenden Glauben schenken will.

Ich wußte nicht, was der kleine Junge von Stash und Emma tun konnte, um die Wiederkehr solcher Dinge aufzuhalten, selbst wenn ich mich in den Mittelpunkt all dieser Geschehnisse stellen wollte. Das war so, als versuchte man den Ölfluß aufzuhalten, indem man seinen Finger in das Loch der Pipeline steckte.

Wenn man ein Problem lange genug auf sich selbst beruhen läßt, wird es manchmal ein anderer für einen lösen.

Wie das mit Kirah?

Du bist wirklich verdammt schlau, davon *die Finger gelassen zu haben, Walter,* dachte ich.

Was sollte ich tun? Sie zugunsten von Aeia fallen lassen? Richtig, das wäre bestimmt das Beste für Kirahs geistige Gesundheit. Sie zu einer Entscheidung zwingen? Es kommt mir einfach nicht in den Sinn, meine Hände an eine Frau zu legen, die zurückschreckt, wenn ich sie berühre – und wenn jemand nicht sprechen möchte, kann man ihn auch nicht dazu zwingen.

Ich seufzte. Ich fand da keinen Ausweg.

Vielleicht, aber nur vielleicht, wenn ich sie allein ließe, um allen Druck von ihr zu nehmen, und verhinderte, daß es zur allgemein bekannten Tatsache und öffentlichem Gerede wurde, konnte sie dazu kommen, ihr Problem selbst zu lösen.

Nun, das war immerhin eine Chance, auf die man hoffen konnte.

Man muß sich eben manchmal auch auf die kleinste Chance festlegen.

Weit entfernt am blauen Himmel stoppte ein winziges Fleckchen seinen unsteten Flug, um sich dann in unsere Richtung in Bewegung zu setzen.

Ellegon? dachte ich, um ihn mit meinen Gedanken zu rufen.

Wenn er es war, war er zu weit entfernt. Karl und besonders Jason hatten immer eine ungewöhnlich enge Verbindung zu dem Drachen gehabt und konnten auch über weite Entfernungen mittels Gedankenbildern mit ihm sprechen, aber er und ich sind uns nie so nah gewesen. Wir hatten keine Chance gehabt, während Ellegon Jason schon vor dessen Geburt kannte.

Wenn es nicht Ellegon war, dann bedeutete der größer werdende Fleck Ärger. Doch in meiner Weste gab es dieses Fläschchen mit konzentriertem Drachenbann. Ich nahm es heraus und öffnete den Verschluß.

»Also gut allerseits, da kommt irgend jemand oder etwas auf uns zu«, sagte ich, während ich aufstand. »Klar zum Gefecht, Leute.«

Kampf-oder-Flucht ist immer eine lustige Entscheidung, und wenn ich allein bin, neige ich dazu, die Füße in die Hand zu nehmen – denn der, der kämpft und sich davonmacht, lebt auch noch am nächsten Tag, um sich auch dann wieder aus dem Staub machen zu können, wie es so schön heißt. Aber ich hätte keine Chance, einem fliegenden Wesen zu entkommen, zumindest brauchte ich dafür eine ganze Menge mehr als ein bikinibreites Waldstück, um meine edelsten Teile darin zu verstecken.

Ich tauchte drei Pfeile in den Drachenbaum und legte sie vorsichtig vor mich auf den Stein. Wenn nötig, konnte ich sie schnell verschießen, um dann noch schneller zu fliehen.

Der Fleck wuchs.

Die eben noch schlafenden Körper wirbelten plötzlich durcheinander – Ahira zwängte sich in seine Kleidung und Rüstung, Andrea griff nach einem Gewehr, und Tennetty, die den linken Arm in einer Schlinge trug, spannte eine Pistole, um sie dann vorne in den Gürtel zu stecken.

Eine vertraute Stimme erklang in meinem Kopf. *Walter, ich würde es als einen persönlichen Gefallen betrachten, wenn du netterweise darauf verzichten könntest, mich umzubringen.*

Bei dieser Entfernung konnte ich die vertraute Gestalt erkennen: groß, saurierartig, mit riesigen, ledernen Schwingen, die die Luft peitschten.

Ich konnte beinahe das Entweichen der Luft hören, die mich vor Erleichterung aus allen Körperöffnungen verließ.

»Auch ich freue mich, dich zu sehen, Ellegon«, murmelte ich, wohlwissend, daß ein Flüstern bei dieser Entfernung genauso wirkte wie ein Schrei.

Es ist doch immer wieder eine Freude, nahe am Zentrum des bekannten Universums zu sein.

Äh?

Das Zentrum des Universums – jener Punkt genau hinter deiner Stirn. Oder eine Handbreit unter deiner Gürtelschnalle. Je nachdem, welcher Körperteil gerade ... tja ... für dich denkt.

Warte erst mal, bis du die Pubertät erreicht hast.

Noch ein paar oder zwei Jahrhunderte, und ich werde genau sein wie du. Sicher. Einmal alle Dutzend Jahre oder so. Falls ich überhaupt einen weiblichen Drachen finden kann.

Ich verkniff mir einen Spruch von der Art: »Auch aus einem Küken wird einmal ein Hahn ...«

Und aus einem Hahn ein Hähnchen.

...während ich meinen Bogen entspannte und ihn zur Seite legte. Unfälle können immer wieder vorkommen – ein kurzes Abflämmen im Lagerfeuer brannte den Drachenbann von den Pfeilspitzen, ohne daß ich dabei die Pfeile verlor. Denn gute Pfeile sind teuer.

Ich schaute auf, der Himmel war klar.

Wo bist du?

Hinter dir, im letzten Anflug – die Passagiere mögen meine harte Landung nicht.

Ich rieb mein Steißbein. *Ich erinnere mich noch.*

Hühnerschiß.

Ein dunkler Schatten zog vorüber; lederne Schwingen peitschten gegen den Wind, als Ellegon zur Landung ansetzte, und knallten so hart auf den Weg, daß ich in fünfzig Metern Entfernung spüren konnte, wie die Erde bebte.

Ellegon: so viele Tonnen graugrüner Drachen, daß ich gar nicht erst versuchen würde, sie zu zählen. Groß wie ein Reisebus, der alles daransetzt, eine Boing 737 zu werden, mit einem langen Schwanz am einen und einem Alligatorkopf am anderen Ende, aus dem der allseits bekannte Dampf zwischen den dolchartigen Zähnen hervordrang.

Der riesige Saurierkopf beäugte mich mit kalten, schwerlidrigen Augen. Ich vermute, daß Ellegon der 737-Gedanke-Schrägstrich-Kommentar nicht gefallen hatte.

Gut geraten. Der Kopf drehte sich weg. Ein kurzer Feuerstoß kam aus dem höhlenähnlichen Maul hervorgeschossen, und rote Flammenzungen leckten den Sandweg.

Der Drache wälzte sich schwerfällig einen Schritt vorwärts und sackte genau dort zu Boden, wo er ihn aufgewärmt hatte – ich konnte nicht erkennen, ob das aus Müdigkeit geschah oder um es seinem Passagier leichter zu machen, aus der Takelage auf seinem Rücken herunterzusteigen.

Aus purer Rücksichtnahme. Wie wir alle wissen, bin ich der rücksichtsvollste aller Drachen. Die Tatsache, daß ich den größten Teil der letzten drei Tage damit verbracht habe, die Luft mit meinen schmerzenden Flügeln zu schlagen, hat rein gar nichts damit zu tun.

Der Passagier war natürlich Jason Cullinane. Einige Dinge sind außergewöhnlich klar vorhersehbar. Er winkte gutgelaunt, als er über das Feld auf uns zukam.

»Guten Morgen«, sagte ich.

Wir hätten dich gestern brauchen können, sagte ich nicht. Darauf würde er zuguterletzt selbst kommen.

Er fummelte an seinem Schwertgürtel und am Schulterhalfter herum, aus dem, fast verborgen unter der kurzen Jacke, ein Pistolengriff hervorlugte. »Ich dachte, vielleicht …«

Ahira schüttelte den Kopf. »Kein ›dachte vielleicht‹, das nächste Mal. Sei dir sicher.«

Besser hätte ich das auch nicht auf den Punkt bringen können. Ich zeigte auf den Baumstamm, wo ich gesessen hatte. »Laß uns in der Zwischenzeit eine Tasse Tee trinken.«

Damals, als Ahira und ich noch Studenten waren, lud uns eine Freundin auf ihr Zimmer im Studentenwohnheim ein, um an ihrer wöchentlichen Unterhaltung mit einem der elektronischen Informationsdienste teilzunehmen – ich kann mich überhaupt nicht mehr daran erinnern, ob es Compuspend, die Quelle oder was auch immer war. Wir saßen vor ihrem niedlichen, kleinen IBM, durch den wir mit einem Haufen anderer Leute verbunden waren, die überall im Land an ihren Computern saßen. Wir fragten uns gelegentlich, ob sie dort nackt saßen ... wie wir.

Die Sache, an die ich mich am besten erinnerte – gut, die Sache, an die ich mich am zweitbesten erinnerte; es war ein wirklich schöner Abend –, ist, daß die besten und interessantesten Teile des sechs- bis zehnhändigen elektronischen Gesprächs die waren, die unter der Oberfläche der öffentlichen Unterhaltung privat von einem User zum anderen geschickt wurden.

Ungefähr so ist ein Treffen mit Ellegon, auch wenn es stattfindet, während man ein Lager abbricht.

Ahira stopfte eine gefaltete Zeltplane vorsichtig in seinen Rucksack, band den Rucksack zu und warf ihn mir dann herüber; ich schleuderte ihn in den Planwagen.

Tennetty griff fester in das Zaumzeug der angebundenen Pferde, die umhertänzelten, schnauften, aus Nervosität pißten und sonstwie zu erkennen gaben, daß sie unglücklich waren. Pferde neigen dazu, in der Nähe von Ellegon nervös zu werden, wahrscheinlich aus dem gleichen Grund, aus dem sich ein Hähnchen in meiner Nähe unbehaglich fühlen müßte. Aus diesem Grund hatte Andy die gesattelten Pferde ein Stück des Weges hinuntergebracht.

Jason saß mit angewinkelten Knien auf dem Boden und lehnte sich gegen einen Baumstamm. Er setzte seine Teetasse vorsichtig auf dem weichen Grund ab. »Wir müssen prüfen, was aus Faerie kommt – in Ehvenor, nicht?«

Der Junge hat ein scharfes Auge für das Offensichtliche. Was Ehvenor betrifft, nicht für das darin Verborgene.

Du bist zu streng, dachte Ellegon, wobei seine Gedankenstimme jene besondere Klarheit annahm, dieses spezielle metallische Timbre, das mir sagte, daß er ausschließlich mit mir sprach. *Obwohl er doch die Scharfsinnigkeit seines Vaters besitzt, so wie die Dinge liegen.*

Der Zwerg warf eine weitere Tasche mit Teilen der Ausrüstung herüber, griff dann einen knorrigen Stock und wühlte nervös ein letztes Mal in der Asche des Lagerfeuers. »Irgend jemand muß es ja tun.« Er schürzte die Lippen für einen Augenblick. »Ich mag sie nicht – die Magie.« Er erschauerte.

Ich gluckste. »Du beklagst dich über Magie?« Gäbe es keine Magie, wäre Ahira noch immer der verkrüppelte James Michael Finnegan.

»Sicher«, erwiderte er. »Und drüben auf der Anderen Seite hätte ich mich ebenfalls über Nuklearwaffen, Antibiotika, Automobile und all die anderen verschiedenen Segnungen beklagt.« Er schaute zu Andrea hinüber. »Wie nah an Ehvenor müssen wir sein, um herauszufinden, was dort geschieht?«

Sie zeigte neben sich auf den umgestürzten Baumstamm, auf dem sie saß. »Setze irgend jemand oder etwas, der Bescheid weiß, auf diesen Platz, dann brauche ich nicht näher zu sein als jetzt.«

Ahira hob die Augenbraue. »Durch eine Art geistiges Zauberwort?«

»Nein, ich würde ihn fragen.«

»Sehr witzig, aber nun mal ernsthaft. Wie nah müßtest du bei dem sein, was auch immer geschieht, um dir ein Bild davon machen zu können?«

Sie zuckte mit den Schultern. »Es käme darauf an, *was* vor sich geht. So könnte ich einen Überblick von etwas gewinnen, das – sagen wir mal – etwa drei Tagesritte von hier entfernt ist«, sagte sie, während sie zwischen Daumen und Zeigefinger hindurchspähte, die sie dicht vor den Augen eng zusammenhielt, »wenn ich so weit von ihm entfernt wäre.«

»Und von hier aus ist es gar nicht möglich? Egal was es ist?«

Sie schnaufte. »Sicher ist es möglich. Nur müßte das, was sich ereignet, in groben Umrissen scharf eingestellt, kräftig, hochkinetisch, einfach und nicht abgeschirmt sein. Es kämen noch ein paar Adjektive mehr dazu, die dir nichts sagen würden. Aber in diesem Fall wäre schon die Hälfte aller Zauberer aus ganz Eren alarmiert, was entsprechende ... Manifestationen zur Folge hätte. Doch diese gibt es nicht. Also, wenn ich herausfinden will, was vor sich geht, muß ich hingehen und mir die Sache anschauen. Je näher wir kämen, desto weniger müßte ich mich anstrengen, um es herauszufinden.«

Ahira nickte. »Ich werde darüber nachdenken.« Er schaute zu mir herüber.

Ich wußte, was er fragte, doch es war die falsche Frage. Er fragte nach dem *wann* statt nach dem *ob*.

Ich schüttelte den Kopf. »Wir brauchen nichts zu überstürzen, ohne vorher gründlich zu überlegen. Wenn wir dafür ein paar Tage veranschlagten, hätten wir nicht nur Zeit, klug zu packen, sondern könnten auch in einer besseren Verfassung aufbrechen.«

»Du klingst zu überzeugend.« Tennetty nahm ein Schlückchen von ihrem Tee und spuckte ihn ins Feuer. »Der ist ja kalt geworden.« Ihre Lippen zuckten. »Du bist ja nicht gerade begierig darauf loszuziehen«, sagte sie.

»Ich bin mir nicht sicher, ob wir gehen sollten«, erklärte ich. Es hatte mir nicht gefallen, wie Boioardo mich angeschaut hatte, und es drängte mich überhaupt nicht, seinetwegen loszustürzen. So habe ich auch nie einen Sinn darin gesehen, zu meiner Verabredung mit Samarra loszugaloppieren. (Na gut, das ist nicht wirklich wahr. Ich war früher mit einem Mädchen namens Samarra Johnson befreundet, die auf jeden Fall ein oder zwei Galopps wert war, aber das hier war eine ganz andere Sache.)

Tennetty kratzte sich und zog Grimassen, da ihr Körper bei jeder Bewegung protestierte. »Ich werde den Planwagen nehmen und die Pferde zurückbringen, falls ihr Übrigen fliegen wollt.«

Meinetwegen. Dann könnte ich wohl die Jungen fressen, nicht wahr?

»Jungen?«

Ich hatte vergessen, daß ihr mit euren Ohren fast genauso schlecht hören könnt wie mit eurem Geist. Ich sagte: Wolfsjungen. Eine kleine Flammenzunge leckte aus seinem Maul in die Richtung. *Da entlang.*

Ich seufzte. Wolfsjungen mußte es doch *auch* geben, nicht wahr? Zum Teufel noch mal. Man kann nicht mal ein paar unschuldige Bauern vor einer gefräßigen Wolfsmeute retten, ohne danach aufräumen zu müssen und sich dazu noch höllisch schuldig zu fühlen.

Es waren zwei und unheimlich niedliche dazu; sie waren sterbenshungrig und stanken wie ein Kübel Scheiße.

Die kleine Höhle unter dem Stein war nicht mehr als ein Loch, aber es war wahrscheinlich das beste, was die Wolfsmutter in der kurzen Zeit graben konnte. Das Wolfsrudel war unter dem Einfluß oder der Kontrolle von Boioardo unterwegs, so daß ein langfristiges Graben einer Höhle auf sich warten lassen mußte.

Doch der Zwerg ließ nicht locker. »Na ja, du könntest sie doch verhungern lassen und dir erst später Vorwürfe machen.«

Jason warf ihm einen Blick zu. »Das ist der dümmste Vorschlag, den ich je gehört habe.«

Andy kauerte sich nieder und streckte die Hand aus, um einem der beiden einen Schlag zu versetzen. Sie fühlte ein kurzes Knabbern, dann das Wühlen einer Schnauze an ihrer Hand, weil eines der Wolfsjungen zu saugen suchte. »Oder du könntest ihnen die Kehle durchschneiden.«

Tennetty kniete seitlich neben dem Stein nieder. »Ich werde es machen, denn es ist nicht recht, sie verhungern zu lassen.« Sie zog ihr Bowiemesser und griff nach dem Wolfsjungen, das am nächsten war.

Jason ergriff ihr Handgelenk. »Warum diese Eile?«

»Sie sind hungrig.« Sie zuckte mit der Hand zurück. »Obwohl sie meine Feinde sind, werde ich sie nicht einfach leiden lassen.«

Er hielt eine Hand hoch. »Steck das Messer erst einmal weg, wir können es uns doch vorher genau überlegen.«

Ich hatte das schon. Verdammt, verdammt, verdammt.

Von dort zu kommen, von wo ich herkomme, ist manchmal eine Last, und es sah aus, als hätte Jason einiges von Karl geerbt. In einer primitiven Gesellschaft neigen die Leute nicht dazu, Mitleid mit niedlichen Tieren zu haben; Einfühlungsvermögen für andere Arten ist ein Luxus, und Leute, die um ihre Existenz kämpfen müssen, neigen nicht dazu, viel Zeit und Mühe darauf zu verwenden. Da man nicht, sagen wir mal, alle Jungen aufziehen kann, die eine Hündin in die Welt setzt, da in einer primitiven Welt niemand das Wissen besitzt, wie man sie sterilisieren könnte, hat man nur noch zwei Möglichkeiten: Entweder man ertrinkt in der Masse der geworfenen Jungen, oder man ertränkt die meisten.

Gewiß, auch ich habe schon manchmal hartherzig sein *müssen*; es gibt Situationen, in denen man nicht darum herumkommt, ihre Natur zu erkennen, und daß man nichts gegen dieselbe tun kann. Ich habe schon eine Menge schlimmerer Situationen erlebt als diese. Niedliche Tierbabies sterben ständig in den Wäldern; in vielen Fällen ist das einfach nur Teil der Natur. Und ich habe noch viel Schlimmeres erlebt.

Aber das hier war kein Teil der Natur. Boioardo hatte die Mutter der Jungen aus den Bergen heruntergeholt, so daß wir das gesamte Rudel getötet hatten – und jetzt hatten wir die Waisen am Hals; oder besser: ich hatte sie am Hals.

Durch die Bäume konnte man sehen, wie sich Ellegons Masse in der Ferne auftürmte. *Es wäre außerordentlich günstig, wenn wir uns jetzt aus dem Staub machen könnten.*

Es wäre auch sehr günstig, wenn wir eine geeignete Hundemilchquelle auf Schloß Cullinane besäßen. »Jason«, fragte ich, »haben wir vielleicht eine säugende Hündin in den Zwingern?«

»Nein.« Er schüttelte den Kopf. »Nicht bei mir … Ich bin mir deswegen sicher, weil Bren darauf bestand, mir die Bestandsliste des Schlosses zu zeigen. Darin wurde nichts dergleichen erwähnt. Andererseits«, fuhr er fort, »muß es irgendwo in der Nähe einen Dorfvorsteher geben, der eine solche besitzt. Oder kennst du vielleicht einen Dorfvorsteher, der keine Hunde hält?«

»Es gibt ja noch Kühe«, sagte Ahira. »Kuhmilch wäre vielleicht ein Versuch wert.«

Tennetty spuckte aus. »Dämliche Idee. Mach es kurz und schmerzlos – das ist das Beste.«

Jason schüttelte den Kopf. »Ich glaube nicht, daß mein Vater damit einverstanden wäre, oder was meinst du?« Ein feines Lächeln umspielte kurz seine Lippen. Er griff in das Loch und hob eines der Jungen heraus. Es knabberte und zappelte, als er es mir reichte. Es wollte einfach nicht stillsitzen.

Jason holte das andere heraus, und ohne dessen Zappeln und Knabbern zu beachten, machte er sich auf den Weg zu Ellegon hinüber. »Diejenigen, die mit mir kommen wollen, setzen sich am besten in Bewegung; wir steuern das Schloß an, und zwar auf der Stelle.«

Ich schaute auf das Junge in meinen Händen. Sein Fell war härter und dichter, als ich das bei einem Jungen erwartet hätte, doch seine Augen waren glasig vor Hunger und Durst.

Scheiße, Scheiße, Scheiße. »Laß uns loslegen.«

»Okay.« Ahira warf sich sein Gepäck auf die Schultern. »Helfen wir dem Jungen dabei.«

»Ich dachte, du wolltest sie verhungern lassen und erst später darüber nachgrübeln.«

»Nein, du kennst mich doch.«

Als wir zu Schloß Cullinane zurückgekehrt waren, hatten es Aeia, Bren und ihr Gefolge bereits in Richtung Little Pittsburgh verlassen.

Kapitel acht

In dem überraschenderweise weder meine Frau noch ich angepißt werden

Schlafen! Vielleicht auch träumen!

– WILLIAM SHAKESPEARE –

Bill, deine Mutter schwimmt hinter den Truppentransportern her.

– WALTER SLOWOTSKI –

Komplexe Probleme haben manchmal recht simple Lösungen – es sind die einfachen Probleme, die einen verrückt machen.

Wie das Füttern von Wolfsjungen. Die Schwierigkeit Nummer eins war: *Mit was, zum Henker, füttert man sie*?

Es war ziemlich wahrscheinlich, daß wir nicht in der Lage sein würden, genug zum Fressen für die Jungen zu finden. Daher mußten wir sie wahrscheinlich von ihren Qualen erlösen. Ich konnte einfach nicht darüber froh sein, doch hätte mir das die Sache leichter gemacht.

Es stellte sich jedoch heraus, daß das Problem, wie man aufgenommene Wolfswelpen aufzieht, bereits gelöst war, und das galt ebenso für den Versuch, sie zu zähmen. Das hatte man auch schon in früheren Zeiten gemacht, und die Methoden sind von der Gilde der Hundezüchter überliefert worden. Einige der Gebildeteren hatten ihre Erfahrungen schriftlich festgehalten, denn in früheren Zeiten war das Züchten von Hunden ein respektabler Berufsstand gewesen, der oft vom tierliebenden, niederen Adel ausgeübt wurde.

Es war Fred gewesen (ich kann nichts dafür, er hieß wirklich so – es war eine Variante von Fredelen, einem sehr gebräuchlichen holtischen Namen), der fest glaubte, daß der nyphinische Schäferhund vom Wolf und vom großen holtischen Hund abstammte, den man auch als *Kalifer* bezeichnete. Dieser sah aus wie ein übergroßer Köter, bei dem ich immer an einen haarigen Mastiff denken muß.

Dennoch gab es Unterschiede. Nach Freds Angaben genügte eine Hundedame für die ersten Zehntagezyklen, aber danach würden die Welpen die Zitzen des armen Tieres verwüsten. Man braucht schon eine Wolfsmutter, um die Wolfsjungen zur Ordnung zu rufen.

Daher bestand die übliche Nahrung für Wolfsjungen aus Ziegenmilch und Molke, bei der man zehn Teile Milch mit einem Teil Bullenblut mischte. Außerdem gab man noch einige Kräuter hinzu, die Fred nicht genauer bezeichnete.

...und mehr Aufmerksamkeit als ein neugeborenes Menschenbaby bekommt. Wenn man möchte, daß sie mit Menschen zusammenleben, sollte man dafür sorgen, daß sie sich an deren Geruch gewöhnten.

Die nächsten zehn Tage waren kein Vergnügen.

Der Alptraum ist immer derselbe:

Wir versuchen, aus der Hölle zu entkommen. Milliarden von uns versuchen durch die Nebelvorhänge, die von der Ewigkeit herabhängen und die endlose Ebene verbergen, ihren Weg zu finden.

Alle, die ich jemals liebte, sind dabei, zusammen mit Bekannten und völlig fremden Gesichtern.

Hinter uns tobt eine kreischende Dämonenhorde heran, die nur manchmal unter den endlosen Reihen von Vorhängen zu sehen ist. Ich will nicht zu ihnen hinschauen und muß es auch nicht, jedenfalls jetzt nicht mehr. Wir sind beinahe draußen, beinahe gerettet.

Aber beinahe reicht niemals aus.

Der Ausgang befindet sich direkt über unseren Köpfen. Er ist deutlich mit glühenden, grünen Buchstaben gekennzeichnet. Und einige schaffen es, ihren Göttern dankend, sich den Weg hindurchzubahnen. Ich glaube meine Frau und meine Kinder zu erkennen, wie sie hinausgelangen.

Jedenfalls hoffe ich das.

Die Dämonen nähern sich zu schnell und werden einige von uns packen. Und dann sehe ich ihn: Karl Cullinane, Jasons Vater, steht hochaufgerichtet mit strahlendem Gesicht da, Hände, Brust und Bart mit frischem und geronnenem Blut befleckt.

»Wir müssen sie aufhalten!« ruft Karl. »Wer ist dabei?«

Er lächelt, als ob er sein ganzes Leben auf diesen Moment gewartet hätte, der verdammte Idiot.

»Ich komme mit dir«, sagt jemand, und er dirigiert sie alle an ihre Plätze direkt neben Clint Hill und Audie Murphy.

»Jetzt bist du an der Reihe«, sagt Karl und wendet sich mir zu. Er ist über und über von Blut bedeckt, einer Art von gelbgrünem Eiter und Wolfsdreck.

Er schüttelt den Kopf, um die Augen vom Blut zu befreien. »Du bist an der Reihe, Walter.«

»Du bist an der Reihe, Walter«, sagte Jason und schüttelte mich noch mal.

Ich wachte nur langsam auf. Ich befand mich erst halb im Hier und Jetzt und noch halb im Alptraum. Noch immer schaute ich in Karls Gesicht, welches das Gesicht seines Sohnes teilweise noch überlagerte.

Ich mochte so etwas überhaupt nicht – jemand, in meinem Beruf sollte eigentlich schnell aufwachen, noch bevor jemand ihn berührte. Es kam nicht darauf an, daß mein Unterbewußtsein wußte, daß ich sicher im Bett neben meiner Frau lag. Die Zimmertür stand offen, ein bewaffneter Mann war hereingekommen und stand direkt neben mir.

Das war überhaupt nicht gut, Walter.

Kirah war schnell eingeschlafen und lag auf der anderen Seite des Betts. Sie hatte sich unter den Laken wie ein Fötus zusammengekauert. Ihre Füße lagen so, daß sie mich wegstoßen konnten.

Ein schmutziges, übelriechendes Wollhemd und eine Hose lagen direkt neben mir auf dem Fußboden. Kleidung, in der man Wölfe füttert. Ich bekam eine Gänsehaut. Ich stemmte mich aus dem Bett und schlüpfte in meine Wolfsfütterkleidung. Sie war noch immer feucht vom Sabber der Wolfswelpen. Ich sammelte noch ein paar meiner Waffen ein, bevor ich Jason in den Flur folgte.

Mein Mund hatte genau den metallischen Geschmack, den er annimmt, wenn ich nicht genug Schlaf bekommen habe. Aus irgendeinem Grund hatte ich in den zehn Tagen, die seit unserer Rückkehr vergangen waren, nicht genügend geschlafen. Das war schon irgendwie komisch.

Oben auf der Treppe hielt ich inne, um aus dem Fenster zu schauen.

Ellegon lag unten auf den kalten Steinen des Hofes. Er schlief. Seine stämmigen Beine waren unter dem Körper verschränkt wie bei einer Katze. Sein riesiger Kopf ruhte auf dem kalten Fels. So schön wie ein Bus.

Zu dumm. Ich könnte durchaus etwas Gesellschaft gebrauchen. Mitten in der Nacht allein zu sein, macht überhaupt keinen Spaß.

Jason reichte mir eine seiner beiden Laternen. Eine Schloßtradition, die vielleicht noch auf die Belagerung zurückging, bestand darin, daß mitten in der Nacht viel zu wenig Laternen brannten. So mußte jeder seine eigene Laterne mit sich herumtragen.

»Wie geht es ihnen?« fragte ich.

Er zuckte mit den Schultern. »Nora hat sich unter dem Ofen versteckt. Nick hat für drei gefressen.« Er hob zum Abschied seine Hand. »Und ich brauche jetzt etwas Schlaf«, sagte er und stapfte über den Teppich auf seine Zimmer zu, ohne auch nur einmal kurz zurückzublicken.

Ich ging in die inneren Bereiche des Schlosses zu der Hütte hinunter, die wir als Wolfszwinger benutzten.

»Zurück – zurück – *zurück*, ihr schrecklichen Biester!« rief ich, als ich die Drahtgittertür öffnete und die Laterne an den Haken hing.

Gehorsam sprangen die beiden Welpen aus ihren Verstekken. Nora schaffte es beinahe, durch die Tür zu kommen, bevor sie gegen meinen Fuß prallte und jaulend zurück in ihr Versteck rannte. Nick schnüffelte ruhig an meinen Füßen herum und wedelte mit der Rute.

Das verschlossene Schränkchen enthielt einen frischen Krug von Freds fürchterlich riechender Nahrungsmixtur für Wolfswelpen. Ich stellte eine saubere Holzschüssel auf den Boden und schüttelte etwas für Nora hinein. Nick hatte noch nicht so schnell wie seine Schwester begriffen, wie man aus einer Schüssel schlabbert. Als ich eine der beiden Trinkflaschen gefüllt und ein Stück Lappen halb in die Öffnung gestopft hatte, winselte er bereits.

In ungefähr einer Woche würde er es schaffen, aus einer Schüssel zu trinken.

Oder ich werde ihm den dicken Hals umdrehen.

Ich ließ mich auf einen Strohhaufen fallen – dumm, aber diesmal ohne Folgen, vertraute ich darauf, daß Jason den Stall gesäubert hatte, bevor er gegangen war. Diese kleinen Monster hätten ihn wahrscheinlich beschmutzt, wenn sie die Gelegenheit dazu gehabt hätten.

Nick konnte einfach nicht stillhalten. Ich hatte wie immer das Problem, den Welpen unter einen Arm zu klemmen und ihm die Flasche ins Maul zu halten. Er trank begierig, als wenn er seit Minuten nicht mehr gefüttert worden wäre.

Wie Fred erklärt hatte, besaß man an und für sich eine gute Chance bei Wolfswelpen und wilden Hunden, wenn man sie nur jung genug einfing – was wir seiner Meinung nach auch getan hatten – und wenn man sich praktisch die ganze Zeit mit ihnen abgab.

Mach sie zu Mitgliedern deiner Familie, hatte er gesagt. Präge sie, könnte er damit auch gemeint haben.

Wir würden sehen, wie das in den langen Nächten funktionierte.

Ich verstand, warum Fred dies nicht tun wollte – der Geruch der Welpen ängstigte Freds Hunde zu Tode. Langsam verstand ich, warum eine Sprühflasche mit Wolfsurin eine wundervolle Erfindung ist, um Haushunde damit von einem bestimmten Gebiet fern zu halten.

Ich sage dir, dies wäre genau der richtige Zeitpunkt für den jungen Baron Cullinane gewesen, ein bißchen seiner baronesken Autorität auszuüben, um einer der Scheuermägde mitzuteilen, daß sie nun eine neue Aufgabe als Pflegerin für ein Paar Welpen habe.

Aber die Cullinanes sind eine sehr engstirnige Brut – dies war eine zusätzliche Aufgabe, die keiner eingeplant hatte, und Jason würde sie nicht dem Gesinde des Schlosses auflasten, wenn es nicht unbedingt notwendig war. Nein, das war etwas für Personen, die dafür die Verantwortung übernommen hatten, nämlich: er selbst, Ahira, seine Mutter und ich.

Natürlich mag ich Hunde. Ich mag auch gerne mit Hunden spielen oder strolche dann und wann für kurze Zeit gerne mit ihnen herum. Einen Stock zu werfen und ihn von einem Hund zurückbringen zu lassen, macht einen Höllenspaß, jedenfalls die ersten Dutzend Male.

Aber ich mochte es überhaupt nicht, jeden Tag sechs Stunden damit zu verbringen, ein Pärchen Welpen endlos zu füttern und zu streicheln oder ihren Zwinger auszumisten und auf Schlaf zu verzichten.

Scheiße.

Ich hatte die Wache bis zum Morgengrauen. Ahira würde dann übernehmen. Stunden voll Ungemach lagen noch vor mir.

Dennoch waren sie irgendwie schön.

Ich lehnte mich mit dem Rücken gegen die Wand. Nora, die immer etwas weniger gefühlsbetont war, zog sich zurück in die Schatten, nachdem sie ihr Mahl beendet hatte. Nick saugte und leckte so lange an dem Lappen im Flaschenhals, bis er schließlich leise winselnd auf meinem Schoß einschlief.

Eine lange Schicht lag noch vor mir, bei der es kaum mehr zu tun gab, als darüber nachzudenken, wie beschissen das Universum war.

Was hatte ich gegenüber Kirah falsch gemacht? Lag es an meiner Art, sie zu berühren, was den Sex für sie verdorben hatte? Ich will nicht prahlen, aber über die Jahre habe ich relativ wenig Beschwerden erhalten, zumindest was diese Sache betrifft. Zwar war es nicht immer unermeßlich wunderschön oder so ähnlich, aber ich habe immer gedacht, daß ich ein bißchen mehr als nur eine blasse Ahnung davon habe, was eigentlich vor sich geht.

Nein, ich war töricht gewesen.

Ich streichelte über Nicks Kopf, er bewegte sich für einen Augenblick und schlief dann wieder ein.

Es ist schon verwunderlich, daß das gleiche Leben am Tage schön aussah und in der Mitte der Nacht wie eine dunkle Jauchegrube wirkte.

Während des Tages schien es mir wichtiger, daß ich mit Freunden zusammenlebte und zusammenarbeitete, für die ich sorgte und die sich um mich sorgten. Es schien wichtiger zu sein, daß die Arbeit, die wir taten, nicht nur für uns von Bedeutung war; daß ich zwei schöne und gesunde Töchter hatte, die mich beide gern mochten; daß ich guter Gesundheit war und es schaffte, guter Dinge zu bleiben ...

...und in der Nacht konnte ich an nichts anderes denken als daran, daß meine Frau sich nicht von mir anfassen ließ.

Ich vermute, daß ich eingeschlafen bin, dann erwachte ich plötzlich. Nick, der wach in meinem Schoß lag, war zur Reglosigkeit erstarrt.

Die Übung war immer die gleiche: du bewaffnest dich und machst dich kampfbereit, und dann erst entscheidest du, ob es zum Kampf kommt. Ich legte den Welpen auf eine Seite und zog meinen Dolch aus der Scheide.

»Walter?« Es war Kirahs Stimme.

»Ja.« Ich steckte das Messer zurück in die Scheide. »Ich bin's«, antwortete ich und beugte mich vor, um den verwirrten Welpen zu streicheln.

Ein Serviertablett auf einer Hand belancierend, kam sie herein und kniete sich vor Nick auf den Boden. Der entschied, daß sie in Ordnung sei und zeigte dies, indem er wild mit seinem Stummelschwanz hin und her schlug. Dann leckte er ihr freundlich das Gesicht, als sie ihn mit der freien Hand aufnahm.

»Hallo, Kirah, warum bist du denn auf?«

»Um dich zu füttern.« Sie reichte mir das Tablett: ein halber Brotlaib von U'lens Knoblauchbrot, das in daumendicke Scheiben geschnitten war; ein riesiger Hügel – bestimmt für ein Pfund – kalten, köstlichen Roastbeefs, das dünn genug für ein Carpaccio geschnitten war; daneben stand ein weißer tönerner Mörser (wie in ... und Stößel) mit frischgemahlenem Senf und Meerrettichsoße; ein keilförmiges Stück blaugeäderten Ziegenkäses, garniert mit Apfelschnitten (versuch das mal!); und schließlich ein gesprenkeltbrauner Topf mit dampfendem Kräutertee und zwei Bechern.

Meine Frau versteht sich darauf, eine Küche zu plündern.

»Ich konnte nicht allein schlafen.« Sie lächelte und war sich der Ironie bewußt. »Ich habe dich vermißt, glaube ich.«

»Wie spät ist es?« erkundigte ich mich, während ich einen dicken Batzen Senf und Meerrettichsoße auf eine Brotscheibe schmierte. Dann plazierte ich die Hälfte des Fleisches, das noch übrig war, oben drauf und stellte das Tablett auf den Tisch. Ich ließ ihr etwas übrig. Zumindest, bis ich die Schnitte vertilgt hatte.

»Eine halbe nach der ersten Stunde.« Sie setzte Nick auf den Boden, der sofort damit anfing, seinem Schwanz hinterher zu jagen.

»Zieh dir einen Sitz heran«, sagte ich. Ich bin um Mitternacht aufgestanden. »Ich bin seit kaum mehr als einer Stunde auf.« Die Zeit reichte aus, um sich eine richtige Depression zuzulegen, das war alles.

Ich biß in das Brot. Der Meerrettich trieb mir die Tränen in die Augen, aber er war es wert. Man muß schon ein paar Worte darüber verlieren: kaltes, dünngeschnittenes Roastbeef, mit ganz wenig Salz gewürzt, etwas zerstoßener Pfeffer, Senf und Meerrettichsoße, auf knusprig braunem Brot, in das kleine Knoblauchstückchen eingebacken sind ... aber ich esse es viel lieber, als darüber zu reden.

Kirah setzte sich gerade außerhalb meiner Reichweite. Dann lehnte sie sich zurück und zupfte an dem Saum des leichten Baumwollkleides, das sie über Pumphosen und Pantoffeln trug.

Nun fing Nick an, Nora zu jagen, die sich noch tiefer in

ihrem improvisierten Nest in der entfernten Ecke des Schuppens verkroch. Kirah wollte aufstehen, ließ aber davon ab, als ich den Kopf schüttelte.

»Laß sie lieber in Ruhe«, sagte ich mit vollem Mund. »Es würde zu nichts führen, wenn man hinter ihr herjagt. Sie wird schon herauskommen, wenn sie es für richtig hält. Oder eben nicht.«

Wenn dich etwas bedrückt, was du nicht ändern kannst, hilft es oft, an etwas anderes zu denken, an dem du nichts ändern kannst, und das dich nicht bedrückt.

Deshalb wünschte ich mir ein gutes Nachschlagewerk von der Anderen Seite. Der gesunde Menschenverstand und alte Aufzeichnungen reichen da nicht weiter. Ich erinnere mich daran, daß die meisten Wölfe sich Alpha-Männchen unterordnen und daß ein Mensch erfolgreich mit ihnen zurechtkommt, wenn er sie davon überzeugt, daß er eine Art Superalpha-Männchen ist. Aber wie sollte man das zuwege bringen? Sie anknurren und kneifen? Ihnen auf die Schnauze schlagen? Sie mit einem Arm auf den Boden drücken und ihnen so Manieren beibringen? Oder war sanfte Strenge die beste Methode?

Der gesunde Menschenverstand hilft da nicht weiter. Alle Tiere – Homo Sapiens selbstverständlich inbegriffen – haben ihre eigenen Verhaltensweisen, und wenn man diese nicht berücksichtigt, gefährdet man sich nur selbst. Es ist egal, wie lange man argumentiert oder droht – man wird nie erreichen, daß eine Kuh die Treppe hinuntergeht, eine Katze Wild apportiert oder ein Pferd etwas fängt.

Ich erinnere mich an einen Agrarökologiekurs, in dem es hieß, daß Wölfe meistens von schädlichen Nagetieren leben und daß sich die Farmer, die die Wölfe jagen, damit keinen Gefallen tun. Damals, als ich König Maherralen von Endell diente, stoppte ich die winterliche Wolfsjagd der Zwerge. (Schon gut, schon gut: Ich empfahl dem König nachdrücklich, sie zu stoppen, und er tat es.) Das Volk des Königs hatte Besseres zu tun, wieviel böses Blut es auch zwischen Zwergen und Wölfen gegeben hatte.

Ob es wohl möglich wäre, diese Burschen wieder in der Wildnis auszusetzen? Verdammt, ich wußte es nicht.

Nick kam herüber und fing an, an meiner Hand herumzuzupfen und sie mit der Schnauze anzustoßen. Ich versuchte, ihn durch Streicheln zu beruhigen, aber das funktionierte nicht. Er ließ mich nicht los. Scharfe kleine Zähne. »Nein. Nicht beißen.«

Kirah kicherte. »Genauso hast du immer zu Jane geredet.«

Ich mußte auch lachen. »Das habe ich wohl.« Ich gestikulierte mit der freien Hand in Richtung des Tabletts und bot ihr an, ihr ein Brot zu machen.

Sie schüttelte den Kopf. »Nein, ich habe es für dich gemacht. Was hat es deiner Meinung nach mit diesem Boioardo auf sich?« fragte sie.

Ich zuckte mit den Schultern. »Irgend etwas aus Faerie. Irgend etwas Gefährliches.«

Sie zog Nick zu sich heran, der es sich auf ihrem Schoß bequem machte und prompt in den Schlaf fiel.

Ich hob eine Augenbraue.

»Man muß nur wissen, wie man mit ihnen zu sprechen hat«, sagte sie. Sie schüttelte sich mit einer Kopfbewegung das Haar aus den Augen.

Ich verteilte einen Klacks Ziegenkäse auf eine Apfelscheibe und biß hinein. Das ist eine der Kombinationen, die einem lächerlich erscheint, bis man sie versucht hat, wie Prosciutto und Melone oder rohe Austern und heiße Würstchen. Die Süße des Apfels mildert die Schärfe des reifen Käses. Und die Festigkeit des Apfels kontrastiert mit der Weichheit des Käses.

Ich machte noch eine Scheibe fertig und bot sie Kirah an, die mich dadurch überraschte, daß sie sie annahm.

»Ich habe mit Andrea über ihn gesprochen«, sagte Kirah und leckte sich einen Rest Käse vom Daumen.

»Über Nick?«

»Nein. Über den Elf.«

Manchmal weiß ich, wie man mit einer Frau sprechen muß: »Ach? Hat sie irgendwelche Vorstellungen?«

»Nein.« Ihr Blick verriet mir, daß einer von uns beiden ein unsensibler Idiot war, der nicht schnell genug schaltete. »*Ich* habe eine.«

»Tja, was denkst du denn darüber?« O je, vielleicht hätte ich mich bemühen sollen, etwas weniger gespreizt und herablassend zu klingen. Wenn eine Beziehung in die Grütze geht, kann man nichts mehr richtig sagen.

»Hm. Du sprachst davon, daß er sich teils wie ein Wolf bewegte, teils auch wieder nicht, so als wenn er sich nicht an den richtigen Stellen oder auf die richtige Weise bewegt hätte.«

Sie hatte gut zugehört. Ich nickte. »Ja, so war es.«

»Ja, das hat mich an etwas erinnert. Ich sah gerade heute Nachmittag Dorann zu, wie sie auf allen vieren mit Betalyn spielte – Fonas Tochter. Sie spielten Pferd.«

Ich lächelte. »Wer saß denn obenauf?«

Diesmal hatte ich etwas gesagt, was nicht ganz falsch war: Kirah lächelte auch. »Betalyn – denn Dorann wollte unbedingt das Pferd sein. Aber sie bog sich nicht an den gleichen Stellen wie ein richtiges Pferd. Und als sie sich aufbäumte, warf sie den Kopf nicht auf die gleiche Weise herum wie ein richtiges Pferd, denn sie spielte es ja nur.«

Vergleiche hinken immer. Sie können dich zu einer nützlichen Wahrheit führen oder direkt daran vorbei, genau auf eine Landmine. »Und du glaubst also, daß Boioardo ein Babyelf ist, der draußen beim Spielen eine Wolfsgestalt annimmt?«

»Was hältst du von dieser Idee? Wäre das möglich?«

Ich hatte keine Ahnung, warum meine Frau so viel Wert darauf legte, was ich darüber dachte, aber sie sah mich an, als ob von meinen nächsten Worten alles abhängen würde. »Vielleicht. Du könntest durchaus recht haben.« Was auch durchaus so sein konnte, obwohl ich es nicht deswegen gesagt hatte.

Ihre Schultern entspannten sich. Ich hatte überhaupt nicht mitbekommen, wie eng sie sie zusammengezogen hatte. Ich kriege so vieles nicht mit. »Ich bin mir nicht sicher, was Gutes daraus erwächst«, meinte sie. »Aber ich habe mir gedacht ...«

»Die Sache ist es wert, sich darüber auszutauschen.« Aber wer weiß etwas über Faerie? Was mochte das bedeuten? Stellten all diese Gerüchte über die magischen Einbrüche aus Faerie das Äquivalent eines Erlebnisberichts einer bösartigen Kindergartenklasse dar, die in die Ferien gefahren war? »Ich weiß nicht, ob es etwas bringt«, sagte ich mit einem Lächeln. »Aber man sollte sich darüber unterhalten.«

Es gab offensichtlich zwei Orte, an denen man dies herausfinden konnte – Pandathaway und Ehvenor. Ehvenor, weil es dort den einzigen Außenposten von Faerie gab, und Pandathaway, weil die Magiergilde mit Sicherheit dort früher oder später nachforschen würde, sobald sich irgend etwas aus Faerie herausbewegen würde.

Ich mochte keine der beiden Möglichkeiten, aber besonders Pandathaway nicht. In Pandathaway war noch immer ein Preis auf meinen Kopf ausgesetzt – mit einem Bonus, wenn man ihn in kleinen Scheiben lieferte.

Also blieb noch Ehvenor übrig. Auch Ehvenor mochte ich noch nie besonders. Dort liegt der Außenposten von Faerie, und die Gesetze von Eren haben dort nicht ihre volle Gültigkeit. In der Nähe des Stadtrandes ist es nicht einmal allzu schlimm – ich bin dort gewesen und habe nicht mehr davongetragen als ein nervöses Zucken, das nach einer Weile nachließ. Aber es heißt, daß, je weiter man eindringt, um so mehr die veränderten Elementargesetze von Faerie und um so weniger die verläßlichen des restlichen Universums gelten.

Es gab eine Lösung, die bei einer Menge von Problemen funktionierte: Halt dich heraus und überlaß jemand anderem die Arbeit.

Das schien mir noch das Beste zu sein. Ich bin in dem, was ich mache, nicht besonders schlecht, aber ich bin kein Magier. Ich mag Magie nicht sonderlich und finde es viel gesünder, jeglicher Magie aus dem Weg zu gehen, egal von welcher Art sie ist.

»Das erschreckt dich ganz schön, nicht wahr?«

Es macht mir nichts aus, wenn meine Frau mich nicht für einen Idioten hält. »Darauf kannst du *wetten*«, antwortete ich. »Jeder kann den Ruf der Unbesiegbarkeit erlangen. Es ist ganz einfach: Am Anfang zieht man los, begibt sich in Gefahr und überlebt. Man wiederholt es, und schon hat man einen Ruf. Mach es noch ein paarmal, und du bist eine Legende. Aber der Ruf macht dich auch beim nächstenmal noch nicht unverwundbar. Es ist völlig egal, wie gut du wirklich bist, denn es besteht immer die Möglichkeit, daß man einfach Pech hat. Solange du die Würfel wirfst, besteht immer die Möglichkeit, daß du zu viele Schlangenaugen nacheinander wirfst.«

»So wie Karl.«

Ich nickte. »So wie Karl, so wie Jason Parker, so wie Chak, so wie ... wie wir alle am Ende. Kann schon sein.«

Wir hatten Nora nun lange genug ignoriert. Sie verließ ihr Versteck und fing an, mit meinem Schuh zu spielen.

»Weißt du, genau auf diese Art beginnt das ganze Problem«, sagte ich, während ich im Spiel – und sehr zartfühlend – nach Nora trat. Sie antwortete, indem sie die Spitze meines Schuhs zwischen die Zähne nahm und ihn hin und her schüttelte, wie es ein Hund mit einer Ratte tut.

»Wie?«

»Sklaverei.« Ich langte nach vorn, ergriff den Welpen beim Nackenfell und hielt ihn für einen Moment fest. »Wenn du mit einem anderen Stamm kämpfst – und dabei kommt es nicht darauf an, wer angefangen hat –, und du gewinnst, was machst du dann mit den überlebenden Gefangenen? Sie bis zum letzten Mann töten, wie es Chaks Volk tun würde? Oder sie laufen lassen, damit sie einen Groll gegen dich hegen ...«

»Wobei sie sogar vielleicht im Recht sind.«

»Sicherlich, aber darauf kommt es nicht an.« Ich zuckte mit den Schultern. »Ob du nun im Recht oder Unrecht bist, vor allem wirst du dir keinen Ärger einhandeln wollen. Wenn du sie einfach laufen läßt, dann handelst du dir ohne Zweifel Ärger ein. Und wenn du sie umbringst – bringst du dann alle um? Oder wirst du sie aufnehmen?«

Und wenn du das tust, kannst du sie dann als Bürger oder Stammesmitglieder, oder wie du sie auch nennen willst, aufnehmen? Natürlich nicht. Selbst wenn man davon ausgeht, daß du deinen Teil der Abmachung erfüllst, so sind doch immer zwei daran beteiligt.

Sklaverei war natürlich nicht die einzige Möglichkeit; davon abgesehen gab es noch viele andere – zuerst fällt einem da die Kolonisation ein. Karl hat Holtun angeschlossen, nachdem Bieme den Krieg gewonnen hatte. Der Unterschied war eine Frage von Fortbestand und Ausgewogenheit. Er hat die Holtunen mit dem Versprechen aufgenommen, daß sie schließlich eine Art Gleichberechtigung im Reich erhalten würden.

»Du behauptest also, daß die Sklavenjäger, die mein Dorf niederbrannten und mich verschleppten, als ich noch ein Mädchen war, nette Leute gewesen sind. Das habe ich doch wohl nicht richtig verstanden. Habe ich dir jemals davon erzählt, wie sechs von ihnen, sechs von ihnen …«

»Schhhh.« Ich streckte die Hand nach ihr aus, hielt dann aber inne. »Komm Kirah.« Ich schüttelte den Kopf. »Ich habe nicht davon gesprochen, wie alles geworden ist, sondern wie alles begonnen hat.« Ich tätschelte den Welpen. »Vielleicht mit den besten Absichten, weißt du?« Vielleicht würde es auf lange Sicht menschlicher sein, wenn Tennetty sie einfach von ihrem Leid erlöste.

Aber das genügte Kirah noch lange nicht. Sie preßte die Lippen zusammen, bis sie eine dünne Linie bildeten, und wandte sich ab. Sie soll verdammt sein, sie wandte sich ständig von mir ab.

»Kirah«, sagte ich beschwichtigend, »ich werde niemals jemandem vergeben, der dich einmal verletzt hat, absichtlich oder nicht.« Ich hatte den Wunsch, sie in die Arme zu nehmen und ihr zu sagen, daß ich alles in Ordnung bringen würde, aber das ist genau die Lüge, die man einer Frau, die schreit, wenn man sie festhält, nicht erzählen kann.

Für einen Moment hatte ich keine Ahnung, wie es weitergehen würde. Alles mögliche konnte geschehen. Sie konnte mir genausogut einen Kinnhaken verpassen oder in meine Arme fallen.

Doch alles, was sie tat, war, Nick hochzuheben und seine Beine baumeln zu lassen. »Sicher«, antwortete sie sehr kühl und schickte mich fort. »Du kannst gehen, Walter.« In ihrer Stimme war ein Zittern, dem ich besonders aufmerksam lauschte. »Ich komme hier schon klar. Du brauchst etwas Schlaf.«

Die Perversion meiner Schlafgewohnheiten steuert ihrem Höhepunkt entgegen – ich konnte nicht wieder einschlafen.

Kapitel neun

In dem wir auf eine Reise gehen

Ich weiß nie, wieviel ich von meinen eigenen Geschichten glauben kann.

– WASHINGTON IRVING –

Slowotskis Gesetz Nummer neunzehn: Wenn du eine Geschichte erzählst, übertrifft die Wirkung die Wahrheit.

– WALTER SLOWOTSKI –

Stash hatte die Angewohnheit zu schwören, daß es wirklich geschehen war. Doch Lügen waren üblich in Slowotskis Familie. Daher glaube ich es bis heute nicht.

Die Geschichte verlief folgendermaßen:

Damals, als ich noch jung war – drei oder so –, setzte Stash mich auf den Küchentisch und breitete die Hände aus.

»Spring, Walter, spring«, forderte er. »Hab keine Angst, ich werde dich auffangen.«

»Nein, wirst du nicht«, erwiderte ich. »Du wirst mich fallen lassen.«

»Spring schon, Walter, na los. Wirklich, ich werde dich auffangen, Ehrenwort.«

Eine Weile ging es so hin und her, während er seine riesigen Hände für mich ausgestreckt hielt. Ich fürchtete mich, weil ich wußte, daß dies eine Art Prüfung war.

Ich sprang. Und er trat einen Schritt zurück, so daß ich hart auf den Boden fiel.

Dort blieb ich heulend liegen. »Aber du *hast* doch gesagt, du fängst mich!«

»Das wird dich lehren, niemandem zu trauen«, sagte er.

Ich habe jahrelang darüber nachgedacht. Ich habe eine Menge nachgedacht. So etwas zu tun, muß grausam gewesen sein, und mein Vater hätte sich lieber die Hände abgeschnitten, als grausam zu mir zu sein. Aber wenn man bedenkt, daß er es getan hatte, war es vielleicht etwas anderes. Was er mir erzählt hatte, war richtig: Wenn du lange genug lebst und Leuten vorbehaltlos vertraust, wird dich irgend jemand, dem du geglaubt hast, garantiert fallen lassen.

So sind die Menschen; jeder ist fehlbar, sogar ich, oder besser: besonders ich.

Ist es nicht günstiger, das als Kümmernis in der Kindheit zu lernen, auch wenn es vielleicht später niemals eintritt, als Gefahr zu laufen, es kennenzulernen, wenn es wirklich wichtig ist?

Es stimmt einfach nicht, daß Lügen immer grausam sind.

Jason fand mich unten in der Fechthalle, einem großen Saal am Ostende der Kasernenanbauten. Ein heller und luftiger Ort. Eine Wand war hauptsächlich mit Fensterläden versehen, um das Tageslicht hereinzulassen, die andere Wand war weiß getüncht.

Ich hatte einen Übungssäbel hervorgenommen und eine Strohpuppe aufgestellt und – nach ein paar guten Dehnübungen; man braucht sie mit den Jahren immer mehr – einige Ausfälle geübt und so hart an meinen Oberschenkelmuskeln gearbeitet, daß sie praktisch aufgeschrien hatten.

Wie ein Freund von einem Freund zu sagen pflegte: »Jenseits der Vierzig ist es Flickwerk, nichts als Flickwerk.« Die Instandhaltungskosten der Körperfabrik nehmen ständig zu, während es mit der Infrastruktur abwärts geht. Mein rechtes Knie hatte sich zu etwas entwickelt, was man einen dumpfen Langzeitschmerz hätte nennen können, obwohl es erst richtig schlimm wurde, wenn ich es übertrieb. Trotzdem, nicht gut. Ich dachte an Eis und dachte an Wärme, und ich dachte eine Menge darüber nach, nach Little Pittsburgh zu reisen, um die Spinne aufzusuchen und herauszufinden, ob sie nicht etwas für meinen Knorpel tun konnte.

»Was dagegen, wenn ich dir unter die Arme greife?« fragte Jason. Er trug eine weiße Baumwolljacke mit passender

Hose, deren Beine in die Stiefelschäfte gesteckt waren: gute Trainingskleidung.

»Wieso? Falle ich schon auseinander?« Ich wies auf das Gestell für die Übungswaffen. »Na klar, nimm dir ein Spielzeug.«

»Danke.« Er wählte ein Paar nachgemachter therranjscher Kampfstöcke und gab einige Übungsschläge auf meinen geliebten Sparringspartner ab: ein hölzerner Ständer, der in voller Länge mit Hanfmatten verkleidet war. Er blockte einen imaginären Schlag ab, parierte einen anderen und hämmerte dann einen schnellen Trommelwirbel gegen das verhüllte Holz. *Tschacke-tschak-tschak-tschak-tschak*.

»Willst du einen kostenlosen Ratschlag, der sein Geld wert ist?« fragte ich, wobei ich mich ihm gegenüber in *En-Garde*-Position aufstellte.

Er nickte. »Na klar.« Er schwang einen Stock zur Verteidigung zurück und stieß den anderen versuchsweise nach vorne.

»Versuche nicht, alles gleichzeitig zu können. Halte dich in der Waage zwischen Überspezialisierung und der Unfähigkeit, etwas dazu zu lernen.« Ich bewegte mich nach vorn, wehrte einen vorfühlenden Stoß sanft ab, schlug seinen Stock hart zur Seite, um mich dann wieder zurückzuziehen.

»Nett«, sagte er. Er versuchte ein komplizierteres Manöver, dem ich nicht so schnell folgen konnte. Es sollte wahrscheinlich einen Angriff gegen meinen Schwertarm ankündigen; ich parierte mit Leichtigkeit und glitt zur Seite, was seinen Ausfall an mich heran brachte, und blockte den Schlagansatz seines linken Stocks ab.

»Danke schön, junger Cullinane.« Ich täuschte einen Schlag gegen sein rechtes Handgelenk an, lenkte die Bewegung in einen Stoß um, der aus zwei Gründen seinen Brustkorb nicht aufspießte: zum einen, da wir Übungswaffen benutzten, und zum anderen, weil Jason mit seinem linken Stock blockte – wirklich außerordentlich gut gemacht!

Es hatte zu lange gedauert, bis ich herausfand, was er da tat – er versuchte keinen echten therranjschen Stockkampf, sondern kämpfte im Zweischwerterstil, indem er seinen linken Stock wie einen Dolch benutzte, seinen rechten hingegen wie einen Säbel. Im Nahkampf ist der Dolch eine tödliche Waffe: wenn man Körper an Körper gegen einen Zweischwertermann steht, ist es das Beste für einen, noch nichts Fesselndes mit der freien Hand gemacht zu haben. Bei normaler Kampfdistanz bildet er eine ausgesprochen lästige, zusätzliche Blockwaffe und eine Drohung, besonders ein Dolch mit einem gegabelten Griff, der deine Klinge einfangen kann.

Die klassische Einschwertlösung gegen ein Zweischwerterproblem ist sofortige Attacke in zweierlei Hinsicht. Man bringt seinen Gegner dazu, eine Frontstellung einzunehmen – voll auf Angriff und fast keine Verteidigung –, während man sich in einer Dreiviertel- oder seitlichen Stellung sehr effektiv verteidigt. Dabei blockt man das Langschwert hart ab und greift den Schwertarm an, um diesen empfindlich zu treffen. Anschließend zieht man sich dann weit genug zurück, um sich zu vergewissern, daß er seine Waffe verloren hat – das ist noch kein Grund, ungeduldig zu werden –, und durchbohrt ihn endlich.

Vergiß die typischen Fechtziele, vergiß das Töten mit nur einem Schlag. All die gut aussehenden Ausfälle bei dem Versuch, zum Körper des Gegners durchzubrechen, sind nicht halb soviel wert wie ein gut geführter, tiefer Schnitt in den Unterarm, ein Gleiten durch Muskeln und Sehnen, das eine Waffe aus einer blutigen Hand fallen läßt.

Ich hatte zuviel über Theorie nachgedacht, vermute ich. Jason arbeitete sich durch meine Verteidigung und schlug mir mit dem Stock, von dem ich dachte, daß er damit blokken würde, unsanft dasjenige aus dem Kopf, über das ich nachgedacht hatte.

»Verdammt.« Ich fuhr zurück und rieb die schmerzende Stelle. Und wie es schmerzte.

Er grinste. »Noch eine Lektion?«

»Nee.«

Er stellte die Kampfstöcke zurück in das Gestell und

wandte sich dann mir zu. »Du hältst wohl nicht viel von der Idee, in Ehvenor herumzuschnüffeln, oder?«

»Nein.« Ich schüttelte den Kopf. »Ich mag mich nicht mit Magie herumschlagen.«

Er nickte. »Das verstehe ich, da sind wir einer Meinung. Aber gerade kam ein Bote an. Es hat den Anschein, daß wieder etwas in der Nähe von Ehvenor los ist. Außerdem soll in Fenevar ein Toter aufgefunden worden sein, mit der Nachricht ›Der Krieger lebt‹.«

Mit einer vollständigen Fußnote auf Englisch, wahrscheinlich.

Ich hatte schon seit Stunden nichts mehr vom Drachen gehört.

»Mikyn?«

Er zuckte mit den Schultern. »Schon möglich. Er ist unser einziger Anhaltspunkt.«

Nun, das hörte sich irgendwie einleuchtend an. Einen magischen Strom zu fabrizieren, war nicht meine Spielklasse, aber einem roten Faden zu einem verlorengegangenen Freund zu folgen, dazu war ich durchaus imstande.

»Eine Gruppe oder zwei?« fragte er.

Zwei Gruppen war die naheliegendste Lösung. Eine, um in Faerie nachzusehen, und die andere, um hinter Mikyn herzujagen. Eine Gruppe, um mich zu zügeln, und eine andere, die freie Hand hatte. Aber dennoch, was sollten wir tun, wenn wir ihn gefangen hatten? Ihn festsetzen? Aber wozu?

Mikyn, wir verhaften dich wegen des Verdachts, ausgerastet zu sein, da wir zu lange nichts von dir gehört haben.

Nein. Andererseits, wenn er über die Klinge gesprungen war ... Nun gut, es wurde jemand gebraucht, der relativ fortgeschritten und vertrauenswürdig war. Dafür kamen nur verhältnismäßig wenige in Frage. »Weiß nicht. Laß es mich erst mit Ahira besprechen.«

Jason stimmte zu. »Na klar. Auf geht's.«

»Jetzt?«

»Spricht was dagegen?«

Der Zwerg hielt sich wieder in der düsteren Schmiede auf – sein fertiggestelltes Kettenhemd hing auf einem Rahmen an der Wand. Die Glut der Kohlen spiegelte sich blutrot und dämonisch in seinen Augen. Er hatte ein Werkstück in der Esse liegen. Es sah so aus, als hätte er gerade eine Arbeit begonnen: eine daumendicke Eisenstange, von der Länge meines Unterarms, an die er ein anderes, kürzeres Stück schmiedete, wodurch dieses auf dem letzen Viertel der Eisenstange im rechten Winkel abstand.

»Was soll das werden?« erkundigte ich mich.

Er lächelte, als er die Verbindungsstelle zurück in die Esse schob und den Blasebalg heftig betätigte. Ein brennendheißer Hitzeschwall traf mein Gesicht. Auf seiner entblößten Brust bahnten sich Schweißbäche ihren Weg durchs Haar und rannen an Narben vorbei. Er war schon eine Weile hier; die dicke, heiße Luft in der Schmiede war von dem nicht unangenehmen Geruch frischen Schweißes erfüllt.

»Erinnerst du dich nicht an die neumodischen Schlagstöcke, mit denen sich die Polizei drüben auf der Anderen Seite gerade ausgerüstet hat? Ich habe mir gedacht, ich versuch mal einen anzufertigen.« Er schlug mit dem Hammer sanft gegen das Ende. »Das Handstück ist vermutlich dazu da, um ihn zu wirbeln – ich habe Kayren dazu gebracht, eine Manschette dafür zu schnitzen. Ich werde sie darüberziehen und das Ende ein wenig auftreiben.«

»Ich erinnere mich an die Dinger«, antwortete ich, »aber sie waren aus Holz gemacht.«

Ahira lächelte. »Ich denke, daß ich mit dem größeren Gewicht zurechtkomme.« Er schwieg lange Zeit. »Du bemühst dich um eine Entscheidung, ob es ein oder zwei Gruppen sein sollen.«

Jason blickte verärgert. »Ach, hör doch auf.«

»He, Junge«, sagte ich, »du hast nun schon mehr als zwanzig Jahre einen Freund, und die meiste Zeit ...«

»Auf jeden Fall zu lange«, warf der Zwerg ein.

» ... deines Lebens mit ihm verbracht. Daher wird er wohl deine Gedanken kennen.«

Zu ärgerlich, daß Ahira diesmal sehr verschlossen war. Ich war mehr daran interessiert, wie ich mich mit aller Macht aus der Faerie-Sache heraushalten konnte, als daran, wer seine Nase hineinstecken sollte.

Der Zwerg zuckte mit den Schultern. »Das liegt doch auf der Hand. Die Faerie-Angelegenheit ist wichtiger, aber die Wahrscheinlichkeit, daß wir Einfluß darauf nehmen können, ist gering. Andererseits gehört Mikyn zu uns, und auch das Gerücht über die Krieger, daß wir in die Welt gesetzt haben. Wir müssen auf einen Blick vorbeischauen.« Er schwieg einen Moment. »*Eine* Gruppe«, sagte Ahira. »Hauptsächlich, um Ehvenor auszukundschaften. Das ist wichtiger, als nach Mikyn zu suchen.«

»Das scheint für dich völlig klar zu sein«, bemerkte ich. Ich kann nicht immer seine Gedanken lesen – Ahira ist gerissener als ich. Doch manchmal kann ich ihn ablenken.

»Andrea ist für Ehvenor erforderlich«, sagte er, wobei er den Einwand ignorierte, »und ich lasse sie nicht ohne uns herumwandern.«

»Ist das beschlossene Sache?«

Er schürzte für einen Augenblick die Lippen. »Ja. Sie sagte, daß sie gehen wird, und Tennetty wird sie begleiten. Tennetty ist ohne umsichtige Führung gefährlich – das bedeutet also, daß wenigstens einer von uns mit muß.«

Jason legte den Kopf zur Seite. »Wie wäre es mit zwei Gruppen? Wir haben noch mehr Leute zur Verfügung, Durine, Kethol und Piro, zum Beispiel.«

»Wir können dir Kethol mit Begleitung überlassen und selber hinter Mikyn herhetzen«, äußerte sich Ahira, als ob er sich das gerade überlegt hätte.

»Prima, das machen wir.«

»Doch so gut ist der Vorschlag auch wieder nicht«, bemerkte der Zwerg. »Denn ich möchte sie hierbehalten, damit sie auf die Familie achtgeben.« Damit bezog sich Ahira auf meine Frau und meine Töchter: *die Familie*. Als ob niemand anders eine Rolle spielte. Das verstand ich. »Wenn Daherrin hier wäre, könnten wir Hilfe von seinen Leuten erhalten, aber leider ist er nicht hier. Wir sind nicht genug für zwei Gruppen.« Er lächelte Jason an. »Die Aufgabe beginnt: Stell die Gruppe auf.«

Jason bildete eine Faust und streckte den Daumen aus. »Ich.«

»Wer wird sich um die Bälger kümmern?« fragte ich. »Ich dachte, du übernimmst die Verantwortung für sie.«

Jason grinste schwach. »Ich denke, wir stellen den Job auf den Dienstplan der Küchenmädchen – und Jane sagt, daß sie mit zupacken wird.«

Ich grinste zurück. »Es ist doch angenehm, Befehle geben zu können, nicht wahr?«

»Ich habe *wirklich* versucht, es so hinzubiegen, ohne sie anweisen zu müssen. In Ordnung?« Jason wartete nicht auf eine spritzige Antwort, sondern zählte jetzt den Zeigefinger dazu. »Die zweite ist Mutter – du hast recht, daß wir eine Zauberin brauchen, wenn wir uns um die Faerie-Sache kümmern.« Er hatte etwas übersehen: Andrea bestand bereits darauf, Ehvenor auszukundschaften. Die einzige Frage war, wer mit ihr ging, und nicht, ob sie überhaupt ging. »Dann seid ihr zwei noch da.« Er rieb sich mit dem Mittelfinger an der Nase. »Du bist nicht scharf auf den Versuch, zwei Dinge gleichzeitig zu tun, oder?«

Ich schnaubte. »Ich habe manchmal schon genug Schwierigkeiten damit, auch nur eine Sache zu tun.« Ich legte den Kopf auf die Seite. »Hast du keine Bedenken, deine Mutter mitzunehmen?«

Sie hatte sich in Velen gut erholt, soweit ich dies beobachten konnte. Sie sah gut aus, alles in allem nicht besonders auffällig, obschon vielleicht ein wenig mehr rosiger Glanz als gewöhnlich auf ihren Wangen lag. Aber seit ich Andrea kenne, hatte sie noch niemals sicheren Boden verlassen. Und wenn Magie notwendig wurde?

Wieder war alles Theorie – Andrea würde gehen, und dabei blieb es –, aber Ahira und ich machten Jason klar, daß ›theoretisch‹ nicht ›belanglos‹ bedeutete.

»Nein«, sagte Jason, »ich habe keine Bedenken.« Jasons

Gesichtsausdruck war nicht gleichgültig; eher kühl und distanziert, wie der Blick eines Schachmeisters, der den Wert seines Steins kennt und im Begriff ist, ihn an die richtige Stelle auf dem Brett zu ziehen, egal, wessen Gesicht die Figur trug.

Selbst seins. »Es ist notwendig«, sagte er und fügte den kleinen Finger hinzu, »Tennetty mitzunehmen.« Mit gespreizten Fingern hielt er die Hand hoch. »Fünf von uns. Klein genug, um nicht unnötige Aufmerksamkeit zu erregen, so daß wir uns notfalls auch verstecken könnten, aber hinreißend groß, so manchen Schwierigkeiten entgegenzutreten. Und natürlich Ellegon, um uns abzusetzen und wieder aufzunehmen. Gerade außerhalb von Ehvenor, hatte ich gedacht.«

»Nein«, warf Ahira ein. »Wenn es dort hart auf hart zugeht, dann wollen wir nicht hineinplatzen. Es ist besser, wir machen uns auf den Weg dorthin und schnüffeln währenddessen herum. Die Einheimischen könnten einige dieser Nachforschungen schon für uns erledigt haben.«

Das wäre wirklich besser. Das Beste aber wäre, die Finger ganz davon zu lassen. Ich sprach es nicht aus, aber ich vermute, mein Gesicht verriet es.

Ahira wandte sich an Jason. »Gib uns eine Minute, in Ordnung?«

»Aber …«

»So wird es gehen«, versicherte er, während er zur Tür der Schmiede wies. »Du kannst meinen Sattel aus dem Stall holen. Ich möchte ein paar Ausrüstungsringe mehr daran befestigen.«

Er stand im Eingang und beobachtete den Jungen, der davonlief; dann wandte er sich zu mir.

»Gib es auf, Walter«, sagte Ahira. »Du mußt nicht gehen, niemand wird dir ein Messer auf die Brust setzen. Aber du weißt, daß du gehen wirst, genau wie auch ich.« Sein Kichern klang hohl in seiner tonnenförmigen Brust. »Dafür gibt es drei Gründe; such dir einen aus. Erstens«, sagte er, »weil diese Kreaturen, die aus Faerie kamen, weit weg waren, aber seit ungefähr einem Zehnertag zu einer hiesigen und damit persönlichen Angelegenheit geworden sind. Deine Frau und die Kinder leben in diesem Landstrich, in dieser Baronie, und du wirst diese Bedrohung genausowenig hinnehmen wie ich.«

Er sah zu mir auf. »Der zweite Grund: Jason, Andy, Tennetty und ich werden gehen. Und du bist nicht jemand, der uns dabei im Stich läßt«, sagte er, um jeden Einwand abzuwürgen.

»Bin ich nicht ein prächtiger Bursche?« Ich schmunzelte.

Er schnappte nicht nach diesem Köder, wenigstens nicht direkt. »Der letzte Grund«, sagte er, ohne mir in die Augen zu sehen. »Deine Frau will nicht, daß du sie berührst, und wenn du eine Zeitlang weggehen kannst, mußt du dich damit nicht herumärgern. Du kannst das auf die lange Bank schieben, solange wir unterwegs sind.« Er wandte sich wieder der Esse zu.

Ich wollte auffahren und wütend über ihn sein, weil er das erwähnt hatte. Wenn er es in Gegenwart von irgend jemand anderem gesagt hätte, wäre ich sicher wütend geworden.

Aber er hatte recht. In allen drei Punkten.

Verdammt, verdammt, verdammt.

Jason kam mit dem Sattel über der Schulter durch den Eingang. »Wo willst du ihn hinhaben?« fragte er.

»Wirf ihn einfach auf den Boden«, gab Ahira zurück. »Ihr solltet jetzt besser packen. Wir ziehen morgen früh los.«

Als wir fortgingen, zog Jason die Augenbrauen zusammen. »Was war eigentlich los?«

»Was meinst du?«

Er machte eine unbeholfene Geste. »Ahira. Es war, als ob er … Ich weiß nicht. Nicht genau. Vielleicht wütend. Hatte es etwas damit zu tun, was ich gesagt hatte?«

»Nee. Nicht mit dir. Das war sein Spielergesicht«, klärte ich ihn auf.

»Hä?«

»Nicht der Rede wert.«

Er runzelte die Stirn.

Ich dachte daran, ihm zu erklären, daß man sich zum Beispiel auch dann in ein Footballspiel hineinsteigert, wenn man es als seinen Job betrachtet. Sobald du hinaus aufs Spielfeld rennst, klopft dein Herz bis zum Hals, und der Boden federt unter deinen Füßen. Du bist bereit. Du sagst dir, schnapp dir den Quarterback und schleudere ihn so hart zu Boden, daß seine Nachkommen noch Schmerzen haben. So siehst du die Sache, ob du's nun willst oder nicht.

Und dann überlegte ich, daß er das wahrscheinlich gar nicht kapieren würde, weil er nichts davon verstand, und daß ich nicht dazu aufgelegt war, einem Diesseitigen American Football zu erklären.

Und dann dachte ich darüber nach, wie es wäre, wenn ich einem Kind gegenüber bei meiner Antwort ›nicht der Rede wert‹ bleiben würde, und es mir eines Tages ein Messer zwischen die Rippen jagen würde. Deswegen lächelte ich nur.

»Ernsthaft«, betonte ich, »es ist nicht wichtig.«

Ich verabschiedete mich von den Kindern und Bälgern und ging noch einmal die Liste durch. Waffen, Kleidung, Nahrung, Geld und Verschiedenes. Das Verschiedene war mal wieder der größte Posten. Ich hatte alles für einen raschen Aufbruch, falls er erforderlich war, zusammengepackt – das wichtigste Zeug befand sich allerdings entweder in meiner Gürteltasche oder in meinem kleinen Rucksack.

Greifen und losrennen, wenn nötig. Falls man in die Scheiße gerät, schnappt man sich seine Freunde und dann, sofern noch Zeit bleibt, was einem am Wichtigsten ist. Das Übrige läßt man sausen.

Unten im Hof flackerte ein Feuer auf.

Sie warten schon auf dich, genauso wie ich.

Dann warte noch ein bißchen länger.

Mein großer Rucksack war ordentlich gepackt. Ich trug ihn zum Fenster und warf ihn hinunter in Ahiras ausgebreitete Arme. *Bumms.*

Ich wandte mich an Kirah. »Wie in den alten Zeiten, was, altes Mädchen?« fragte ich feixend.

Sie lächelte nicht zurück. »Ich will nicht, daß du gehst.«

Walter Slowotskis Anweisung für Frauen, deren Ehemänner für eine Reise packen: sei freundlich, geh den Problemen aus dem Weg.

Sieh mal – einfache Probleme können warten, oder du kannst sie selber lösen, während dein Ehemann unterwegs ist. Deswegen nennen wir sie doch einfach, oder nicht? Sie sind nicht von Bedeutung. Du kannst nichts Ernsthaftes in dem Zeitraum besprechen, in dem er seinen Rucksack aus dem Schrank holt und zur Tür hinausgeht. Es ist einfach nicht der rechte Augenblick.

Alles, was du erreichst, ist ein Durcheinander in seinem Kopf, wenn er das Haus verlassen hat. Deswegen laß es bleiben. Es war nicht der richtige Augenblick, darüber zu diskutieren; es war für uns beide nicht der richtige Augenblick, über irgend etwas zu diskutieren.

Es lag auf der Hand, und für mich war es das einzig Richtige, einfach darüber hinwegzugehen, was sie gerade gesagt hatte.

»Stimmt«, sagte ich, »und du möchtest auch nicht, daß ich bleibe. Du erträgst es ja nicht, das ich dich anfasse, erinnerst du dich?«

»Bitte, mach mir deswegen keine Vorwürfe.« Sie stellte sich mir unter dem Torbogen in den Weg. »Es ist nicht mein Fehler, Walter. Ich versuche es, aber jedesmal, wenn du mich berührst, ist es, als ob ...« Sie hob entschuldigend die Hand, während ein Schauder ihren Körper durchfuhr. »Es tut mir leid.«

Walter Slowotskis Anweisung an Ehemänner, die zu einer Reise aufbrechen, ist immer dieselbe ...

Ich hielt sie fest in den Armen und ignorierte ihr Sträuben. »Es ist auch nicht meine Schuld, Kirah. Ich habe dir das nicht angetan und möchte nicht dafür bezichtigt werden. Ich will nicht ...«, hob ich an, brach aber ab und ließ sie los. Sie verschränkte die Arme unter der Brust und wandte sich ab. Ihre Schultern zuckten, als sie auf die Knie fiel.

»Nein.« *Ich will nicht mein Leben lang für den Schrecken*

bestraft werden, den andere dir angetan haben, sagte ich allerdings nicht.

Keiner von euch ist schuld, wenn du meine Meinung hören willst, bemerkte Ellegon, dessen Stimme nur für mich bestimmt war.

Danke. Ich glaube, jetzt brauchte ich das.

Gehört alles zum Service. Geht es jetzt endlich los, oder möchtest du noch einige zärtliche Augenblicke mit deiner Frau verbringen?

Ich küßte meine Fingerspitzen und hielt sie in Richtung ihres Rückens. »Lebe wohl, Kirah.«

O je, Abschied ist ein so süßer Schmerz ...

Die Sonne hatte die frühe Morgenkälte vertrieben, aber Wolken zogen auf, und der Himmel wurde im Osten schiefergrau und bedrohlich. Es wurde Zeit aufzubrechen – denn durch den Regen zu fliegen ist absolut kein Vergnügen.

Jason und Andrea waren bereits aufgestiegen und hatten sich in ihren Sitzen angeschnallt, die wir auf Ellegons breiten Rücken aufgeriggt hatten, während Ahira unter dem Bauch des Drachen stand und die Knoten ein letztes Mal überprüfte. Ich bin so sicherheitsbewußt wie jeder andere auch, aber auf Ellegons Rücken zu reiten ist etwas anderes, als ein Pferd zu reiten – denn er wird es dich wissen lassen, wenn sich etwas Ungewöhnliches abzeichnet.

Andererseits ... falls ich etwas gegen dich vorhätte, könnten auch ein paar Seilstränge nicht helfen. Der Drache schnaufte, während er die Ehrengarde der Soldaten anstarrte, die sich aufgestellt hatten, um einen letzten Gruß zu entbieten.

Doria nahm ihre Pflichten genauso ernst wie Steward – ein Stück Papier mit einer Liste lugte aus ihrer Hemdtasche.

»Du bringst hier alles wieder in Schuß, bis wir zurück sind, nicht wahr?« fragte ich mit bewußter Häme.

Sie lächelte und hob die Schultern. »Ich habe meinen alten Beruf verloren, als ich mich der Mutter widersetzt hatte; ich sollte mich lieber nach einer anderen Arbeit umsehen.« Sie wußte es besser. Wenn nichts mehr ging, war noch immer ein Job an der Heim-Schule als Englischlehrerin für sie frei, oder für Gemeinschaftskunde und fast alle anderen Fächer; außerdem wäre Lou Riccetti glücklich, sie um sich zu haben.

»Hauswirtschaftsstudenten.« Ich rümpfte die Nase und drückte Doria zum Abschied einen schnellen Schmatzer auf die Wange, stieg dann auf und schnallte mich im Sattel hinter Tennetty fest.

Sie drehte sich in ihrem Sitz um und warf mir einen raschen Blick zu: »Du hast aber lange gebraucht.«

»Hör auf.« Andrea warf ihr einen finsteren Blick zu, damit sie schwieg.

»Alles in Ordnung?« erkundigte sich Ahira, als er sich in den Sitz schwang und danach sehr stramm angurtete; Zwerge verabscheuen Flugreisen fast so sehr wie Schiffsreisen. Jason tastete nach dem Griff seines Revolvers, der unter seiner Jacke eine Beule bildete. »Alles an seinem Platz.«

Tennetty verschränkte die Arme vor der Brust und lehnte sich gegen die Stütze des Aufbaus, die zwischen uns beiden angebracht war. »Herrlich.«

Andrea winkte ungeduldig. »Auf geht's.«

»Los, du lahme Ente«, rief ich, »laß uns endlich abhauen!«

Festhalten ...

TEIL ZWEI
STRASSENARBEIT

Kapitel zehn

In dem wir Fenevar erreichen und die Spuß heiß wird

Es sind die Menschen und nicht die Häuser, die eine Stadt ausmachen.

– THOMAS FULLER –

Gesundheitstip für Reisende: Wirf nicht mit Steinen auf Kerle mit Kanonen.

– WALTER SLOWOTSKI –

Ich habe meine Einfälle immer genommen, wo ich sie kriegen konnte. He – ich bin nicht so erfinderisch wie Lou oder wie jedermann sonst; ich tue eben das Beste, was ich kann.

Ich bekam den Kommentar zu ›Kriegerleben‹ von meinem großen Bruder Steve. Es handelte sich um eine der wenigen Vietnamgeschichten, die er mir jemals erzählt hat. (Ich meine, solange er nicht betrunken war, das ist der Punkt. Zwei Bier, und er fing an zu erzählen und hörte weder mit den Geschichten noch mit dem Trinken auf, ehe er völlig am Boden zerstört war.)

Es war nichts, was er getan hatte – die meiste Zeit in Vietnam hatte er als Türschütze in einem von diesen unbewaffneten Helikoptern verbracht, die man als wendig betrachtete. Dort war es die Angewohnheit einiger Infanteristen, daß sie das Pik-As, die Karte des Todes, auf gefallene Gegner legten. So wie er es erzählte, begann es angeblich damit, daß jemand ein unvollständiges Kartenspiel bei sich hatte und sich dachte, daß es witzig wäre. Nach einiger Zeit hatten viele Truppeneinheiten ihre eigenen Karten gedruckt, mit dem Namen ihrer Einheit darauf.

»Also, hab' ich das richtig verstanden?« hatte ich gefragt. »Hat man von Charly erwartet …«

»Du warst nicht dabei«, hatte er sanft gesagt. »Nenn sie die Vietcong oder die NVA oder einfach Gegner.«

» ...hat man erwartet, daß der Gegner über die Leichen seiner eigenen Leute stolpern und an Gespenster glauben würde, nur weil *Spielkarten* auf den Köpfen lagen?«

Er hatte mit den Schultern gezuckt. »Ich habe nicht gesagt, daß es sinnvoll war. Ich habe gesagt, daß man es getan hat. Aber es machte Sinn. Es machte die ganze Angelegenheit persönlicher. Es gab sogar eine Möglichkeit, es noch persönlicher zu machen«, hatte er gesagt. »Aber meistens taten wir das nicht.«

»Ich dachte, du wärst die ganze Zeit geflogen«, hatte ich erwidert. Falls er mir jetzt Vorwürfe machen wollte ...

»Ich flog nur die meiste Zeit«, hatte er noch gesagt. Und von da an hatte er nicht mehr weiterreden wollen.

Wenn man mich fragte, wäre der günstigste Ort, an den uns Ellegon hätte bringen können, weit weg von Ehvenor. Danach wäre es das Klügste gewesen, die entgegengesetzte Richtung von Ehvenor einzuschlagen.

Das war jedoch nicht der Plan. Der Plan sah vor, uns an der Küste von Ehvenor abzusetzen; Fenevar schien halbwegs geeignet zu sein. Es wäre vorteilhaft gewesen, auf einigen abgeernteten Feldern in der Nähe der felsigen Küste von Fenevar zu landen. Das einzige Problem war nur, daß es dort keine felsige Küste gab.

Das Land in der Nähe von Fenevar breitete sich flach auf Meereshöhe aus und war mehr Sumpf als Ufer. Dort gab es kaum Wald oder andere Verstecke; was auch auf das meiste Ackerland um den zirrischen See zutraf, denn Bauern hatten weit und breit alles gerodet und bis nahe an die Uferlinie des Binnenmeeres bestellt. Und jenseits davon wuchsen Seetang und wilder Reis im flachen, morastigen Wasser.

Der Drache sollte uns in den welligen Vorbergen, einen guten Halbtagesmarsch von der Stadt entfernt, auf der Straße absetzen.

Wie wir es damals in den alten Feindflugtagen gelernt hatten, hing die Gefahr bei Ellegons Landung unmittelbar von zwei Umständen ab: wie frei das Gelände erschien und wie lange er am Boden blieb. Wir taten unser Bestes, in beiderlei Hinsicht.

Wie sieht's aus? erkundigte ich mich, als Ellegon sich hart in eine enge Kurve legte.

Der Wind peitschte mir schneidend ins Gesicht und trieb mir die Tränen in die Augen. Ich konnte kaum die Hügel unter mir in der grauen Dämmerung erkennen, aber Ellegons Augen waren besser als meine. Er hatte die Straße entdeckt, die das Land sauber halbierte, indem sie durch den dichten Wald schnitt.

Niemand in der Gegend, soweit ich es beurteilen kann. Wir landen jetzt.

Luft rauschte vorbei, als uns der verschwommene Boden entgegenkam. Ellegon, dessen Flügel wild schlugen, pfefferte auf die Staubstraße.

Die Sicherheitsgurte schon abgestreift, glitten Ahira und Jason zu Boden, während Tennetty und ich die Riemen lösten und die Bündel und Rucksäcke hinunterließen. Ich reichte Andy hinunter in Ahiras offene Arme und glitt dann selbst an einem losen Seil auf die Straße.

Ellegon machte ein paar Schritte die Straße hinunter, sprang dann in die Luft und schraubte sich in einer engen Spirale empor, bevor er in den Himmel davonflatterte.

Ich werde alle zehn Tage an unserem Treffpunkt nachschauen. Bis wir uns wiedersehen, haltet euch wacker, sagte er.

Weißes Licht flammte auf, als Ahira einen Glühstahl aus seinem Beutel zog. Er hatte schon seinen riesigen Rucksack geschultert. »Auf geht's, Leute. Wir haben einen vollen Tagesmarsch nach Fenevar vor uns.«

Während Tennetty ihren Rucksack zurecht ruckte, bemerkte sie: »Mindestens. Und am Ende des Trips nichts anderes als saures Bier.«

Während eine abgewandelte Form von direktem Vorgehen – Verwirrung stiften, zugreifen und verschwinden – eine Methode ist, um etwas Bestimmtes zu erreichen, so ist sie doch völlig ungeeignet, irgendwelche Informationen zu erlangen.

Es gibt jede Menge nützlicher Strategien, wenn man nach Informationen herumschnüffelt – und ich kann stets noch mehr Informationen gebrauchen.

Eine der besten Vorgehensweisen ist zugleich eine der einfachsten. Jede Stadt entlang einer Handelsstraße – und aus offensichtlichen Gründen waren wir immer geneigt, in der Gegend von Handelsstraßen zu operieren – hat wenigstens einen Gasthof für Reisende. Wenn es sich um eine ansehnliche Stadt handelte, gewöhnlich mehrere. Reisende – es spielt keine Rolle, womit sie Handel treiben – sind immer gerne bereit zu erzählen. Nicht immer wahrheitsgemäß, daran muß man allerdings denken.

Andererseits, wer bin ich, daß ich mich über ein wenig Unaufrichtigkeit beklage?

Alles, was wir jetzt in den ersten beiden Gasthöfen erfuhren, die wir aufsuchten, war ein gedämpftes Gemurmel.

Die Unterhaltung im Blaubachhof, dem dritten Gasthof an diesem Abend, sprudelte wie saures Bier, das die Neigung hatte, auf den Boden überzuschwappen und sich in Matsch zu verwandeln.

Nach allgemeiner Praxis wurde das Bier entlang diesem Küstenstreifen in einem Krug ausgeschenkt, der kaum halb so groß wie ein gewöhnlicher Wasserkrug war. Manche Leute tranken direkt aus dem Krug, andere benutzten einen Becher. Ich schenkte Tennetty und mir ein. Dann setzte ich meinen Becher zum Trinken an, benetzte aber kaum die Lippen.

Sie nahm einen langen Zug. »Gut?« fragte sie.

»Was soll gut sein?«

»Welche umwerfenden Dinge hast du herausgefunden?«

Ich war dafür eingetreten, Tennetty diesen Abend nicht mitzunehmen. Dafür hatte ich mehrere Gründe: Kriegerfrauen waren in Eren selten, und Tennetty war ziemlich gut bekannt. Als Karl Culinanes einäugige Leibwache war sie sogar einigermaßen berühmt. Sie hatte ihr Temperament niemals voll unter Kontrolle, und sie machte mir angst.

Andererseits war ihr Glasauge unter einer Haarsträhne zu

erkennen, und niemand würde mich mit Karl verwechseln, weder mit dem wirklichen noch dem der Legende.

Sie war die naheliegendste Wahl für diese Aufgabe, trotz ihrer Nachteile – im Gegensatz zu Jason konnte man sich bei ihr darauf verlassen, daß sie nicht plapperte; im Gegensatz zu Andrea würde sie im Schankraum eines Gasthofes nicht auffallen; im Gegensatz zu Ahira würde sie nicht auf unerwünschte Weise auf sich aufmerksam machen.

Vielleicht hätte ich doch lieber Ahira mitnehmen sollen. Er wäre nicht aufgefallen: in der hintersten Ecke saßen ein Zwerg und sein menschlicher Begleiter, die sich einen Laib Schwarzbrot und eine Schüssel mit dickem Eintopf von unbestimmbarer Herkunft teilten. Nach dem Schnitt seines ledernen Wamses zu urteilen, kam der Zwerg aus Benerell – der Benerell-Stil stand schon immer für Kleidung, die zu eng war. Der menschliche Begleiter hätte von überallher kommen können, obwohl man dieses weizenblonde Haar eher in Osgrad als anderswo findet.

Veränderungen geschehen, selbst wenn man nicht nach ihnen Ausschau hält. Oder vielleicht geschehen sie gerade dann, wenn man nicht nach ihnen Ausschau hält.

Ich hatte Tennetty nicht geantwortet. Jetzt wandte ich mich ihr zu, wobei ich meine allzeit zarte Stimme erhob.

»Ich weiß auch nicht«, sagte ich. »Dieses ...« – dieser Strich steht für eine lange Pause – »Ding, das wir heute morgen sahen, war das Fremdartigste, was jemals Tybels Augen gesehen haben, und das ist eine Tatsache.«

Der breitgesichtige Bursche am Ende der Bank spitzte die Ohren.

Ich nahm unseren ausgetrunkenen Krug und drehte ihn um – leer. Einen Moment später hätte ich neu bestellt, wenn nicht jemand diesen Hinweis schon aufgegriffen hätte.

»Hmmm«, brummte Tennetty, was nicht viel half. Manchmal erkannte ich sie nicht wieder. Das war das dritte Mal, daß wir diesen Ablauf versuchten, und sie spielte ihre Rolle noch immer nicht besser als beim erstenmal.

Ich fürchte, ich schaute sie böse an.

»Das war's«, fügte sie einfallslos hinzu, und um etwas mehr zu bieten: »Wirklich fremdartig.«

Es kostete mich alle Mühe, die Augen nicht zur Decke zu verdrehen und die Hilfe der Götter und des Himmels zu erflehen.

»Äußerst fremdartig.«

»Bitte um Entschuldigung, Reisender«, sagte der Bursche, dessen Aufmerksamkeit ich auf mich gezogen hatte, »aber hast du darüber gesprochen, etwas Fremdartiges gesehen zu haben?« Er erhob sich halb und gestikulierte höflich mit seinem eigenen, vollen Krug.

Mehrere Male, dachte ich. *Und verdammt plump*.

»Ich glaube, ich könnte so etwas gesagt haben«, antwortete ich und nickte ihm zu. Vermutlich wird ein Fisch, wenn er hungrig genug ist, auch an einem Haken mit einem Plastikkäfer anbeißen.

Er goß etwas Bier in unsere beiden Becher, und dann erst nippte er an seinem.

»In letzter Zeit sind hier viele fremdartige Dinge geschehen«, sagte er. »In den letzten paar Jahren zunehmend mehr. Reisende erzählen vieles, obwohl die Geschichten meist ausgeschmückt werden.«

Ich nickte. »Das stimmt. Aber hierbei handelt es sich um eine Geschichte, die nicht aufgeblasen ist. Es geht um einen Wolf, der kein Wolf ist.«

Wir brachten nach und nach eine Zuhörerschaft zusammen oder wenigstens einige Zuhörer. Der Schankraum einer Kneipe ist kein Ort für Menschen, die Einsamkeit bevorzugen. Der Zwerg und sein Begleiter schoben sich herüber, als ich eine ernsthaft wiedergegebene Version unserer Begegnung mit Boioardo und dem Wolfspack vom Stapel ließ: Vom Kampf erzählte ich nichts, ließ ihn einen Hirsch statt einer Kuh fressen und verlegte die Handlung von Bieme in die Gegend von Alfani. Ich war schon immer ein Verfechter von Details gewesen, niemals aber von den tatsächlichen.

Normalerweise wird man, um etwas herauszufinden, herumgehen und Fragen stellen, aber das zieht unweigerlich die Frage nach sich, wer man ist und was man will. Wenn man bedenkt, daß ein Preis auf meinen Kopf aussteht – die Pandathaway-Sklavenhändlergilde ist mir nicht mehr gewogen als ich ihr –, so sollte ich wohl an den meisten Orten, an die ich komme, die erstere Frage nicht ehrlich beantworten.

So kam die übliche Vorgehensweise nicht in Frage. Der bessere Weg ist es, etwas Interessantes zu erzählen, das in Verbindung mit dem steht, was du wissen willst, und das die anderen dazu bringt, von selbst zu erzählen, was sie darüber wissen.

Ein kleiner, kahler Mann, ein Händler in Edelsteinen und Gold, der seinen Namen mit Enric angegeben hatte (und der eine ganze Ecke gewitzter gewesen sein mußte, als er ausgesehen hatte, zieht man seinen zugestandenen Beruf und das Fehlen einer Leibwache in Betracht), bestellte eine Runde für den ganzen Tisch. »Es wird behauptet, daß es vielleicht von einem der Orte der Anderen kommt. Oder von«, er zeigte mit dem Daumen, *»dort.«*

»Orte der Anderen?« Ich versuchte verwirrt auszusehen. »Dort? Du meinst ...«

»Ich meine genau das, was ich sage, Reisender. Es gibt einen alten Glauben, der besagt, daß es sogar gefährlich ist, dieses ... es beim Namen zu nennen. Mein Großvater, Gott hab' ihn selig, sprach von ihnen nur als *sie*, und während ich das auch für übertrieben hielt, so hat er immerhin sechzig Jahre überlebt.«

Ein anderer Mann regte sich auf: »Quatsch, nichts als Aberglaube.«

»Vielleicht ist es das, vielleicht aber auch nicht. Vielleicht wissen sie es, wenn man ihren Namen ausspricht, vielleicht aber auch nicht. Was seltsame Dinge anbelangt – ich denke da an das kleine Dorf oben neben Erevale, das auf ungeklärte Weise ausgelöscht wurde –, so bin ich niemand, der es herausfordert.« Er wandte sich an mich. »Wie denkst du darüber, Tybel?«

Ich schüttelte den Kopf. »Ich bin auch nie jemand gewesen, der Risiken eingeht.« Zumindest nicht ohne einen verdammt guten Grund. Ein ganzes Dorf ausgelöscht? Davon hatte ich noch nichts gehört.

»Ein kluger Mann«, sagte er. »Und mit einer Kriegerin als Begleitung. Ist sie zum Töten ausgebildet? Ich besaß zehn Jahre lang eine Dienerin, Venda war ihr Name. Sie war mutig wie ein Wiesel und treu wie ein guter Hund. Aber mit einer Kriegerin als Begleitung ... Es gibt viele, die sagen, daß Karl Cullinane ... Ehrenmänner ermordete, die eine solche Dienerin besaßen. Und ich sage dir, ich habe Venda für bare Münze und ohne Bedauern verkauft.«

Tennetty runzelte die Stirn. »Moment mal. Mir wurde berichtet, daß Karl Cullinane und seine Leute alle in Ruhe ließen – außer den Sklavenhändlern, und von denen besonders die Sklavenhändler der Gilde.«

Enric schüttelte den Kopf. »So ist es sicher gewesen, für viele Jahre. Ich habe einige Plünderer und Händler aus Heim getroffen, als ich selbst eines Abends mit einem Trupp seiner Männer für eine Nacht in Kuarolin lagerte, oben an der Grenze zu Katharhd. Eine rauhe Truppe, aber ich fühlte mich zwischen ihnen absolut sicher, und sie waren in den meisten Städten willkommen – niemand hat geglaubt, daß sie außer Sklavenhändlern auch noch etwas anderes jagen würden, und Sklavenhändler sind nirgendwo besonders beliebt.

Aber es gibt Gerüchte, daß sich das geändert hat. In Wehnest wurde ein Mann aus dem Osten ermordet, nur weil er Diener gekauft hatte.«

»Nicht nur in Wehnest.« Ein vierschrötiger Mann schlug mit der Faust auf den Tisch, was die Becher und Krüge zum Tanzen brachte. »Gerade außerhalb von unserem eigenen Fenevar, keine vierzig Tage ist es her, da wurden Arnet und sein Bruder in ihren Betten ermordet und eins dieser Schreiben hinterlassen. Alles auf Englisch, sagt man.« Er schüttelte sich. »Gefährliche Sprache, habe ich gehört – es wird gesagt, daß man kein Hexenmeister sein muß, um Zaubersprüche auf Englisch zu schreiben.«

»Pah, ist doch Blödsinn«, stieß ein anderer hervor.

In Fenevar kann man die Einheimischen an ihrer Angewohnheit erkennen, daß sie die Worte wie Satzzeichen ausspucken. »Du mußt schon einer ihrer Hexenmeister sein, um die Bombe hochgehen zu lassen.«

Für die nächste Stunde lauschte ich mit mehr als nur einem halben Ohr, während ich nur wenig mehr bestellte als meinen Anteil an den Runden. Das ist der Schlüssel zur Unauffälligkeit. Man muß nicht mittelmäßig sein – es muß nur den Anschein erwecken, als sei man's.

Vermutlich trank ich zuviel. Dennoch erinnere ich mich an ein Bruchstück einer Aussage von Reil, dem Bäcker.

» ...und das hatte Alezyn berichtet. Ihr wißt, der neue Hufschmied, der vor fünf Zehntagen hier durchgekommen ist?«

Volltreffer! Alezyn war der Name von Mikyns Vater. Sicherlich war es möglich, daß ein echter Hufschmied unter dem Namen Alezyn vorbeigekommen war, aber ich glaube nicht an Zufälle – jemand mit diesem Namen in der Nähe eines Mordes!

Alles ergab einen Sinn. Die meisten Schmiede – wenn nicht alle – und viele Stallknechte beschlugen nebenbei Pferde. Wie bei allen anderen Dingen auch, wird man viel besser, wenn man es regelmäßig tut. Andererseits gab es außerhalb der größten Städte nicht genügend Arbeit für einen Vollzeithufschmied, und es war eine solide und vielversprechende Beschäftigung für einen Schmied oder einen Reiter, wenn er etwas Geld für Werkzeuge und Gefallen an einem Leben auf der Landstraße hatte.

Es erforderte auch nicht viele Werkzeuge. Einen kleinen Amboß und vielleicht eine tragbare Esse, wenn man anspruchsvoll war, obwohl man sich für diese Art der Arbeit einen kleinen Feuerplatz herrichten konnte. Hämmer, Zangen, verschiedene Trimmesser und Scheren plus einige Eisenstangen, und man war im Geschäft. Man kann zur Not alles auf den Rücken eines Packpferdes laden, obwohl man einen Wagen haben sollte.

Plündererhorden aus Heim trugen für gewöhnlich mindestens eine Reiseausrüstung für Hufschmiede mit sich herum. Plündererhorden hielten es immer für eine gute Sache, Kundschafter auszusenden, und eine unserer besten Verkleidungen, damals während der Jahre der Plünderungen, war die eines Hufschmieds.

Mikyn hatte sich von der übrigen Truppe abgesetzt, wobei er die Reiseausrüstung für Hufschmiede bei sich trug.

Vielleicht wurde die Spur langsam wärmer. Möglicherweise konnten wir die Mikyn-Angelegenheit schnell erledigen, bevor wir Faerie durchforschten. Alles in allem keine schlechte Vorstellung. Wir schlugen zwei Fliegen mit einer Klappe, wenn uns folgendes gelang: in Ehvenor herumspionieren, um herauszufinden, was in Faerie vorging; und Mikyn aufstöbern.

Was war wichtiger? Also gut, Ehvenor. Schön.

Doch was war dringlicher? Das war eine andere Sache.

Vielleicht lautete die richtige Frage: Womit kommen wir besser zurecht?

Und warum Fragen stellen, wenn es Bier gab, das getrunken werden mußte?

Apropos trinken, Enric füllte meinen Becher wieder auf. »Du bist ein ausgesprochen feiner Kumpel, Tybel«, sagte er. »Es ist mir ein Vergnügen, dich kennengelernt zu haben.«

»Ja, weil ich mich aufs Zuhören verstehe.«

Irgendwie brachte mich Tennetty auf unsere Zimmer.

Ich erinnere mich nicht an meine Träume in dieser Nacht, obwohl ich noch weiß, daß ich einmal aufgestanden bin, um mich in die Donnerschüssel neben meinem Bett zu erbrechen. (Wenn ich mich nicht selbst erinnert hätte, hätte es der Geruch gewiß getan.)

Am nächsten Morgen hatte ich den größten Kater der Welt.

Nichts für ungut, Leute, okay?

Kapitel elf

In dem ich einen Kater habe

Nur die erste Flasche ist teuer.

– FRANZÖSISCHES SPRICHWORT –

Mrmf. Gack. Urpffff.

– WALTER SLOWOTSKI –

Es ist bestimmt kein Leichtes, Entscheidungen zu treffen, wenn man einen Kater hat. Noch weniger spaßig ist es, in diesem Zustand etwas in Angriff zu nehmen.

Ich konnte es nicht sehen, nicht mit meinen geschlossenen Augen, aber ein daumengroßes Fläschchen mit Earevener Heiltropfen befand sich neben meinem Ellbogen, als ich so ausgestreckt auf dem kleinen Sofa in unserem Gemeinschaftsraum lag. Tennetty hatte das filigran verzierte, bronzene Fläschchen neben meinen Ellbogen gelegt, als sie und Ahira mich aus meinem Zimmer geschleppt und auf das Sofa gelegt hatten. Ein feuchtes Tuch lag auf meinen Augen und linderte das trockene Brennen der Augäpfel zur bloßen Pein.

Sadistisches Weib. Sie wußte, daß ich das Zeug nicht nehmen würde. Jedenfalls nicht für so etwas. Heiltropfen sind für medizinische oder besondere Notfälle.

»Bist du okay, Walter?« erkundigte sich der Zwerg.

»Mir geht es ganz großartig.« Jedes Wort schmerzte. Kleine Männchen mit riesigen Messern stocherten in meinen Schläfen, und Dämonen mit Spikes-Schuhen und Flammenwerfern liefen auf jeder Sehne meines Körpers auf und ab. Ganz zu schweigen von dem, was in meinem Magen vor sich ging. Ich hatte keine Lust, darüber nachzudenken, was sich dort abspielte.

Wenigstens war das Sofa gut gepolstert und hätte auch bequem sein können, wenn nicht schon die bloße Weichheit schmerzen würde. Dieser Komfort war nicht erwartet, denn wir hatten uns eine große Suite in dem Krelen-Gasthaus gemietet. Wenn du mit echtem Pandathaway-Gold bezahlst – selbst wenn du einen Haufen der hiesigen Währung als Wechselgeld zurückerhältst –, kannst du dir normalerweise ein bißchen Luxus leisten.

Schon für ein bißchen von diesem Komfort hätte ich mich hier niedergelassen.

Ahira biß in einen roten, runden Apfel; das knackige Beißen spürte ich schmerzhaft in meiner Stirn.

Ich hatte den Geschmack von saurem Erbrochenem im Mund. Jedesmal, wenn ich mich umdrehte, um irgend etwas anzusehen, spürte ich meine Nackenknochen aufkreischen. Und wie ich so dalag, knirschte der Sand hinter meinen Augen.

Es gab ein Heilmittel, aber ich konnte es nicht einnehmen, und ich wollte es auch nicht.

Mühsam stützte ich mich auf einen Ellbogen und fingerte nach dem Tonbecher mit dem zu heißen, herben holtischen Tee, den Andrea für mich aufgebrüht hatte. Es hieß, daß er gegen beides gut war, gegen Kopfschmerzen und Menstruationskrämpfe. In diesem Moment hätte ich schwören können, daß es gegen eines von beidem nicht gut war. Um den Becher zu finden, mußte ich das feuchte Tuch von meinen Augen nehmen.

Ich besah mir das Fläschchen mit den Heiltropfen. Es wäre falsch, sie zu nehmen, nur um einen Kater damit zu kurieren. Heiltropfen sind nicht nur teuer, obwohl sie das wahrhaftig sind, sondern – und das ist besonders schlimm –, sie sind auch selten und schwer zu beschaffen. Deshalb beschlossen wir, die Tropfen für ernste Verletzungen und für Notfälle aufzuheben.

Ich muß gestehen, ich habe einmal eine halbe Flasche runtergekippt, als ich aus einer Stadt floh. Ich bin durch so viele Städte gezogen, daß ich jetzt gar nicht mehr sagen kann, welche es war. Aber ich hatte mir den Knöchel verstaucht. Für gewöhnlich ist das eine kleine Verletzung, aber in diesem Fall hätte es mich umgebracht. Und für meine Begriffe ist eine Verletzung dann nicht klein, wenn sie einem das Leben kosten kann.

In diesen Zeiten war ich ziemlich heruntergekommen, und es gab viele solcher Vorfälle. Ich habe das Zeug nicht einfach wahllos genommen. Wahllosigkeit habe ich eigentlich immer nur in anderen Zusammenhängen praktiziert.

Durch das Fenster blies ein scharfer Westwind. Die frische Luft half ein bißchen. Jason war losgeschickt worden, um Essen zu besorgen, und war mit einem Korb voller Früchte, einem Dutzend Spieße mit geröstetem Schweinefleisch, Pfefferschoten und Zwiebeln vom Markt unten an der Straße zurückgekommen. Außerdem brachte er einen Kübel Bier aus dem Schankraum mit.

Der Geruch von Essen schnürte mir die Kehle zu. Der Duft von geröstetem Schweinefleisch und mein Kater vertrugen sich überhaupt nicht.

Also gut, der Tee hatte versagt. Vielleicht würde das Bier besser sein. Ich nahm Jasons Angebot an und griff nach dem zerbeulten Zinnkrug. In der Hoffnung, daß es den schmerzvollen Nebel hinter meinen pochenden Augen beseitigen würde, nippte ich an dem schalen Gebräu.

Aber es half nichts. Ich hatte noch nie viel Glück dabei gehabt, meinen Brand mit Alkohol zu löschen.

Zwar waren Heiltropfen sehr teuer, und es war schwierig, sie zu beschaffen. Aber ein Kater ist sehr schmerzhaft. Es blieb also abzuwägen zwischen den höllischen Schmerzen eines Rausches und dem dürftigen Vorrat an Heiltropfen.

Um es einmal ins Verhältnis zu bringen: Ich könnte hier für den Rest des Tages mit Schmerzen daniederliegen. Nach höchstens einem Tag würde ich wieder ganz der Alte sein. Für den Fall, daß wir Fenevar verlassen würden, brauchten wir mindestens einen Tag, um Pferde und Proviant zu besorgen, ganz gleich, in welche Richtung wir auch ziehen würden.

Das Ärgerliche war: Selbst wenn es tatsächlich Mikyn gewesen sein sollte, hätte er überallhin verschwinden können, in ungefähr drei Richtungen. Einerseits blieb in Ehvenor überhaupt nichts, wie es war, andererseits aber war die Stadt selbst immerhin so freundlich, an einem Ort zu bleiben. Vielleicht würde diese Tatsache unsere Probleme lösen.

Die Art der Reise war einfach, wir würden über Land gehen. Fenevar ist keine wichtige Hafenstadt, die Küste ist zu sumpfig und zu flach.

»Letztendlich müssen wir doch nicht zu Wasser weiterreisen«, sagte Ahira, indem er einen Schauder unterdrückte.

Andy tätschelte sein Knie. »Das ist doch gut so, stimmt's?«

Zwerge mögen kein Wasser, das tiefer ist als jenes, in welchem sie sich waschen. Das traditionelle Waschhaus der Zwerge ist ein kleiner Raum, dessen Boden zu einem Abfluß in seiner Mitte ausgehöhlt ist. Der Raum ist umgeben von hüfthohen Waschbecken (gemessen an der Zwergengröße).

Ahira ist der einzige Zwerg, den ich je kennengelernt habe, der einen Waschzuber benutzt.

Es ist eigentlich offensichtlich, wenn du einmal darüber nachdenkst, warum ein Mensch mit Lungen voller Luft leichter ist als Wasser. Für uns ist Schwimmen nur eine Methode, mit den natürlichen Kräften umzugehen. Rhythmisch tauchen wir auf und unter und atmen ein, ohne Wasser in Mund und Nase zu bekommen. Zwerge sind anders gebaut, sie haben eine größere Dichte als wir. Ihre Knochen sind nicht nur dicker, sondern haben auch die entsprechenden größeren Gelenke, die ihnen einen mechanischen Vorteil verschaffen. Zudem sind sie aus einer etwas anderen, kompakteren Kalziumverbindung aufgebaut. Ihre Muskelfasern sind kürzer, aber viel zahlreicher. Das Verhältnis zwischen Fett und Muskeln ist bei ihnen kleiner, was einer der Gründe dafür ist, daß sie so verrückt nach Bier sind. Stärke und Alkohol sind bekanntlich gute Kalorienlieferanten.

Fällt ein Zwerg ins Wasser, dann sinkt er wie ein Stein.

Ich gab Lou Riccettis alten Witz zum Besten: »Wie bringst

du einen Zwerg zum Schwimmen?« Dabei bemühte ich mich zu grinsen, aber die Anstrengung verursachte Schmerzen.

Ahira lächelte pflichtschuldigst, während Andy antwortete: »Zwei Kugeln Eiscreme, einen Zwerg, und das ganz aufgefüllt mit Cola.«

Tja, das ist tatsächlich die einzige Methode. Ich glaube, man muß von der Anderen Seite sein, um das komisch zu finden.

Jason hatte nichts für Humor übrig. »Ich mag so was nicht, aber wir müssen ihn finden.«

Tennetty lächelte spöttisch. »Das Vorhaben ersetzt noch nicht die Tat. Er ist schon vor einigen Wochen verschwunden. Er kann jetzt sonstwo sein.«

Andy schüttelte den Kopf. »Nicht, wenn er seine Tarnung als umherziehender Hufschmied beibehält.«

»Wir müssen ihn unbedingt finden.«

Jason hatte recht. Es war eine Sache, Sklavenhändler zu töten. Niemand vergoß Tränen um sie. Natürlich fürchtet man sie oder handelt mit ihnen, und das ist auch in Ordnung. Was sollte man sonst mit besiegten Nachbarn tun?

Aber seine Sympathie für sie auszudrücken und sich mit ihnen zu identifizieren oder Heim-Plünderer sogar als eine gemeine Bedrohung zu betrachten?

Das ist unmöglich.

Das Problem, das entsteht, wenn man eine Legende schafft, ist, daß die Leute daran glauben. Ahira und ich, später auch Jason, hatten einige Schwierigkeiten, Karls Legende in den Geschichten über den Krieger am Leben zu erhalten, obwohl Karl der Archetyp eines Heim-Plünderers war. Mikyn scherte sich einen Dreck um die Legende, denn er tötete die Ortsansässigen und hinterließ sein Zeichen. Ich bin mir nicht sicher, ob ich mehr erstaunt oder verärgert darüber war. Wahrscheinlich war ich beides. Mikyn ist in Heim aufgewachsen, und er hätte es besser wissen müssen.

Ich nahm noch einige kleine Schlucke von dem heißen Tee und legte mich zurück. Da war ich schon dabei, mit zitternder Hand die kleine Messingflasche zu nehmen und das Wachssiegel mit dem Daumen zu lösen, schob das Fläschchen dann aber wieder zurück.

Nein.

Ahira hatte nachgedacht. »Besteht die Möglichkeit, daß du einen Ortszauber über ihn verhängen kannst?« fragte er Andrea.

Sie zuckte mit den Schultern. »Vielleicht.« Wieder zuckte sie mit den Schultern. »Sicherlich. Ich bin ziemlich gut darin geworden.«

Ich wollte sie gerade fragen, wie sie dazu gekommen wäre, aber ich hielt mich zurück. In der Vergangenheit hatte sie gedacht, daß Karl noch am Leben wäre, und lange hart daran gearbeitet, ihn ausfindig zu machen. In Dingen, die man lange genug macht, wird man auch gut.

»Ich brauche etwas von ihm«, sagte sie. »Vorzugsweise ein Haar, ein Stück von seinen Nägeln oder etwas, mit dem er eng zu tun hatte.«

»Das Zeichen ist angeblich mit Blut geschrieben worden.«

»Mit seinem eigenen?« erkundigte sich Ahira skeptisch.

»Das ist zwar nicht genau das, was ich wollte, aber es ist immerhin etwas für den Anfang.« Andrea stand auf. »Es gibt einen Heckenzauber in der Stadt. Soweit ich weiß, ist er ein Vertrauter von Lord Ulven. Ich denke, es wird Zeit für einen kleinen Höflichkeitsbesuch unter Kollegen.« Sie trug natürlich nicht die Robe der Zauberer, aber wenn es nötig werden sollte, konnte sie jederzeit schnell demonstrieren, was sie war.

»Warte, bitte.« Ahira hielt eine Hand hoch. »Du hast so etwas schon eine ganze Weile nicht mehr gemacht.«

»Magie?«

Ein Stirnrunzeln verfinsterte sein Gesicht. »Nein. Das übrige.« Er spitzte für einen Moment die Lippen; dann biß er in einen großen Brocken von seinem Fleischspieß. »Wenn du beabsichtigst, einen Hiesigen dafür einzuspannen, sollten wir die Stadt aber schnell verlassen können. Das bedeutet, daß wir Pferde brauchen.«

Tennetty nickte. »Das erledige ich. Du verteilst das Gold zu großzügig. Das ist verdächtig.«

»Einverstanden.«

»Hmm ...« Sie hob den Kopf. »Ein Pferd für jeden und zwei in Reserve.«

»Drei, wenn du kannst. Wir sollten auch soviel wie möglich über die hiesige Lage herausfinden. Es gibt da einen Zwergenschmied. Ich werde mal vorbeischauen, ob er ein paar Worte aus der alten Heimat hören möchte. Jason, das ist was für uns beide.«

Jason blickte finster drein. »Warum denn ich?«

»Weil du Zwergisch mit einem starken Heverel-Akzent sprichst. Große Leute, die diese Sprache sprechen, ob mit oder ohne Akzent, sind so selten, daß er von dir entzückt sein wird. Sollte er zufällig auch aus Heverel stammen, kann es nur gut für uns sein.« Er wandte sich Andrea zu. »Du und Walter, ihr geht zum Zauberer. Du brauchst jemanden, der dir den Rücken sichert.« Er nickte mir zu. »Am besten gehst du jetzt gleich.«

»Jetzt?« fragte ich.

»Jetzt«, gab er zurück.

»Gut«, brachte ich jedes einzelne Wort unter Schmerzen hervor, »ein Leibwächter muß in Bewegung bleiben.«

»Das ist wohl richtig. Lieber runter mit dem Zeugs«, ermunterte er mich.

Meine Hände zitterten, als ich das Wachssiegel Slowotskis untersuchte; dann brach ich es auf und warf den Verschluß beiseite. Ich hob die Flasche an meine aufgesprungenen Lippen; jede Bewegung tat mir weh.

Ein Anfall von Übelkeit überkam mich, aber ich kämpfte ihn erfolgreich nieder. Die viel zu süße Flüssigkeit spülte das Erbrochene und den Sand aus meinem Mund und ersetzte es durch ein warmes Glühen wie von einem guten Brandy. Zwischen schmerzvollen Schlägen verschwanden meine Kopfschmerzen. Aller Schmerz und alle Pein waren verschwunden.

Nichtsdestotrotz haßte ich Magie. Ehrlich. Doch einen Kater haßte ich noch mehr.

»Jetzt fühle ich mich besser«, sagte ich. Meine Stimme wurde tiefer und kräftiger, als ich den feuchten Umschlag beiseite warf und mich von der Couch auf die Füße schwang.

Kein Schmerz war mehr geblieben, nicht einmal die üblichen morgendlichen Beschwerden. Die Luft war gerade kühl genug, um sie einzuatmen, und sie war angefüllt mit dem verlockenden Duft nach geröstetem Schweinefleisch, Pfefferschoten und Zwiebeln. Ich war wieder zwanzig, stark, arrogant, übermütig und bereit, es mit allem aufzunehmen, was das Universum zu bieten hatte. Beginnen wollte ich mit einem Spieß gerösteter Pfefferschoten, Schweinefleisch und Zwiebeln, die Jason auf dem Tablett zurückgelassen hatte.

Als ich hungrig in das kalte Fleisch biß, erwiderte Ahira mein Lächeln.

Während er die Aufgaben verteilte, gab er noch auf mich acht, so wie er es schon immer getan hatte. Denn er hätte sich auch leicht an meiner statt zu Andreas Leibwächter ernennen können, selbst wenn das bedeutet hätte, daß sie auf seine Rückkehr vom Schmied hätte warten müssen.

Tennetty schaute grimmig herüber. »Warum seid ihr beiden eigentlich so stolz auf euch?«

Ahira zuckte mit den Schultern. »Ein kleiner Scherz unter Freunden.«

Kapitel zwölf

In dem ich schlauer bin, als es mir verdammt noch mal guttut

Ein vorschnelles Urteil ist der erste Schritt zu seiner Widerrufung.
– PUBLILIUS SYRUS –

Entscheide dich schnell – doch was tun, wenn du dich irrst? Du kannst Glück haben und das Falsche so anwenden, daß es funktioniert.
– WALTER SLOWOTSKI –

Auf dem Schild stand …

Rewnor
Magier, Zauberer, Weiser und Seher

…in typischer verschnörkelter Erendra-Schrift, wobei Runen und Symbole über die ganze Oberfläche verteilt waren.

Andrea hielt fünf Schritte vor dem Eingang an und langte in ihre Hüfttasche.

Ich wollte sie am Handgelenk packen, hielt mich dann aber zurück. »Warte einen Moment«, sagte ich.

Sie drehte sich um und verzog irritiert das Gesicht. »Was ist los?«

»Sieh mal«, sagte ich, »ich bin kein Experte in Magie …«

»Soviel ist sicher.«

» …aber ich weiß, daß es ein Risiko für dich ist. Du hast es in der Vergangenheit übertrieben. Doria glaubt, daß du schon davon abhängig bist.«

Sie tat dies mit einem Stirnrunzeln und einer Handbewegung ab. »Davon kannst du nicht überzeugt sein, sonst hättest du mich nicht mitkommen lassen.«

Ich hatte darüber nachgedacht und war darauf gestoßen,

wie bequem es wäre, einfach anzunehmen, daß Doria sich irrte, und davon auszugehen, daß Andy gefahrlos reisen konnte. Denn andernfalls hätte ich nicht gewußt, was wir für eine Zauberin hätten tun können.

Sie warf den Kopf zurück und ließ ihr langes schwarzes Haar fliegen, als sie sich, eine Hand in die Hüfte gestützt, in Positur brachte. Ich vermute, daß Aeia diese Angewohnheit von ihr hat. »Ich habe nicht die Absicht, den Rest meines Daseins so kläglich zu verbringen. Ich hatte ein Problem. Ich habe es zu weit getrieben und es dadurch noch schlimmer gemacht, daß ich keine Rücksicht auf mich genommen habe. Doch jetzt habe ich es im Griff.«

Ich vermute, daß es mir nicht gelang, meine Skepsis zu verbergen – was auch nicht überraschend war, da ich es gar nicht erst versuchte.

Das beruhigte sie keineswegs, was nicht weiter erstaunlich war. »Verdammt noch mal, Walter. Du weißt, daß du in dieser Angelegenheit eine Zauberin brauchst, zumindest, was Ehvenor und Faerie betrifft.«

Ich mußte zugeben, daß das stimmte. »Sicher, aber ...«

»Nichts aber«, entgegnete sie, »man braucht schon Magie, wenn man nur um die Innenstadt herumnavigieren will. Denn aus einer gewissen Perspektive weist sie überhaupt keine Ausdehnung auf.«

»Wie?«

»Ich meine«, sagte sie, »aus einem ganz bestimmten Blickwinkel betrachtet, gibt es einen Teil von Faerie, der in der Mitte der Stadt liegt, wo die Gesetze von Faerie« – sie suchte nach Worten – »nach deinen Maßstäben nicht vorhersagbar sind. Nach meinen schon eher, wenn auch nicht ganz. Wenn du näher kommst, brechen die Naturgesetze zusammen. Nun ja, genau genommen brechen sie nicht wirklich zusammen, sie werden nur irgendwie neurotisch. Sie sind nicht mehr auf die selbe Art und Weise anzuwenden, und es gibt eine ganze Menge Neues zu lernen, wofür du aber nicht gewappnet bist. Da und dort wirst du mir trauen müssen, genauso wie du mir hier und jetzt trauen mußt.«

Ein alter Freund von mir pflegte zu behaupten, daß die

meisten Frauen sich von den Männern in ihrem Leben liebende Fürsorge wünschen. Ich glaube, was das betrifft, hat er Andrea, Tennetty, Aeia, Kirah oder vielleicht auch Janie noch nicht getroffen.

Seufz. Slowotskis Gesetz Nummer wie auch immer: Eine Verallgemeinerung, die sich nicht auf jeden anwenden läßt, bedeutet, daß man etwas übersehen hat. Vielleicht Doria? Oder etwa Dorann?

»Im Augenblick«, fuhr Andrea fort, »mußt du jedenfalls meinem Urteil Glauben schenken, sofern Magie erforderlich ist. Verstanden?«

Sie wartete nicht auf meine Antwort, sondern fuhr mit zwei Fingern in ihre Tasche, zog eine Handvoll Staub heraus, warf ihn in die Luft und untermalte das Ganze mit ein paar gemurmelten Silben. Engstirnige alte Gewohnheiten sterben kaum aus – wieder einmal versuchte ich, mich an ihre Worte zu erinnern und ihnen etwas Sinnvolles zu entnehmen, aber es gelang mir nicht.

Staubteilchen verwandelten sich zu Millionen von Lichtpunkten, trübten sich zuerst zu einem rötlichen Schein und verblaßten dann immer mehr, bis nichts anderes mehr zurückblieb als ein blendender Schimmer in meinen Augen.

Sie hielt inne. Ihre Lider waren geschlossen, und ihre Lippen bewegten sich eine ganze Minute langsam und lautlos.

Das ist eine lange Zeit, wenn man nur dasteht und wartet.

Passanten starrten sie aus den Augenwinkeln an und eilten dann weiter. Die meisten normalen Menschen – Anwesende sind natürlich eingeschlossen – ziehen es vor, sich von einer Zauberin fernzuhalten, die gerade bei der Arbeit ist, und das so weit wie möglich.

Endlich öffnete sie die Augen. »In Ordnung, er wartet auf uns. Laß uns hineingehen.«

»Hm … darf ich fragen, für was das gut sein sollte?«

»Das erste war nur eine Überprüfung … für eine bestimmte Sorte von Fallen. Was das zweite betrifft …« Sie lächelte. »Es ist ein alter Trick unter Zauberern. Du weißt, daß ein Zauberspruch aus einer Aneinanderreihung von Silben besteht, wobei jede an ihren richtigen Platz gehört? Gut, wenn der Zauberspruch entsprechend aufgebaut ist, treten oft kurz vor dem Ende Pausen auf. Du gehst fast bis zum Ende des Spruchs und läßt dann die letzten paar Silben – manchmal sogar nur eine einzige – unausgesprochen. Das ist so ähnlich, wie wenn man ein Auto zusammenbaut, den Zündschlüssel hineinsteckt, ihn aber nicht umdreht. Und wenn du ihn dann brauchst, bringst du schnell die letzten paar Silben hervor.« Sie machte eine Geste mit den Fingern. »Und *wumm* – schon schießen Blitze aus deinen Fingerspitzen oder woher auch immer.«

»Ich habe noch niemals Blitze aus meinem was auch immer verschossen, es ist mir nur einmal beinahe so vorgekommen.« Ich versuchte, die Dinge leicht und freundlich zu nehmen, aber mir gefiel ihr Tonfall nicht. Es gab da einen schattenhaften Unterton in ihrer Stimme, etwas Dunkles und Tödliches. Ich ergriff ihren Arm. »Entschuldige mal, alte Freundin, aber du hast wohl etwas verwechselt. Wir sind nicht hier, um mit dem ortsansässigen Zauberer zu kämpfen.«

Sie verdrehte die Augen und schaute in gespielter Verzweiflung zum Himmel empor. »Das weiß ich, Dummerchen. Aber ich wollte mich auf keinen Fall in Rewnors Laden begeben, solange ein fast ausgesprochener Zauberspruch über seinem und meinem Kopf hängt. Das wäre nicht sehr freundlich gewesen. Ich war fleißig«, sagte sie, und ihre Lippen verzogen sich zu einem bemerkenswert reizvollen Lächeln, »hast du's endlich geschluckt, ja?« Sie schlug mir auf die Schulter. »Bleib du bei deiner List und deinem Herumgeschleiche, aber überlaß mir die Magie.«

Sie schob sich durch die Vorhänge, und ich folgte ihr.

Sollte ich eines Tages einmal das Glück haben, dann werde ich den Laden oder die Werkstatt eines Magiers betreten, die so hell beleuchtet ist wie eine Bibliothek, die so antiseptisch riecht wie ein Krankenhaus und so sauber ist wie McDonalds.

Aber heute hatte ich kein Glück.

Rewnors Werkstatt roch wie ein Turnhallenspind, stank nach feuchtem Schmutz, altem Schweiß und nach verschiedensten verwandten Pilzarten, die zwischen Zehen und Hautfalten hausen.

Eben ganz wie ein Umkleideraum in einer Turnhalle. Igitt.

Nein, was man sich im allgemeinen über mich erzählt, ist richtig, aber ich bin kein Kopfmensch. Auf der Junior High School gelangte ich zu der Überzeugung, daß Football eine Möglichkeit darstellte, vier Jahre lang die Collegegebühren zu bezahlen, ohne dabei Stashs und Emmas Ersparnisse ausbluten zu lassen. Was ich damals tat, war für mich lediglich ein Job, mehr nicht. Der Gestank von abgestandenem Schweiß birgt für mich nicht den geringsten Hauch von Nostalgie in sich. Ich habe damals auf der Anderen Seite zu viele Stunden in Umkleideräumen verbracht und vermisse ihren Gestank in keiner Weise.

Das einzige Licht, das es dort gab, rührte von ein paar flakkernden Kerzen her, die in verspiegelten Haltern hoch oben an der Wand brannten. Sie spendeten nicht einmal das Licht eines Glüheisens. In dieser schwachen Beleuchtung sah man einen schmalen Raum, in dem ein paar Werkbänke aufgereiht standen. Am anderen Ende befand sich eine offene Tür, hinter der übergangslos Finsternis herrschte.

Draußen war es sehr heiß geworden, aber hier drin war die Luft feucht und kalt.

Andrea ging kopfschüttelnd zu einer Werkbank, nahm eine faustgroße Kupferschüssel hoch und roch daran. »Myrrhe, Hanf und Zimt? *Tatsächlich?* Ich bin nicht sonderlich beeindruckt.« Sie wandte sich zu mir um. »Ich bin niemals scharf auf Liebestränke gewesen, aber wenn man sie benutzt, dann ist es sicherlich am besten, sie eigenhändig herzustellen. Ein einfaches Ansteigen der Libido ist kaum das gleiche, meinst du nicht auch?«

Darauf gab es keine Antwort.

»Oh, *bitte*«, sprach Andrea mit einem Naserümpfen in den leeren Raum hinein. »Ich weiß aus gutem Grund, daß du hier bist, genauso, wie du aus gutem Grund weißt, daß ich hier bin. Du weißt, daß es sinnlos ist, dein Feuer zu verstecken. Du benimmst dich äußerst töricht und beginnst, meinen Leibwächter zu irritieren. Ich würde das lieber nicht riskieren, und ich glaube, du auch nicht.«

Ein bronzener Gott von einem Mann trat durch die Tür. Er war noch einen Kopf größer als ich, und ich bin kein kleiner Mann. Seine breiten Schultern drohten die Nähte seiner Zauberrobe zu sprengen.

»Ich hab' nichts dergleichen getan«, stellte er fest. »Ich war mit Vorbereitungen in meinem Hinterzimmer beschäftigt.« Seine Stimme war ein grollender Bariton, fast so weich, daß er einem Singen gleichkam. Er faltete die Hände vor der Brust und neigte den Kopf leicht zur Seite. »Man kennt mich als Rewnor. Ich heiße euch in meinem bescheidenen Laden willkommen.«

Andrea erwiderte die Begrüßung. »Nenne mich Lotana, obwohl dies jetzt nicht mein Name ist und es auch niemals war.«

Er hob protestierend die Hand und versuchte, um Wohlwollen heischend zu lächeln. »Aber nicht doch, nicht doch, meine Teuerste. Namenszauber ist meiner nicht würdig, zudem würde ich es in jedem Fall besser wissen.« Er schielte, als sähe er etwas über ihrer rechten Schulter schweben. »Ich kann nicht genau sagen, was es ist, aber es ist ungefähr nur eine Silbe davon entfernt, mich aufzufressen, nicht wahr?«

»Oder so ähnlich.« Ihr Lächeln schien aufrichtig zu sein. »Und ich dachte, ich hätte es gut verborgen.«

»Ich dachte, du hättest gesagt, daß du all deine Zaubersprüche heruntergeschluckt hast«, flüsterte ich besorgt, wobei es mich nicht sonderlich kümmerte, ob Rewnor mich hören konnte.

Sie lächelte geradezu durchtrieben. »Du hättest ihm die Wahrheit gesagt, wenn er einen Wahrheitszauber bei dir angewandt hätte, nicht wahr?«

»Ich sehe keine Notwendigkeit dafür.« Rewnor breitete die Arme weit aus. »Ich habe dich als wertgeschätzte, gute

Lotana begrüßen dürfen, aber das macht mich doch nicht gleich blind. Du bist aus einem bestimmten Grund hier, doch habe ich Zweifel daran, daß es dir um einen garantiert harmlosen Liebestrank von fragwürdiger Wirksamkeit geht. Kann ich irgendwie behilflich sein?«

»Möglicherweise«, sagte sie und hob beiläufig ein Gerät vom Tisch, was nach meinem Dafürhalten einer ernsthaften Verletzung der Etikette unter Zauberern gleichkam. Das Ding ähnelte am ehesten noch einer Zahnarztsonde, wenn man von dem schwachen Glimmen an seiner Spitze absah. Sie prüfte die Spitze mit dem Daumen. »Es hat Gerüchte gegeben, daß gewisse Dinge aus Faerie herübergekommen sind. Ich frage mich, was du davon gehört hast.«

Rewnor schaute auf sie hinunter und mit einem bemüht nichtssagenden Gesichtsausdruck zu mir, als ob er sich dazu zwingen müßte, sich durch die hochmütige Art, mit der Andrea mit seinem Werkzeug hantierte, nicht beleidigen zu lassen. »Einige Dinge sind geschehen, Meisterin Lotana, das ist wahr. Wenn es aber darum geht, müßtest du dich an jemand Besseren als mich wenden.«

»Hier hat ein Mord stattgefunden, das ist erst ein paar Zehntage her. Eine Botschaft wurde zurückgelassen. Wir wären sehr daran interessiert, sie zu sehen.«

»Woher wußtest du, daß ich sie hier hatte?« Er zog die Stirn in Falten. »Du bist wirklich gut.«

Um ehrlich zu sein, wir hatten gar nicht gewußt, daß besagte Botschaft sich hier befand. Wir hatten vor, ihn um seine Hilfe zu bitten, um an sie heranzukommen.

Andrea wollte gerade zu sprechen anheben, aber ich unterbrach sie. »Du weißt, daß Lotana mehr vermag als du, und wahrscheinlich möchtest du gar nicht herausfinden, wieviel mehr oder was sonst noch alles dahintersteckt.« Ich machte ein geheimnisvolles Zeichen. Es hatte keinerlei Bedeutung, jedenfalls nicht auf Dieser Seite, obwohl Schwester Berthe von Toulouse – die Nonne, die wir immer ›Schwester Berthe vom Blues‹ nannten – stolz darauf gewesen wäre, mit welcher Leichtigkeit ich die Bewegung vollführte.

Rewnor hob eine Hand. »Ah ja, ich verstehe.«

Andrea starrte mich an. Sie war durch mein Eingreifen irritiert, doch hob ich entschuldigend die Hände. »Tut mir leid, Lotana, aber es war nicht zu vermeiden. Rewnor war sowieso drauf und dran zu begreifen, was für gewaltige Kräfte daran beteiligt sind. Es ist für Freund Rewnor am sichersten, wenn er uns nur die Nachricht gibt und sich aus allem anderen heraushält.«

»Na gut ...« Der Hauch eines Lächelns umspielte ihre Lippen – ein Lächeln das ich mir nur ungerne hätte entgehen lassen wollen. »Wenn du meinst. Doch hätte ich es vorgezogen, seine Hilfe hinzuzuziehen, ungeachtet der Gefahr, aber ...«

Innerhalb von zwei Minuten waren wir wieder draußen, mit dem Papier in der Hand.

Es wäre bestimmt nicht so schnell gegangen, hätte ich ihn nicht in Panik versetzt.

Die Nachricht war in solchen Blockbuchstaben geschrieben, wie sie Andrea auf der Schule in Heim in Englisch wie auch in Erendra zu unterrichten pflegte.

Der Krieger lebt

... stand dort in großen braunen erendrischen Buchstaben, die allmählich abblätterten. Darunter stand auf Englisch:

Versuche nicht, mich zu finden. Bitte.
Ich bin dicht dran.

»Verdammt noch mal, ich kann nichts damit anfangen. Er hat es einfach nur so heruntergeschrieben, und da er Blut benutzte, wird es auch mit Sicherheit nicht sein eigenes Blut sein. Ich kann die Dinge, mit denen er nur beiläufig Berührung hatte, nicht für einen Lokalisationszauber gebrauchen.

Oder ich müßte fähig sein, jeden überall aufzuspüren, indem ich einfach ein paar Millionen Sauerstoffmoleküle überprüfe und eines finde, das der Gesuchte ausgeatmet hat.«

Andrea war nicht gerade erfreut darüber.

Mir erging es nicht anders, so wie ich dort am Fenster stand und versuchte, den Qualm nach draußen zu wedeln. Andreas Versuch, herauszufinden, ob die Botschaft benutzt werden konnte, um Mikyn aufzuspüren, hatte die Verwendung einiger geruchsstarker Ingredienzien erfordert. Und es war nicht nötig, daß irgendeiner der Bediensteten des Wirtshauses den durch das Ritual einer Zauberin hervorgerufenen Geruch von Schwefel und Höllenfeuer mitbekam.

Unten waren die Pferde schon gesattelt, und die anderen warteten bereits. Wir mußten die Stadt zwar nicht sofort verlassen, doch in welche Richtung Mikyn auch reisen mochte, er entfernte sich mit jeder Minute, und wir würden ihn niemals fangen, indem wir einfach stehenblieben.

Sollten wir auf die Nachricht von einem weiteren Mord an einem Krieger warten? Das war natürlich möglich, aber auch gefährlich. Warum sollten wohl ein paar Reisende – besonders solche mit verdächtig viel Geld in den Taschen – sich so lange in Fenevar herumtreiben? Eine gute Frage! Das beste war also, man ging sicher, daß sie gar nicht erst gestellt wurde. Da war es schon sinnvoller, die Küste auf und ab zu ziehen und sich dabei zu erkundigen, ob und wann ein Hufschmied namens Alezyn die Gegend durchstreift hatte.

Wir stiegen die Hintertreppe hinab, die zur Allee und zu den Pferden führte.

Tennetty hatte eine ziemlich beeindruckende Auswahl angeschleppt. Sie erstreckte sich von einem schwerfälligen, teilnahmslosen Ponywallach für Ahira – der es noch nie gemocht hatte, wenn ein Pferd zuviel Temperament besaß; wahrscheinlich hätte er sogar ein lahmes Pferd vorgezogen – bis zu einer tänzelnden, buntscheckigen Stute für sich selber.

Ich überprüfte den Sattelgurt und schwang mich dann auf

den breiten Rücken meines nußfarbenen Wallachs. Sein zerfetztes rechtes Ohr ließ vermuten, daß er einen Kampf mit einem Hengst verloren hatte, bevor er dem Verschneider unter Messer und Eisen gekommen war. Er wollte schneller laufen, als mir recht war, aber dankenswerterweise hatte Tennetty ihn mit einer ziemlich bösartigen Kandare aus gebogenem Draht ausgerüstet. Wir kamen schnell darin überein, daß wir beide meinem Tempo folgten und nicht seinem.

»Nun?« fragte Jason und schloß neben dem Zwerg auf, als wir im gemächlichen Trab aufbrachen. Wir nahmen die Hauptstraße, die durch den ungefähr eine Meile vor uns liegenden Sumpf auf die Küstenstraße zuführte. »Wohin ziehen wir?«

Ahira hob die Schultern. »Bis Tromodec sind es ungefähr zwei Tagesreisen. In entgegengesetzter Richtung sind es drei Meilen bis Brae. Was wir entscheiden müssen – was ich zu entscheiden habe –, ist, ob wir die Suche nach dem guten Mikyn in die Ehvenorgeschichte mit einbeziehen wollen.« Ahira war nach allgemeiner Einschätzung, einschließlich der meinen, für die Strategie verantwortlich – und das zum Teil deswegen, weil er keine unnötigen, eigenmächtigen Entscheidungen traf. »Weiß denn niemand einen Rat?«

»Brae«, sagte Andrea. »Das liegt dichter an Ehvenor.« In diesem Moment schob sich eine Wolke vor die Sonne, so daß im sprichwörtlichen Sinne ein Schatten auf ihr Gesicht fiel. Doch da war noch etwas anderes in ihrem Gesichtsausdruck, etwas, das ich nicht genauer benennen konnte. Besessenheit vielleicht? Oder eine Art Zwang? Ich weiß es nicht.

»Tromodec«, schlug ich vor. »Ein paar Tage mehr machen wahrscheinlich keinen großen Unterschied. Wir können mit Mikyn schnell wieder aufschließen. Tromodec liegt näher, das bedeutet, daß wir früher etwas erfahren werden. Mindestens einen ganzen Tag früher.« Und wir würden zwei weitere Tagesreisen von Ehvenor und Faerie entfernt sein. Möglicherweise könnten wir auch irgendwo an der Küste herausfinden, was man über all die Dinge wußte, die aus Faerie herausdrangen. Ich hatte keine große Lust, zwischen die Mühlsteine zu geraten.

Sollte die Angelegenheit mit Ehvenor wirklich so wichtig sein, dann hätten sich außer uns und Andy sicherlich noch andere Leute und Zauberer damit befaßt. Sollten sie sich doch zuerst die Finger verbrennen.

»Brae«, widersprach sie. »Die Sache mit Ehvenor ist wichtiger. Hast du noch nicht von den Gerüchten gehört, daß ein Dorf völlig ausradiert worden ist?«

»Ich glaube niemals an Gerüchte. Dafür habe ich selber zu viele in die Welt gesetzt. Deshalb sage ich Tromodec.«

»*Brae*«, wandte sie ein, wobei sie ihren Verdruß nur leicht durchklingen ließ. Ihr Gebaren ließ mehr als nur Beharrlichkeit erkennen. Vielleicht ein Hauch von Angst? Oder Besessenheit?

»Tromodec.« Ich legte mein charmantestes Lächeln auf und brachte sie zweifelsohne vom Scheitel bis zur Sohle in Verlegenheit. »Wollen wir deshalb einen Ringkampf veranstalten?«

»Später vielleicht.« Sie erwiderte das Lächeln auf ihre untrügliche Art, was uns beiden einen wilden Blick von Jason einbrachte.

Ich war auch nicht gerade besonders angetan von Jason. Es war mehr als einmal vorgekommen, daß ich aufgrund seiner Anwesenheit darauf verzichtet hatte, mit Andy anstatt mit Ahira zu schwatzen. Möglicherweise hätte ich die Witwe schon des öfteren trösten können.

Ahira wandte sich an Jason: »Baron?«

Jasons Lachen klang gezwungen. »Oh, du meinst mich?« Ich irritierte ihn, und er würde zweifelsohne zu seiner Mutter halten. »Ich ziehe Tromodec vor«, sagte er.

In dem Moment hättest du mich mit einer Keule umhauen können – ich wäre nicht auf die Idee gekommen, mich zu ducken. Ich hätte es besser durchdenken sollen, denn Jason war mehr an der Suche nach Mikyn als an den Nachforschungen über Ehvenor interessiert, wodurch wir auf derselben Seite standen.

»Wenn alles gut läuft«, so fuhr er fort, »sind wir dichter an Mikyn dran; wenn nicht, hätten wir nur vier anstatt sechs Tage verloren, was genauso wäre, als ob wir irrtümlicherweise nach Brae gereist wären.«

Tennetty schnaubte. »Ich habe eine bessere Idee. Laßt uns überlegen, auf welchem Weg wir am meisten Schwierigkeiten bekommen, und den wählen wir dann. Das passiert doch sowieso immer.«

»Damit meinst du wohl Brae«, sagte ich.

»Sicher, ein Schritt näher an Ehvenor heran heißt, einen Schritt weiter ins Grab. Ich stimme für Brae.«

Ahira zog scharf an den Zügeln. Sein Pony wollte in einen leichten Galopp fallen, was er nicht zuließ. »Also sprechen sich zwei für Tromodec und zwei für Brae aus. Wenn dies eine Abstimmung wäre, würde meine Stimme die ausschlaggebende sein. Da dies hier keine Demokratie ist, und es sowieso meine Aufgabe ist, werde ich entscheiden.«

Jason wollte den Mund öffnen, hielt sich jedoch zurück.

Ahira seufzte. »Auch ich erinnere mich an ihn, Jason. Ich erinnere mich, wie aufgebracht Karl und ich waren, als wir sahen, wie sein Vater ihn geschlagen hatte.« Für einen Moment senkte er den Kopf – vielleicht, um dem kleinen mißhandelten Jungen Lebewohl zu sagen –, doch als er den Kopf hob, trug er schon wieder sein Pokergesicht zur Schau – kalt und gnadenlos.

Es hatte eine Zeit gegeben, da Ahira allem möglichen mit einem Lächeln auf den Lippen und einem kleinen Scherz begegnen konnte, aber diese Zeiten waren vorbei.

»Auf der einen Seite haben wir den Umstand, daß Mikyn ständig weiterzieht«, stellte er fest. »Tromodec ist die richtige Richtung, wenn wir ihn zur Strecke bringen wollen. Ehvenor und Faerie werden bleiben, wo sie sind. Andererseits ist die Angelegenheit von Ehvenor und Faerie wichtiger, als sich mit dem Problem auseinanderzusetzen, einen schurkischen Heim-Krieger zur Strecke zu bringen, egal, um wen es sich dabei handelt.« Seine Streitaxt war mit einfachen Knoten am Sattel befestigt, so daß er sie mit einem einzigen schnellen Griff lösen konnte. Er ließ die freie Hand auf ihr ruhen, als ob er sich von der Axt Hilfe versprach.

»Wenn wir sicher wüßten, daß wir ihn schnell finden könnten«, beschloß Ahira, »würde ich anders darüber denken, aber so, wie es ist, stimme ich für Brae. Ehvenor ist wichtiger. Wir brechen nach Ehvenor auf.«

Als ich noch ein Kind war, stellte ich mir unter Sümpfen notgedrungen niemals etwas anderes vor als die Everglades in Florida oder die Maevish-Sümpfe: Wasser und kleine Flekken von feuchtem Land, das von niedrigem Buschwerk dünn überzogen war, aber hauptsächlich als riesige Flächen von Treibsand, die einen für immer verschluckten, wenn man auf die falsche Stelle trat.

Man kann ebensogut sagen, daß es keine zwangsläufige Strafe dafür gibt, wenn man sich im Irrtum befindet. Ansonsten hätte ich in meinem Leben schon viel zuviel für Irrtümer bezahlen müssen, so daß es wahrscheinlich kürzer gewesen wäre, und zwar sehr viel kürzer. Ich hatte eher Glück als Recht – früher war ich einmal in ein kleines politisches Schlamassel in Sciforth verwickelt, bei dem ich mich definitiv für die falsche Seite entschieden hatte. Wie sich schließlich herausstellte, hätten die Guten meinen Kopf auf einen Pfahl gesteckt, wohingegen die Bösen einen Topf voller Gold mit mir teilen wollten.

Die Straße schlängelte sich auf unebenem Grund durch den Sumpf, wobei sie die natürlichen Hügelkuppen nutzte, die an jenen Stellen, wo sie fehlten, künstlich aufgeschüttet worden waren. Rechts und links fiel der Boden ab, und durch Rankgewächse und Schlingpflanzen sah man auf einen undurchdringlichen Morast voller Zypressen und Weiden. Das Ganze war in unregelmäßigen Abständen von kleinen offenen Wasserflächen und gelegentlich einer matschigen Wiese unterbrochen.

Der gemeine Eichelhäher – es gibt dort keine anderen Vogelarten – thronte da und dort in einem emporragenden

Baum. Entweder verhöhnte er uns, oder er schimpfte uns aus, oder er tat beides. Hin und wieder hörte ich das Geräusch von etwas Schleichendem auf toten Blättern. Eigentlich hätte der Sumpf vor Leben strotzen sollen, doch die meisten Tiere hatten gelernt, dem Menschen auszuweichen, und auch bei unserem Quintett würden sie keine Ausnahme machen, nur weil einer von uns ein Zwerg war.

Aber es gab doch ein paar Ausnahmen. An einer Stelle schlängelte sich die Straße in Haarnadelkurven den Küstenabhang hinunter, und die letze Kurve eröffnete die Sicht auf einen kleinen See, der vielleicht eine Meile breit war und von Binsen und Rohrkolben umsäumt wurde. Ein kleines Reh hatte am Ufer getrunken, und als wir auftauchten, hob es den Kopf und starrte uns mit riesigen Augen an. Dann verschwand es mit raschen Sprüngen im Gebüsch und scheuchte dabei einen Schwarm von Schwänen aus ihrer Deckung auf, die mit klatschenden Flügeln davonflogen.

Tennetty, die immer auf Beute aus war – oder zumindest die Gelegenheit suchte, etwas töten zu können –, legte die gespannte Armbrust an, drückte aber nicht ab. Ich vermute, daß sie keinen guten Schuß anbringen konnte, und eine Armbrust hat keine große Stoppwirkung. Wenn man einen Hirsch nicht geradewegs ins Rückgrat, Herz oder (was viel wahrscheinlicher ist) in die Lungen trifft, kann man sich auf eine lange Jagd gefaßt machen.

»Soviel zum Thema Abendessen«, sagte sie.

In dieser Nacht lagerten wir neben der Straße. Wir zogen es vor, Hängematten zwischen nahestehenden Bäume zu spannen, als uns dem Boden anzuvertrauen. Schon wegen der Schlangen und was da noch so alles rumkreuchte.

Selbst ich hätte es nicht geschafft, mich leise durch das Unterholz anzuschleichen, und da die Straße ungefähr fünfhundert Meter in beide Richtungen geradlinig verlief, entzündeten wir ein Kochfeuer und entspannten uns, zumal wir wußten, daß wir jeden, der sich uns näherte, frühzeitig sehen würden.

Jason übernahm die erste Wache, und Ahira setzte sich zu

ihm. Der Junge starrte nervös ins Feuer, während der Zwerg die Leder- und Drahtumwicklung am Griff seiner Axt erneuerte. Ich konnte noch nicht einschlafen, also errichtete ich mir vor meinem Sattel ein Polster aus Decken und setzte mich darauf, um meinen Dolch zu schärfen. Es ist schon hart, wenn das eigene Messer eine so lange Schneide hat.

Tennettys Augen sahen müde aus, als sie sich zu uns Dreien setzte. Sie hatte sich eine braune Decke um die Schulter gelegt.

Ich sah zu ihr auf. »Du siehst müde aus.«

Sie nickte und legte eine gefaltete Decke neben mir auf den Boden. Dann nahm sie im Schneidersitz darauf Platz und kuschelte sich in ihre Schlafdecke.

»Ich bin auch müde«, sagte sie. »Ich glaube, einfach etwas zu überanstrengt.« Sie starrte in die Dunkelheit, als ob sie damit rechnete, daß etwas daraus hervorspringen würde; dann schüttelte sie den Kopf. »Das kommt manchmal vor.«

Sie sah zu erschöpft aus, um aufrecht sitzen zu können, deshalb rutschte ich ein bißchen und ließ sie meinen Sattel als Rückenstütze benutzen. Sie schenkte mir ein schnelles Tennetty-Lächeln – die Lippen flach aufeinandergepreßt und die Enden leicht nach oben gezogen – und lehnte sich sowohl gegen den Sattel wie auch gegen mich. Ich konnte die Wärme ihres Körpers durch die Decke spüren und erkannte, daß ich schon viel zu lange nicht mehr mit einer Frau zusammengewesen war.

Trotzdem glaube ich, daß es mir die liebsten Momente sind, wenn ich auf der Straße bin – am Ende eines Tages, wenn es nichts mehr zu tun gibt, als sich am Feuer zusammenzusetzen und zu unterhalten, bis einen die Müdigkeit in die Betten oder was auch immer treibt.

Tennettys Arme waren unter der Decke verschränkt. Ich wußte, daß ihre beiden Hände jeweils auf dem Griff einer geladenen Pistole ruhten. Das meine ich nicht herablassend, denn es gab mir ein Gefühl der Sicherheit. Eine Sache, auf die ich mich immer verlassen kann, ist Tennettys fortwährende Bereitschaft zu plötzlichen Gewaltausbrüchen. Vielleicht ist sie etwas *zu* bereit – aber bereit.

Der Zwerg verarbeitete das Leder zu einem komplizierten Flechtmuster, dem ich nicht ganz folgen konnte. Seine dikken Finger bewegten sich in gewohnter Geschicklichkeit, während seine Augen und seine Gedanken ganz woanders waren. Auf dem Boden vor ihm lag eine neue Spule Bronzedraht. In Verbindung mit dem Leder würde dies einen guten, soliden Griff ergeben, ob der Stil oder die Hände nun naß oder trocken waren. (Wann immer der Tumult losbrach und ich Notiz davon nahm, begannen meine Hände feucht zu werden.)

Jason schloß sich den anderen an und holte seinen Revolver und die Gerätschaft zum Reinigen heraus. Er reihte die Patronen, Fläschchen, Reinigungstücher und die anderen Zubehörteile sorgfältig vor sich auf einem Tuch aneinander, wobei Stahl und Messing im Flackern des Feuers aufleuchteten.

Er brauchte nur ein paar Augenblicke, um die Pistole zu reinigen und zu ölen – das dauert nicht lange, wenn man keinen Schuß abgegeben hat – und rieb sie dann mit einem öligen Lappen ab, bevor er sie wieder lud, in die Pistolentasche steckte und beides mit einem Riemen festzurrte.

»Befindet sich die andere in deinem Beutel?« fragte ich.

»Wie?« Er schaute zu mir herüber. »Die andere ...? Oh, ach, der andere Revolver.« Sein Lächeln war eine Spur zu beiläufig. »Ich glaube nicht. Ich habe ihn bei deiner Tochter zurückgelassen.«

»Doch wohl bei Jane und nicht bei Dorann?«

Er akzeptierte das als Scherz, und so war es auch gemeint. »Nur für den Fall der Fälle«, gab er zurück.

Tennetty nickte zustimmend mit schläfrigem Blick.

Ich zog noch einmal die Klinge meines Dolches ab. Nehera, der Meisterschmied, hatte sie aus einem einzigen Stück Eisen gefertigt. Er hatte sie dünn mit Holzkohle besprenkelt, dann erhitzt, gefältet und sie schließlich hunderttausendmal mit dem Hammer beschlagen, was die dünne Klinge sehr stabil machte. Sie würde eher biegen als brechen und hatte eine ausreichend starke Schneide, um

Muskeln und Knorpel durchtrennen zu können. Auf der Oberfläche zeichneten sich die Spuren ihrer Herstellung ab: dunkle Riefen wie von einem Fingerabdruck. Ich hätte das Muster unter hundert ähnlichen Messern wiedererkannt.

Ich überprüfte die Schneide der Klinge am Daumen. Selbst bei leichter Berührung schnitt sie tief in den Nagel, was mich mehr als zufriedenstellte. Deshalb rieb ich die Klinge mit Öl ab und steckte sie zurück in die Scheide.

Als ich aufblickte, bemerkte ich, wie Jason mich mit einem leicht skeptischen Blick musterte. Ich versuchte herauszubekommen, ob er der Ansicht war, daß ich meine Nervosität abreagierte oder daß ich einfach nur nicht untätig herumsitzen wollte. Da ich aber noch nie besonders gut im Gedankenlesen war, zog ich eines meiner Wurfmesser aus der Scheide und begann es zu bearbeiten. Ich muß nicht die ganze Zeit an etwas herumfummeln, ich tue es einfach gern. Ich kann aber auch jederzeit damit aufhören.

Jason fing Tennettys Blick auf und lächelte nachsichtig.

Ahira hatte das Zwischenspiel bemerkt. Er sagte: »Jason Cullinane, du gehst von der verbreiteten Annahme aus, daß die Objekte, mit denen wir leben und arbeiten, eben nur Objekte und nichts anderes sind.«

Der Junge zuckte mit den Schultern. »Nützliche Objekte«, entgegenete er, »aber sicher.« Er klopfte auf seine Pistolentasche. »Ich glaube, daß sie nützlicher ist als sechs Steinschloßpistolen, aber sie bleibt ein Ding, und damit hat es sich.«

»Nein, es ist niemals nur ein Ding. Nicht, wenn du gelernt hast, ihm zuzuhören«, sagte Ahira mit einem Seufzen. »Ich habe viel Zeit damit verbracht, diese Streitaxt herzustellen«, erklärte er und wickelte eine weitere Windung Bronzedraht um den Griff. »Nur ein Teil meiner Schmiedekunst ist auf meine Herkunft zurückzuführen – ich mußte eine Menge lernen. Ich habe allein drei Versuche gebraucht, um den *richtigen* Stahl zu fertigen, und das, obwohl mir jemand half, der ein Experte auf dem Gebiet der Stahlherstellung war. Und es kostete mich mehr als zehn Tage, den Klumpen Metall in seine Form zu hämmern und die Kohle und den Quarzsand tief genug in die Schneide einzuarbeiten. Auf meinen Reisen hatte ich zehn Eschen- und Eichenäste für den Stiel gesammelt. Doch ich habe sogar noch mehr Zeit als auf die Anfertigung der Schneide darauf verwendet, sie zu dünnen Leisten zu schnitzen, die dann so zusammengeleimt wurden, daß sie dem Griff eine Festigkeit verleihen, die ihn niemals splittern läßt.«

Er rieb mit der Handfläche über das dunkle Metall. »Wenn du lange genug an oder mit einem Gegenstand gearbeitet hast, dann steckt ein Teil von dir darin. Nicht nur für den Augenblick, nicht nur solange du lebst oder solange du und der Gegenstand zusammen sind, sondern für immer.«

Seine grauen Augen blickten verträumt in die Ferne. »Eines Nachts war da eine Tür. Sie führte zu einem Zimmer, in dem drei Kinder schliefen. Zwei von ihnen waren mir so lieb, wie es Kinder nur sein konnten. In dieser Nacht hatten sich Meuchelmörder herumgetrieben, und obwohl wir die Kinder bereits tot glaubten, bestand die Möglichkeit, daß wir uns irrten. Deshalb saßen dein Vater und ich in dieser Nacht vor der Tür. Vielleicht nur für den Fall, daß wir uns irrten oder weil wir einfach nicht schlafen konnten.«

Tennetty lehnte den Kopf gegen meine Schulter. Ihre Augen waren geschlossen, doch ihr Gesichtsausdruck glich dem eines kleinen Mädchens, das ihrer Lieblingsgutenachtgeschichte lauscht. Ich legte den Arm um sie, was sie ein wenig zusammenzucken ließ; sie entspannte sich jedoch gleich wieder. Wenn ich es nicht besser wüßte, hätte ich geschworen, daß sie ein leichtes Grollen von sich gab, beinahe wie ein Schnurren.

Ahira klopfte den Kopf der Streitaxt wieder fest. Dann fuhr er Jason mit seinen rauhen Fingern liebevoll durchs Haar. »Und die ganze Nacht hindurch flüsterte diese Axt mir zu: *Mach dir keine Sorgen. Niemand wird jemals an uns vorbeikommen und den Kindern ein Leid antun.*«

Ich konnte es mir im Grunde genommen nicht erklären, aber soweit ich mich erinnern kann, war dies die erste Nacht seit langem, in der mein Schlaf tief, dunkel, warm und traumlos war.

Am nächsten Morgen, als das Sonnenlicht durch die Büsche brach, gab es für die Menschen Brot, kalte Wurst und Käse zum Frühstück. Dazu tranken wir aus einer Tonflasche einen geharzten, heimischen Wein. Die Pferde bekamen Hafer, Karotten, Äpfel und genug Wasser zum Runterspülen.

Ich biß in ein weiteres dickes Stück Wurst und schluckte. Es wäre ungehobelt gewesen, es auszuspucken und wahrscheinlich auch weniger nahrhaft, als es herunterzuschlukken. Denn ich mag Knoblauch gern – ich mag ihn sogar sehr gern, das schwöre ich bei Gott –, aber ich halte ihn nicht gerade für ein Frühstücksgewürz.

Ein Kochfeuer wäre wahrscheinlich dem Geschmack etwas zuträglicher gewesen, aber wir mußten uns schnell auf den Weg machen.

Ich hätte mir sehr gewünscht, etwas Warmes zu mir zu nehmen. Ein Becher Tee hätte meine Hände und meinen Bauch wunderbar aufgewärmt. Ich überlegte, ob ich einen kleinen Schluck Weinbrand nehmen sollte – denn der hätte es auch getan –, entschied mich aber dagegen.

Ahira, Andy und Jason brachen das Lager ab. Ich half Tennetty bei den Pferden.

»Ich bin schon auf schlechteren Gäulen geritten«, sagte ich, nur um etwas Konversation zu betreiben.

Sie lächelte. »Die Tiere sind nicht allzu schlecht«, sagte sie. »Ich habe sie mir alle so gut wie möglich angeschaut. Ahiras Pony ist etwas ungepflegt, es ist aber auch das schlechteste von allen, ohne wirklich schlecht zu sein. Die meisten sind frisch beschlagen und bereits eingeritten. Ich würde gern wissen, wie die Pferde auf Gewehrfeuer reagieren«, sagte sie mit einem Seufzen, als hätte sie gewußt, wie das aussehen würde – was auch der Fall war.

Sie würden wie vom Teufel gejagt davonlaufen.

Daß ein Pferd sich ruhig verhält, wenn es irgendwo über oder hinter seinem Kopf blitzt und kracht, kommt nicht von selber, und man kann es ihm auch nicht an einem Nachmittag beibringen. Die sicherste Art, vom Rücken eines Pferdes zu schießen, wenn es nicht das bestdressierte ist, besteht darin, abzusitzen, das Pferd an etwas Unbeweglichem anzubinden, sich zu entfernen und dann zu schießen.

Entweder so, oder du stellst sicher, daß:

a) dein erster Schuß trifft, und

b) du ein starkes Bedürfnis danach hast, dich unmittelbar darauf irgendwo wiederzufinden, wobei es dir egal sein sollte, wo genau das ist.

»Dieser Stallknecht muß über eine große Herde verfügt haben«, sagte ich. Angebot und Nachfrage funktionieren selbst dann, wenn man noch nie von diesen Begriffen gehört hat.

»Genau, er besaß mehr, als er brauchte.« Sie nickte. »Vor ungefähr acht oder neun Zehntagen kaufte er von einem Züchter aus dem Hochland eine ganze Herde, weil er vor einigen Zehntagen einen Händler erwartete.«

Ich weiß, ich weiß, das ist doch offensichtlich – trotzdem ist es niemandem aufgefallen. Es ist eine Sache, das Spiel aus dem Fernsehsessel heraus zu dirigieren, aber es ist etwas ganz anderes, draußen auf dem Spielfeld selbst die Befehle zu geben.

»Andy?«

Sie schluckte einen Bissen Brot hinunter, bevor sie antwortete: »Ja?«

»Um Mykin aufzuspüren, benötigst du doch etwas von ihm, oder etwas, mit dem er engen Kontakt hatte, nicht wahr?«

Sie begriff es auch nicht, was aber verständlich ist. Wenn du noch nie etwas aus kaltem Eisen und Feuer hergestellt hast, kannst du auch nicht verstehen, wie anstrengend es ist und wie man mit jedem Hammerschlag etwas von sich hineinlegt. Das trifft auch dann zu, wenn man etwas so Simples herstellt wie, sagen wir mal, die Grillgabel, die ich im Metallurgiekurs in der neunten Klasse gefertigt habe, oder die Eimerhaken, mit denen wir während meines Sommers in Sturbridge zu Dutzenden herumgeworfen haben …

… oder ein Hufeisen.

Jason war schneller von Begriff – er war bereits zu seinem Pferd gegangen und hatte den Vorderhuf angehoben. »Nein … der könnte gut mal neu beschlagen werden.«

»Schau dir den nächsten an«, sagte ich, während ich den linken Vorderlauf meines Pferdes packte. Tennetty beruhigte das Tier, indem sie eine Hand auf seinen Nacken legte, als ich den Huf anhob.

Auch hier war nichts. Man kann einen Hufschmied oft an seinem Stil erkennen, und Schmiede, die von Zwergen ausgebildet waren, hatten einen ganz unverwechselbaren Stil, der viel sauberer ist als der Stil desjenigen, der dieses Pferd beschlagen hatte.

Zwei überprüft und kein Treffer.

Ahira hatte sich sein Pony und danach Andys nervöse schwarze Stute angesehen.

»Ich glaube, hier haben wir etwas. Acht Nägel«, stellte er fest. »Hübscher Zwergenstil.« Ahira setzte ein so breites Lächeln auf, daß ich schon befürchtete, sein Gesicht könne auseinanderfallen. »Walter, du hast hier das Prädikat ›wunderbare Arbeit‹ für fast umsonst bekommen.« Er wandte sich an Andy. »Wie lange brauchst du? Und brauchst du mich, um das Eisen abzuziehen?«

Sie schüttelte den Kopf. »Nicht, wenn ihr es beide ruhighaltet. In dem Fall brauche ich zehn Minuten.«

Es dauerte keine fünf Minuten; allerdings war ihr Gesicht danach so verschwitzt und schmierig wie meins.

Mit zitterndem Finger zeigte sie in die Richtung von Fenevar und Tromodec. Weg von Ehvenor.

Ahira schüttelte den Kopf. »Verdammt noch mal«, fluchte er und sah zu mir auf. »Wir haben den Schurken fast in der Hand, aber die alten Überlegungen gelten immer noch. Ehvenor ist wichtiger. Wir heben uns Mykin für die Zeit nach Ehvenor auf. Wir ziehen nach Brae.«

Scheiße. Magie bringt mich ganz durcheinander.

Kapitel dreizehn

In dem man uns in Brae willkommen heißt

Ein gemeinsames Unternehmen gelingt am ehesten,
wenn es beiden Seiten nützt.

– EURIPIDES –

He, ich weiß doch gar nicht, wie der Pickel dort hingekommen ist. Okay?

– WALTER SLOWOTSKI –

Die längste Zeit meiner Kindheit war Stashs bester Freund Mike Wocziewsky der örtliche Polizist. Früher einmal war er Detektiv oder vielleicht sogar Geheimagent gewesen. Aber eines Tages hatte man ihn im falschen Bett erwischt, und statt den entsprechenden Sermon über begangene Unschicklichkeiten über sich ergehen zu lassen, kehrte er freiwillig zu seiner blauen Uniform und zum Streifendienst zurück.

Ich mochte Big Mike. Er sah wie ein großes blaues Faß aus, rauchte Zigarren, die wie Hundescheiße aussahen und auch so rochen, und erzählte mir am laufenden Band Geschichten. Er schenkte mir auch mein erstes Fahrtenmesser, ein waschechtes Pfadfindermesser. Nun, das war zwar nicht gerade das Beste, was man für sein Geld bekommen konnte, aber es war irgendwie ein gutes Gefühl, als Pfadfinder genau die richtige Ausrüstung zu besitzen. Ich liebte dieses Messer.

Wie auch die Geschichten, die Big Mike zu erzählen pflegte.

»Da hängen also diese fünf schmierigen Specksäcke an der Ecke rum, und ich bin mir ganz sicher, daß es die gleichen Kotzkübel sind, die neulich beim guten alten Kaplan in seiner Kneipe aufkreuzten und ihn reichlich aufmischten.

Nun mußt du aber wissen: Ich mag den alten Kaplan auch nicht besonders. Dieser alte Geizhals hat doch anscheinend keine Ahnung davon, was ein Polizei-Rabatt ist – zumindest hatte er es früher nicht. Inzwischen muß ich ihm mein Geld fast aufdrängen. Du solltest mal die Schachtel sehen, die er mir zu Weihnachten geschenkt hat, Stash ... Nun gut, selbst wenn es mir scheißegal ist, ob er zuhause von der Leiter stürzt und sich das Genick bricht – solange der Kerl auf meiner Straße herumläuft, gehört er auch zu meinen Leuten, und ich kann es nun mal nicht ausstehen, wenn irgend jemand aus meinem Block in einem Krankenhausbett liegt, mit einem Schlauch in der Nase und einem anderen im Pimmel, klar?

Noch mal zurück zu diesen Windbeuteln an der Ecke. Es lag nun gerade nichts gegen sie vor. Außerdem bin ich ja auch nur eine verdammte Blaujacke und kein Beschützer oder so, und überhaupt habe ich nichts mit der ganzen Sache zu tun. Blaujacken führen nun mal keine Ermittlungen durch. Nur, ich laß es eben nicht zu, daß irgendwelche Arschgeigen meine Leute anmotzen, jedenfalls nicht in meinem Revier. Ich geh also rüber zu einem von diesen Hampelmännern und ziehe ihn beiseite.

›Tu, als ob du nicht mit mir reden willst‹, sage ich leise, aber eben nicht leise genug. Er ist nicht allzu schwer von Begriff und schnallt gleich, was los ist. Er ruft also irgendwas, während er so was wie einen Schwinger auf mich ansetzt. Aber mein Einsatz dagegen beträgt ungefähr hundert Pfund. Er ist schlau genug, mich nicht ernsthaft zu reizen – er weiß nämlich, wenn er das tut, wird ihm die Zeit der Abrechnung so lang werden, daß selbst seine Nachkommenschaft nicht unbeschadet davonkommt.

Während er also ausholt, nehm' ich seine Arme und schiebe ihn vorsichtig gegen die Wand, ganz sanft. Gerade noch stark genug, um ihn davon abzulenken, daß ich ihm die hundert Mäuse, die ich gerade noch in der Hand hatte, in seine Hosentasche rutschen lasse.

Na ja, die anderen Dudelsäcke beobachten uns, und einer

von ihnen sieht, was er sehen soll. Damit bin ich aller weiteren Sorgen enthoben und kann den Jungen laufen lassen.

Ich wußte nicht, wie weit die Knilche wirklich gehen würden, und es war mir auch gleich. Aber einige Tage danach besuche ich den Jammerlappen im Krankenhaus, und er ist in einer schlimmeren Verfassung, als Kaplan es je war, und der Vogel singt wie verrückt. Ich, ihm gedroht? Nee, ich habe ihm doch nur ein weiteres Abrechnungssümmchen angeboten. Aus mir völlig unerklärlichen Gründen wollte er das nicht.

Hundert Mäuse sind eine Menge Kies? Sicher. Jedenfalls für einen Bullen. Ich habe es zurückbekommen. Ich wette, der alte Kaplan denkt, daß er diesen Hunderter nicht besser hätte anlegen können.«

Ich rechnete damit, ungefähr am späten Nachmittag die Stadt zu erreichen, aber wir waren besser in der Zeit, als ich gedacht hatte.

Es war erst Mittag, als Brae plötzlich vor uns auftauchte, oder umgekehrt, je nachdem, aus welchem Blickwinkel man es betrachtete. Aus meiner Sicht befindet sich der Mittelpunkt des Universums nur wenige Zentimeter hinter meiner Stirn. Der Mittelpunkt des Universums verändert sich eben laufend.

Jedenfalls kamen wir geradewegs aus einer Kurve, und da lag sie vor uns: Eine kleine idyllische Ansammlung ein-, zwei- und dreistöckiger, mit Lehm bestrichener Flechtwerkbauten, von verschlungenen, schmalen Gassen durchzogen, rekelte sich auf den Hügeln der Küstenlandschaft und erstreckte sich von den Gipfeln einer kleinen Hügelkette bis hinunter zum Zirrischen See.

Nicht gerade groß für eine Stadt.

»Sie erinnert mich an einen alten Witz«, sagte ich. »Der Ober kommt zum Tisch. Sagt: ›Wie fanden Sie denn Ihr Steak?‹ ›Oh, erst überhaupt nicht, Herr Ober, aber dann hob ich gerade zufällig die Petersilie und: da war es.‹«

Andy und Ahira lachten pflichtschuldigst, aber die anderen beiden nicht. Wahrscheinlich muß man wirklich mit der englischen Muttersprache aufgewachsen sein, um diese Art Humor zu verstehen – und genau das war Tennetty nicht. Wahrscheinlich braucht man dazu auch einen ausgeprägten Sinn für Humor, der Jason Cullinane völlig abging.

Der erste Eindruck, den man von Brae bekam, war ein intensiver Fischgeruch. Das kann nicht verwundern, denn die Gewässer in dieser Gegend sind sehr fischreich, und getrockneter Großaugenhering – ein ausgesprochen häßlicher Fisch – ist das hauptsächliche Ausfuhr- und Handelsgut der Stadt. Vom Gestank einmal abgesehen, lief mir bei dem Gedanken an eine frische Bachforelle das Wasser im Munde zusammen, vor allem wenn die Forelle über einer offenen Feuerstelle geröstet, nur mit etwas Salz, Pfeffer, Öl und vielleicht ein paar Tropfen einer ausgedrückten kleinen, süßen netanalischen Zitrone abgeschmeckt war.

Direkt vor uns versperrte eine kleine Wachstation zu beiden Seiten der Straße den Eingang zur Stadt. Sie war von nahezu antiker Bauweise, nichtsdestotrotz recht frisch bemannt.

»Seltsam«, sagte Ahira. Er kam mit dem Pferd viel besser zurecht, als ich erwartet hatte, obwohl ich mir denken konnte, daß er dennoch sein eigenes Pony vorgezogen hätte. Doch ich hatte mit diesem Pony andere Pläne.

Ich nickte. Entlang des Zirrischen Sees hatten die Ortsansässigen vom Festland her nichts zu befürchten. Die größte Gefahr drohte ihnen vom See selbst. Die Einheimischen kamen gut miteinander aus und sparten sich in der Regel ihre Feindseligkeiten für bedrohliche Piraten oder Inselbewohner auf.

»Okay, hört mal her«, sagte Ahira. »Wir werden die Dinge jetzt ganz gemütlich angehen; ich sehe da überhaupt keine Probleme. Wir spazieren jetzt schön langsam zu dem Wachhäuschen. Walter, du zuerst.«

Deshalb verstanden wir uns so gut – Ahira weiß, wann er mich in Ruhe zu lassen hat und wann lieber nicht. Eigentlich war ich gerade dabei, eine neue Legende für uns auszuarbeiten. Ahira erinnerte mich jedoch daran, daß wir vor kurzem in Fenevar einige Reisende getroffen hatten und deshalb leicht als Leute, die etwas zu verbergen haben, entlarvt werden könnten, wenn wir unsere Geschichte jetzt abänderten. Nicht daß uns dies notwendigerweise in entsetzliche Schwierigkeiten brächte; eine Menge Leute, die durch das Gebiet von Eren reisten, waren auch nicht immer das, was sie zu sein schienen. Und jeder, der einem Reisenden selbstverständlich alles glaubt, was der ihm erzählt, ist zumindest bei mehr als der Hälfte schon zu vertrauensselig gewesen.

Ich drehte mich im Sattel herum und musterte einen nach dem anderen. Die Gewehre waren mit den Bögen zu einem Bündel zusammengeschnürt und die Pistolen sicher verstaut. Andy trug ihr Zauberinnengewand, hatte aber, wie sie sich ausdrückte, ›ihre Flamme‹ zu der einer geringeren, unbedeutenden Hexe ›heruntergeschraubt‹, so daß sie nun weniger machtvoll als in Wirklichkeit schien. Hierbei mußte ich mich aber auf ihr Wort verlassen.

Sie sah einfach, verdammt noch mal, viel zu gut aus, und selbst das verhaltene kleine Lächeln in ihrem Gesicht reichte aus, um einen tiefen Eindruck zu hinterlassen.

Tennetty, die einen einfachen blauen Arbeitskittel über der glänzenden, ledernen Reithose trug, ging als ihre Zofe. Eine Zofe, mit einem riesigen Dolch bewehrt, war nicht gerade etwas besonders Auffälliges.

Auch eine drei Mann zählende Leibwache war für eine Zauberin nichts Ungewöhnliches, selbst wenn einer davon nur ein Zwerg war.

Wir würden wohl gerade noch so durchgehen, vermutete ich. Nur Jason nicht. Man konnte da so eine kleine Ausbuchtung unter seinem Rock erkennen. Das war eigentlich noch in Ordnung: Viele Leute trugen ein verstecktes Messer oder ihren Geldbeutel direkt am Körper. Hier aber lugte der Knauf seines Revolver hervor, und das war nun nicht mehr in Ordnung – während Sklavenhändlergewehre und Pistolen im Laufe der Zeit zunehmend zur Tagesordnung gehörten, wollte ich uns lieber nicht in die Lage bringen, erklären zu müssen, was wir mit einem Erzeugnis zu tun gedächten, das so eindeutig aus Heim stammte.

»Könntest du deinen Rock etwas zuschnüren?« bat ich ihn. »Und wenn du das nächste Mal dein Schulterhalfter umschnallst, schieb es ein Stück herum, damit einem der Knauf nicht so ins Auge sticht, okay?« Falls alle Stricke rissen, würde sich niemand mehr über Jasons Revolver freuen als ich. Aber ich wäre wahrscheinlich etwas weniger glücklich, wenn er dazu den Anlaß gäbe, daß die Stricke reißen.

Bei einer gründlichen Durchsuchung würden wir wohl nicht durchkommen. So etwas gehörte jedoch nicht zu den üblichen Bräuchen, wenn man eine Stadt in Eren besuchte.

Zu guter Letzt ... »Andy?«

Einen kurzen Augenblick schloß sie die Augen. »Zwei örtliche Magier. Nicht gerade besonders große Leuchten, auch nicht gerade mächtig oder besonders erfahren. Es sei denn, sie machen momentan dasselbe wie ich – ihr Licht unter den Scheffel stellen. Sie lächelte. »Nur wesentlich besser.«

Wenn es nicht viel zu heiß gewesen wäre, hätten mir spätestens jetzt die Knie gezittert.

Die Wachsoldaten der Grenzstation standen vor uns, wie aus einem Guß: lauter mittelgroße, untersetzte Männer mit walroßartigen Oberlippenbärten, kantigem Kinn und großen Händen, welche die Schäfte ihrer Speere fest umschlossen hielten, entweder um sich daran festzuhalten oder um jederzeit zu allem bereit zu sein. Ich, falls ich jemals Wache zu schieben hätte, würde jedenfalls auch unbedingt auf einem Speer bestehen – dann hat man wenigstens etwas, auf das man sich stützen kann.

Aus mir völlig unerfindlichen Gründen hing ungefähr drei Viertel eines Wagenrades an der einen Wand des Wachhäuschens.

»Name und Zweck der Einreise nach Brae?« fragte einer.

»Tybel, Gellin, Taren«, sagte ich und wies nacheinander auf mich, Ahira und Jason. »Leibwache von Lotana, Zauberin. Duanna«, erklärte ich und zeigte auf Tennetty, »Zofe der Zauberin.«

Nun, ich will es nicht gerade beschwören, aber ich, wie wohl die meisten anderen Menschen auch, hielt Leibwächter immer für einen besonders wortkargen Menschenschlag. Einige wenige kurz angebundene Worte mochten uns vielleicht eine Menge unnötiges Gesabbel ersparen. »Auf der Durchreise oder dem direkten Durchmarsch – ganz wie Ihr wünscht. Wir wollen keinen Ärger. Bleiben ein, zwei, oder drei Nächte, vielleicht aber auch gar nicht. Planen, weiter runter zur Küste zu reisen. Keine weitere Erklärung über was, wer oder wohin.«

Sie würden sich schon denken können, daß ›weiter runter zur Küste‹ eigentlich nach Ehvenor hieß.

Aber es gehörte eben zu meinen ausgeprägten Charaktereigenschaften, genau das nicht weiter mit ihnen zu diskutieren.

Die beiden Wachsoldaten sahen sich hilflos an und zuckten mit den Achseln. »Auf Befehl von Lord Daeran heißen wir Euch in Brae willkommen«, sagte einer von ihnen förmlich und mit einer angedeuteten Verbeugung.

»Die Stadt entspricht in ihrer Anlage diesem hier«, sagte der andere und zeigte auf das zerbrochene Wagenrad. »Hier ist der Marktplatz.« Er tippte mit der Speerspitze auf die Radnabe. »Hier die Residenz unserer Lordschaft. Falls Ihr vorhaben solltet, Fisch in großen Mengen zu erwerben, verhandelt Ihr am besten mit dem Kammerdiener.« Er sagte wirklich ›Kammerdiener‹, ehrlich; er benutzte die gleiche Bezeichnung wie für den Kerl, der dir morgens deine Kleidung zurechtlegt und dein Zimmer aufräumt.

»Gasthöfe findet Ihr entlang der Hochstraße«, fuhr er fort und tippte auf eine Speiche. »Fischmärkte hier entlang der Hafenanlagen.« Er deutete auf einige abgebrochene Speichen. »Ein kurzer Ritt durch die Hauptstraße«, wieder ein Tippen mit der Speerspitze. »Durch die Stadtmitte und an den Pfählen der Bestrafung vorbei, die direkt auf Eurem Weg liegen.«

Andrea neigte ihm kokett den Kopf zu und fragte: »Wäre es nicht weitaus kürzer, die Aalstraße bergauf zur Alten Hauptstraße zu nehmen?«

Er sah sie mißtrauisch an. »Mir war nicht klar, daß Ihr schon einmal in Brae gewesen seid, Mistress Lotana.«

Frostig lächelnd blickte sie ihn an. »Ich war noch nie hier.«

Sie machte eine fortfegende Gebärde mit den Fingern. Etwas, das irgendwo auf halber Strecke zwischen einer verächtlichen Wegwerfbewegung und einer Geste lag, mit der ein Hexenmeister seinen Zauberspruch begleitet. Mir gefiel das ganz und gar nicht, aber ich konnte auch nicht viel dagegen unternehmen, noch hatte ich einen triftigen Grund, mit ihr darüber zu streiten. Andrea war auf dem Gebiet des Orientierungszaubers besonders talentiert, und es konnte schließlich nicht schaden, wenn sich einer aus unserer Gruppe in Brae auskannte.

Allerdings konnte es einem von uns sehr wohl schaden, wenn Andy weiterhin nicht den Mund halten konnte. Aber darüber, beschloß ich für mich, würde ich später mit ihr sprechen.

Der Soldat entschied sich jedenfalls, dieses Thema fallen zu lassen. »Auf Anordnung des Lords soll jedermann die Pfähle der Bestrafung passieren«, sagte er. »Braucht Ihr sonst noch etwas?«

Ich hätte ihn gerne noch weiter über die Pfähle der Bestrafung befragt, da aber Andy sich schon einmal verplappert hatte, schien weitere Neugier unangebracht.

Ich wies mit dem Daumen lässig auf das Pony und versuchte auch weiterhin, alles unter Kontrolle zu behalten. »Könnte einen guten Schmied gebrauchen. Ziemlich nutzlos, das Kerlchen. Hat heute morgen ein Hufeisen verloren.«

Um ein Pferd zu beschlagen, braucht man einiges an Werkzeug und Schweiß – ein Hufeisen zu entfernen, bedarf wesentlich weniger.

Die Wachsoldaten wechselten einen vielsagenden Blick. Daraufhin umrundete einer unsere kleine Reisegesellschaft und unterzog besagten Huf des grauen Ponys für kurze Zeit einer sorgfältigen Prüfung. Dann nickte er.

Die Tatsache, daß ich auf all dies vorbereitet war, hieß noch lange nicht, daß mir das ganze Theater auf irgendeine

Weise gefiel. Allerdings lockerte sich die angespannte Atmosphäre etwas, als der Soldat den Huf des Tieres endlich losließ. Ich bin schließlich nicht von gestern – und so hatte ich schon tags zuvor die Hufeisen von den beiden Vorderhufen entfernt, um sicher zu gehen, daß die Unterseiten der Hufe gleichmäßig verschmutzt und die scharfen Ränder einigermaßen abgenutzt waren.

»Ein Schmied also? Kein Hufschmied?«

Ich breitete die Arme aus und winkte ab. »Das wäre allerdings noch besser.« Ich zuckte mit den Achseln ruhig, lässig, aber nicht zu lässig. Ein Leibwächter ohne Beziehung zu Mikyn wäre bei dieser Frage nicht beleidigt gewesen, hätte sie aber doch etwas seltsam gefunden. »Ich hätte nicht gedacht, daß eine kleine Stadt wie Brae groß genug ist, um einen Hufschmied ganztägig zu beschäftigen.«

Diese Antwort reichte ihm, denn er nickte und sagte: »Deneral den Schmied findet Ihr auf der Trockenen Bachstraße«, und indem er wieder zu seiner Reiseleiterpersönlichkeit und -stimme zurückfand, fuhr er fort: »Am Fuße des Hügels. Man sagt, er kann auch recht anständig Pferde beschlagen. Also, noch einmal: Willkommen in Brae.«

Wir ritten an den Lehmhütten der Kaufleute und ansässigen, der Stadt verpflichteten Händler vorbei in Richtung Stadtmitte.

»Die Pfähle der Bestrafung?« fragte Jason.

Ich zuckte mit den Schultern. »Hier an der Küste ist das ganz alltäglich.«

Es gibt da eine Variante der Anderen Seite, die man Kreuzigung nennt – dabei bindet man jemanden zur öffentlichen Zurschaustellung fest an einen Pfosten und verweigert ihm Wasser und Nahrung, so daß er schließlich an Durst und Erschöpfung zugrunde geht.

Ich blickte finster vor mich hin. Vielleicht hatte ich noch nicht genug vom Tod und Leid der Menschen erfahren, aber ich konnte auf die Anordnung des hiesigen Lords gut verzichten, noch weitere Qualen mitansehen zu müssen.

Vor uns verengte sich die Straße. Wir veränderten unsere

zweireihige Reitformation und ritten nun einer nach dem anderen im Gänsemarsch. Ich hielt mich als Hauptleibwächter an der Spitze der Gruppe, während Ahira den Schluß bildete.

Auf der anderen Seite des Marktplatzes waren sechs Pfähle errichtet; ein jeder hatte die Größe und Form einer Notrufsäule. Auf der Spitze eines jeden Pfahls war ein Käfig befestigt, der vage an eine riesige eiserne Zigarre erinnerte, kaum groß genug, um einem erwachsenen Menschen Platz zu bieten. Direkt daneben erhob sich ein mächtiger Belagerungsturm, gerade noch außer Reichweite des ersten Käfigs.

In diesem sowie in drei weiteren Käfigen hockte jeweils eine leblose Gestalt, nur noch aus Haut und Knochen, in Lumpen gehüllt und am Gitter herabgesunken.

Aus der Entfernung konnte ich nicht feststellen, ob einer der vier überhaupt noch am Leben war. Dann aber sah ich, wie sich ein Arm bewegte.

Tennetty stieß auf. Eigentlich hatte ich gerade ihr einen stärkeren Magen als uns anderen zugetraut.

Ahira zischte ihr zu, den Mund zu halten. Ich tat das gleiche. Allerdings machte ich mir große Sorgen um Tennettys Zustand. Denn bei diesem schaurigen Anblick war es eigentlich nur ganz natürlich und keiner besonderen Charakterschwäche zuzuschreiben, wenn einem schlecht wurde.

»Schön«, sagte sie mit leiser Stimme. »Aber ich kenne leider eine dieser Personen näher. Ich habe sie im Heim kennengelernt. Sie ist Ingenieurin und heißt Kenda. Und der arme Teufel im hinteren Käfig ist Bast.«

Jesses. Ich kannte Bast, als er noch ein kleines, mageres Bürschchen gewesen war.

Jasons Pferd tänzelte, als er es an meine Seite brachte. »Was sollen wir tun?«

»Nur nichts übereilen«, raunte ich. »Ihr macht gar nichts, bis Ahira und ich sagen, was zu tun ist. Verstanden?«

Mit bleichem Gesicht nickte er.

Kapitel vierzehn

In dem ich einen kleinen Spaziergang mache

Es gibt für gewöhnlich null Wege, etwas richtig zu machen, aber einen Weg, alles zu vermasseln.

– LOU RICCETTI –

Lou drückt sich immer etwas kompliziert aus. Was er sagen will, ist folgendes: Wenn du etwas blindlings unternimmst, vermasselst du es mit Sicherheit. Er vergißt jedoch eins: Wenn du etwas sehr vorsichtig erwägst und überlegst, bevor du es tust, wirst du es höchstwahrscheinlich auch vermasseln. Immerhin, ›höchstwahrscheinlich‹ ist immer noch besser als ›mit Sicherheit‹.

– WALTER SLOWOTSKI –

Ich habe mich immer darum bemüht, einerseits einen gewissen Sinn für Ausgewogenheit zu entwickeln, andererseits aber auch zu vermeiden. Zumindest seit dem ersten Philosophiesemester, in dem James Michael, Karl und ich zusammen waren.

Es gibt viele Wege, Ethik zu lehren. Professor Alperson bemühte sich um einen möglichst komplizierten.

»Okay«, sagte er. »Nehmen wir eine klassische ethische Problemstellung, eine zum Kopfzerbrechen. Ihr seid in einer bestimmten Stadt, an einem bestimmten Tag und zu einer bestimmten Zeit und geht gerade entlang der Eisenbahnschienen spazieren. Plötzlich hört ihr das Pfeifen eines nahenden Zuges.

Jetzt, direkt vor euch, seht ihr zwei Menschen in den Schienen stecken. Jeder hat irgendwie einen Fuß darin eingeklemmt. Der eine ist ein alter Mann, den du als braven und barmherzigen Menschen kennst. Der andere ist ein junger Bursche, und du weißt, er ist so ziemlich der übelste

Satansbraten von allen ... gut, lassen wir das. Ihr habt jedoch nur Zeit genug, um gerade einen von ihnen zu retten. Was würdet ihr tun, und wäre es nicht letztlich ganz gleich, was ihr tun würdet?«

Wir debattierten eine Zeitlang darüber. Für mich bedeuteten die Voraussetzungen, die er unhinterfragt zugrunde gelegt hatte, natürlich eine ungeheure Herausforderung – man sollte ein Problem nie ausschließlich von einer Seite betrachten –, aber er blieb standhaft. Nein, es gab für keinen von ihnen eine Möglichkeit, sich selbst zu befreien, der Zug würde nicht halten, und das mußte ich akzeptieren. Wissenschaftstheoretische Fragestellungen würden wir später erörtern.

James Michael versuchte es auf lange Sicht zu betrachten, verwarf es jedoch wieder. »In ein paar hundert Jahren sind beide längst tot, und dann ist es sowieso ganz gleich, wie man das Problem löst. War es das, worauf Sie hinaus wollten?«

Alperson zuckte mit den Achseln. »Vielleicht. Vielleicht aber wollte ich auf gar nichts hinaus.«

Karl nahm ihn ernst. »Man rettet einen. Nur einen von ihnen. Man rettet den alten Mann, weil er gut und tugendhaft ist und weil man seine Anständigkeit respektieren sollte, oder aber man rettet den Jungen, weil er, ganz gleich was für ein Miststück er auch immer gewesen sein mag, immer noch ein Recht hat, aufzuwachsen. Aber man rettet nur einen der beiden.«

Alperson lächelte. »Was wäre nun, wenn ich euch sage, der bestimmte Tag ist der 6. August 1945, und die Stadt, in der ihr euch aufhaltet, heißt Hiroshima, und in zwei Minuten wird die Bombe, die Enola Gay gerade abwerfen will, euch alle drei ausgelöscht haben? Würde das irgend etwas ändern?«

Karl schüttelte den Kopf. »Natürlich nicht.«

Alpersons Lächeln wurde strahlender. »Gut. Ich weiß nicht, ob ich der gleichen Meinung bin, aber gut. Ihr habt euren Standpunkt gewählt. Jetzt müßt ihr ihn vertreten.«

Wir brauchten den ganzen Tag, um sämtliche Puzzlesteine zusammenzubringen. Die Einheimischen sprachen immer noch darüber, so daß unser offensichtlich bekundetes Interesse an dieser Sache ihnen nicht besonders merkwürdig vorkam.

Außerhalb der Stadt, aber innerhalb des Einflußgebiets von Lord Daeran, hatte es einen Mord gegeben.

Zur selben Zeit war hier eine Gruppe von vertraglich verpflichteten Ingenieuren aus Heim, die eine Glasfabrik errichteten. Fisch in Dosen – nun, wohl besser in Töpfen aus glasiertem Lehm abzufüllen, war eine Möglichkeit, einen ungewöhnlich großen Fang zu verarbeiten. Während stundenlang gekochtes und übersalzenes Großaugenheringsfilet in einem versiegelten Topf in Sole schwimmend nicht gerade das war, was ich für einen gelungenen Tag halte, gab es doch einige Leute auf dem Festland, für die es die größte, wenn auch recht teure Delikatesse bedeutete sowie eine sehr gute Ergänzung ihrer gewohnten Speisekarte, die üblicherweise aus einem großen Anteil an Brot und Zwiebeln und nur sehr wenig Eiweiß bestand.

Das Einwecken in Gläser würde auf jeden Fall einen Fortschritt bedeuten – sicherer, schneller und preiswerter. Lou Riccetti wünschte sich eine gewinnbringende Produktion guter Gläser, und das Ufer des Zirrischen Sees war der ideale Ort für eine solche Anlage. Deshalb hatte er ein Team von Ingenieuren geschickt, um die Lage auszukundschaften und Verhandlungen einzuleiten. Bast, einer seiner Oberingenieure, leitete die Gruppe. Er war ein prima Kerl, den ich immer noch im hintersten Winkel meines Herzens für den kleinen mageren Jungen hielt, der während jeder Wache immer etwas mehr als seine Pflicht erfüllt hatte.

Eine neue Idee von Lous vertragsfreier Arbeit.

Keine besonders gute Idee, wie sich herausstellte.

Sklaven waren dieser Tage selten auf dem Feld zu sehen, wohl aber Pferde und Ochsen, die immer alltäglicher wurden. Innerhalb des Rings aus Gutshöfen, der die Stadt Brae umgab, und deren Lehnstreue Lord Daeren gehörte, hatten nur wenige überhaupt einen einzigen Feldsklaven. Die meiste Arbeit wurde von den großen Familien, ihren Pferden und Ochsen bewältigt.

Außer bei einem: Eine kleine Parzelle bestellte ein alter Mann namens Heneren mit seiner kinderlosen Frau und einem längst ausgedienten alten Sklaven, der Wen'red hieß. Sie wurden von einem fahrenden Hufschmied aufgesucht, der von Hof zu Hof reiste, um die Pferde zu beschlagen.

Er hatte in kürzester Zeit Heneren und seine Frau umgebracht, Wen'red verkündet, er sei nun frei, und dann den alten Sklaven allein zurückgelassen, während er selbst den Weg in Richtung Stadt einschlug.

Wen'red hatte einen Tag gewartet und sich dann selbst zu Fuß zur Stadt aufgemacht. Er brauchte einige Tage, denn er hatte den Hof seit dreißig Jahren nicht verlassen und verirrte sich auf seinem Weg. Er kannte seine Pflicht gegenüber seinem verstorbenen Herrn und meldete den Mord einem städtischen Waffenträger …

… einen Tag, nachdem man Bast beobachtet hatte, wie er diesem Hufschmied half, eine Passage aus Brae heraus zu buchen.

Und zwar am Nachmittag desselben Tages, an welchem Mikyn morgens in See gestochen war.

Zwei Tage zuvor war ein Waffenträger in die Stadt zurückgekehrt, um eine Nachricht über den Zustand von Mikyns Opfern zu überbringen.

Selbstverständlich boten Bast und seine Gesellschaft einem Kundschafter aus Heim Unterkunft und Hilfe an. Sogar einem in der Verkleidung eines Hufschmieds, die sie leicht durchschaut hatten.

Genauso selbstverständlich klagte Lord Daeran Bast und seine Leute der Mittäterschaft an dem Mord seiner Braeer Untertanen an, setzte sie der heißen Sonne und den kalten Nächten aus und versorgte sie nur mit etwas Wasser, gerade so viel, um sie am Leben zu erhalten, bis sie vor Hunger und Pein starben.

Nette Leute, was?

»Gerade Mitternacht«, sagte Ahira. »Die Wache kann jeden Augenblick wechseln.«

Es wurde also Zeit für mich. Ganz gleich, wie intelligent, gebildet oder informiert du auch immer bist, die richtige Information zur richtigen Zeit ist immer Goldes wert, falls du meinen geistigen Höhenflügen noch folgen kannst.

Wir hatten uns auffällig prächtige Zimmer ausgewählt, die uns auffallend mehr Sicherheit bieten konnten. Sie lagen auf der dritten Etage des Gasthauses und hatten nur eine Eingangstür, aber zwei Balkone. Von unten war weder das eine noch das andere leicht zu erreichen. Selbst von oben her waren sie kaum zugänglich. Das weit überhängende Dach verhinderte, daß sich irgend jemand so mir nichts, dir nichts auf unseren Balkon herunterlassen konnte.

Mich konnte andererseits nichts daran hindern, an der Fassade des Hauses und in den Hof hinunterzuklettern – nur die Möglichkeit, von irgendwelchen Passanten entdeckt zu werden.

Die hiesige Beleuchtungsordnung wurde sehr lasch gehandhabt, so daß die beiden Straßenlaternen vor dem Haus meistens erloschen blieben, wenn nicht gerade die ansässigen Bürger forderten – unterstützt durch ein entsprechendes Aufgebot an Waffenträgern – daß sie angezündet werden sollten.

Dunkel genug also für meine Zwecke.

Einfach aus der Haustür herausmarschieren? Na klar, das wäre auch möglich gewesen. Aber es ist immer besser, die Freiheit zu haben, offiziell ganz woanders gewesen zu sein, falls irgendeine Schurkerei im Gange ist.

Und das bin ich, Walter Slowotski: Schurke von Beruf.

Ich saß in Schneidermanier auf dem Fußboden. Andrea hinter mir walkte mit den Fingern meine Schultern durch, genau die Stellen, an denen ich blaue Flecken hatte. Nun würde ich durchaus auf eine Massage verzichten, auch wenn der Masseur eine schöne Frau ist, aber nur selten dann, wenn er sein Handwerk versteht, und niemals, wenn er eine schöne Frau ist, die ihr Handwerk versteht.

Jason machte ein finsteres Gesicht; ich trug zwar eine Augenbinde, aber ich konnte hören, wie er vor sich hin grollte.

»Ich könnte auch gehen«, brummte er.

Tennetty zog die Luft ein. »So wie du ihm auch helfen könntest, wenn er in Schwierigkeiten kommt?«

Seine Stimme klang leise und bedrückt: »Ja«, sagte er. »Genauso wie ich ihm helfen könnte, aus den Schwierigkeiten wieder herauszukommen.«

Das stimmte – er hatte mir beim letztenmal das Leben gerettet – aber das war in diesem Fall unerheblich. Wir sind einfach nicht dafür geschaffen, Gewalt auszuüben, und wir haben auch keine Flügel, um zu fliegen, aber ich sah keine Möglichkeit, das in dieser Nacht zu ändern. Wären wir etwas gnadenloser gewesen, hätten wir die Ingenieure einen weiteren Tag draußen in der heißen Sonne hängenlassen, bevor ich mich aufgemacht hätte, um die Lage auszukundschaften – dann hätten die anderen einen kleinen Vorsprung gehabt, die Stadt zu verlassen, um notfalls Fersengeld zu geben, falls irgend etwas schiefgehen sollte.

Aber nein. Die armen Kerle schmorten schon tagelang dort oben, verbrannten langsam in der heißen Sonne und hungerten sich zu Tode, während ich keine Möglichkeit sah, sie heute nacht schon zu befreien. Je eher wir herausfänden, was wir zu tun hatten, um so eher konnten wir sie dort herausholen.

Falls wir sie überhaupt jemals herausholen konnten.

Denn es ist einfach eine bittere Tatsache, daß die Notwendigkeit und Dringlichkeit einer Sache leider keine Auswirkung auf die Durchführbarkeit eines solchen Unternehmens hat. Auf diesem Gebiet hatte ich allerdings schon einige Lektionen hinter mich gebracht. Ich hoffte inständig, daß dies hier keine weitere werden würde.

Gerade genug Zeit für einen kurzen Schleichgang, um festzustellen, inwieweit ein Ausbruch oder vielleicht auch nur ein gnädiger Tod die Erlösung für die Ingenieure bedeuten würde.

Vielleicht aber auch nichts dergleichen. Wenn man nichts tun kann, kann man nichts machen.

»Es ist soweit«, sagte ich und sprang auf. Ich öffnete die Augen und konnte durch die Augenbinde erkennen, daß die Lichter noch immer brannten. »Licht aus.«

Ich hörte Scharren und Blasen, und dann: »Das Licht ist aus.«

Am besten kann man in der Dunkelheit sehen, wenn man als Zwerg zur Welt gekommen ist. Nicht nur, daß sie bei geringstem Licht sehr viel besser sehen können, sie können sogar drei Farbstufen im Infrarotbereich unterscheiden. So können sie selbst bei einer völlig aussichtslosen Verfolgungsjagd im Dunkeln durch fremdes Gebiet und unter Bedingungen, bei denen du und ich gerade noch beten könnten, ihren Weg finden.

Diese beste Möglichkeit, im Dunkeln zu sehen, war mir also nicht vergönnt. Für die zweitbeste Möglichkeit muß man erst einmal mit einer angeborenen, ausgezeichneten Nachsichtigkeit gesegnet sein, zweitens muß man immer seine Karotten gegessen haben, ob man sie nun mag oder nicht, und ich mochte sie nun mal nicht. Und drittens muß man seine Augen lange genug an die Dunkelheit gewöhnen, bevor man sich auf ein Abenteuer einläßt.

Schwarz ist eine meiner Lieblingsfarben, besonders in der Nacht. Nur schade, daß es die nahezu klassische Farbe für einen Dieb geworden ist. Es wäre bestimmt auch ganz schön gewesen, hätte ich mir Gesicht und Hände mit etwas schwarzer Wichse einreiben können. Aber auch diese Schminke hätte mich sofort als lichtscheues, herumschleichendes Individuum gebrandmarkt, so daß ich das lieber unterließ.

Einen kurzen Moment faßte mich Ahira bei der Schulter. »Geh nicht zu dicht heran und mach uns keinen Ärger.« Er war rührend darum besorgt, mich ständig von allen Problemen fernzuhalten, und hatte auch nur deshalb meinen nächtlichen Spaziergang erlaubt, weil er einsehen mußte, daß es unbedingt notwendig war.

»Ich und Ärger?« Ich grinste. »Wie sollte jemand, der so gut aussieht wie ich, jemals Ärger bekommen?«

Er lächelte zwar nicht, aber sein grimmiges Gesicht glättete sich etwas. »Das ist nur zu wahr. Geh also nicht zu nahe heran – denn du bist viel zu erstklassig, um dich mit den Feinheiten der Pfähle der Bestrafung vertraut zu machen. Verschaff dir nur einen kurzen Überblick der augenblicklichen Lage und komm dann schnell zurück.«

»Klar.«

Was aber nun trägt der gut gekleidete Dieb in dieser Saison: schwarze Baumwollpumphosen aus strapazierfähigem dickem Gewebe, sorgfältig in einfache Lederstiefel gestopft, die einmal bessere Tage gesehen haben, ein dunkles Fellhemd mit einem frechen Schlitz bis zur Taille. Darüber hüllt er sich in einen kriminalbraunen Umhang mit vielseitig verwendbarem Kapuzenkragen. Ein besonders kurzes Kurzschwert wird von einem Waffengürtel gehalten, mit Koppeln aus Tuch anstelle von Metall, so daß man beim Gehen keine metallischen Geräusche verursacht. Ein feiner lederner Todschläger steckt im Gürtel. Eigentlich die Waffe eines Straßenräubers, könnte aber durchaus auch zur Ausrüstung eines Leibwächters gehören. Zwei Paar Wurfmesser, hier und dort im Gewand versteckt, und ein ziemlich großer Beutel, der etwas Geld, einige Flaschen eines Heiltranks und einigen anderen Krimskrams enthält, lässig über die rechte Schulter geworfen. Handschuhe aus weichster Schweinehaut, sehr griffig auch bei einem eng geflochtenen Lederseil, das ich kurzerhand zu einem Fassadenkletterer-Geschirr zusammengebunden hatte, durch welches man das eine Ende eines langen Kletterseils laufen lassen konnte.

Die Straße war wie ausgestorben. Während Ahira ein Ende des Seils sicherte, warf ich das andere Ende über die Balkonkante und ließ mich in die Nacht hinunter.

Normalerweise kommt man auf zweierlei Wegen in der Stadt herum – entweder man bleibt auf den Hauptstraßen oder man versucht, sich durch kleine Gassen und Hinterhöfe durchzuschlagen. Ich ging an verschiedenen Gassen vorüber, ehe ich das fand, wonach ich suchte: eine Wirtschaft auf der anderen Seite der Straße, aus deren offener

Tür wilde Seemannslieder in die Nacht hinausdröhnten. Gegenüber, auf dieser Seite der Straße, ein erhöhter Gehsteig.

Ich stocherte etwas Erde darunter hervor. Dann schlüpfte ich aus Schuhen, Strümpfen, Handschuhen, Umhang, Gürtel, Schwert und Hemd, rollte alles säuberlich in meinem Umhang zusammen und stopfte dieses Bündel unter den Gehsteig. Schließlich spachtelte ich wieder sorgfältig die Erde darüber an ihre alte Stelle.

Ahiras Einwand war schon berechtigt. Jemand, der so aussah, wie ich gerade ausgesehen hatte, hatte nun wirklich nichts herumschleichenderweise in der Stadtmitte und schon gar nichts in der Nähe der besagten Pfähle der Bestrafung zu suchen. Weder allein, noch in Begleitung.

Mit entblößtem Oberkörper richtete ich mich auf, warf meinen Beutel über die Schulter und marschierte quer über die Straße auf die Wirtschaft zu.

Erstmal einen kleinen Schluck Bier. Nein, lieber ein ganzes Faß voll.

Die Straße unter meinen bloßen Füßen fühlte sich kalt an, als ich sie überquerte. Dann tauchte ich durch die breite Eingangstür in Lärm, Licht, Leben und Gesang ein.

»Ahoi«, sagte ich. »Will hier denn keiner eine Runde mit 'nem alten Seebären trinken?«

Kapitel fünfzehn

In dem eine alte Bekanntschaft kurz aufgefrischt wird

Es schien mir schon immer so zu sein, daß die meisten Seeleute ihre Zeit damit verbringen, Dingen komische Namen zu geben.

– WALTER SLOWOTSKY –

Ich glaube nicht, daß es besonders gut lief, als ich das erste Mal zum Segeln ging. Einige Leute haben einfach keinen Sinn für Humor ...

Ich hatte einen Sommerjob in einem Jugendlager in Michigan. Eigentlich mußte ich nur Lastwagen fahren, und das machte mehr Spaß, als man vielleicht annimmt. Meine Aufgabe war es, Campingwagen für Ausflügler abzuschleppen. Es handelte sich um Leute, die in Kanada auf dem Fluß eine Kanufahrt unternahmen, in Upper Peninsula im Wald wanderten oder in einem Nationalpark Überlebenstraining und ähnliches machten. Die mußte ich auch zurückholen. Die Wohnwagen wurden hinten an Lastwagen angehängt, die eigens zu diesem Zweck etwas umgebaut worden waren. Das war natürlich illegal – alle Gesetze gaben Normgrößen für Schulbusse vor –, aber solange es keine Unfälle gab, wurden die Leute vom Jugendlager von niemandem behelligt.

Zwei gute Seiten hatte der Job. Eine war die Landschaft. In jenem Teil der Welt ist es wunderschön. Die andere kam meiner Faulheit entgegen. Wenn es nämlich keine Camper gab, die herumgefahren werden mußten, hatte ich überhaupt nichts zu tun.

Dann hing ich einfach im Camp herum. Um mich fit zu halten, rannte ich fünf Meilen am Tag, besserte Waldwege aus oder ähnliches. Doch hauptsächlich gammelte ich herum und las. Stash und Emma schickten mir jede Woche ein CARE-Paket mit fünf Packungen M & M, zehn neuen Taschenbüchern, mehreren Paar Socken und einem Dutzend Kondome, die total nutzlos waren. (In einem Camp, das nur für Jungen war, fand ich keinerlei Bedarf für Kondome.)

Eines Tages fragte mich einer der Camper – ich glaube, es war einer aus der sechsten Klasse –, ob ich mit hinauskommen würde, um mit ihm und einigen Freunden in einer E-Jolle zu segeln. Es handelte sich dabei um ein Einmaster-Rennboot mit Kimmkiel. Schnell und schön sah es aus, wenn es über den See glitt. Aber wenn man es nicht ganz richtig handhabte, konnte es bei einer Windbö leicht kentern. Die Camp-Regeln schrieben vor, daß ein Erwachsener dabei sein mußte, obwohl alle fünf Jungen erfahrene Seeleute waren. Ich wurde für erwachsen befunden, obwohl ich zu der Zeit gerade erst neunzehn Jahre alt war.

Das Ganze war höchst seltsam. Mickey, der Junge, der eigentlich verantwortlich war, sprach mich sehr förmlich an: »Skipper, ich glaube, wir sollten klarmachen zum Beidrehen.«

Ich bestätigte: »Klar zum Beidrehen.« Und dann würden sie die Backspieren beibändseln oder die Warpanker im Süll vertäuen, oder was immer gerade getan werden mußte. Dann warteten sie darauf, daß ich auf Mickeys Nicken mit ›Beidrehen‹ antwortete.

Was sie aber nicht leiden konnten, war, wenn ich Scherze mit ihnen machte: »Landratten hissen und Luken schließen.«

Keinen Sinn für Humor.

Besonders dann, wenn ich sagte: »Klarmachen zum Entern.«

»Die Sache ist die«, sagte mein neuer Freund und hatte seinen dicken Arm um meine Schulter gelegt, »daß die *Wasserkobold* zwar so aussehen mag wie der langsamste Kahn auf dem Zirrischen See ...«, eigentlich sagte er ›Schirrischen See‹, aber man verstand, was er sagen wollte, »... und sie mag stinken wie die allerletzte Entschuldigung für eine schwimmende Jauchegrube, die sogar das Dreckwasser, in dem sie schwimmt, noch beleidigt. Es mag auch sein, daß sie von dem dümmsten Mann, der es eben riskiert, über Bord zu fallen und die Fische zu vergiften, gesteuert werden kann, aber wenn du dich erst einmal an ihre Eigenschaften gewöhnt hast, wirst du erkennen, daß es noch viel schlimmer ist. Willste noch 'n Bier?«

Es war ein breiter, dicker Mann mit einem krausen Seemannsbart, der sich von beiden Wangen über den Nacken bis hinunter zur Brust ausbreitete. Abgesehen von dem Bart wirkte sein Gesicht im Licht der Kerzen verschwitzt und schmuddelig. Wachs tropfte auf die schmutzige Oberfläche des grob behauenen Tischs. Geistesabwesend zerdrückte er mit dem Daumen einen Käfer und nahm noch einen Schluck Bier. Seine Hand ruhte auf meinem Knie.

Ich befürchtete schon, daß er jetzt einen langen, trunkenen Monolog vom Stapel lassen wollte, so wie Betrunkene das oft tun, deshalb kam ich ihm zuvor und machte einen Vorschlag.

»So«, sagte ich und schwankte im gleichen Takt mit ihm, »du denkst also, ich sollte nicht daran denken, einen Gedanken daran zu verschwenden, zu unterschreiben.« Mein Lallen war schlimmer als seins, aber nicht viel schlimmer.

»Welen, mein Liebster ...« Er hob den Finger. Wahrscheinlich versuchte er, auf etwas zu zeigen. »Ich glaube, du bist verrückt, wenn du dich mit dem Gedanken beschäftigst, die Idee zu haben, an die Unterschrift zu denken, äh.«

»Ach, so schlimm wie all das kann es nicht sein. Das siehst du doch auch so, nicht?«

»Nein, das kann es nicht. Ich durchschaue dich genau, Welen, und glaube ja nicht, daß ich es nicht tue. Ich weiß, worauf du aus bist.«

Ich zwang mich zu einem warmen Lächeln. »Oh, das tust du, wirklich?« Ich sah nicht zur Tür, aber mit ein bißchen Glück könnte ich es schon schaffen, mit einem Schritt, einem Satz und einem Sprung in die Nacht hinauszugelangen.

»Denk bloß nicht, daß ich es nicht tue. Hast wohl zu lange eher Dreck als ein Deck unter den Füßen gehabt, wie? Das wird sich zeigen, Mann das wird sich zeigen. Ein Mann muß essen und trinken, oder? Und ein Seemann muß zur See fahren. Ich habe keinen Zweifel daran, hübscher Welen, aber du kannst was Besseres haben als die *Wasserkobold*. Das wollte ich dir nur sagen, außer, daß ich noch hinzufügen möchte, daß du es nicht noch schlimmer machen kannst.«

Er erhob sich schwankend wie ein neugeborenes Füllen. »Keine Gelegenheit ist so günstig wie die jetzige. Laß mich diese eine Sache noch zu Ende bringen, und wir sind damit durch. He, Tonen, Rufol – ich verschwinde. Seid ihr für oder gegen mich? Beim Großen Fisch, ihr könnt euch darauf verlassen, daß ihr den Weg nicht allein zurückfinden werdet. Ich glaube nämlich, ihr seid betrunken, ihr alle beide, ihr seid beide besoffen.«

»Besoffen? Wir? Nein, das sind wir nicht. Wir haben nur ein bißchen über 'n Durst getrunken«, sagte ein Seemann, während er und der andere taumelnd auf die Füße kamen. Und dann schwankten wir alle in die Nacht hinaus.

Wir wankten die Straße entlang, den Hügel hinunter und auf das Zentrum der Stadt zu. Dabei schmetterten wir ein sehr hübsches Seemannslied, das gewöhnlich angestimmt wird, um den Takt beim Ziehen des Tampens anzugeben.

Ich sang den lautesten Bariton. Einst hatte ich ziemlich lange damit verbracht, einen Seemann darzustellen, oder besser gesagt, tatsächlich einer zu sein, denn es bot die Möglichkeit, sich an der Küste und auf den zerspellten Inseln zu bewegen, ohne irgendwie auffällig zu werden. Außerdem wurden auf Schiffen immer Leute gebraucht.

Der Lichtschimmer, den ich weiter oben auf dem Hügel gesehen hatte, war im Zentrum der Stadt nicht mehr zu sehen. Die Pfosten waren von einem Dutzend Laternen umgeben. In der Nähe hielt ein Trupp von zehn Soldaten Wache. Wetten, daß sich eine weitere Wache auf der anderen Seite im Schatten des Herrenhauses verbarg? In den Kasernen lagen sicher noch viel mehr Soldaten in Bereitschaft.

Küstenstädte wurden immer wieder Opfer von Piratenzügen, und die hiesigen Herrscher wußten, wie man die Truppen einsatzbereit hielt.

... so holt tüchtig ein, Matrosen.
Zieht runter den Haufen,
für euer Geld müßt ihr hart arbeiten.
Heute gibt's nichts zu saufen,
so holt tüchtig ein, Matrosen ...

Einer verließ die Wachtruppe und schritt über den dunklen Platz zu uns herüber.

»Seid still, ihr da«, sagte er lächelnd. »Mein Herr schläft bei offenen Fenstern, und wenn ihr ihn aufweckt, wird er nicht gerade erfreut sein.«

Mein neuer Freund legte dem Soldaten kameradschaftlich den Arm um die Schulter. »Er kann Gesang nicht leiden? Was ist denn das für ein Herr?«

Der arme Soldat würgte beim Geruch seines Atems. Ich konnte es ihm nicht verdenken. Der Seemann entließ ihn aus seiner Umarmung und ging auf den nächstgelegenen Pfosten zu. Er zog mich am Arm hinterher.

»Komm und sieh dir an, was wir hier haben. Holla, was *haben* wir denn hier? Abgemagerte, kleine komische Vögel auf ihren Stangen. Ahoi, magerer kleiner Vogel! Würdest du gerne von da oben herunterfliegen und dich auf meine Hand niederlassen?«

Bast blickte mit ausgemergeltem Gesicht und stumpfen Augen gleichgültig aus dem Käfig herab. Es gab kein Anzeichen dafür, daß er irgend jemanden wiedererkannte. Wahrscheinlich konnte er überhaupt nicht richtig sehen. Ich hätte nicht darauf wetten mögen, daß er den nächsten Tag überleben würde. Kenda sah noch schlimmer aus. Die beiden in den Käfigen darunter bewegten sich nicht mal; vielleicht waren sie schon tot. Die Käfige waren geschlossen, aber anscheinend nicht zugeschweißt.

Nein, sie waren überhaupt nicht verschweißt. Als Kenda

nämlich ihre Lage leicht änderte, quietschte die Tür in den Angeln. Das war einerseits nicht gut, aber andererseits auch nicht so schlecht, wie es hätte kommen können. Denn immerhin wäre es ja möglich gewesen, daß man sie dort eingeschweißt hatte. Es gab kein Schloß auf Dieser Seite, das ich nicht öffnen konnte, wenn ich die richtigen Werkzeuge und ein paar Minuten zur Verfügung hatte. Das richtige Werkzeug trug ich in meinem Gepäck – die paar Minuten würden allerdings ein Problem werden.

Das spielt im Moment keine Rolle. Hol jetzt nur Auskunft ein.

Eine Wache saß in der Tür am Fuße des Belagerungsturms, der wie eine hohe, dicke Säule aussah. Wahrscheinlich war eine Wendeltreppe darin verborgen, denn für eine bloße Leiter hätte der Turm nicht so dick sein müssen. Außerdem war es sehr viel leichter, gefesselte Gefangene über eine Treppe hinaufzuschaffen.

»Hehehe«, sagte die Wache. »Nicht mit den Verurteilten sprechen. Verschwindet und geht eurer Wege.«

Wir staksten hinaus in die Nacht und gaben noch ein Lied zum Besten.

Bei den Docks schickte mein dickfingriger Freund die anderen beiden vor. »Ich möchte mich ein bißchen mit unserem neuen Kumpel unterhalten, klar?« sagte er.

Die anderen beiden lachten, als sie die Docks hinunter zur schmalen Laufplanke taumelten. Sie kannten seine Vorliebe.

Ich hätte sie noch eine Weile aufhalten können, aber auf das, was jetzt kam, war ich nicht vorbereitet. Er legte seinen Arm schwerfällig um meinen Nacken und sagte: »Na, war das gut genug, Walter Slowotsky?«

Er hörte sich auf einmal überhaupt nicht mehr betrunken an.

Plötzlich war es viel kälter.

Sein Lächeln war schräg. »Ich habe dich gefragt, ob wir genug herausgefunden haben«, sagte er ruhig. Dann hob er die Stimme: *»Was ist los mit dir? Ich wollte doch nur, daß wir Freunde sind. Du doch auch?«*

»Du solltest dich mal fragen, woher ich dich kenne«, fuhr er mit gesenkter Stimme fort. »Du erinnerst dich nicht an mich, aber wir sind uns schon einmal begegnet. Vor Jahren.«

Er faßte sich an den Nacken, da wo sein schwarzer Bart anfing, der Kinn und Hals bis zur Brust hinunterwuchs. Vielleicht lag es an dem flackernden Lampenlicht, oder vielleicht sah ich sie auch tatsächlich, fast verborgen unter dem Bart: die weißen Narben, die von einem eisernen Kragen stammen könnten.

Plumpe Finger tasteten dort, wo sein Kragen war. Gewesen war.

»Stoß mich jetzt weg, Walter Slowotsky«, flüsterte er. »Auch ein schneller Durchgang, wenn es dir gefällt.«

»Ich mach so was mit Frauen, verdammt ... Hände weg von meiner Hose, oder ich zerreiß dich!« rief ich heftig und stieß ihn fort. »Ich schwör dir, ich reiß dir die Eier ab und stopf sie dir ins Maul.«

»Komm, laß uns Freunde sein.« Und, wieder *sotto voce*: »Wir legen am Morgen ab. Ich bin kein tapferer Mann, sonst würde ich hierbleiben und dir und deinen Freunden helfen.« Er fuhr mir mit dem Handrücken über das Gesicht, fest genug, daß es weh tat, aber nicht mehr. »Das ist für deine Schüchternheit.« Dann sprach er wieder ganz ruhig: »Wenn du mit dem Schiff verschwinden willst, solltest du wissen, daß die beiden schnellsten Schiffe, die hier im Dock liegen, die *Butter* und die *Delenia* sind. Aber sei auf der Hut vor beiden Kapitänen. Sie machen hier 'ne Menge Geschäfte.« Er hob abwinkend die Hände. »Ich weiß, wann ein Nein ein Nein ist«, verabschiedete er sich und schwankte fort ins Dunkel. Mit einem beiläufigen Winken deutete er die Geste eines Lebewohls an. Schließlich wandte ich mich in die andere Richtung.

Nicht mal seinen Namen hatte ich erfahren.

Kapitel sechzehn

In dem ein herzhaftes Frühstück gegessen wird

Wenn man auf dünnem Eis Schlittschuh läuft, liegt die Sicherheit in der Geschwindigkeit.

– RALPH WALDO EMERSON –

Kühnheit ist eine Tugend, die immer mit Vorsicht genutzt werden sollte.

– WALTER SLOWOTSKY –

Die anderen waren alle noch wach und warteten auf mich. Ahira zog mich so schnell zum Fenster herein, daß ich dachte, ich würde fliegen.

»Wie ist es gelaufen?« fragte er. »Hast du herausgefunden, was wir brauchen?«

»Vielleicht«, ich nickte. »Ich muß erst mal darüber nachdenken.«

»Dann tu das«, erwiderte er mit einem entspannten Lächeln. Dieses Lächeln mochte ich. Schon lange hatte ich es nicht mehr gesehen, seit Bieme nicht mehr, glaube ich. »Du kriegst das alles wohl nicht mehr so richtig zusammen, was?«

Ich hob die Schultern. »Ich glaube, ich hätte auf dich hören sollen.«

»Manchmal sind die Dinge echt einfach«, erklärte ich den drei anderen, als wir uns am nächsten Morgen im Wohnzimmer um den Frühstückstisch herum versammelten. »Ich weiß jetzt einen einfachen Weg, wie wir sie herausholen können.«

Unten im Stadtzentrum mußten unsere Freunde noch einen weiteren Tag darben und in der heißen Sonne braten. Tennetty war mit einem Auftrag unterwegs.

Von draußen flutete das Sonnenlicht durch die im Winde wehenden Vorhänge auf den Vier-Personen-Eßtisch und die silbernen Tabletts. Diese waren beladen mit Speckscheiben, Hühnerpastete, kleinen Auflaufformen aus Keramik mit weichgekochten Eiern und anderen Leckerbissen. In Brae war das Früstück traditionell die wichtigste Mahlzeit des Tages, was mir nur recht war.

Ahira kochte, den Kopf zur Seite gewandt. »Sicher.« Mit einer silbernen Zange schützte er sich vor der Hitze, als er den Deckel vom Kochtopf nahm und schnupperte. »Eine Art Fleischtopf, glaube ich.« Er klatschte sich etwas auf seinen Teller und tunkte es mit der Hälfte eines goldbraunen, faustgroßen Brötchens auf. »Hmmm ... nicht schlecht. Zicklein, würde ich sagen.«

Ich griff nach einem Brötchen, das noch ofenwarm war, teilte es in zwei Hälften und stippte das eine Ende in einen Topf mit eingemachten Erdbeeren. Sie waren köstlich süß, vielleicht aber eine Idee zu erdig, denn die Kerne knirschten zwischen meinen Zähnen.

Andrea nahm nichts von alledem. Sie und ihr Sohn aßen nur ihr eigenes Essen.

Ahira biß in eine dicke Scheibe Speck und spülte es dann mit einem Schluck tiefroten Weins hinunter. »Also erzähl mir mal, wie dieser einfache Weg aussehen soll«, sagte er mit einem mißtrauischen Grinsen.

»Du und Jason übernehmt den Belagerungsturm, klettert hinauf und legt ein Kabel durch alle vier Käfige«, erklärte ich. Ich stippte das andere Stück Brot in ein Gefäß mit goldgelber Butter und biß hinein. Hmm ... es war schwer zu sagen, welcher Weg der bessere war. Mit zwei Bissen schlang ich die beiden Hälften des Brötchens hinunter. »Dieses Kabel spleißen wir und binden die Enden zusammen. Währenddessen wickle ich Zündschnur um den Sockel von jedem Pfosten und zünde die Lunte an. Kurz bevor die ganze Chose explodiert, stößt Ellegon vom Himmel herunter und packt sich das Durcheinander, gerade in dem Moment, wenn der Sprengstoff die Pfosten umlegt.«

Jason verzog angeekelt das Gesicht. Andy schüttelte den Kopf.

»Ich denke, damit werden einige Probleme verbunden sein«, meinte Ahira trocken.

»Nur ein paar«, beschwichtigte ich. »Erstens haben wir kein Kabel, und zweitens hat Lou das letzte Mal, als wir darüber sprachen, versichert, daß er meilenweit davon entfernt sei, Zündschnur oder auch nur ein Plastiksprengstoffäquivalent herstellen zu können; also funktioniert dieser Teil des Plans nicht. Die Handvoll Granaten, die wir haben, genügen natürlich nicht.

Drittens gibt es für die nächsten achtzehn Tage keine Verabredung mit Ellegon, so daß wir vorher nicht mit ihm rechnen können.

Viertens gibt es dort draußen viel zu viele Soldaten, und die haben uns schon von der Matte gefegt, bevor wir irgend etwas erreichen können.«

Auf einem der Serviertabletts war eine Pyramide aus drei mickrigen, gegrillten Hühnchen aufgebaut. Ich nahm mir das oberste und riß die Keule ab. Sie löste sich zu leicht; entweder hatte man den Vogel zu lange gekocht, oder ich war muskelbepackter, als ich zugeben wollte. Nicht, daß es mich gestört hätte: die Haut der Keule war kroß und schmeckte nach Knoblauch, und das Fleisch war saftig und fest.

Tennetty stürmte durch die Türen herein, schloß sie hinter sich und nickte kurz, während sie am Tisch Platz nahm und sich über einen Laib Brot hermachte. »Passage für acht Leute auf der *Delenia*«, sagte sie mit vollgestopftem Mund. »Wir legen morgen mittag ab.«

»Wann können wir an Bord gehen?«

»Jederzeit am Morgen, vom ersten Tageslicht an. Trotzdem gibt es da ein Problem: Das Schiff liegt zu tief für die Hafenanlage. Deshalb wird es heute hinaus zu einem Ankerplatz gefahren, wo es zu Ende beladen werden soll. Das lange Hafenbecken muß ausgebaggert werden, weil es immer weiter verschlammt. Lord Daeran hatte Probleme mit der letzten Gruppe von Schlammarbeitern.«

»Können wir mit Barkassen dort hinkommen?«

Sie nickte zustimmend. »Ja, sogar mit denen der *Delenia*. Es sind zwei. Jede kann acht Leute befördern, einschließlich der Crew. Nach Sonnenuntergang werden beide am Hafenbecken bereitliegen.«

Andrea hatte es sofort begriffen. »Wir haben das schon einmal gemacht«, sagte sie. »Einen Tag, nachdem wir auf Dieser Seite angekommen sind.«

Wenn wir erst einmal auf dem Schiff in Sicherheit sind, werden wir, genauso wie der Kapitän, großes Interesse daran haben, den Ort so schnell wie möglich zu verlassen. So war es auch damals mit Avair Ganness und der *Ganness' Pride* gewesen. »Das läßt mich fast nostalgisch werden.« Ihr Lächeln erhellte den ganzen Raum, als sie nach einer Hühnerbrust langte und ihre starken weißen Zähne hineingrub. »Was ist mit dem anderen Teil des Plans?«

»Das kennen wir alles schon«, meinte ich schulterzukkend. »Ahira und ich haben das auch einmal gemacht, was damals damit endete, daß wir deinen Mann auf den Thron setzten.« Ich schüttelte den Kopf. »Aber diesmal wird es ein Solo.«

Diesmal würde ich an der Reihe sein, und zwar ich allein. Ich bin kein Held oder so was, aber Ahira würde es nicht schaffen, in den Turm zu gelangen. Es war auch ganz und gar keine Aufgabe für Andy, und Jason war zu jung, um das schaffen zu können. Tennetty könnte sicherlich den gefährlichen Teil übernehmen, aber nicht den Rest des Plans. Ich setzte mich zurück und versuchte darüber nachzudenken, wie ich diese Arbeit erledigen konnte, mit einer vierzig Jahre alten Hexenmeisterin, einem verläßlichen Zwerg, einem noch grünen Jungen und einer einäugigen Psychopathin in der Hauptrolle. Aber mir fiel nichts dazu ein.

»Oh, entschuldigt bitte. Wann habt ihr so etwas das letzte Mal gemacht?« Tennetty neigte den Kopf zur Seite. »Wenn ich mich recht entsinne, war es zu der Zeit, als du einer Hoheit Auge in Auge gegenüberstandest, nämlich als du Baron Furnael getötet hast, nicht wahr?«

»Haargenau.« Ich nickte. »Tja, diesmal werde ich es besser machen müssen.«

Jason sah von Ahira zu mir herüber und dann wieder zu Ahira. Danach blickte er mich erneut an. »Ihr liebt so etwas, nicht wahr?«

»Um die Wahrheit zu sagen, Jason, mein Junge, das stimmt. Von mir aus kannst du es für meine persönliche Note halten.« Auch ich hatte die Hosen voll, aber das konnte mir nicht den Appetit verderben. Ich griff nach einem weiteren Stück Hühnchen.

Man muß sich bei solchen Dingen stets den Sinn für die Verhältnisse bewahren.

Während unsere Freunde in der heißen Sonne rösteten, verbrachten wir den Tag mit Vorbereitungen, Ausruhen und Essen.

Am nächsten Morgen mußte ich so früh aufstehen, daß es noch kein Frühstück gab. Es war wichtig, sehr früh in der Residenz zu sein.

Kapitel siebzehn

In dem ich einen netten Plausch mit Lord Daeran habe

Derselbe Mensch kann nicht in allem geschickt sein; jeder hat seine besondere Begabung.

– EURIPIDES –

Du mußt lernen, das Gleichgewicht zu halten zwischen der Fähigkeit, von allem etwas und deshalb überhaupt nichts wirklich gut zu tun, und der Fähigkeit, dich zu sehr zu spezialisieren und außerhalb deines Spezialgebiets völlig nutzlos zu werden. Sich dieses Gleichgewicht zu erwerben, ist, wie ich schon immer geglaubt habe, ein Teil des Erwachsenwerdens. Ich schätze, ich bin zwanzig Jahre zu spät dran, das zu lernen.

– WALTER SLOWOTSKY –

Eine alte Familiengeschichte, eine der wenigen, die meine Mutter zu erzählen pflegte. Deshalb könnte sie sogar wahr sein. Na ja, aber …

Es scheint, daß es bei der Empfängnis einige Schwierigkeiten gegeben hat, als meine Eltern mich zu bekommen versuchten. Die Ärzte wußten damals nicht viel über Unfruchtbarkeit, und sie versuchten es mit einer Unmenge von Maßnahmen; einige davon waren vernünftig, andere waren offenkundige Quacksalberei: Tabellen, Diäten, Temperaturmessen, Boxershorts – die ganze Palette.

Schließlich sagte der Doktor, wenn man Mutters Geschichte glauben darf: »Hören Sie, machen Sie Schluß mit den ganzen Bemühungen. Möglicherweise ist es einfach nur eine Frage der Entspannung. Nehmen Sie es also leicht, sorgen Sie sich weder um Tabellen noch um Tages- oder Monatszeiten. Tun Sie es einfach, wann immer Sie Lust haben, okay?«

»Und das war der Grund«, pflegte Emma zu sagen, wobei sich ihr Mund zu einem Lächeln verzog, das Stash ein wenig erröten ließ, »daß wir nie wieder auf spanische Fliege zurückzugreifen brauchten.«

Der Weg zum Herzen eines Menschen führt durch seinen Magen – oder durch seinen Brustkasten, wenn es für immer sein soll. Der Weg in die Residenz eines Lords führt durch die Küche.

Ist ja selbstverständlich – denn die offizielle Eingangstür ist nur für offizielle Besucher, und sie wird gut bewacht von Leuten, die den Grund für den Besuch wissen wollen. Es gab da natürlich eine Menge Verkehr, das muß man bedenken. Lord Daeran war nicht nur eitle königliche Hoheit, sondern wie die meisten Regenten der kleinen Domänen entlang des Zirrischen Sees, der Entsprechung zu ländlichen Bezirken, verbrachte er seine Zeit damit, über die Gebühren für Liegeplätze in Docks und über die Kosten von eingelegtem Fisch zu verhandeln.

Andererseits kommen auch die örtlichen Lebensmittellieferungen an.

Vor allem früh morgens, noch ehe die Sonne ganz aufgegangen ist, sogar noch bevor Leute, die schon früh aufstehen und arbeiten, wirklich wach sind.

Doch man muß ihnen zugute halten, daß dies nicht der Weg ist, auf dem sich eine angreifende Armee Zugang verschaffen würde.

Der Trick war, so auszusehen, als wüßte ich genau, wohin ich gehe, und sicher zu sein, daß ich nicht in einem Wandschrank landete.

Sozusagen immer geradeaus. Die Küchen lagen zur Straßenseite der Residenz, und es gab nur eine offene Tür, durch die ich Topfgeschepper und das Rufen von Köchen hören konnte. (Warum alle Köche so laut schreien, ist mir ein Rätsel.)

Ich war durch die Nebenküche hindurch in die Hauptküche gelangt, ehe ich auf ein Hindernis stieß. Es war eine stämmige Frau, die mich vage an U'len erinnerte, obwohl diese hier noch fieser aussah, wenn das überhaupt möglich war. Sie hatte gerade einen riesigen Henkeltopf mit Knochen, Karotten und Zwiebeln gefüllt, hielt jedoch inne, um aufzusehen, und starrte mich an.

»Süßigkeiten für Lord Daeran«, sagte ich und verbeugte mich tief, wobei ich ihr eine kleine Holzdose und ein Stück Pergament hinhielt.

Sie nahm keins von beiden an. »Was soll ich denn damit?«

»Madame, ich bin einen Tag und eine Nacht geritten, um das hier aus Fenevar von Lord Ulven herzubringen.« Ich streckte die Hände aus. »Die Dose soll Lord Daeran persönlich präsentiert werden, und das Pergament muß von seinem Diener unterzeichnet werden, um zu bestätigen, daß ich das Präsent ordnungsgemäß ausgehändigt habe.« Ich wies auf das Pergament. »Gute Frau, ich bin sicher, daß Ihr es an seiner Stelle unterzeichnen könnt, wenn Ihr so …«

Sie musterte das zerbrochene Wachssiegel, das meine Finger, die ich unvorsichtigerweise gespreizt hielt, nicht vollständig verbargen. »Und was soll ich damit anfangen?«

Ich lächelte unschuldig. »Womit?«

»Mit diesem Siegel. Es scheint zerbrochen zu sein. Werde ich feststellen müssen, daß etwas von den Süßigkeiten fehlt?«

»Aber ich bitte Euch, gute Frau – sehe ich denn so aus, als würde ich Lord Daerans Lieblingssüßigkeiten stehlen?«

Sie nickte. »Ja, so seht Ihr aus. Und ich, sehe ich so aus wie der Dummkopf, der etwas unterschreibt, von dem er weiß, daß es fehlt?« Sie scheuchte mich fort. »Hört, Lord Daeran ist normalerweise ein geduldiger Mensch. Aber schert Euch fort«, schimpfte sie und trieb mich zur Eingangstür. »Sucht Euch jemand anderen, der für Euch unterzeichnet. Unser Lord hat nur wenig Geduld.«

»Oh, bitte. Bringt mich bitte nicht in solche Bedrängnis.«

»Hinaus mit Euch.«

Punkt eins des Plans fiel flach.

Nun ging ich die Treppe für die Dienstboten hinauf; kalter Stein lag rauh unter meinen nackten Füßen. Nackte Füße gehen leiser als Schuhe.

Der nächste Teil des Plans würde einfach werden. Wir wußten, wo das Zimmer des Lords lag. Das war nicht schwer zu erraten, weil es einen Balkon zum Repräsentieren gab.

Die Sicherheitsvorkehrungen würden wahrscheinlich in Kürze verschärft werden, aber das dauerte bestimmt noch eine Weile. Nach Aussage der Techniker wollte der Lord nach Heim zurückkehren, was aber bestimmt zehn Tage in Anspruch nahm. Lord Daeran würde die Dinge beschleunigen wollen, aber aus Furcht, daß seine Truppen ihren Vorteil verlieren könnten, würde er sicher dafür sorgen, daß er sie nicht zu früh in volle Kriegsbereitschaft versetzte.

Andererseits konnte er davon ausgehen, daß Lou Riccetti über angeheuerte Techniker so denken würde wie Lord Daeren von einem Untertan – als einem Arbeiter, den man beschäftigen kann, aber nicht jemanden, dessentwegen man einen Krieg führt.

Was letzteres betraf, hatte er recht. Zu viel Land und zu viel Domänen und Ländereien lagen zwischen Heim und Brae, wegen derer sich Krieg führen ließ.

Jedenfalls lagen Lord Daerans Gemächer im zweiten Stock, und vor seiner Tür würden keinerlei Wachen stehen, obwohl die Tür vermutlich verschlossen war, während er schlief.

Gegenüber dem Eingang zum zweiten Stock hielt ich an, lauschte an dem Perlenvorhang, der vor der Türöffnung hing, horchte auch nach Geräuschen von Schuhen, die den Saal entlangtappten, eben auf alles.

Nichts zu hören. Vorsichtig, langsam und sachte schob ich eine Perlenschnur beiseite. Es gab nicht den geringsten Grund dafür, daß eine Wache vor der Tür hätte stehen sollen, also würde da auch keine Wache stehen.

Nun ja, ich brauchte nur die Wache vor der Tür zu beschwatzen.

Ich ließ die Schnur vorsichtig zurückgleiten und stand

lange in Gedanken versunken da. Das war zwar nicht günstig, aber diesmal ungefährlich.

Das Naheliegendste war, die Pistole zu ziehen und auf die Wache zu zielen. Denn jeder weiß, daß du genau das tust, was von dir verlangt wird, wenn man eine Waffe auf dich richtet, nicht wahr?

Nur – das eben stimmt nicht.

Ein Fan von Greatful Dead gelangte einmal hinter die Bühne, indem er eine Pizza kaufte, an all den Wachposten entlangmarschierte und laut ausrief: »Pizza für Jerry Garcia! Pizza für Jerry Garcia!« Das funktionierte ganz gut, und, so wurde mir berichtet, die Band war sogar erfreut darüber und ließ ihn für den Rest der Show hinter der Bühne bleiben. Sogar die Pizza aßen sie.

Andererseits versuchte irgendein Möchtegern-Türstürmer beim Präsidenten dasselbe mit Jerry Ford: »Pizza für Präsident Ford! Pizza für Präsident Ford!« Und er kam nicht einmal bis zum Secret Service. Schon an der ersten Polizeikontrolle wurde er festgenommen und verbrachte den Rest des Wochenendes im Gefängnis. Das Labor checkte derweil die Pizza durch, damit man sicher sein konnte, daß die Pepperoni nicht explodierten oder etwas Ähnliches.

All das weist darauf hin, daß Hartnäckigkeit für oder gegen dich arbeiten kann.

Die Schachtel enthielt meine gesamte Verkleidung, denn ich hatte die Absicht, mich in Lord Daerans Zimmer umzuziehen, bevor ich ihn weckte. Ich konnte mir nämlich vorstellen, daß der einfache Baumwollumhang und die Beinkleider der unteren Klassen ihn nicht gerade einschüchtern würden.

Ich zog mich schnell um.

Die allerbesten Wachen sind die, die sich am engsten an Vorschriften halten. Wenn sie besondere Befehle haben, um eine Lage zu bewältigen, so folgen sie denen. Initiative zeigen sie überhaupt keine.

Andererseits neigen Herrscher, besonders strenge Herrscher dazu, die Dinge auf zwei Wegen zu erreichen. Sie bestrafen jede Übertretung von Vorschriften, aber sie teilen auch Bestrafungen für die Übertretung ungeschriebener und unausgesprochener Regeln aus. Dabei spielt es keine Rolle, wie die offizielle Order lautet oder ob zwischen geschriebener und ungeschriebener Vorschrift möglicherweise ein Widerspruch besteht. In der Nähe eines schlafenden Lords ruhig zu bleiben, wäre solch ein ungeschriebenes, aber zwingendes Gesetz.

Ich ging geradewegs durch den Perlenvorhang hindurch, wobei ich zur Wache hin eine Geste machte, die so gebieterisch wie möglich war.

»Hast du keine Ohren, Mann?« fragte ich laut. »Hast du mich denn nicht rufen hören?« Ich schlug mit der Hand kräftig auf meinen Oberschenkel, als ich zu dem Mann hinüberging. »Sieh dir diesen Mist an«, sagte ich und wies in den Saal zurück. »Hast du jemals so etwas gesehen ...«

Entweder stellten sie in Brae keine Männer als Wachen ein, die besonders helle waren, oder aber dieser war kein Frühaufsteher. Er konnte sich nicht entscheiden, was zu tun war, als ich ihm einen kräftigen Schlag mit der Hand gegen den Hals gab, diesen aber nicht umdrehte – was ich auch gut gekonnt hätte. Dann knallte ich die Schachtel gegen seinen Kiefer. Ein Schlag gegen das Kinn verpaßt dem Stammhirn einen hübschen Schock, bevor die Panik den Kreislauf zusammenbrechen läßt. Inzwischen war es zu spät. Seine Augen rollten nach oben; er knickte in den Knien ein und brach dann ganz zusammen.

Ich konnte ihn nicht so richtig auffangen, bevor sein Kopf auf dem Boden aufschlug – autsch! –, aber ich zog ihn schnell durch die dunkle Türöffnung in Lord Daerans Zimmer hinein. Andere Leute kann ich ganz gut fesseln – der grundlegende Trick besteht darin, die Daumen fest zusammenzubinden.

Das Zimmer war groß, licht und luftig, mit frischverputzten Wänden, deren Großflächigkeit hier und da durch etwas Farbe gebrochen wurde. Eine schwarzweiß gestreifte Nevelener Brücke bedeckte den Fußboden. Sie war ausgesprochen dick; ich versank bis zu den Knöcheln darin. Lord Daeran lag schnarchend auf dem breiten Bett. Allein. Sehr gut.

Das große Fenster, das auf den Balkon hinausführte, war mit einem Balken gesichert. Ich hob den Balken vorsichtig an und legte ihn auf den Boden. Dann öffnete ich mit der einen Hand die Fenster, während ich mit der anderen meinen Dolch herauszog.

Lord Daerans Bett war ein riesiger Vierpfoster mit Baldachin; seidene Bänder waren an jedem Pfosten befestigt. Hmmm ... sie waren offensichtlich für ihn, aber wie denn nur?

Ich lächelte. Na, ich würde wohl nie damit zurechtkommen.

Ich brauchte nur eine Minute, um mich zu fangen.

Nun, kein Grund, Zeit zu verlieren. Ich drehte ihn herum, stopfte ihm einen bauschigen Zipfel der Decke in den Mund und setzte die Spitze des Dolchs unter seine Nase, woraufhin er sehr, sehr schnell wach wurde.

»Ein lautes Wort, Lord Daeran«, flüsterte ich und zitterte sichtlich, »nur eine Silbe, nur ein lauter Ruf, und ich bespreche alles weitere mit Eurem Nachfolger.« Ich führte die Spitze des Messers von der Nase bis an seine Kehle, wobei ich eine hübsche Vibratostimme beibehielt – ich kann gut vibrieren. »Verstanden?«

Meine Stimme kratzte etwas beim Sprechen, was ihn vermutlich mehr ängstigte als irgend etwas anderes. Ich hätte es auch nicht gerne, wenn mir ein nervöser Mann ein Messer an den Hals setzte.

Unter anderen Umständen, nehme ich an, hätte Lord Daeran eine bessere Figur gemacht. Aber im Schlaf waren sein langer Ziegenbart und sein spärlicher Schnurrbart aus der Form geraten, und seine Augen waren vor Angst weit aufgerissen.

Er wollte nicht wirklich nicken – nicht wo das Messer nur darauf wartete, seine Nase abzuschneiden. Doch er schaffte es irgendwie, den Kopf ein paar Zentimeter hoch und runter zu bewegen.

Ich zog ihm den Deckenzipfel aus dem Mund und ersetzte ihn durch den Hals einer metallenen Flasche. Mit dem Daumen hatte ich die Flasche schon geöffnet.

»Nehmt einen Schluck«, sagte ich, indem ich die Flasche an seine Lippen und die Spitze des Messers an sein rechtes Auge hielt.

Es war ein ziemlich widerwärtiges Zeug, aber er schüttete es hinunter.

»Jetzt schluckt mal ordentlich«, befahl ich. Ganz offensichtlich hatte ich immer noch die Hosen voll.

Mir entrang sich ein Seufzen, als ich mich vom Bett erhob. Ich stellte die Flasche auf den Tisch und nahm eine kleine Glasampulle aus meiner Tasche. Der Korken sprang mit einem lauten *Plopp* heraus.

»Das war's.« Ich hob die Hand, als ich mich entspannt auf einem Stuhl niederließ – ein Mann, dessen Arbeit getan war. »Haltet eine Weile die Hände vom Mund weg, damit wir nicht zu befürchten brauchen, daß Ihr Euren Magen reinigt. Wenn Ihr statt dessen herausfinden wollt, wie sehr Euer Nachfolger Euch liebt, fangt nur an zu schreien. Ich werde dann das Gegengift auf dem Läufer verschütten oder die Ampulle gegen die Wand schmettern. Bis zum Einbruch der Nacht werdet Ihr dann eines besonders schrecklichen Todes gestorben sein.«

Ich klopfte mit der Spitze meines Messers gegen das Glas, und er fuhr zusammen. Langsam wurde ihm schlecht.

Ich lächelte. »Vorsicht. Laßt nichts aufs Bett kommen.« Ich wandte mein Gesicht nicht dezent zur Seite, als er sich auf den Fußboden übergab – ein Schwall grüner Widerwärtigkeit. »Szene eins. Selbst wenn Ihr jetzt an Heiltropfen gelangen könnt, wird Euch das überhaupt nichts nützen. Dies ist eine besondere Mixtur – die Matriarchin von der Heilenden Hand könnte Euch wahrscheinlich noch retten, oder vielleicht auch der Älteste der Spinnensekte, Tarantula, oder wie immer er heißen mag. Ich glaube allerdings nicht, daß jemand hier in der Umgebung das schaffen könnte.«

Er wischte seinen Mund am Ärmel ab und zeigte mehr

Gelassenheit, als ich in seiner Lage hätte aufbieten können. »Ich nehme an, Ihr habt noch ein anderes Angebot?« Er bemühte sich, seinen Bart und sein Haar etwas zu ordnen.

»Ja«, sagte ich. »Ihr könnt meine Freunde aus ihren Käfigen hinunter zu den Langen Docks und uns alle von hier wegbringen. Ihr habt schlicht Eure Meinung geändert – die Gefangenen werden verbannt, statt langsam hingerichtet.«

Im stillen hatte ich tobende Drohgebärden erwartet, aber er nickte nur. »Wer seid Ihr eigentlich?«

Ich verbeugte mich. »Walter Slowotsky, zu Euren Diensten.« Er riß die Augen weit auf, er hatte den Namen erkannt. »Oder wohl eher anders herum, was?«

»Also gut«, sagte er. »Ich gebe Eure Freunde frei, und ... dann bekomme ich das Gegenmittel? Und auch genug, um dem Gift entgegenzuwirken?«

»Sicher.« Ich nickte. »Davon braucht man nicht viel – ich habe hier mindestens dreimal so viel, wie man braucht. Um Euch zu heilen, meine ich. Ihr werdet trotzdem noch ab und zu Schmerzen haben. Wahrscheinlich werdet Ihr die Hälfte der nächsten zehn Tage auf einem Donnerbalken kauern – aber es wird nur Durchfall sein; wenigstens werdet Ihr nicht Eure Eingeweide herausdrücken.«

Er blickte mich aus verkniffenen Augen an. »Ich weiß nicht, ob ich Euch trauen kann.«

Ich hatte damit gerechnet, daß ich ihm diesen Bären aufbinden konnte.

Und ich hatte enorm viel riskiert, als ich mich hier einschlich. Aber wofür eigentlich?

Nur um ihn mit einer Mischung von Wasser, Jod, Pfefferöl, Brechwurz und etwas leicht ranziger Mayonnaise zu füttern, die wir beim gestrigen Frühstück stibitzt und in der Sonne stehen gelassen hatten?

Natürlich nicht.

Je größer der Bluff, desto höher ist die Wahrscheinlichkeit, daß er gelingt – und dieser war so groß, wie ich ihn eben in der kurzen Vorbereitungszeit hatte aushecken können.

Hm ... wir konnten uns immer noch auf Plan B besinnen.

Das einzige Problem war, daß ich mich auf diese Version hier verlassen hatte und gar kein Plan B existierte. Ich meine, ich hatte natürlich eine grobe Vorstellung, aber keine der Feinheiten, die immer den besten Teil darstellen. Das Ganze müßte mit einem Messer anfangen, das ich ihm in die Kehle stieß, um seine Schreie abzutöten. Von dem Punkt aus könnte ich den Plan dann weiterentwickeln. Das Fenster? Nichts für mich, aber ... ja, dem Wachtposten die Tunika abstreifen und ihn aus dem Fenster werfen. Dann hielte man ihn für den Mörder, der bei dem Versuch zu fliehen umgekommen war.

In der Nähe des Fensters stand ein Schreibtisch. Möglicherweise konnte ich mich darunter verstecken, während um mich herum der Tumult losbrach. In dem Durcheinander hoffte ich dann hinauszuschlüpfen.

Ich war schon aus schlimmeren Situationen herausgekommen, aber nicht oft, und irgendwann würde es mir vielleicht nicht mehr gelingen. Wenn man am Spieltisch steht, kann man nicht immer alles einsetzen, was man hat, und das hatte ich gerade getan. Und dieser Hundesohn war gerade dabei ...

Ein Universum wurde in einer Gaswolke geboren, wuchs an zu einem majestätischen Spektrum von Sternen, alterte dann und starb ab zu kalten Eisensternen, in dem Moment, als er sprach: »Ich weiß nicht, ob ich Euch trauen kann«, und: »Ihr werdet den Rest des Gifts schlucken müssen, um zu beweisen, daß das Gegengift wirkt.«

Langsam nahm er das Fläschchen hoch und hielt es mir hin. »Ich möchte sehen, wie etwas davon in Euren Mund gelangt.«

Ich schluckte das gräßliche, dicke Zeug – mein Gott, wir hatten es wirklich gut zusammengebraut!

»Seht Ihr?« sagte ich, während ich schluckte. Ich verabscheue Brechwurz. Wellen von Übelkeit ließen mich in die Knie sinken, als mein Magen sich entleerte. Ich hielt die andere Flasche hoch und drohte, sie zu werfen, als er einen Dolch unter dem Bett hervorzog.

Ich wischte mir den Mund mit seinem Laken ab. Dann schluckte ich vorsichtig und bedächtig ein Drittel des Gegenmittels. Es brannte den ganzen Weg die Kehle hinunter. Genau das, was ich gegen meine Übelkeit brauchte: einen kräftigen Schluck von Ricettis bestem Whisky.

Er zögerte einen Augenblick; dann ließ er sein Vorhaben mit dem Messer fallen. »Ich glaube, ich ziehe mich jetzt besser an«, beschloß er. Er plante natürlich schon, mich zu betrügen. Ich hoffte, ihm einen Schritt voraus zu sein.

Zwei Soldaten senkten Bast in den Schmutz des Marktplatzes. Sie legten ihn in die Nähe von Kenka, die sich schon erholte – eine Dosis Heiltropfen würde Mardik oder Veren jedoch nichts mehr nützen. In dieser Richtung gibt es nichts, was man für die Toten tun kann.

Das war die passende Zeit, darüber nachzusinnen – und an Bast und Kenda, an Tennetty, Jason, Ahira, Andrea und an mich selbst zu denken. Eine schreckliche Art zu sterben.

Ich blickte Daeran in die Augen. Es wäre ein Fehler, mit meiner freien Hand zum Messer zu greifen. Ich brauchte mich nur daran zu erinnern, daß ich das Gegenmittel zu dem ›Gift‹ hatte, das immer noch in seinem Magen rumorte. Und das war Waffe genug.

Die Tatsache, daß etwas nicht wahr ist, hat nichts damit zu tun, ob wir uns daran erinnern.

Daeran starrte die ganze Zeit auf meine rechte Hand, die Hand, die das Fläschchen hielt, wog seine Chancen ab, es mit einem Sprung an sich zu bringen, und gelangte zu der Einsicht, daß die Umstände nicht günstig waren. Ich behielt den stämmigen Soldaten hinter mir im Auge, der die ganze Zeit versuchte, in meinen Rücken zu gelangen, um näher kommen und meine Arme greifen zu können. Irgendwann würde er es schließlich versuchen. Oder vielleicht auch nicht. Ich mußte auf jeden Fall darauf vorbereitet sein, das Gegenmittel beiseite zu schleudern und Daeran klarzumachen, daß es noch mehr davon auf dem Boot gäbe, ich aber nicht sehr zuversichtlich sei, was seine Wirkung beträfe.

Eigentlich hätte sich eine Menschenmenge auf dem Platz ansammeln müssen. Aber man hatte Soldaten abkommandiert, um die Straßeneingänge abzuriegeln.

Kenda war in der Lage sich aufzusetzen, und hob die Flasche an Basts aufgesprungene, blutige Lippen.

Er schluckte einmal krampfhaft, und das nur allzu vertraute Wunder geschah: der größte Teil der aschgrauen Farbe in seinem Gesicht verwandelte sich in Rosa, und die eingesunkenen, schwarzgeränderten Augenhöhlen wirkten wieder frischer. Er war immer noch halb verhungert – die Möglichkeiten eines Heiltranks sind eben beschränkt. Es würde Tage dauern, bis er wieder allein laufen, und Wochen, bevor er wieder kämpfen konnte. Wenn er überhaupt kämpfen konnte. Selbstverteidigung war zwar ein Bestandteil der Ausbildung eines Technikers, aber ich erinnere mich nicht daran, daß Bast sehr gut darin gewesen war.

»Nicht mehr als zehn Soldaten«, forderte ich von Lord Daeran. »Jeweils einen, um meine Freunde zu tragen, und acht weitere, damit Ihr Euch sicher fühlt.«

Die Deckung hinter mir trat einen Schritt nach vorn. Sein Fuß knirschte auf dem Sand. Man erwartete von mir, daß ich mich umwenden und ihn ansehen würde, während der freie Sicherheitsmann dann zu meiner Linken heranspringen und die Flasche ergreifen würde. Ich gebe ja zu, das Fläschchen enthielt nichts Wichtiges – nur mein Leben und das meiner Freunde. Das ließ mich leicht vergessen, daß die Flüssigkeit nur aus zwölf Deziliter Whisky bestand.

Ich hob die Flasche über den Kopf, bereit, sie zu Boden zu schmettern. »Sagt es ihnen, Daeran.«

Er bedeutete ihnen, von ihrem Vorhaben Abstand zu nehmen. »Hauptmann Kino, sucht zehn Männer aus. Zwei, um die Freunde von Walter Slowotsky zu tragen.« Dies schloß die beiden Football-Spieler von eben natürlich mit ein.

Unter einem mit bauschigen, friedlichen Wolken übersäten Himmel blies ein kühler Wind vom Zirrischen See herüber und verwehte den Geruch meiner eigenen Furcht.

Tennetty und Jason warteten am Ende des Docks. Jason

hielt die Pistole seitlich, den Finger neben dem Abzug, aber nicht darauf. Tennetty hielt das Schwert in der einen Hand, eine Steinschloßpistole in der anderen, und ein weiteres Paar Pistolen steckte im Gürtel.

Etwa 928 Meter vom Ende des Docks entfernt trieb die *Delenia*, die an Bug und Heck durch Anker und Vertäuung gesichert war. Sie wurde zum Auslaufen aufgeklart. Groß- und Besansegel waren gesetzt, die Spieren schwangen im Wind hin und her. Das Tuch hing schlaff herunter, flatterte und schlug in der steifen Brise. Der Klüver war bereits hochgezogen, aber noch am Vordermast festgebunden. Ihn zu setzen würde nur einige wenige Augenblicke in Anspruch nehmen. Anker lichten, Vertäuung abwerfen, Schoten durchsetzen – und die Ketsch nahm Fahrt auf. Sie war mit einigen zusätzlichen Segeln ausgestattet. Auf der Anderen Seite nennt man sie Stag-Segel; auf Dieser Seite hat man den Fachausdruck ›Sicken-Segel‹. Aber das würde sie nur ein klein wenig schneller machen.

Andrea und Ahira standen auf dem hohen Achterdeck und sprachen mit dem Kapitän. Ich weiß nicht genau, was sie sagten, aber ich hoffte, daß sie überzeugend waren.

Die Matrosen in den beiden Barkassen waren sicher nicht sehr erfreut. Ein Zirrischer Matrose muß kämpfen und auch rennen können, aber die *Delenia* war ein schneller Segler, und sie hatten zweifellos wesentlich mehr Übung darin wegzulaufen, als zu kämpfen.

»Die Flasche, wenn Ihr nichts dagegen habt«, forderte Daeran und streckte die Hand aus. »Dann dürft Ihr Eure Freunde in die Boote schaffen und mit ihnen abfahren.«

Ich lachte. »Wirklich? Sehe ich so dumm aus?« Ich hielt die Flasche übers Wasser. »Wir werden uns alle zum Schiff begeben und die Flasche in einer der Barkassen zurückschicken.«

»Wie kann ich sicher sein, daß Ihr mich nicht einfach tötet, wenn wir erst einmal an Bord sind?«

Jason erhob die Stimme. »Ihr habt das Wort eines Cullinane.«

Es gibt Teile des Eren-Gebietes, wo dieses Wort gereicht hätte.

Brae war offensichtlich kein Teil davon. »Nein«, sagte Daeran schließlich. »Ich traue keinem von euch. Ihr werdet mit der einen Barkasse losfahren, und sechs meiner Männer und ich werden die Gefangenen in der anderen begleiten. Wir kommen an Bord, machen den Austausch, und dann werden wir getrennte Wege gehen.«

Ich dachte einen Moment lang darüber nach und zuckte dann mit den Schultern. »Sicher.«

Kapitel achtzehn

In dem ich einen Handel abschließe und wir versuchen, den freundlichen Eingeborenen von Brae Lebewohl zu sagen

Crescit amor nummi quantium ipsa pecunia crescit.
(Die Liebe zum Geld vermehrt sich in dem Maße,
in dem sich das Geld vermehrt.)

– JUVENAL –

So sagte ich mir, daß eine Intrige in zwei Richtungen zwar von Nutzen sein, eine einfache Intrige jedoch mehr als doppelt so viele Vorteile mit sich bringen könne.

– WALTER SLOWOTSKI –

Logik, ob formal oder nicht, war noch nie meine Stärke und hat auch noch nie auf meinem Interessengebiet gelegen. Sie war bisher immer anderen zugefallen. Nun, Riccetti ... zum Teufel. Lou hätte die Probleme routinemäßig angepackt und bewältigt. Logik ist, warum wir Little Pittsburgh nach Holtun gebracht haben und nicht nach Heim – Heim liegt abseits und zu nah bei den Elfengründen, um für viele, mich eingeschlossen, ein sorgenfreies Leben zu gewährleisten.

So ist also Lou. Ich hingegen war nur etwas erstaunt darüber, wie es ihnen gelungen sein könnte, das Schiff zu beladen. Aber ich hatte nicht wirklich ernsthaft darüber nachgedacht, bevor die Barkasse nicht sein hinteres Ende umrundete und den Blick auf das Schwimmdock freigab. Nun ja, in Wirklichkeit war das Schwimmdock eher ein kleiner, schmaler alter Kahn. Schwimmende Tonnen, die in Höhe der Wasserlinie vertäut waren, stabilisierten ihn an jedem Ende. Vermutlich sollte auf diese Weise verhindert werden, daß er sank oder stark schaukelte. Ein hölzerner Rahmen hing über der Reling des Kahns und sorgte im wesentlichen dafür, daß er an seinem Platz am Ufer festlag. Ganz offensichtlich war die Fracht auf ihm verstaut worden, nachdem er zum Dock zurückgekehrt war. Dann war das ganze Ding nach draußen zur *Delenia* gestakt und der Rahmen an seinem Platz befestigt worden. So konnte der Kahn mit einem angemessenen Grad an Sicherheit für Crew und Fracht in das Frachtnetz entladen und das Netz mit Hilfe einer Winde angehoben werden.

Auf dem Deck waren zwei Seeleute gerade dabei, die Sicherung des Frachtkahns zu beenden. Die Frachtnetze lagen bereits sorgfältig zusammengelegt über der Reling und waren an ihrem Platz festgezurrt. Die Seeleute waren spät dran. In der Tat kann man einen Ladekran nicht einsetzen, bevor die Mastbäume entweder verstaut oder, was normalerweise der Fall ist, auf der anderen Seite des Schiffes vertäut sind. Beide benötigen zum Herumschwenken denselben Raum, denn der langarmige Ladearm des Krans muß so lang sein, daß er die Möglichkeit hat, in einem großen Bogen herumzuschwingen. So kann der mechanische Vorteil genutzt werden, der es ein oder zwei Seeleuten ermöglicht, allein eine ganze Tonne Fracht vom Dock auf das Deck zu heben.

Während meiner Zeit auf See und meiner Fahrten von Hafen zu Hafen hatte ich immer gern die Winde und den Kran bedient. Es war eine harte Arbeit, und ich fürchte, daß das nicht gerade charakteristisch für mich ist. Aber es ist etwas ganz Besonderes daran, wenn man in der Lage ist, mit so riesigen Kräften umzugehen, auch wenn es mit technischer Hilfe geschieht.

Nun gut, kommen wir zur Sache.

Als Tennetty leichtfüßig von der Barkasse auf das Schwimmdock sprang, befürchtete ich einen Augenblick, daß es abgetrieben werden könnte. Doch dann half sie mir hinauf. Ich hielt das Fläschchen noch immer sorgfältig mit der Hand umschlossen, so als ob alles davon abhinge.

Und so war es ja auch.

Daeran und seine Soldaten folgten uns auf den schwimmenden Kahn. Zwei von ihnen ließen Bast und Kenda vorsichtig auf den Boden gleiten. Von oben beugte sich der Kapitän vor, die Hände auf der Reling.

Er mißfiel mir auf den ersten Blick – angefangen bei dem sorgfältig getrimmten Bart, der die Lippen einrahmte, die durch eine Reihe strahlend weißer, ebenmäßiger Zähne geteilt wurden, über den V-förmigen Körper eines Akrobaten oder Bodybuilders, bis hinab zu den baumstammartigen Beinen. Alles war mehr golden getönt als richtig gebräunt.

Schöne Männer regen mich einfach auf.

»Seid gegrüßt«, sagte er mit trügerisch ruhiger Stimme. Vielleicht täuschte ich mich auch. Vielleicht war er einfach nur ein Idiot, der noch nicht einmal begriffen hatte, wie leicht und schnell alles zum Teufel gehen konnte. »Ich bin Erol Lyneian, Kapitän der *Delenia*.«

Ich nickte. »Walter Slowotski. Kapitän der Seele in meiner Brust.«

»Oh, Mist«, murmelte Tennetty. »Ich wußte, daß du so reagieren würdest.«

»Was hast du?«

»Du kannst einfach nicht mit Konkurrenz umgehen, Slowotski«, erklärte sie. »Sei ein bißchen vorsichtiger.«

»Wie ich sehe«, fuhr der Kapitän fort, »haben wir ein Problem. Warum kommt ihr nicht alle herauf, damit wir es besprechen können?«

Es war genau richtig, daß Tennetty mich zur Vorsicht gemahnt hatte – es war meine Absicht gewesen, den abschließenden Tauschhandel an Bord des Schiffes zu tätigen, aber irgend etwas in der Stimme des Kapitäns rief in mir den Wunsch hervor, meine Meinung zu ändern.

Es lief immer noch alles nach Plan. »Eine gute Idee«, antwortete ich.

Ahira wartete am oberen Ende der Leiter auf mich. »Ich fürchte, wir werden Schwierigkeiten bekommen«, sagte er. Seine Stimme hatte jenen Klang angenommen, jenen übertrieben ruhigen Tonfall, den er nur benutzte, wenn eine Situation aussichtslos zu werden drohte. »Die *Delenia* und Erol Lyneian treiben hier schon allzu lange Handel, und sie haben gute Handelsbedingungen.«

»Wie gut?«

»So gut, daß Erol Lyneian nicht mal Angst hat.«

Das war schlecht. Ein Teil des Plans beruhte darauf, daß der Kapitän genügend Furcht vor dem hiesigen Lord verspürte und daß er, da er nicht sicher sein konnte, ob Lord Daeran von der Harmlosigkeit seiner Beziehung zu uns überzeugt war, möglichst schnell fort wollte. Die Situation hatte gewisse Ähnlichkeiten mit dem Spiel ›Big Mike und der Spitzel‹; der einzige Unterschied war, daß Lord Daeran viel endgültiger und konsequenter spielte als jede Straßenschlägerbande von New Jerseys.

Andys Augen waren vollkommen glasig. Und ich nahm an, daß ich hätte sehen können, wie Zaubersprüche über ihr entstanden, wenn ich die Veranlagung dafür gehabt hätte. Aber wenn es dann erst einmal losgeht, zieht sie mit dem Flammenwerfer ins Gefecht – wie es sich jedermann wünscht. Doch hier würde sie vielleicht nur Zeit genug haben, eine gemurmelte, unvergeßliche Silbe hervorzubringen, vielleicht nicht mal das.

Wir mußten Erol Lyneian schon mehr anbieten als die Möglichkeit, in Brae Handel zu treiben. Sehr viel mehr. Seine Mannschaft bestand nur aus fünf Leuten – aber man braucht nicht viele, um mit einem gutgebauten Zweimastsegler zurecht zu kommen. Und je mehr Arbeitskräfte man hat, desto geringer sind die Gewinne. Selbst wenn wir ihn auf unsere Seite bringen könnten, sähe es nicht nach einem ausgewogenen Kampf aus.

Sollten alle Stränge reißen, dann würde er immerhin wissen, daß es keine Garantie für ihn gab, lebend davonzukommen.

Ich lächelte ihn an. So als würde ich sagen: *Du kannst dich darauf verlassen, daß du der erste bist, der über die Klinge springt.* Und er lächelte zurück und machte eine herablassende

Geste, als ob er sagen wollte: *Nach ihnen, meine lieber Alphonse.*

Okay. Ich weiß: Zwölf von ihnen standen gegen fünf von uns, aber ich bin schon mit aussichtsloseren Situationen fertig geworden. Andererseits sahen Daerans Krieger so aus, als wüßten sie genau, wie sie zu handeln hatten, sowohl einzeln – was schon schlimm genug war – als auch gemeinsam, was noch schlimmer war. Als wollten sie das noch unterstreichen, steckten drei von Daerans Schlägern die Köpfe zusammen und teilten sich die Ziele untereinander auf.

Oje, oje, oje. Wir konnten es wahrscheinlich mit den Sechsen aufnehmen, aber es würde eng werden, wenn die Seeleute sich auf die andere Seite schlügen ...

Ich machte einen raschen Überschlag über den Besitz meiner Leute einschließlich der Münzen, Edelsteine, Zaubertränke und allem anderen. Ich kam zu dem Schluß, daß es nicht ausreichen würde, selbst wenn ich all meinen Charme ins Spiel brächte. Ein zur See fahrender Händler muß etwas von einem Abenteurer haben, aber sein Schiff steht immer an erster Stelle, es sei denn, man hätte genug, ihm ein anderes Schiff zu kaufen. Aber vielleicht reichte nicht einmal das.

Auch Lord Daeran war zu dem Schluß gekommen, daß es so nicht gehen würde. Er streckte die Hand aus. »Das Gegenmittel, bitte sehr«, forderte er lächelnd. Seine Männer formierten sich im Halbkreis um ihn herum. »Dann werden wir alle verschwinden«, behauptete er und log in dem Wissen, daß mir nichts anderes übrigblieb, als ihm zu glauben.

Und auf diese Weise endet eine mexikanische Auseinandersetzung – mit jemandem, der einen fatalen Fehler begeht.

»Was würdest du für eine Passage mit deinem Schiff fordern, Erol Lyneian?« fragte ich.

»Oh«, sagte er träge, »du hast bereits für die Passage bezahlt.« Er erwartete gar nicht, daß ich ihm glaubte, und ich tat es auch nicht.

Nun gut, wir hatten es seit Jahren bewahrt. Es war sogar

ein Geheimnis, daß niemand außer dem Ingenieur wußte, wie es herzustellen war, wenn auch jeder von der Anderen Seite es wußte.

»Ich werde dir zeigen, wie man das Schießpulver herstellt«, bot ich an. »Nicht etwa die magische Imitation der Sklavenhändler. Richtiges Schießpulver, Schwarzpulver. Es läßt sich sehr einfach herstellen. Ich könnte es dir auf der Stelle beibringen, es sei denn, die Händler wissen schon, wie es geht.«

Ahira fiel die Kinnlade herunter, und Jasons Augen weiteten sich. Andy und Tennetty sah ich gar nicht erst an, aber ich ging nicht davon aus, daß sie mir applaudierten.

Ich geb's ja zu. Es war nicht gerade die beste Idee der Welt. Es war noch nicht einmal eine gute Idee. Das schlagendste Argument, das ich zu meiner Verteidigung vorbringen konnte: Ich hatte gerade Lord Daeran und Erol Lyneian in einen nicht zu unterschätzenden Interessenkonflikt gestürzt. Ein Monopol zur Herstellung des echten Schießpulvers würde einen enormen Geldsegen bedeuten; wüßten hingegen beide um die Formel, käme dabei nur ein weiteres konkurrierendes Geschäft heraus. Als der alleinige Nicht-Heim-Geheimnisträger wäre Erol Lyneian ein glücklicher Schiffsbesitzer, der von Hafen zu Hafen segeln und billig hergestelltes Schießpulver zu hohen Preisen verkaufen könnte; wäre es jedoch frei erhältlich, würde es einfach nur ein weiteres Handelsobjekt werden.

Hätte ich einen ganzen Tag oder mehr Zeit gehabt, darüber nachzudenken, wäre mir auch nichts Besseres eingefallen, was ich hätte sagen können, um Erol Lyneian dazu zu bewegen, sich mit uns anstatt mit Lord Daeran zu verbünden. Ich habe seitdem wieder und wieder darüber nachgedacht, aber noch immer ist mir keine Alternative dazu eingefallen.

Es gab nur einen Haken an diesem, zugegebenermaßen brillanten, Improvisationsstück: Ich konnte in Erol Lyneians Augen lesen, daß er mir nicht glaubte.

Aber ich bemerkte, daß Lord Daeran mir sehr wohl

glaubte, denn er sprang auf mich zu und rang mir die Flasche aus der Hand, während er mich gegen die Reling stieß.

Rückblickend war das natürlich nur logisch. Ich hatte schließlich einige Zeit darauf verwendet, Lord Daeran von meiner Aufrichtigkeit zu überzeugen, und es hatte funktioniert – er war trotz allem hinter der Flasche mit dem mutmaßlichen Gegengift her. Er war darauf fixiert, mir zu glauben; ich hätte ihm die Brooklyn Bridge verkaufen können, obwohl er sicher noch nicht einmal die leiseste Ahnung hatte, was Brooklyn überhaupt war. Erol Lyneian hingegen hatte mich gerade erst kennengelernt und mußte erst noch entdecken, was für ein charmanter und vertrauenswürdiger Kerl ich war.

Ein einziger Plan kann nur allzu schnell zum Teufel gehen.

Zauberer stellen in jedem Gefecht das vorrangige Ziel dar. Aus diesem Grunde sind sie auf gute Leibwächter angewiesen. Hätte Andy ihre Möglichkeit einsetzen und handeln können, wären die Dinge sehr schnell in unserem Sinne erledigt gewesen.

Zwei Soldaten sprangen auf sie zu. Aus dem Augenwinkel heraus sah ich, wie Andy durch einen Schlag auf den Kopf zusammenbrach. Tennetty schlug auf einen der Soldaten ein, der versuchte, Andy auf dem Deck festzuhalten, aber ich war viel zu sehr mit meinem eigenen Kampf beschäftigt.

In den alten Zeiten war dies gewöhnlich der Moment, in dem Karl in Aktion trat.

Einst, als sich eine Falle, die wir Sklavenhändlern gestellt hatten, plötzlich gegen uns richtete, befand er sich zu guter Letzt von vier Schwertkämpfern eingekreist – und guten dazu – und war mit nicht mehr als einem behelfsmäßigen Bauernspieß bewaffnet. Nach ungefähr acht Sekunden war alles vorbei – er hatte sie schnell und nachdrücklich attakkiert, und sie waren alle zu Boden gegangen.

Aber Karl war mausetot, so blieb nur noch ich.

Ich gab mein Bestes – ich schleuderte das Wurfmesser in Lord Daerans Wanst und trat mit dem Fuß gegen den Soldaten, der mir am nächsten stand. Dieser prallte gegen einen seiner Kameraden.

Das gab mir genügend Zeit, mein Schwert zu ziehen.

Ich wehrte ein Messer ab und stieß meine Klinge zwischen die Rippen eines anderen Kerls. Sein gurgelnder Schrei erstickte, als er zusammengekrampft wegtaumelte. Meine Klinge klemmte zwischen seinen Rippen, und er nahm mein Schwert mit sich. Noch vor zehn Jahren, vielleicht sogar vor fünf, hätte ich mich schnell genug bewegt, um die Klinge herauszureißen, sie sogar herauszuwinden, bevor sie unerreichbar war, aber ich wurde allmählich alt und behäbig.

Wir hätten überhaupt keine Chance gehabt, wenn nicht Jasons Revolver und Ahira gewesen wären. Der Zwerg war irgendwie zu einer riesigen Schiffsplanke gekommen, mit der er wie mit einem Bauernspieß wild um sich schlug. Er traf einen von Lord Daerans Männern so hart damit, daß dieser auf der Stelle durch die Reling brach und unten schwer auf das Schwimmdock aufschlug.

Jasons Revolver spuckte Feuer und Rauch. Ein Soldat wurde getroffen, was mit einem Schwall von Blut und Wundflüssigkeit aus seinem Oberschenkel beantwortet wurde. Der Soldat schrie, während er langsam zu Boden fiel und quer über Bast zu liegen kam.

Basts Arme zuckten hin und her. Mit ungeschickten Händen schlug er auf das Gesicht des Soldaten ein. Er tat sein Bestes, aber er war uns keine Hilfe.

Ich duckte mich unter einem Schlag mit dem Schaft eines Speers hinweg und machte einen Satz vorwärts auf seinen Besitzer zu. Dabei zog ich eine meiner therranjschen Würgeschlingen hervor. Ich fintete mit der linken Hand und stülpte ihm mit der rechten die Garrotte geschickt über. Mit einem Ruck, der ihm den Kopf beinahe zur Hälfte abgerissen hätte, zog ich sie fest.

Als er fortstolperte, färbte sich sein Gesicht bereits lila. Vergeblich zerrten seine Finger am Hals. Es hätte eines Bolzenschneiders bedurft, um ihn noch zu retten und ich war nicht bereit, in meinen Taschen danach zu graben.

Der Gegner war einfach in zu großer Überzahl. Selbst wenn Erol Lyneian und seine Seeleute sich nicht beteiligt hätten, wären es einfach zu viele für uns gewesen, um sie aus nächster Nähe fertig zu machen. Ich hätte den Plan besser durchdenken sollen. Ich hätte darauf bestehen müssen, daß Jason solange im Hintergrund und außer Reichweite blieb, bis der ganze Zinnober losging. Doch diese Dinge waren immer Karls Angelegenheit gewesen. Und Karl war tot.

Einem Soldaten gelang es, in Jasons Nähe zu kommen. Er schlug ihm den Revolver aus der Hand, sein Körper erbebte unter der Kugel, die ihm den Bauch aufriß und am Rücken wieder austrat. Doch bevor Jason seine Waffe erneut an sich nehmen konnte, waren zwei andere bereits über ihm.

Tennetty hatte gerade aus einem ihrer Steinschloßgewehre gefeuert, aber ich konnte nicht sehen, was sie traf, falls sie überhaupt etwas traf. Sie bewegte sich schneller, als ich es ihr jemals zugetraut hätte, und befand sich im Nu auf dem Rücken eines der Soldaten, die mit Jason kämpften. Ihr Bowiemesser zuckte hoch und stieß nieder, zuckte wieder hoch und stieß – nun rot getränkt – erneut wieder.

Es gelang Jason, sich zu befreien. Er versuchte zwei weitere schnelle Schüsse abzufeuern, doch sein Revolver war leer und gab nur noch ein Klicken von sich.

Der Revolver.

Er feuerte mit Patronen, die mit dem rauchlosen Pulver gefüllt waren, an dem Lou Riccetti und seine Spitzenkräfte jahrelang gearbeitet hatten, um es zur Perfektion zu bringen. Bis jetzt war der Revolver einer von nur zwei Exemplaren. Er war einer von nur zwei existierenden Repetierrevolvern, der fortschrittlichsten Waffe der Welt.

Jason war Karl Cullinanes Sohn, und Karl Cullinane hätte verdammt noch mal sein Bestes gegeben, um dafür zu sorgen, daß eine so fortschrittliche Waffe nicht in fremde Hände fiel. Jason Cullinane schleuderte den Revolver nach hinten über die rechte Schulter. Sie flog in hohem Bogen über die Reling. Ein unbezahlbares Stück blauen Stahls wirbelte durch die Luft.

Wenn ich mich recht erinnere, hörte ich Tennetty in diesem Moment schreien, weil ein Schwert sie durch die Schulter an den Mast nagelte. Das Messer glitt ihr aus dem unbrauchbar gewordenen Fingern. Im selben Auigenblick brach Jason unter einer Flut von Körpern zusammen. Er hatte keine Zeit mehr gehabt, sein Schwert blank zu ziehen ...

Irgend etwas traf mich von oben auf den Kopf und ließ die ganze Welt für einen Moment ins Schwanken geraten. Ich stolperte und versuchte, wieder zu mir zu kommen, während ich mein Messer aus dem Gürtel zog. Ich stieß es blindlings nach hinten und wurde mit einem Schrei belohnt.

»Walter, wir ...« Ich bekam nicht mehr zu hören, was Ahira zu sagen versuchte. Der größte der Soldaten schleudert das herunterhängende Tauwerk gegen ihn. Mit hilflos ausgebreiteten Armen fiel der Zwerg rückwärts durch das Loch in der Reling, gleich der Acht beim Billard, die ins Loch rollt, nachdem sie von einer anderen Kugel getroffen wurde.

Der einzige Unterschied bestand darin, daß sich hier an Stelle des Lochs tiefes Wasser befand.

Sehr tiefes Wasser.

»Nein.«

Nein, es könnte gerade noch einmal gut gehen. Ahira war widerstandsfähig. Wenn er auf das Schwimmdock prallte, würden seine starken und dicken Knochen ihn schützen. Aber er war mit viel Schwung getroffen worden und das in einem steilen Winkel, so daß er in einem hohen Bogen noch über ...

Noch immer höre ich seinen Schmerzensschrei – einen schrillen, heulenden Schrei. Und noch immer sehe ich ihn unkontrolliert rückwärts stürzen. Seine Finger griffen nach dem Schwimmdock und verfehlten es nur um wenige Zentimeter. Noch immer sehe ich die Fontäne, die er verursachte, und seine geweiteten Augen und die Panik, die auf seinem Gesicht geschrieben stand, als sich das Wasser über ihm schloß.

Zwerge können nicht auf dem Wasser treiben.

Zwerge können nicht schwimmen.

Zwerge sinken wie Steine auf den Grund.

»Nein«, entfuhr es mir. Ich Idiot.

Nun könnte man glauben, daß ein Mann, bevor er mein Alter erreicht hat, gelernt haben müßte, daß der Wunsch, etwas ungeschehen zu machen, noch nie etwas an den Tatsachen geändert hat und daß es keine Rolle spielt, was man sich wünscht, erhofft oder braucht, sondern nur wichtig ist, was man tut.

Reflexartig, närrisch, idiotisch und nutzlos streckte ich die Hand aus, aber es half nichts. Das Wasser befand sich acht bis zehn Fuß unterhalb der Reling, und Ahira war bereits nicht mehr zu sehen.

Das war das letzte, was ich wahrnahm. Dann traf mich irgend etwas seitlich am rechten Ohr.

Kapitel neunzehn

In dem ein Freund einige abschließende Worte mit Lord Daeran redet

Stolz, Eifersucht und Habgier – das sind die Funken, die das Feuer in den Herzen aller Menschen entfacht haben.

– DANTE ALIGHIERI –

Ich kann mich an zwei Dinge erinnern, die ich Zeit meines Lebens sagen wollte. Ein Freund von mir hat kürzlich eines von ihnen gestohlen.

– WALTER SLOWOTSKI –

Mein Karate-Lehrer, Herr Imaoka, gab mir die beste Kampflektion, die ich jemals erhielt.

»Das Allerwichtigste im Karate ist: zu rennen«, sagte er, als wir alle uns widerwillig die Turnschuhe anzogen. »Das erste, was du in einem Kampf machst«, sagte er, »ist dich umzudrehen und wegzulaufen. Lauf mindestens einen Kilometer, besser zwei oder drei. Wenn er dich dann immer noch verfolgt, ist er zu diesem Zeitpunkt wahrscheinlich außer Atem. Und wenn die Sache immer noch einen Kampf wert ist«, sagte er mit einem Lächeln, »dann drehst du dich um und schlägst ihn zusammen.«

Daß Lord Daeran sich über mich beugte, war das nächste, das ich halbwegs mitbekam. Er sah nicht im geringsten erschöpft aus; sein Haar und sein Ziegenbart waren säuberlich gekämmt, und sein Gesicht strotzte nur so vor Gesundheit und Tatendrang.

Es sah fast so aus, als wäre er mit unseren Heiltropfen in Berührung gekommen.

Nein, danke, ich würde allemal einen Kater vorziehen. Unter meinem linken Schulterblatt spürte ich einen ständigen, stechenden Schmerz. Ich war mir sicher, daß ich dort eine Stichwunde hatte. Die gebrochenen Rippen schmerzten bei der allergeringsten Bewegung, und ich konnte nur noch ganz flach atmen.

Nicht, daß ich mich großartig hätte bewegen können. Vor diesem Problem hatte Lord Daeran mich bewahrt, indem er mich mit den Händen auf dem Rücken an die Reling am Heck gefesselt hatte – zwischen Tennetty und Jason. Andy, Kenda und Bast lagen verschnürt auf dem glühendheißen Deck. Über jeden der drei, die auf der Seite lagen, beugte sich ein Soldat – und ich fragte mich, warum.

Tennetty und Jason waren von Messerstichen übersät. Obwohl sie gar nicht einmal so viel Blut verloren hatten, waren sie nicht mehr kampffähig. Jason sah übel zugerichtet aus. Mit dem Fingern ihrer rechten Hand tastete Tennetty nach den Knoten ihrer Fesseln, während ihr linker Arm leblos herunterhing – das Schwert, das ihre Schulter getroffen hatte, mußte ein Nervenzentrum zerstört haben.

Das sah gar nicht gut aus.

Über dem Knebel blitzten Andys Augen wütend hervor – sogar das schwerverletzte rechte Auge, das beinahe zugeschwollen war.

Ahira war tot.

Unsere Ausrüstung lag überall auf dem Deck herum. Die Kleider waren willkürlich verstreut, die Waffen und das andere Zeug sorgfältig zur Prüfung für Daeron ausgelegt. Als er sich über unsere Ausrüstung beugte, fingerte er eine unbeschriftete Metallflasche heraus. Ich hätte nichts dagegen gehabt, wenn er daraus getrunken hätte – es war ein Mittel gegen das Wundreiten und bestand im Wesentlichen aus Holzalkohol.

»Die wichtigsten Dinge zuerst, Walter Slowotski«, sagte Daeran. »Ich spreche vom Gegengift. Ich bin sicher, daß Ihr noch mehr davon habt.«

Das war wohl richtig, doch das meiste davon befand sich in einer anderen Flasche außerhalb meiner Reichweite. Ich würde gerne mal einen Schluck davon nehmen, um mir den Staub aus der Kehle zu spülen.

Ich antwortete nicht und achtete nur darauf, daß ich weder in die Richtung dieser Flasche von Ricettis Bestem noch in die andere Richtung schaute. Daeran wurde nicht wütend. Allerdings stieg er über die Ausrüstung zu mir herüber und schlug mir zweimal wohlkalkuliert ins Gesicht; einmal mit der Handfläche, das andere Mal mit dem Handrücken.

Das war keine Folter, jedenfalls jetzt noch nicht. Damit wollte er mir nur zeigen, daß er es ernst meinte.

Vor meinem inneren Auge konnte ich Ahira sehen, wie er den Bastard mit seinen breiten Händen packte und das Leben aus ihm herausquetschte.

Aber Ahira war über Bord gefallen und lag zehn Meter tief unter Wasser.

Tot.

Ich sah nur eine Chance, wenn überhaupt. Die Kräfteverhältnisse an Bord waren in etwa ausgewogen, aber sie standen auf Messers Schneide. Mit den Verlusten, die wir seinen Leuten zugefügt hatten, waren Daeran und Erol Lyneian mit ungefähr gleichstarken Truppen auf dem Schiff. Daeran würde diese Pattsituation nicht dadurch gefährden, daß er Leute um Truppennachschub ausschickte – nur um Erol Lyneian mit der vollständigen Vernichtung zu drohen.

Die beiden würden sich eher einigen, bevor sie das Geheimnis aus mir herausfolterten; sie würden ein entzückendes kleines Arrangement treffen, eine Art ›Mißtrauensantrag‹, mit dessen Hilfe sie auf der Anderen Seite landen würden.

Ich mußte alles auf eine Karte setzen. Es war uns gelungen, das Geheimnis des Schwarzpulvers seit rund zwanzig Jahren zu hüten – in den Jahren, in denen die Zauberer von Pandathaway einen teuren Ersatzstoff erfanden, und in denen Riccetti die rauchlose Munition für Patronenwaffen wiederentdeckte, und was da noch so alles gewesen war.

Nun aber hieß es: jetzt oder nie. Ich entschied mich für ›jetzt‹. »Salpeter – das sind Kristalle, die unter alten Misthaufen gefunden werden können.«

»*Nein*«, rief Bast. »Verrat es ihm nicht. Im Namen des Ingenieurs, halt den Mund! Tu es nicht!«

»Salpeter«, wiederholte ich. Ich war nicht mehr zu bremsen. »Von Salpeter fünf Teile, von Holzkohlenstaub – Weide eignet sich am besten – drei Teile und von Schwefel zwei.«

»Das ist das Gegengift?«

»Nein, nein, nein«, sagte ich. »Das ist *Schießpulver*. Schwarzpulver. Die Herstellung ist knifflig, aber das sind die Bestandteile: Salpeter, Holzkohle und Schwefel – fünf, drei und zwei.«

Ein verirrtes Lächeln spielte um Erol Lyneians Lippen. »Ich glaube, daß Lord Daeran im Moment mehr an dem Gegengift interessiert ist. Du hast ja bis auf einen Tropfen alles verschüttet.«

Ich versuchte ein Achselzucken und bereute diese Anstrengung sofort. »Es hat nie ein Gift gegeben«, sagte ich und stieß jedes Wort wie durch eine Wolke von Schmerz hervor. »Alles Bluff. Der Idiot hat es nur geglaubt.«

Denk nach, verdammt noch mal, denk doch nach. Ich durchlebte gerade einen Wust von Empfindungen. Alles, was ich bislang getan hatte, hätte ich sonst auch getan: nämlich etwas Zeit herausschinden, damit Ahira uns aus diesem Schlamassel herausholen konnte; und Schwachstellen der Falle zu entdecken, in der wir uns befanden, damit er diese ausnutzte. Aber Ahira gab es nicht mehr.

Er war tot.

Ich mußte seine Arbeit übernehmen – oder sonst jemand.

Nein, es gab noch eine Möglichkeit: Wir würden alle sterben.

Daeran ging einen Schritt auf mich zu, doch Erol Lyneian hielt ihn mit einer Geste zurück. »Ihr lügt.«

»Dann trink doch noch mehr aus dieser Flasche«, sagte ich und deutete mit dem Kinn in die entsprechende Richtung. Auch das tat schon weh. »Es ist nur Whisky. Genießt ihn. Ich werde auch davon trinken. Laßt ihn Euch schmekken. Mit den besten Empfehlungen vom Ingenieur.«

Mit wütendem Blick fletschte Bast knurrend die Zähne. Wenn er sich hätte befreien können, wäre er auf mich losgegangen, nicht auf die Gegner. Das Geheimnis des Schießpulvers war der große Schatz des Ingenieurs, und den hatte ich gerade verraten.

Nun ja, mein Leben und das meiner Freunde war eben *mein* großer Schatz, und ich hoffte, daß ich soeben für uns alle eine größere Überlebenschance erwirtschaftet hatte. Keiner von ihnen würde mir noch vertrauen. Erol Lyneian und seine Männer wußten jetzt einfach zuviel.

Aber mit dem Problem müßte sich Erol Lyneian jetzt noch nicht befassen. Lord Daeran hatte drei kampfbereite Soldaten an Bord der *Delenia*, alle drei mit blankgezogenen Waffen. Erol Lyneian hatte nur seine fünf Besatzungsmitglieder auf Deck, die dem Anschein nach unbewaffnet waren. Erol Lyneian und seine Männer könnten den Kampf vielleicht gewinnen, allerdings würde es ein sehr langer Kampf werden. Er konnte nicht damit rechnen, alle Leute Daerans auszuschalten, bevor Verstärkung eintreffen würde.

Daeran steckte mir den Hals der Whiskyflasche zwischen die Lippen.

Ich nahm einen großen Schluck, bevor er sie wieder zur Seite nahm. Ein letzter Schluck für den Verdammten, obwohl es nicht so gemeint war.

»Ihr seid ein bißchen zu eifrig«, sagte er. »Womöglich blufft Ihr bloß wieder. Wir werden abwarten, um zu sehen, welche Wirkung sich zeigt.«

Es schien nicht zu klappen. Ich hatte nicht genug in der Hand, um Erol Lyneian gegen Daeran auszuspielen. Alles, was ich tun konnte, war Zeit zu gewinnen. Doch wofür?

Vielleicht konnte sich Tennetty von ihren Fesseln befreien.

Sie verstand die Situation offensichtlich überhaupt nicht; sie lächelte. Verrücktes, idiotisches Weib. Hatte sie denn schon vergessen, wie sehr sie verletzt worden war? Begriff sie denn nicht, daß wir im Grunde alle schon tot waren und ich nichts anderes tat, als uns Zeit für ein Wunder zu verschaffen, das doch nicht eintreffen würde?

Jason begann ebenfalls zu lächeln. Dieser Schwachkopf.

Ich habe ja nichts dagegen, wenn sich jemand wie ein Held benimmt, aber das hier war einfach lächerlich.

Ahira war tot, und wir alle waren so gut wie tot, doch dieser verfluchte Narr grinste nur vor sich hin ...

In diesem Moment bemerkte ich grobe Finger, die sich in meinem Rücken an den Fesseln zu schaffen machten.

Ich nehme an, daß Daeran irgend etwas an meinem Gesichtsausdruck auffiel. Er zog eine Augenbraue hoch und kam einen Schritt auf mich zu.

Ich spie Blut auf das Deck. Blut eignet sich immer, um Aufsehen zu erregen.

»Der Heiltrank«, sagte ich. »Ich sage kein Wort mehr, ehe nicht meine Freunde und ich welchen erhalten.«

»Später, jetzt sprecht erst mal über die Details«, forderte Daeran.

»Augenblicklich«, verlangte ich. »Oder ich beiße mir die Zunge ab, und Ihr werdet nie etwas über das Geheimnis der Herstellung erfahren.«

Die geheime Herstellung war gar nicht so schwierig. Man zerreibt die Bestandteile getrennt voneinander, wirft sie in ein Faß, fügt entweder Wasser hinzu, noch besser wäre Urin, und am besten Wein. Dann muß man rühren, rühren und rühren, bis der Arm sich anfühlt, als würde er gleich abfallen. Dann noch ein bißchen rühren. Jetzt drückt man diese teigähnliche Masse durch ein Drahtgitter, um sie noch sorgfältiger zu vermischen. Das nennt man Körnung. Man muß es wirklich *sehr* sorgfältig trocknen – und dann ist es fertig. Es ist gefährlich, Leute. Probiert es nicht zu Hause aus. Schwierig herzustellen ist es aber nicht.

»Ihr blufft schon wieder«, sagte Daeran.

»Dann stellt mich auf die Probe«, pokerte ich weiter.

Er seufzte nicht einmal. »Diesmal nicht. Diesmal lasse ich Euch gewinnen.« Er ging einen Schritt auf mich zu.

Die Finger hinter mir verschwanden. Ahira, der sich

irgendwie an der Schiffsseite festgehalten haben mußte, indem er wahrscheinlich auf dem Rand eines Bullauges oder etwas Ähnlichem gestanden hatte, duckte sich nach unten.

»Nein, die zuerst.« Ich nickte zu den anderen hin. Sie hatten es nötiger als ich, besonders Tennetty und Jason, und außerdem wollte ich die Hände frei haben.

Daeran hatte sich entschieden, sein Temperament zu zügeln. Er würde noch genug Gelegenheit haben, mich für meine Frechheiten zu bestrafen. Und nur weil er den anderen vom Heiltrank gab, schloß das nicht aus, daß er sie später nicht doch noch töten würde.

»Also gut.« Er ging zu Tennetty und hielt ihr die Flasche mit dem Heiltrank an die Lippen.

Die Hände in meinem Rücken waren wieder da und beendeten ihr Werk; dann drückten sie mir einen Messergriff in die Hand, aber das Messer wurde wieder zurückgezogen. Die groben Finger legten einen Lederriemen in meine Hände, schlossen meine Finger um den Riemen, gaben meiner Hand einen abschließenden, kurzen Klaps und verschwanden wieder.

Danke dir, Ahira, verfluchten Dank.

Er war es. Das war keine Frage. Ich kannte die Berührungen seiner Hände. Und einem geschenkten Gaul schaute ich nicht ins Maul, jedenfalls nicht dann, wenn er der einzige Weg in die Freiheit ist. Mein bester Freund war am Leben und konnte sich frei bewegen und ...

Natürlich. Manchmal bin ich schwer von Begriff. Er wollte mich nicht auf den Arm nehmen, sondern mir die Auswahl unserer Waffen zeigen. Und er hatte mir zu verstehen gegeben, welche Waffe in dieser Situation für mich am besten geeignet wäre. Er vertraute darauf, daß ich seine Absichten verstehen würde.

Wir hatten Lederriemen – diejenigen, die meine Handgelenke gefesselt hatten, kein Zweifel. Und wir hatten ein Messer.

Gut, das war ein Anfang.

Das Messer würde Tennetty bekommen. Ahira würde versuchen, an der Schiffswand außen herum einen Weg zu finden, um nicht ins Blickfeld zu geraten. Nein, das würde er nicht. Wenn er wieder hinunterfallen sollte, wäre er nicht in der Lage, noch einmal aus dem Wasser zu kommen. Er würde da bleiben, wo er war – oben auf dem Ruderblatt oder wo auch immer. Er würde mich, Tennetty und Jason befreien und dann von mir erwarten, daß ich die Dinge in die Hand nahm.

Wie, zum Teufel, ist er bloß aus dem Wasser gekommen? Ich habe gesehen, wie er im Wasser aufklatschte, um dann wie ein Stein zu versinken.

Später, Walter, später.

Was hatte er bloß so lange gemacht?

Andrea, Jason und Tennetty waren mit dem Heiltrank behandelt worden; jetzt war ich an der Reihe.

Lord Daeran kniete vor mir. »Eure Heiltropfen. Dann werdet Ihr sprechen. Ich garantiere Euch, daß Ihr reden werdet.« Er hielt mir den noch warmen Flaschenhals an den Mund und stieß ihn kräftig gegen meine Zähne.

Ich machte mir nichts daraus. Der viel zu süße Geschmack des Heiltranks wusch das Blut aus meinem Mund; meine Schmerzen und Qualen wurden schwächer und schwächer.

Keine Zeit, sich jetzt darüber zu freuen. Ich knüpfte eine Schlinge in das eine Ende des Lederriemens und zog das andere Ende hindurch.

Lord Daerans Augen weiteten sich, als ich die Schlinge um seinen Hals schlang und im Nacken fest zusammenzog. »*Jetzt!*« rief ich, wenn auch überflüssigerweise.

Keine Zeit, um ihn endgültig zu erledigen – ich stieß ihn beiseite; dann ließ ich mich auf den Boden zu unserer Ausrüstung gleiten. Tennetty, die das Messer in der ausgestreckten Hand hielt, war hoch über mir und ließ sich auf einen Soldaten fallen, der ein bißchen zu langsam reagierte. Ich glaube, sie schnitt ihm die Kehle durch. Sein gellender Schrei durchdrang mein Ohr.

Auch keine Zeit zum Denken; ich mußte das alles erfolgreich zu Ende bringen, und zwar mit Instinkt.

Zuerst ließ ich das Schwert mit dem Griff voran zu Jason schlittern. Dann packte ich den Soldaten, der über Andy gebeugt stand, so heftig, daß sogar Trainer Fusco zufrieden gewesen wäre. Dieser Hurensohn hatte mir immer unterstellt, daß ich es mir als Quarterback zu einfach gemacht hätte. Zum Teufel mit ihm.

Und zur Hölle auch mit dem Soldaten. Mein Angriff hatte ihn so weit zurückgeschleudert, bis die Reling ihn quer über den Nieren traf und stoppte. Seine Arme flogen zur Seite, als der krampfende Schmerz ihn überwältigte.

Noch immer waren wir unterlegen. Selbst mit Ahira im Rücken würden wir keine Chance haben, wenn nicht ... zuerst mußte ich Andy befreien, und sie müßte ...

Natürlich. Traue deinen Freunden. Aus den Augenwinkeln sah ich den Segelbaum und hörte in einem Winkel meines Bewußtseins Ahira auflachen.

»Tennetty, Jason – *runter*!« brüllte ich. Der schwarze Schatten schoß auf mich zu. Ich duckte mich und kroch in Andys Richtung, als der Baum – angestoßen von unglaublich starken Zwergenmuskeln – knapp über das Deck fegte und die Soldaten hinwegschleuderte, während die Seeleute sich instinktiv bückten.

Ich schnappte ein Messer und gelangte an Andys Seite. Ein Schnitt, eine Drehung – und sie war frei. Ihre Finger zerrten schon am Knebel, gleichzeitig riß ihr Fußfeger den Soldaten von den Beinen, der sie hatte packen wollen.

Sie sprang auf die Füße, und mit weit geöffneten Armen stieß sie eine einzige Silbe aus.

Das verblassende Tageslicht schimmerte rötlich, und über uns wurde der Himmel dunkel.

Die Zeit schien einzufrieren. Mein Herz hatte schnell und hart geschlagen, aber jetzt hörte ich bei jedem Schlag ein langsames, doppeltes Ächzen.

Uaa-ssunnnnk.

Dann eine lange Pause.

Uaa-ssunnnnk.

Noch konnte ich denken, noch konnte ich sehen, aber ich hätte mich nicht mehr schnell fallen lassen können. Wir klebten alle wie in einem zähen Brei: Tennetty, die ihr Messer erhob, konnte den Säbel nicht sehen, der nur wenige

Zentimeter von ihrem Rücken entfernt war, um sie aufzuspießen; Ahira hielt mit der einen Hand eine blutige Masse fest, die einmal das Gesicht eines Soldaten gewesen war, und mit dem anderen Arm quetschte er den Brustkorb eines weiteren Soldaten so stark zusammen, daß die Rippen brachen; Jason, mitten im Angriff auf den Bauch des größten Soldaten, sah mit finsterer Miene eine weitere Klinge auf sich zukommen.

Wir alle waren in der roten Zeit gefangen, außer Andy.

Sie überquerte ungestört das Deck, weit nach vorn gebeugt, als würde sie sich gegen einen starken, aber gleichmäßigen Sturm stemmen. Den Säbel, der Tennetty bedrohte, schlug sie im Vorübergehen beiseite.

Als sie ihren Sohn erreichte, fegte sie die angreifende Klinge fort. Dann legte sie einen Finger auf jede Seite des Soldatenkopfs und stieß ein Wort aus, an das ich mich nicht hätte erinnern können, selbst wenn ich es verstanden hätte.

Funken sprangen gemächlich von Finger zu Finger und wurden dabei immer heller. Ihr Mund formte immer wieder die gleichen Worte. Ich konnte jedoch nicht von den Lippen ablesen, was sie sagte. Die Funken wurden zu einem Bogen und der Bogen zu einem Blitz. Zackige Spitzen drangen in den Kopf des Soldaten, eine Rauchwolke sammelte sich über seiner Stirn und seinen Ohren.

Langsam und anmutig wandte sie sich mir zu und lächelte. Es war kein freundliches Lächeln.

Und jetzt zu dir, las ich von ihren Lippen.

Als das Licht wieder blau wurde und die Zeit sich normalisiert hatte, holte Ahira seine Axt aus unserem Haufen.

An Deck waren nur noch zwei Soldaten am Leben. Tennetty hatte den Arm um die Kehle des einen geschlungen und Jason, dessen Schwert im Licht glänzte, hielt den anderen in Schach.

Sonst war nur noch Lord Daeran übrig, der auf dem Deck lag, während er die Würgeschlinge von seinem Hals zu lösen suchte, die ich offensichtlich nicht fest genug zugezogen hatte.

Jetzt aber schnell.

Ahira hob seine Axt.

»Was ... *seid* ihr?« fragte der Lord.

Hätte er mich gefragt, wäre ich versucht gewesen, ihm zu erklären, daß Mikyn eigentlich einer von uns war – wenn er gebremst werden müßte, dann würden wir das besorgen. Einheimische erledigen so was unter sich – und daß es völlig falsch war und nicht straflos hingenommen wurde, Freunde und Verbündete von uns zu töten, die unwissentlich Mikyn geholfen hatten.

Aber Ahira machte keine unreifen Sprüche.

Erst fiel die Axt, dann sprach er: »Gerechtigkeit, Hurensohn.«

Ich nehme an, daß James Michael und ich in den alten Zeiten dieselben Filme gesehen hatten.

Von einem Dock sprangen Soldaten in die Boote. Zwei der kleinen Schiffe befanden sich bereits auf dem Weg zu uns.

»Kapitän«, sagte ich, »wie wär's, wenn du jetzt mal versuchst, uns alles ganz genau zu erklären, oder müssen wir beide erst um die Ecke gehen?«

Erol Lyneian lächelte, als er mit einer Handbewegung seine Mannschaft in Bewegung brachte. »Wir haben immer noch ein Abkommen, Walter Slowotski. Die *Delenia* wird dich sicher dorthin bringen, wohin du möchtest; und mir hast du das Geheimnis der Herstellung des Schießpulvers zu übergeben.«

Er würde sich nicht dafür entschuldigen, daß er zuvor aus der Not eine Tugend gemacht hatte, indem er sich auf die Seite von Lord Daeran schlug. Geschäft ist Geschäft.

Bast stürzte nach vorn und stolperte, möglicherweise auch, weil das Schiff schlingerte. »Nein, erzähl ihnen nichts, verrate das Geheimnis nicht. Tu es nicht ...«

Tennetty schnappte seinen Arm und drehte ihn mit einer kurzen Bewegung auf seinen Rücken. »Jetzt nicht. Später, wenn überhaupt.« Sie stieß ihn von sich, zog wieder ihr Schwert und nahm eine *En-garde*-Position dicht neben mir ein.

Ich nickte Erol Lyneian zu. »Wir haben eine Abmachung. Laß uns dieses Schiff in Bewegung setzen, du Arschloch.«

Kapitel zwanzig

Direkt, nachdem ich mir mit der flachen Hand heftig gegen die Stirn geschlagen habe

Nicht das, was ein Mensch nicht weiß, macht ihn zum Narren, sondern daß das nicht stimmt, was er weiß.

– JOSH BILLINGS –

Manchmal ist es gut, nicht recht zu haben.

– WALTER SLOWOTSKI –

Es gab einmal etwas, das eine Freundin von mir immer mit dem Etikett ›Rhinozeros‹ in der Ecke versehen hatte. Vielleicht hat sie es nur übernommen, aber ich verbinde es immer mit Peggy.

»Das ›Rhinozeros in der Ecke‹ ist der Hintergedanke, der über einem Gespräch schwebt«, beschrieb sie, »den du aber nicht aussprichst. Man findet das überall, in vielen Situationen.«

»Nehmen wir als Beispiel, man geht zum erstenmal mit einem Mädchen essen?« Ich lächelte. Wir gingen tatsächlich gerade das erstemal zusammen zum Essen aus.

»Mit einer Frau.«

»Okay, also mit einer Frau.«

»Ihr sprecht über die Schule«, fuhr sie fort. »Und über Hauptfächer und Jobs, über Filme und Politik – über alles. Aber ihr denkt beide daran, ob ihr wohl miteinander ins Bett geht oder nicht.«

»Ach, ja?«

»Ich meine, daß du darüber nachdenkst und sie darüber nachdenkt, aber ihr sprecht nicht darüber.«

»Du meinst, so wie wir jetzt nicht darüber sprechen?«

»Tja ...« Sie lächelte und nippte an ihrem Bier. »Ja.«

Ahira hatte nicht vor, mir zu erzählen, wie er überlebt hatte, außer wenn ich ihn danach fragte. Und ich wollte ihn nicht fragen. Es handelt sich dabei auf beiden Seiten um nichts anderes als reine Sturheit. Es ist einfach eine Art Verhaltensmuster, das wir in all den Jahren miteinander entwikkelt haben. Schließlich würde einer von uns nachgeben, aber ich verwette nicht mein Haus darauf, wer es sein wird.

Ahira und ich standen in der Gischt beim Bug auf dem Vorderdeck. Er hockte auf einer Stufe in der Nähe des Ankers und hatte einen Arm um die Sicherheitsleine geschlungen, während er die Schneide seines Schlachtbeils schärfte. Ich lehnte gegen die Reling und tat nichts Besonderes.

Ahira wetzte die Schneide seiner Axt vorsichtig mit einem Schleifstein. *Fssssst, fssssst, fssssst, fssssst.*

»Wenn du so weitermachst, wirst du sie noch so scharf machen, daß du dich damit rasieren kannst«, bemerkte ich.

Er zuckte mit den Achseln. »Eine Axt kann nie scharf genug sein.« Eine zu dünne Schneide konnte zwar im Kampf absplittern, aber mit Ahiras Kraft dahinter machte das kaum einen praktischen Unterschied.

Wenigstens redete Ahira mit mir, auch wenn der sture Bastard mir die Information, die ich von ihm haben wollte, nicht von sich aus preisgab. Bast und Kenda hielten mich für eine *persona non grata*. Jason war sich bis heute nicht sicher, ob ich uns durch einen genialen Trick mehr Zeit verschafft und uns dadurch auf raffinierte Weise einen Tag geschenkt hatte – oder ob ich feige für nichts und wieder nichts all das verraten und verkauft hatte, wofür Heim stand. Ich hätte mich mit ihm streiten können, aber ich war mir nicht sicher, für welche Seite ich plädiert hätte. Deshalb ließ ich es sein. Andy schlief in ihrer Koje. Tennetty wachte über sie und über Bast und Kenda.

»Das Schiff scheint schneller geworden zu sein, seitdem wir vor Anker liegen«, bemerkte er.

»Ich weiß«, erwiderte ich, »aber das scheint nur so.«

Vor dem Wind zu segeln ist zwar schnell, doch an Bord ist es trotzdem eher windstill und macht keinen Spaß. Je schneller das Boot segelt, desto weniger Freude macht es – je effektiver du den Wind zu nutzen weißt, desto weniger frische Brise hast du an Bord. Du trägst den eigenen Mief mit dir herum. Es fühlt sich an, als würdest du dich selbst überhaupt nicht bewegen, so, als ob das ganze restliche Universum sich um dich bewegt. Langsam und stickig.

Ich ziehe es vor, dicht am Wind zu segeln, mit einer frischen Brise im Gesicht und gelegentlichen Gischtschauern, die mich erfrischen.

Magie und Wahnsinn tobten irgendwo draußen frei in der Nacht, und wir segelten geradewegs hinein.

Wir redeten und behielten die Nacht im Auge. Es gab nicht das geringste zu tun. Die Nacht war klar, und am Himmel glitzerten die Sterne wie Diamanten, die stolz auf schwarzem Samt ausgebreitet lagen. In Richtung Hafen, wo das Sternenlicht über den sanften Hügeln flimmerte, lauerte drohend dunkles Land. Die Schwärze wurde nur gelegentlich durch das Flackern von Laternen oder Feuerstellen hinter einigen Fenstern an Land unterbrochen.

Steuerbords spiegelte sich das Sternenlicht schimmernd und verschwommen auf der dunkelglänzenden, bewegten Oberfläche des Sees.

Ein Seemann sieht nichts als die Oberfläche des Meeres. Er kann sich nur fragen, was unter der Oberfläche warten mag. Dort gibt es eine Menge, das man niemals kennen wird.

Ich glaube, ich werde nie erfahren, wie ich die Sache mit Kirah hätte richtig machen können. Aber vielleicht muß ich gar nicht entscheiden, was richtig ist; nicht im Sinne von Erfolg. Ich mußte vielleicht endlich akzeptieren, daß es nicht ganz der richtige Weg war, die Dinge zwischen Kirah und mir in Ordnung zu bringen, wenn ich mich die ganze Zeit in Eren herumtrieb. Während der Jahre in Endell war alles gut verlaufen. Ich nehme an, weil ich die ganze Zeit dort geblieben war.

Oder vielleicht auch nicht. Möglicherweise brauchten Kirah und ich eine längere Trennung voneinander.

Trotz allem erinnerte ich mich immer noch an sie – wie ihr Haar im Wind wehte, an ihren weichen, warmen Körper. Zu lange ist das her.

Es kommt die Zeit, wo du einfach nur eine Entscheidung triffst und aufhörst, dich wie ein Idiot aufzuführen und so zu tun, als würdest du abwägen und ausgleichen, überlegen und versuchen zu entscheiden, sondern du entscheidest einfach. Gut.

Dann würde ich entscheiden. Genug der Versuche, des Wimmerns, Überlegens und Fragens nach dem Warum. Wenn ich nach Hause komme, sorge ich dafür, daß zwischen Kirah und mir alles klar geht. Punkt. Ich frage nicht wie und frage nicht warum. Ich werde es einfach tun.

»Worüber denkst du nach?« fragte Ahira. *Fssssst. Fssssst.*

»Ich dachte gerade, daß es hier draußen kalt wird.«

Geradeaus, vielleicht ein paar hundert Meter oder sogar mehr als ein paar Kilometer entfernt, umkreisten sich langsam drei Feenlichter, die sanft in blauen und grünen Tönen pulsierten. Das Tempo nahm zu; die Lichter drehten sich schneller um ihr unsichtbares Zentrum. Sie wurden rot und orange. Die Geschwindigkeit nahm weiter zu, während sie sich gegenseitig schneller und schneller, enger und enger umkreisten, bis der Kreis sie nicht mehr halten konnte. Erst verging eins, dann auch die anderen beiden in einem feurigen Funkenregen, der sich blau verfärbte, als er ins dunkle Wasser fiel.

»Magie und Wahnsinn sind irgendwo draußen in der Nacht freigesetzt«, flüsterte ich.

»Das stimmt.«

»Und wir segeln darauf zu.«

»Genau.« *Fssssst. Fssssst. Fssssst.* Er hob den Kopf. »Wo würdest du lieber sein?«

»Hier gefällt es mir, muß ich sagen.« Die schönsten Stunden sind die, wo man nur herumsitzt, spricht und nachdenkt.

Erol Lyneian war ein sehr ordentlicher Kerl: Das Ankerkabel fremdartiger Therranj-Konstruktion, die ein Messing-Eisen-Kabel so biegsam wie ein Seil machte, lag sauber aufgeschossen auf Deck, und nicht einfach nur zu einem Haufen aufgetürmt.

Vor uns tanzte das Sternenlicht auf dem Wasser; die Wellen schlugen gegen das schnell dahingleitende Boot. In der Dunkelheit über uns bemühte sich der Klüver, jeden Windhauch einzufangen; er zeichnete sich über uns ab wie ein geisterhafter Schatten.

Einer von der Besatzung bahnte sich seinen Weg nach vorn. Sein Name war Vertum Barr; ein kleiner, knochiger Mann in den Fünfzigern, von Natur aus so dünn, daß man die Rippen trotz des prallen Bäuchleins sehen konnte. Er war dunkel und verschrumpelt wie ein vertrockneter Champignon – die Art von Seemann, die überall auf dem Zirrischen See zu finden ist – auf jedem Boot. Er würde niemals mehr besitzen als das, was er in seinem Seesack tragen konnte. Aber solange er zu arbeiten vermochte, würde er immer eine Koje finden, um seinen Seesack unterzubringen.

»Du kümmerst dich um die Trimmung, weil der Wind stärker wird, wie?«

Er verzog das Gesicht zu einem zahnlosen Grinsen.

»Wie hast du das erraten?«

»Aber bitte. Ich habe nun mal ein Auge für das Offensichtliche: sie bricht hinten ein bißchen aus. Wer auch immer hinten an der Ruderpinne steht, muß das ständig ausgleichen. Das geht auf die Geschwindigkeit.«

»Hmmm ... und was würdest du machen, wenn es deine Aufgabe wäre?«

Ich zuckte mit den Achseln. »Ist das ein Test? Ihr bemüht euch, das Problem zu weit heckwärts zu lösen. Ich würde einfach die Taljenführung leewärts wegfieren – und das Hauptsegel ein bißchen schießen lassen. Vielleicht würde ich auch beidrehen, um das Großsegel etwas zu reffen. Aber ich bin ein Faulpelz. Ein Kapitän, der sich auf jeden Hauch von

Geschwindigkeit etwas einbildet, ist entweder einer von denen, der ein leicht bedienbares Segel aufzieht, so wie du, oder einer, der lieber gleich einen größeren Klüver nimmt.«

»Das tut er ... genau.«

»Und jemand, der sich die ganze Arbeit gemacht hat, zwei Fockstagen am Hauptmast zu befestigen, wäre bestimmt nicht bereit, beizudrehen und die Segel auf leichte Weise einzuholen. Für diese Arbeit wären mindestens vier Männer erforderlich. Ich wette, daß du ein paar Gehilfen für diesen riesigen Koloß von Klüver brauchst.«

»Um die Wahrheit zu sagen: Ich würde nicht gegen dich wetten.« Er lächelte. »Ja, ich könnte dabei etwas Hilfe gebrauchen.«

»Klar, wir tun es gern.«

Ahira nickte. »Das hier kann ich genauso gut später zu Ende machen.« Er schob die Axt in die Scheide und band sie an eine Nagelbank. »Was hast du jetzt mit uns vor?«

»Nur ein bißchen Arbeit.« Ich wollte ihn immer noch fragen, wie er überlebt hatte, und er hätte es mir auch gesagt. Aber wir beide haben es uns immer gestattet, in unwichtigen Dingen stur zu bleiben.

Sein Lächeln strahlte in der Dunkelheit. »Damit kann ich umgehen.«

Wir überraschten sie. Ahira und ich schafften es ganz allein, den riesengroßen Sack mit dem Ballon-Klüver heranzuholen – auf der Anderen Seite hätten wir es Genua-Klüver genannt. Ahira stöhnte allerdings vor Anstrengung, als er den Segelsack durch die Luke nach oben transportierte. Er wog bestimmt vierhundert Pfund – aber Ahira kann solche Gewichte tragen.

Ich stabilisierte die Sache lediglich. Schließlich bin ich trotz allem nur ein Mensch.

Das Setzen des Segels war etwas anders, als ich es kannte. Sie hatten das Segel entsprechend ihrem ganz persönlichen System gefaltet und gepackt. Ich hätte mir nicht gewünscht, das Segel allein zu setzen. Aber Vertum Barr und Tretan Verr verstanden ihre Arbeit, und es dauerte nicht allzu lange, bis wir das Ballon-Klüversegel an dem leewärts gelegenen Fockstag befestigt und das kleinere Klüver-Segel nach unten gebracht, gefaltet, eingepackt und verstaut hatten.

Wir kehrten an unseren Platz auf Deck zurück. Das riesige Klüver-Segel blähte sich im Wind über uns und zog etwas nach Luv, während die Mannschaft das Segel richtig trimmte.

»Ich weiß nicht, was du daran findest«, stellte Ahira fest. Das war keine Kritik, nur eine Beobachtung.

»Ich glaube, man muß mit einem Sinn dafür geboren sein.« Ich lächelte. »Ich hatte ein wenig Erfahrung auf der Anderen Seite.« Aber nur ein wenig. »Es entspannt.«

»Hmmm.«

»Du hast etwas auf dem Herzen«, bemerkte ich.

Er nickte. »Das stimmt. Ich habe mich gefragt, ob du nicht zu langsam wirst, Walter«, murmelte Ahira und betrachtete die Schneide seiner Axt, als er das Schärfen wieder aufnahm. »Ihr scheint alle mit den Jahren langsamer zu werden.«

»Und du nicht?« fragte ich, vielleicht etwas zu heftig. »Du hast heute eine Stufe verfehlt.« Wenn Ahira nicht umgestoßen worden wäre, hätten wir schon die erste Runde gewonnen, anstatt nun einen zweiten Anlauf in diesem Spiel zu wagen.

Ich schüttelte mich. Die Einheimischen haben ihre Methoden, um Menschen zum Sprechen zu bringen, und ich bin nicht einmal allzu begierig auf die *Vorstellung*, glühendheiße Schürhaken in den Hintern geschoben zu kriegen. Wir alle haben unsere kleinen Fehler, und das ist einer von meinen.

Er schüttelte den Kopf. »Nein. Ich nicht. Ich altere nicht wie du, nicht so schnell.« Er starrte mich mit traurigen Augen an. »Wenn ich nachlassen würde, Stück für Stück, würde ich es vor mir selbst zugeben.«

Ich lehnte mich an die Reling und schloß die Augen. Vielleicht wurde ich für solche Sachen zu alt. Ich sage das schon seit zehn Jahren, und vielleicht wurde es jetzt wahr.

Eine verdammt dumme Zeit, um alt zu werden. Die Magie war auf die Welt losgelassen, und wir segelten nach Ehvenor, auf Gott-weiß-was zu. Die Situation beanspruchte nicht nur die Weisheit, die angeblich mit dem Alter kommt, sondern auch die Reflexe der Jugend. Wir brauchten eine Mischung zwischen Alvin York, Natty Bumppo, George Patton und Jack aus den Schatten – doch alles, was wir hatten, war nur ich.

»Vielleicht«, meinte ich. »Und vielleicht hatten wir dieses Mal nur Pech. Ich glaube nicht, daß wir so schlecht abgeschnitten haben. Mit allen zusammen lebendig aus Brae herauszukommen, bringt uns hoch auf zehn Punkte unter dem Gleichstand, jedenfalls, was mich betrifft. Das Ganze war ziemlich knapp.«

»Nein«, sagte er ausdrücklich. »Genau gleich.«

Wir saßen lange Zeit schweigend da.

»Sei nicht wütend«, besänftigte er. »Es mußte gesagt werden.«

»Vielleicht war es nötig, vielleicht aber auch nicht.«

»Würden die Dinge besser werden, wenn man es ignoriert?« Eine breite Hand ergriff meine Schulter. »Ich fühle mich an jemanden erinnert, der mir vor vielen Jahren in einer regnerischen Freitagnacht sagte, daß ich nicht meinen Rollstuhl aus dem Schlafsaal in den Regen fahren dürfe, weil ich es mir nicht leisten könne, in meinem Zustand eine Erkältung zu riskieren. Er hat gesagt, das wäre verdammt unfair, aber das ganze Universum wäre eben unfair, und wir versuchten nicht, etwas anderes zu behaupten.«

Ich zuckte mit den Achseln. »Nein, das konntest du auch nicht.«

Es war schwer, Ahira als den verkrüppelten James Michael Finnigan zu erinnern, vor allem deshalb, weil ich James Michael niemals wirklich für einen Krüppel gehalten habe. Sein Verstand war immer scharf gewesen, schärfer als der meine. Der Körper war gebeugt, sicher, aber wenn du jemanden eine Zeitlang kennst, dann hörst du auf, darüber nachzudenken. Man kann es nicht ändern.

»Ich erinnere mich auch daran«, sagte er mit gedämpfter Stimme, »daß du in dieser Nacht eine Verabredung zum Pokern abgesagt hast.«

»He, ich brauchte das Geld.« Ich lächelte. »Außerdem habe ich nicht wirklich abgesagt, wir haben es um eine Woche verschoben.«

Bethany war gut im Pokern. Sie hatte beim Spiel als James Michaels Gehilfin fungiert und sich darüber amüsiert, daß die anderen Spieler dieser Zweisamkeit mehr Aufmerksamkeit schenkten als den Karten. Nettes Mädchen. Am nächsten Wochenende veranstalteten wir dann ein schönes Steak-Abendessen, komplett mit einer Flasche Silver Oak Cabernet, das ich von meinem Gewinn bezahlte.

»Jetzt bin ich an der Reihe«, unterbrach er mich. »Du mußt anfangen, es leicht zu nehmen.« Er kicherte, um das Ganze zu entschärfen. Sein Lachen klang wie ein tiefes Grollen in der Brust. »Du kannst es dir nicht leisten, dir den Hals zu brechen, oder?«

»He, das würde ich bestimmt nicht tun. Ich werde doch nicht alle Frauen meines Charmes berauben? Aber heb dir das für später auf. Nicht jetzt. Ich bin noch ganz in Ordnung.«

Er war mit seiner Axt fertig; sorgfältig und sanft wickelte er sie in ein Wachstuch.

»Vielleicht stimmt das«, sagte er. »Es ist möglich. Aber eines Tages wirst du sicher zu langsam. Wir können das ein bißchen aufhalten, aber es wird eine Zeit auf dich zukommen, wo du nicht mehr in der Lage sein wirst, loszuziehen und Dinge allein zu erledigen.« Er biß sich in den Daumen. »Die nächste Generation wächst heran – Jason wird schlauer. Wir müssen dafür sorgen, daß er die richtige Sorte von Leuten als Rückendeckung bekommt.«

»Bis wann?«

Der Zwerg zuckte mit den Achseln. »Bis die Dinge sich ändern, auf welche Weise auch immer. Bis die Revolution, die Lou aufbaut, von selbst ausbricht – bis die Versammlung der holtischen und biemischen Adligen zu einem echten Parlament wird, bis Arta Myrdhyn eingreift und all das verdirbt, was auch immer wir dachten, das wir tun.«

Sternenlicht tanzte auf dem Wasser, und ein kurzer Gischtregen ließ mich eher frösteln, als daß er mich erfrischte.

»In der Zwischenzeit«, sagte er, »mußt du zwei Dinge tun.«

Ich ahnte, was das erste sein würde. »Üben, üben, üben.«

»Genau. Wir fangen morgens an. Du und ich ... gut, ich kann deine Gedanken fast genauso gut lesen wie du meine. Tennetty ist zu unempfänglich. Und Jason kann mit niemandem zusammenarbeiten.«

Ich zuckte mit den Achseln. »Ich sehe immer noch seinen Vater in ihm. Karl hätte sich schon weggeduckt und sechs von ihnen aus dem Weg geräumt, bevor er wirklich in den Kampf einsteigt. Und dann hätte er wahrscheinlich den Rest erledigt.«

Ahira sah mich prüfend und lange an, so wie er es immer tat, wenn ich etwas Dummes sagte. »Nicht das letzte Mal. Rühr nicht an der Legende, sonst könnte es sein, daß du anfängst, dich selber für eine Legende zu halten.« Er blickte hinaus über das Wasser. »Du mußt dich daran erinnern, daß du der gerissene Walter Slowotski bist, und aufhören zu versuchen, Karl zu sein. Prahlend auf den Marktplatz zu stolzieren, um mit jemandem abzurechnen – das hätte Karl getan.«

Gut, ich sprach es nicht aus, *ich habe es nicht so gemacht wie Karl. Ich habe es auf meine Art gemacht.*

Aber Ahira war noch auf seinem Du-bist-für-solche-Sachen-zu-alt-Trip, und ich wollte das Thema nicht noch schwieriger machen.

Außerdem hatte er recht. Ich war immer am besten auf Schleichpfaden und krummen Wegen, und nicht beim Kampf Mann gegen Mann mit einem halben Dutzend Schwertkämpfer. Eigentlich hätte ich mir deshalb einen Umweg ausdenken und nicht Lord Daeran mit einem verwegenen Rückzugsgefecht konfrontieren müssen.

»Ich werde es versuchen«, sagte ich.

»Gut«, meinte er und stand auf. »Wir fangen morgen früh mit dem Üben an. In der Zwischenzeit kannst du schlafen. Ich werde heute nacht wachen – den Schlaf kann ich morgen nachholen.«

Scheiß drauf. »*In Ordnung*«, stimmte ich zu. »In-verdammt-noch-mal-Ordnung. Ich gebe auf.«

»Wie?«

»Ich gebe auf, du hast gewonnen. Wenn du es mir nicht sagst, werde ich aufgeben und fragen.«

Er lächelte, als er mit dem Daumennagel gegen den Anker tippte. »Was willst du fragen?«

»Wie es kommt, daß du noch am Leben bist.«

Er lächelte wieder. »Du fragst, weil Zwerge nicht vom Wasser getragen werden und nicht schwimmen können, richtig?«

»*Ja*. Genau das meine ich. Wirst du es mir nun endlich erzählen, oder läßt du mich an Neugier sterben?«

Er zuckte mit den Schultern und wog die Ankerkette in der Hand. »Ich denke, ich werde Erol Lyneian um ein Stück davon bitten, als Glücksbringer. Hat dir schon mal jemand erzählt, daß Zwerge nicht *klettern* können?«

Kapitel einundzwanzig

In dem ich mich mit einem Fanatiker herumschlage und etwas Zeit mit einer alten Freundin verbringe

Es gibt Wahrheiten, die weder für alle Menschen noch für alle Zeiten gelten.

– VOLTAIRE –

Ich habe meine Meinung geändert, okay?

– WALTER SLOWOTSKI –

Es tut gut, mit alten Freunden zusammen zu sein – wovon ich noch ein oder zwei Geschichten erzählen könnte, aber damit müssen wir noch ein wenig warten.

Wir liefen in Artiven ein, um Handel zu treiben. Wir lagen etwas vom Ufer entfernt sicher vor Anker, während Erol Lyneian mit einer Barkasse und einigen Handelswaren zum Ufer fuhr – ein paar Bündel Sciforth-Eisenholz, einige große Fässer mit entsetzlich stinkendem Leim aus Fenevarian und, überraschenderweise, ungefähr fünfzig Pfund Waffenstahl aus Heim.

Eigentlich war das gar nicht so überraschend. Artiven war schließlich für seine Messer und Schwerter berühmt. Es konnte keinen besseren Einstieg geben als den hochwertigen Waffenstahl, den Heim herstellte.

Wir hätten vielleicht den direkten Weg fahren können, wenn wir nicht zwei Probleme gehabt hätten. Zum einen waren die Mannschaftsvorräte sehr knapp, da wir uns in Brae nicht die Zeit genommen hatten, sie an Bord zu nehmen. Fersengeld zu geben führt eben dazu, wichtige Dinge zu vernachlässigen. Dies war vorrangig. Zweitens wollte Ahira Bast und Kenda möglichst schnell vom Schiff und aus unserer Nähe haben.

Erol Lyneian hatte mich gedrängt, ihm mehr Einzelheiten über die Pulverherstellung zu verraten – also tat ich ihm diesen Gefallen.

Momentan ging es Bast nicht besonders gut. Unser Heiltrank reichte nicht aus, um ihn und Kenda wieder völlig gesund werden zu lassen. Die Qualen, die er hatte ausstehen müssen, hatten ihn sehr geschwächt. Ruhe, Nahrung und Zeit würden den Rest erledigen, doch leider ließ er sich keine Zeit, um sich auszuruhen.

Er unterbrach mich, als ich gerade von Vertum Barr eine Lektion im Auftakeln und Trimmen einer Ketsch erhielt. Ich bin kein Laie, aber ich lerne gerne neue Tricks dazu und poliere die alten auf. Tennetty und Jason trainierten auf dem Hinterdeck.

Es tat gut, wieder Matrose zu spielen, nichts weiter als ein paar Pumphosen zu tragen und ein Kopftuch – na ja, und ein Messer, das ich an der rechten Wade, vom Hosenbein versteckt, befestigt hatte. Ich genoß es, mir über nichts weiter Sorgen zu machen als darüber, wie man durch die Form eines Segels ein wenig mehr Geschwindigkeit herausholt, wann die Bilge ausgepumpt werden muß oder wie man eine komplizierte Segelkombination setzt.

Die Ausrüstung der *Delenia* war recht ungewöhnlich, sogar an den eigentümlichen Richtlinien zirrischer Segler gemessen. Sie bestand vorwiegend aus lackiertem Schichtholz und seltener aus Eisen (gut) oder Messing (besser). Die Schoten des Klüversegels waren unbeweglich verankert; die Reffklauen sahen eher wie Bärenpfoten aus. Seltsamer Kram, aber nicht schlecht.

Tennetty hatte sich bis auf ein dünnes Baumwollhemd und Shorts ausgezogen, und Jason trug nur zerschlissene Heim-Jeans. Sie umkreisten einander und streckten die Arme aus, um den anderen an Unterarmen oder Hüfte zu packen.

»Inzwischen«, erklärte Vertum Barr, der beim Sprechen auf einem Stück Trockenfleisch kaute, »hört man eine Menge darüber, daß der Besan die Geschwindigkeit einer Ketsch nicht wesentlich erhöht. Da ist was dran. Aber wenn man ganz eng wenden muß, ist man darauf angewiesen, sehr schnell zu sein – je schneller, desto sicherer. Aus diesem Grund widmen wir dem Trimmen des Besans besondere Aufmerksamkeit.« Er zog die Brauen zusammen und blickte in die Ferne. Seine Stirn erinnerte an runzliges Leder. »Wenn das Wetter so weitermacht, setzen wir wohl besser das Sturmsegel.«

Am Horizont schien sich ein Sturm zusammenzubrauen – alle möglichen Stürme.

Tennetty ließ sich von Jason an Hüfte und Armen packen, doch als er einen harten Wurf ansetzen wollte, trat sie ihm mit der Hacke gegen die Wade und schlug ihm das Bein weg. Beide fielen schwer aufs Deck. Tennetty lag obenauf, und ihre Finger stoppten kurz vor seinen Augen.

Sie klatschte mit der Hand aufs Deck und erhob sich. »Noch mal.«

»Wozu dann überhaupt eine Ketsch?« fragte ich.

Er lächelte. »Die *Delenia* war früher ein Fischerboot und mußte deshalb eher wendig als schnell sein. Wenn es nach mir ginge, hätte ich sie schon längst mit neuer Takelage und einem anderen Mast zur Schaluppe umgerüstet. Aber Erol Lyneian mag sie, wie sie ist. Und sie ist sein Schiff, stimmt's?«

Ich nickte. »So sieht's aus.«

Ich hatte zwar gehört, daß Bast sich hinter mir näherte, unternahm aber noch nichts. Sollte er den ersten Schritt machen. Bestand allerdings der erste Schritt darin, mir ein Messer zwischen die dritte und vierte Rippe zu schieben, würde ich es natürlich möglicherweise bereuen. Ich bin da ein bißchen sonderbar.

Vertum Barr tippte sich mit gekrümmten Fingern an die Braue und schritt davon.

»Walter Slowotski«, sagte Bast, als ich mich umdrehte. »Wir müssen uns unterhalten.«

»Wir können uns nicht unterhalten, wenn du dich mit mir über eine Passage nach Sciforth auseinandersetzen willst. Besprich das besser mit dem Zwerg und nicht mit mir.«

Ahira befand sich an Land, um ein Schiff für Bast und Kenda ausfindig zu machen, worüber ich mich a) nicht streiten wollte, und womit ich b) völlig einverstanden war.

»Nicht darüber«, erwiderte er. »Es geht um etwas weit Wichtigeres.«

Ich konnte mich noch erinnern, wie Bast ein schlaksiger Junge mit einem Adamsapfel, der immerzu nervös den mageren Hals rauf und runter hüpfte, gewesen war. Er trug zwar einen Bart, doch war dieser auch keine große Hilfe, weil er so dünn und flaumig war und einfach nicht lang genug wuchs, um den Adamsapfel oder Basts weiches Gesicht zu verbergen. Damals konnte er mir nicht in die Augen sehen und blickte immer zur Seite.

Jetzt war sein schwarzer Bart gestutzt wie eine wuchernde Hecke. Die Haut auf dem Nasenrücken und über den Wangenknochen war straff gespannt. Sein starrer Blick ließ meine Augen nicht los. Bast trug nur eine weite Matrosenhose mit dick aufgerollten Säumen an den Knöcheln. Sie war ihm viel zu groß. Über die Schulter hatte er sich einen ledernen Wassersack geworfen.

Noch bevor er es aussprach, wußte ich, was er meinte. Es ist die Meinung einer Minderheit, aber Lous Jünger schienen mir schon immer ein wenig zum Fanatismus geneigt zu haben.

»Wir müssen jeden an Bord zum Schweigen bringen«, forderte er. Seine Stimme war verhalten – ruhig und vernünftig –, und seine Augen weigerten sich störrisch, in fanatischem Feuer zu glühen. Bast warf den Wassersack über die Reling und ließ den aufgewickelten Lederriemen durch die Hand gleiten, bis er auf dem Wasser aufschlug. Er zog ihn hoch und band ihn an die Reling, um ihn im Wind abkühlen zu lassen.

Kühlen durch Verdunstung und all das. Ich wette, er wußte sogar den Namen dafür.

»Nur weil sie das Geheimnis der Pulverherstellung mitgehört haben?« fragte ich schließlich.

»Ja.«

Wie Hassan ibn-al-Sabbah sagen würde: *Tod allen Fanatikern!*

Ich schüttelte den Kopf. »Das Geheimnis mußte irgendwann herauskommen. Also kann es genausogut jetzt sein. Wenn ich die Wahl habe, das Geheimnis jetzt durchsickern zu lassen oder den Kapitän und die Mannschaft der *Delenia* kaltblütig zu ermorden, dann lasse ich es lieber herauskommen.« Ich griff in die Tasche und zog einen Streifen Trockenfleisch hervor, riß ihn in zwei Hälften und bot ihm höflich eine an. Ich meinerseits hätte ein solches Angebot von ihm nicht angenommen. Wenn er es machte, bestand immer die Möglichkeit, daß es vergiftet war.

Er dachte einen Augenblick darüber nach und haderte mit sich, ob es wohl richtig sei, zusammen mit dem größten Verräter, dem er je begegnet war, zu essen. Dann fiel ihm offenbar ein, daß er noch immer seine Hände frei hatte, falls nötig. Er biß in das Trockenfleisch.

»Nein«, fuhr ich fort. »Unser Vorteil wird immer im Fortschritt liegen und nicht in Geheimnissen. Wenn das Verfahren zur Herstellung des Pulvers der Sklavenhändler nicht so teuer wäre, dann hätte das Geheimnis des Schwarzpulvers überhaupt keinen Wert. Vielleicht könnte man es auch billiger herstellen. Verdammt, vielleicht ist das sogar möglich. Mit Magie kenne ich mich nicht genug aus.« Ich kaute noch etwas mehr von dem Trockenfleisch. Es war zu salzig. »Nein, unser Vorteil ist, in diesem Spiel eine Nasenlänge voraus zu sein – und nicht, zu kontrollieren, wer welchen Zug macht. Im Augenblick bedeutet den anderen voraus zu sein, daß wir das Schwarzpulver durch nichtrauchende Pulverwaffen ersetzen. Das hieße eine stärkere Detonation im Verhältnis zur Menge – mit weniger Rauch und einer langsameren Verbrennung.«

Er hatte seine Augen für einen haßerfüllten Blick zu sehr unter Kontrolle, aber gerade nur so eben: Ich hätte über das

Geheimnis des langsam brennenden Pulvers in langen Gewehrläufen nicht informiert sein dürfen.

Tennetty und Jason kamen heran. Sie waren beide vom harten Training schweißüberströmt. Jason hatte das erschöpfte, aber zufriedene Aussehen, das jüngere Leute haben. Tennetty atmete noch immer heftig, und eine Ader an ihrem Hals pulsierte in schnellen Schlägen. Sie wirkte noch ausgelaugter als sonst.

»Wir wollen ein Weilchen an Land gehen«, meinte Jason. »Ein wenig die Beine vertreten und vielleicht ein bißchen herumfragen.« Sein Gesicht spiegelte seine Gedanken deutlich wider. Ich konnte sehen, daß er viel zu eifrig dabei war.

»Tennetty?« Ich drehte den Kopf zur Seite. »Er verschweigt mir etwas.«

»Er hat es dir gesagt.«

»Tennetty.«

»Na ja, vielleicht hätte er etwas deutlicher werden können.« Ein Lächeln stahl sich auf ihr Gesicht. »Einer aus der Mannschaft kam zurück und berichtete, daß hier Gerüchte über Ehvenor im Umlauf sind. Wir dachten uns, wir sehen einmal nach, was man hier im Ort so redet.«

Ich drehte mich wieder zu Jason um, fragte ihn aber nicht, warum er nicht offen zu mir gewesen war. Er hatte noch immer eine Menge zu lernen. – Ich bestehe nicht darauf, alles selbst zu tun, was Spaß macht. Noch dazu war es nicht unbedingt spannend, die Nase in die Gerüchteküche zu stecken. »Bittest du um Erlaubnis?«

Er dachte darüber nach. Doch dachte er darüber nach, daß er mich nicht besonders leiden konnte. Und dann überlegte er, daß er sehr wohl auch in der Lage war, Fehler zu machen.

Deshalb antwortete er schließlich: »Zumindest bitten wir um deinen Rat.« Sein Gesicht bemühte sich um Ausdruckslosigkeit. Er war zu dem Schluß gekommen, daß er keine Ratschläge nötig hatte.

Tennetty lächelte in sich hinein. Gut, der Junge brauchte ihre begeisterte Zustimmung nicht gerade zu sehen. Es wäre ihm so sehr zu Kopf gestiegen, daß er geplatzt wäre.

»Habt ihr schon den Zwerg gefragt?«

Jason schüttelte den Kopf. »Er wäre der nächste, und dann Kenda.« Er sah zu Bast hinüber. »Würdest du gern mitkommen?«

Bast schüttelte den Kopf. »Nein.«

Sehr nett gesagt. Bast erinnerte mich an einen früheren Freund auf der Anderen Seite. Brian schlug gewöhnlich eine Einladung, zum Essen zu gehen, mit knurriger Einsilbigkeit aus und vertraute stillschweigend darauf, daß dies seine Freunde nicht kränken würde; ganz und gar kein kluges Verhalten, denn schließlich hörten die meisten von uns damit auf, ihn zu besuchen.

Jason wartete mit gespielter Geduld, und der Tag wurde auch nicht jünger. Artiven war eine relativ sichere Stadt. Aber es hatte keinen Sinn, die Sache zu forcieren.

»Sicher«, stimmte ich zu. »Zieht los, aber keiner von euch sollte versuchen, dort herumzuspionieren. Gebt ein bißchen Geld aus, eßt von den örtlichen Spezialitäten, haltet Augen und Ohren offen und benutzt den Mund zum Kauen.«

Jason und Tennetty brachen auf. Bast starrte mich immer noch finster an.

Schwarzpulver stellte nicht ganz das mächtige Geheimnis dar, für das er es hielt. Andy war dabei, als Lou und ich den ersten Schub zusammenmischten, half beim Rühren und murmelte die ganze Zeit: »Mische, mische, Unheil auf dem Tische.« Sie kannte die Formel, und Ahira gleichfalls. Und ich bin sicher, daß auch Doria wußte, was ins Schwarzpulver kam – obwohl ich nichts darauf verwetten würde, daß sie auch das richtige Mischungsverhältnis kannte.

Nicht, daß das wirklich eine Rolle spielte – man kann sich ziemlich weit von der klassischen Mixtur entfernen, um dennoch richtiges Schießpulver zu erhalten. Hauptsächlich liegt das Geheimnis darin zu wissen, mit welchen Substanzen man herumprobieren muß – und es dann tatsächlich auch zu tun. (Nur zur Sicherheit: Kinder, probiert es nicht zu Hause aus.)

Also brauchte sich Bast überhaupt keine Sorgen zu

machen, daß das Geheimnis herauskommen könnte, da es doch eine ganze Menge von uns bereits seit Jahren kannten.

Da sich Bast aber so erpicht darauf zeigte, allen die Gurgel durchzuschneiden, die das Geheimnis erfahren hatten, war es wohl keine gute Idee, ihm noch mehr Zielscheiben zu verschaffen. Es würde besser sein, mit ihm zu verhandeln. »Kanntest du es?«

Er schüttelte den Kopf. »Ich hatte ... Hinweise, bin ihnen aber absichtlich nicht gefolgt. Ich hielt es nicht für nötig, zu wissen, wie man Pulver macht, und wollte es auch nicht wissen. Meisterin Ranella kennt es ... und es gibt Vorkehrungen ..., falls sie und der Ingenier beide sterben sollten. Aber wie ... nein, das wußte ich nicht.« Er band den Wassersack von der Reling los und nahm höflich einen Schluck, bevor er ihn mir anbot.

Ich dachte über den Wassersack nach und überlegte, ob ich trinken sollte, um zu zeigen, daß ich ihm vertraute. Dann gelangte ich zu der Einsicht, daß das Risiko zu groß war, obwohl eigentlich kein Sinn darin lag, daß Bast mich vergiftete. Aber vielleicht war *ihm* das nicht klar.

Wir hatten in der letzten Zeit genug mit Giften zu tun gehabt, auch wenn es vorgetäuschte gewesen waren.

»Ich glaube nicht, Bast«, sagte ich und reichte ihm den Sack zurück.

»Du verlangst von mir, daß ich dir vertraue, ohne daß du mir deinerseits vertraust?« fragte er.

Ich nickte. »Ja, so ist es.«

Nach all dem war es eine faire Beschreibung der Lage.

Die Tür zu Andys Kajüte stand halb offen. Das Licht, das durch den Lattenverschlag vor dem Bullauge drang, tauchte die Koje mit ihrer unordentlich zerwühlten, braunen Decke in helle und dunkle Streifen. Bekleidet mit Shorts und Top, wegen der Hitze des Tages, saß sie zwischen weit verstreuten Gegenständen im Schneidersitz auf ihrer Koje: ein silbernes Messer mit mattem, weißem Griff aus frischem Knochen; eine Spule mit unglaublich dünnem Garn; ein kleiner, linsenförmiger Kristall, der von einer Tonkralle gehalten wurde; eine lange Feder, die in allen Regenbogenfarben schillerte, als sie gedankenverloren von ihr gestreichelt wurde.

Also das Übliche.

Sie bemerkte mich nicht gleich, weil sie sich völlig auf das dicke, in Leder gebundene Buch konzentriert hatte. Ich warf einen Blick auf die Seiten und stellte fest, daß ich sie nicht nur nicht lesen konnte, sondern daß die Buchstaben vor meinen Augen verschwammen und tanzten.

Noch mehr Magie. Mich fröstelte. Ich stehe nicht gerade auf Magie.

Ich stand schweigend in der Tür. Darin bin ich gut. So saß ich einmal länger als einen Tag zusammengekauert und reglos auf einem Ast, während die Sonne aufging, unterging und wieder aufging. Bei dem Gedanken daran spüre ich noch heute die Schmerzen in Gesäß und Rücken.

»Schließ die Tür und setz dich«, forderte sie mich auf, ohne hochzublicken. »Ich beiße nicht.«

»Oh, verdammt.«

Sie hob den Kopf in die Licht- und Schattenstreifen, so daß das Licht ihr auf Augen und Mund fiel, als sie kurz lächelte. Für diesen Moment fielen all die Jahre von uns ab – wir waren wieder um die zwanzig. Vielleicht sah sie zu jung aus für all die Jahre oder vielleicht war es nur, daß die Jahre ihr schließlich gut getan hatten. Ich habe nie an den Unsinn der Anderen Seite geglaubt, daß eine Frau nur mit zwanzig am schönsten ist und daß es mit dreißig bergab mit ihr geht.

Es hielt nur einen kurzen Augenblick an, bis sie den Kopf wieder neigte und ein schattiger Streifen ihr Lächeln in ein dunkles, fremdes Grinsen verwandelte. Ein anderer Streifen maskierte ihre Augen. »Was machen die anderen gerade?«

Ich setzte mich auf die Koje. Das Zauberbuch lag zwischen uns. »Jason und Tennetty sind in die Stadt gegangen. Wollen sich ein wenig umsehen. Ahira ist bei den Docks und besorgt eine Passage für Bast und Kenda. Wir sollten die beiden heute abend endlich los sein. Was hast du gerade vor?«

Übersetzung: Wieweit hast du Magie angewendet, und wie sehr beeinflußt sie dich?

Ihr Mund zuckte im Schatten. »Ich probiere erfolglos Zaubersprüche, die über meine Fähigkeiten hinausgehen.« Ich glaube, sie konnte deutlich die Bestürzung in meinem Gesicht erkennen.

Sie winkte mit der Hand, als wolle sie meine Besorgnis beiseite wischen. Es funktionierte nicht. »Nein, keine gefährliche ... eher eine sanfte Magie. Auskunftsmagie, keine Kraftmagie«, beruhigte sie mich. Andy deutete mit dem Finger auf eine verschwommene Zeile im Buch. »Dies hier, zum Beispiel: Ich könnte, sagen wir mal, die zweite Silbe des Auslösungsworts betonen, die Nachsilben umkehren für irgendeinen der Herrschenden meinen Weg durch die Dominanten lispeln – und alles, was dann mit der Kraft geschieht, wäre ziemlich zufällig und ungerichtet, so daß sie keine große Wirkung erzielte. So könnte sie dann beispielsweise die Temperatur hier im Raum um ein paar Grad steigen lassen. Das wäre aber auch schon so ziemlich alles.«

»Wofür ist er ... der Zauberspruch, meine ich?«

»Landkartenherstellung«, erklärte sie. »Fernmagie. In Ehvener werden wir sie brauchen. Wir sind schon dicht dran. Wann sind wir dort? Morgen nacht?«

Ich nickte. »Schlimmstenfalls am Morgen danach.«

Oder bestenfalls. Diesmal fröstelte mich nicht. Instinktiv griff ich zu ihrem Messer – ich fühle mich wohler mit einer spitzen Waffe in den Händen –, zog aber dann die Hand wieder zurück. Mit der Ausrüstung eines Zauberers sollte man nicht herumspielen.

»Manchmal ist ein Messer wirklich nur ein Messer«, bemerkte sie. »Nimm es ruhig, du wirst nichts Schlimmes anrichten.«

Ich wog es in der Hand. Die silberne Schneide fühlte sich kühl an, der Griff aus Knochen schien unnatürlich warm, so, als habe sie ihn lange sehr fest in der Hand gehalten.

Sie sah zu mir hoch. Ihre Augen blickten mich prüfend aus den Schatten an. Helle und dunkle diagonale Streifen überzogen ihr Gesicht.

»Ich mache mir manchmal Sorgen um dich«, begann sie. Es lag ein Unterton in ihrer Stimme, etwas Schrilles, das mich beunruhigte.

»Ich mir auch«, erwiderte ich. »Ich werde zu alt für solche Sachen.« Ich fuhr mit dem Daumen an der Schneide des Messers entlang. Ich hatte schon schärfere gesehen.

Ihr Mundwinkel geriet ins Licht, als sie lächelte. »Zu alt wofür?«

»Für dieses ganze Herumlaufen, uns in Schwierigkeiten bringen und wieder herausholen.«

»Du scheinst noch immer gut genug darin zu sein«, antwortete sie und lehnte sich nachdenklich zurück.

Ich zuckte mit den Schultern. »Das Problem mit dieser Art von Arbeit ist, daß du irgendwann doch Pech hast, egal wie gut du darin bist. Es ist wie ...«

Das war das Problem. Es war nicht wie irgend etwas anderes. »... okay, laß es mich so sagen: Karl und ich haben früher immer unsere Kräfte gemessen. Damals, in unserer besten Zeit, lag sein Vorteil darin, mehr Kraft zu haben als ich. Dafür war ich zwar ein wenig schneller, doch seine Reflexe waren besser als meine. Daher reagierte er schneller als ich, obwohl er sich nicht so schnell bewegen konnte. Deswegen legte er immer einen kurzen Augenblick vor mir los.«

Sie nickte, doch ihr Gesicht blieb unbewegt.

»Aus dem Grund war er ein besserer Nahkämpfer als ich und hätte eigentlich jedesmal gewinnen müssen. Aber er gewann nicht jedesmal – nur meistens. Das macht einen großen Unterschied. Wir operierten ganz dicht an den Grenzen menschlicher Reflexe, wo man manchmal, sagen wir, einen Block einsetzen muß, bevor der Gegner zuschlägt. Wenn man darauf wartet, daß er den ersten Schritt macht, bleibt nicht genug Zeit für die Nervenimpulse, zum Gehirn und zurück zu gelangen, um entsprechend zu reagieren. Verstehst du?«

»So?« bemerkte sie. »Was willst du damit sagen?«

»Ich will damit sagen, daß wir in einer Welt von Fähigkeiten und Zufällen leben. Stell dir vor, du bringst dich in eine

Lage, in der der Zufallsfaktor eine Rolle spielt. Dann ist es ganz gleich, wie umsichtig du die Sache angelegt hast oder wie gut du bist. Du hast dich damit einem Weg verschrieben oder eine Richtung eingeschlagen, die dich umhauen kann.«

»Oder aus dir Hackfleisch macht«, fügte sie mit tiefer, aber unnatürlich gleichförmiger Stimme hinzu. Sie sprach nicht von mir. »Verwandle seinen Körper zu Schrott«, forderte sie. Ihre Finger gruben sich tief in meinen Arm. »Und verstreue ihn über einen schmutzigen Strand, wo Möwen im Sturzflug landen und an Muskelfasern, Hautfetzen, Eingeweiden und Knochenfragmenten picken, um schließlich einen Augapfel aufzuspießen, der wie durch ein Wunder heil geblieben ist, während er auf dem Strand liegend blind auf die scharfen Schnäbel starrt, auf ...«

»Andy ...«

»Ich kann ihn vor mir sehen«, stieß sie hervor, und die Worte sprudelten schneller und schneller. »Ich kann ihn sehen und es fühlen, außer wenn das Feuer in meiner Seele auflodert, außer, wenn die Kraft durch meine Finger dringt. Ich kann ihn lächeln sehen. Nicht, weil er keine Angst hat oder nie befürchtet hätte, Angst zu haben, sondern weil er weiß, daß es sie noch mehr in Schrecken versetzen wird. Ich kann sehen, wie er die Zündschnur in Brand setzt.« Sie stieß die Worte mit der Geschwindigkeit von Maschinengewehrsalven hervor. »Ich kann sehen, wie er sie mit seiner heilen Hand wegprügelt, während der Zünder herunterbrennt ... sie auslacht und höhnisch angrinst, vielleicht, weil sie nicht genug wissen, um wegzurennen. Vielleicht, weil er sie nicht rennen läßt, da er selbst nicht rennen kann. Weil er beschlossen hat, daß es das Ende ist und er sie alle mitnehmen will.« Sie sah zu mir hoch. »Aber manchmal trägt er nicht sein eigenes Gesicht. Manchmal ist es das von Jason, manchmal von Ahira. Und es ist das von Piell und, mein Gott, Walter, manchmal hat er sogar dein Gesicht, manchmal sieht er so aus wie du, manchmal bist du es, Walter ...«

»Schhh ...« Ich verschloß ihr mit einem Finger die Lippen. »Sachte, Andy. Beruhige dich.«

Mit sichtbarer Anstrengung hörte sie auf zu reden.

Zitternde Finger griffen nach meinem Gesicht. Ihre Berührung war so suchend und sanft wie die Fäden eines Spinnennetzes.

»Manchmal ist es deins«, flüsterte sie. »Manchmal hat er dein Gesicht.« Ihr Atem ging schnell und stoßartig, ihre Stimme klang belegt und rauh. »Es wird alles so schwierig«, klagte sie. »Je näher wir nach Ehvenor kommen.«

Sie berührte meine Stirn mit zwei weit gespreizten Fingern und hauchte einen Zauberspruch, als bliese sie eine Luftblase.

Helle Lichter flammten in meinem Kopf hinter den Augen auf. Ich konnte entfernte Feuer am Horizont und dahinter erkennen. Sie brannten zu hell: ein Rot und Orange von solcher Intensität, daß es mir die Augen aus dem Kopf gebrannt hätte, wäre es wirklich gewesen.

In der Ferne, weit hinter dem Horizont, tosten die brausenden Wellen des Zirrischen Sees am Rand von Faerie, mancherorts brodelnd und gefroren an anderen; während unter der Oberfläche riesige, dunkle Gestalten darauf warteten, losgelassen zu werden.

Irgendwo in der Ferne, aber doch näher, war eine purpurne, magische Ader aufgeschnitten worden. Fremde Dinge und Fremdheit bluteten in die Luft hinaus und nahmen eine Festigkeit an, die bei all ihrer Falschheit nicht weniger substantiell war: die Vision einer säbelzahnbewehrten Kreatur mit Fledermausflügeln wurde wirklich und flatterte in die Nacht hinaus; eine riesige, körperlose, klotzige Gestalt verdichtete sich und nahm Form an. Sie schabte mit ihren haarigen Seiten über den Boden.

Ganz weit hinter der Ferne – kaum sichtbar, und dennoch kristallklar – wartete eine Landmasse. Helle Lichter pulsierten die gewundene Uferlinie entlang – gleich einem Tanzschritt, dessen Muster irgendwie vertraut, aber unvorhersehbar ist.

»Faerie«, meinte sie. »Denke an dich, mit allen Problemen und Sorgen, die ein Mensch nur haben kann. Du könntest alles das vor Faerie legen, und sie könnten dich geheilt und guter Dinge nach Hause schicken oder gebrochen und mißgestaltet – besser, als du je warst, oder schlimmer, als du je befürchtet hast.«

Wie stehen die Chancen?

Sie lachte, als sie die Hände vor mir ausbreitete. Ihre Finger bewegten sich, als ob sie ein Kartenspiel ausfächerte. »Stell dir ein Kartenspiel mit unendlich vielen Karten vor, Walter. Jede hat eine Nummer von eins bis unendlich. Es gibt eine Eins, zwei Zweien, drei Dreien, vier Vieren, und so weiter.« Sie tat so, als würde sie die Karten aufblättern. »Zieh eine Karte, Walter, irgendeine, von eins bis unendlich, und ich werde auch eine ziehen. Wie hoch ist die Wahrscheinlichkeit, daß meine Zahl größer ist als deine?«

Fünfzig zu fünfzig, wenn man es aus diesem Blickwinkel betrachtete. Hundert Prozent, wenn man es aus einem anderen sah. Und null, wenn man es aus einem noch anderen betrachtete.

»Alle stimmen«, antwortete sie und wischte das Kartenspiel weg.

Die innere Vision wandte sich vom Wasser fort zum Land. Früher dachten wir, daß machtvolle, magische Objekte selten und weit voneinander entfernt seien. Aber allein innerhalb der Grenzen von Artiven konnte ich das Flackern von einem halben Dutzend Zauberamuletten und -ringen erkennen, und nicht nur das Feuer eines einzelnen verzauberten Steins oder Glasstücks. Versteckt – eingewickelt in längst verrottetes Leder – lag ein eiserner Handschuh; seine Finger waren wie dicke Würmer segmentierten Stahls. Jeder Finger hatte eine gezackte Schneide wie die Zähne eines Hais. Er wartete, während er im Ufersand lag – hinabgestoßen unter dem verrotteten Pfahlbau eines alten Docks.

»Der Todeshandschuh«, erklärte sie. »Er tötet erfolgreich, er tötet gut, aber jedesmal, wenn du ihn benutzt, tötet er auch ein wenig von dir selbst. Er wurde vor langer Zeit von jemandem begraben, der weise genug war, ihn nicht zu behalten. Es gibt einige, die alles, was sie haben, dafür hergeben würden.«

Warum blieb er dann so lange dort liegen? Ich sprach die Frage nicht aus, aber Andy beantwortete sie trotzdem.

»Kannst du es nicht sehen? Er ist versteckt.«

Im Augenblick ist er es nicht. Aber ich brauche keinen Todeshandschuh, vielen Dank.

»Nein, Walter, du Idiot. Das Problem liegt nicht im Todeshandschuh, sondern im Rest des Bildes. Es ist zu schwer, es hervorzurufen. Ich brauche mehr Kraft und Kontrolle, um es zu orten und alles zu sehen. Wenn ich nur ein wenig tiefer blicken könnte ...«

Das Licht klärte sich weiter, wurde heller, aber ...

»Nein.« Ich konnte die scharfe Klarheit der Gestalten fühlen, als sie in mein Bewußtsein schnitten. Sie sägten an meinem Verstand. Ich schob Andys Hand aus dem Weg, und das Licht hinter meinen Augen erstarb. Ich war nicht dafür geschaffen, Magie zu erzeugen oder mit Magie zu arbeiten.

Und sie war es auch nicht. Nicht auf diesem Niveau. Nicht auf diese Weise.

»Hör auf damit«, forderte ich. »Laß es bleiben.«

Ihre Augen waren weit geöffnet und starrten ausdruckslos. Der Kiefer hing schlaff herunter. Ein dicker, roter Blutstropfen zeigte sich am Rand ihrer Unterlippe, während sie den Mund schnell und fast schweigend bewegte. Ihr Atem wurde heftiger und stockender.

»Verdammt, nein!«

Ich schüttelte sie sanft, dann noch einmal härter, aber sie hörte nicht auf. Ich versuchte, sie noch stärker zu schütteln, konnte es aber nicht. Nicht, daß ich es nicht gewollt hätte. Ich versuchte es, aber es war wie der Versuch, sie zuerst durch Wasser zu schieben, dann durch dicken Sirup und dann durch eine Wand. Es gab eine Grenze, wie hart ich sie schütteln konnte. Ihre Magie hinderte mich daran.

»Verdammt, *hör auf* damit!«

Ich versuchte, sie ins Gesicht zu schlagen, aber meine Hand wurde immer langsamer, als sie ihrem Gesicht näherkam. Was ein harter Schlag hatte werden sollen, verwandelte sich in ein sanftes Berühren ihrer Wange. Von was auch immer sie kontrolliert wurde, es beschützte sie vor physischen Angriffen.

»Andrea!«

Ich war nicht in der Lage, sie zu schlagen. Nichts, was ich sagte, würde helfen können. Deshalb zog ich sie an mich und berührte ihre Lippen mit meinem Mund.

Ihre Augen waren weit geöffnet, der Mund feucht und warm – salzig, mit dem Geschmack von Blut, vielleicht meinem, vielleicht ihrem. Sie umschlang mich mit ihren Armen. Erstaunlich starke Finger schlossen sich fest hinter meinem Rücken zusammen, als sie sich eng an mich schmiegte, ihre Zunge warm und feucht in meinem Mund.

Alte Reflexe sterben schwer, während lange Hemmungen schnell vergehen. Ich fegte das Zauberbuch und ihre Ausrüstung vom Bett auf den Boden und kümmerte mich nicht um die Zerstörung, die das anrichten mochte.

Ihre Augen – jetzt eher eindringlich als wahnsinnig – senkten sich in meine, als wir auf die Koje sanken. Finger kämpften schwerfällig mit der Kleidung.

Der Teil von mir, der immer analytisch vorgeht, sann darüber nach, daß ich früher ein besserer Experte in diesen Dingen gewesen sei, aber ich befahl ihm, mich in Ruhe zu lassen, und dieses eine Mal gehorchte er.

Sie lag lange Zeit in meinen Armen. Ihr Kopf ruhte an meiner linken Schulter, und sie atmete so langsam, daß ich dachte, sie sei eingeschlafen. Deshalb zog ich meinen Arm nicht unter ihr hervor, obwohl sie so stark gegen meine Brust drückte, daß er einzuschlafen drohte.

Um die Wahrheit zu sagen: Das erste Mal war nicht so gut gewesen. Wir hatten es zu eilig gehabt – oder zumindest ich. Das zweite Mal war besser. Vor zwanzig Jahren hatte es ein drittes Mal gegeben. Nun, egal wie lange es her gewesen war, daß ich mit einer Frau geschlafen hatte – und das war viel zu lange her –, jetzt war ich viele Jahre älter und daher ruhiger.

Nun, ich hatte das kommen sehen. Jetzt war es geschehen, und die Welt hatte darüber nicht aufgehört zu existieren.

Vielleicht hatte Doria doch recht, daß Andy es mit der Magie übertreibe. Und daß die Magie nicht nur einen Tribut von ihr fordere, sondern sogar drohe, sie über die Klinge springen zu lassen – fast als sei sie eine personifizierte Kraft. Ich mußte sie unbedingt von der Magie fernhalten, hatte aber nicht die geringste Vorstellung davon, wie ich das bewerkstelligen sollte. Das hier funktionierte einmal. Aber ich war nicht davon überzeugt, daß diese Methode wirklich eine reale Möglichkeit darstellte, wenn sie über vierundzwanzig Stunden am Tag angewendet werden sollte.

Ich meine, mal angenommen, daß ich es darauf anlegte, wie sollte ich diesen Vorschlag in Worte fassen?

Ich lächelte still vor mich hin, aber es war nicht witzig. Andy war viel zu engagiert, um sie aufzuhalten. Vielleicht, aber nur vielleicht, konnte sie mehr Kontrolle darüber erlangen. Und vielleicht gab es noch einen anderen Weg.

Ich hasse die Vielleichts.

Ich dachte, sie würde schlafen. Doch dann reckte sie sich, gähnte, hob ihr Gesicht zu meinem und lächelte, während sie sich noch einmal streckte. Ihr Zeh kam hoch und spielte mit der Messerscheide, die noch immer an meiner rechten Wade befestigt war. Ich halte es normalerweise nicht für nötig, beim Sex bewaffnet zu sein, ehrlich, aber ich hatte mir nicht die Zeit gelassen, darüber nachzudenken.

Es überraschte mich nicht, daß die ganze Anspannung aus ihrem Körper gewichen war. Selbst wenn man es falsch anstellt, passiert das gewöhnlicherweise. Und da ich mich nicht die ganze Zeit selbst beobachtet hatte, waren mir nicht viele Fehler auf beiden Seiten aufgefallen – nur die ganz normale Art von Schwerfälligkeit des ersten Mals. Mich überraschte jedoch, daß mich eine Menge Spannung, von deren Existenz ich gar nichts wußte, verlassen hatte. Besonders in den Schultern und im rechten Arm. (Ich vermute, daß auch die Anspannung aus meinem linken Arm gewichen war, aber er war taub und sollte es wohl noch für eine ganze Weile bleiben.)

»Was soll ich sagen?« fragte sie. Ihre Stimme klang schläfrig verschwommen. »›Danke, das habe ich gebraucht?‹« Es wäre sehr grob gewesen, zu bemerken, daß sie es in der Tat gebraucht hatte, auch wenn ich es mit der Erklärung versehen hätte, daß es für einen Erwachsenen, der an ein aktives Sexualleben gewöhnt ist, bessere Dinge gibt, als darauf zu verzichten. Ich konnte das aus meiner eigenen kürzlichen Erfahrung belegen.

Oder ich hätte sagen können, daß auch ich es gebraucht hätte. Nein, es war nicht nur die Entspannung, so sehr ich sie auch verlangt hatte. Ich bestehe aus mehr als aus einer Ansammlung von Keimdrüsen und Hormonen, umgeben von Haut und Muskeln. Was ich gebraucht hatte, was ich sehr dringend gebraucht hatte, war die Berührung einer Frau, die nicht zitterte, wenn ich Hand an sie legte.

Aber …

»Sicher«, erwiderte ich. »Das wäre schön.«

Es gibt zwei gute Aspekte, mit alten Freundinnen zusammen zu sein:

Man kann es sich leisten, etwas zu tun, das im allergünstigsten Fall als moralisch zwiespältig gilt. Und wenn sie dich danach fragt, kannst du versuchen, es mit einem dummen Spruch abzutun. Damit wirst du sicher erreichen, daß sie sich zuerst in deinen Armen versteift, um dann ihren Kopf an deine Brust zu legen. Schließlich wird sie mit einem liebevollen Lachen in der Stimme sagen: »Walter, du bist wirklich ein Arschloch.« Und schnell hinzufügen: »Es ist besser, wir ziehen uns jetzt an, bevor mein Sohn zurückkommt.«

Und später stehst du dann an der Reling, während das Schiff durch die Nacht treibt, und beobachtest die Lichter von Faerie, die wie verrückt am Horizont tanzen – ihre Spiegelungen im Wasser zerrissen und verteilt, lange, bevor sie dich je erreichen. Und eine andere alte Freundin kommt zu dir, legt eine schlanke Hand auf deine Schulter, lehnt ihren Kopf gegen deinen Arm und sagt nichts, gar nichts.

Kapitel zweiundzwanzig

In dem wir drei murrende Sklavenhändler, zwei wartende Zauberer und eine zweifelnde Klerikerin treffen, um einen Blick hinter die Kulissen zu werfen

Wer liebt und dabei nicht das wirkliche, wahrhaftige Ende der Liebe vorhersieht, ist ein Mensch, der sich auf See begibt, nur um seekrank zu werden.

– JOHN DONNE –

Der Trieb eines Spanners ist wie ein Schmerz im Arsch.

– WALTER SLOWOTSKI –

Die Sonne war gerade untergegangen. Sie hinterließ blaßgoldene und rötliche Streifen am Himmel, die in der See ihre Spiegelungen fanden, während sich langsam die Lichter von Ehvenor am Horizont abzeichneten und zwischen den Inseln hervorlugten.

In den kalten, grauen Gewässern um Ehvenor lagen felsige, wellenumspülte Inseln verstreut. Einige ihrer steinernen Finger stießen durch die Wasseroberfläche in den Himmel. Sie erinnerten mich an Bergspitzen, die unter dem Wasser bedrohlich aufragten und nur darauf warteten, in die Eingeweide eines Schiffs einzudringen. Andere Felsen, deren Rückseiten mit Moos und Strauchwerk bewachsen waren, ragten nur ein wenig aus dem Wasser heraus. Ihre dunklen Körper unterhalb der Wellen waren nur undeutlich zu erkennen, wodurch sie die größte Bedrohung für den Rumpf der *Delenia* darstellten.

Meistens kamen sie einem einfach in die Quere.

So ist das oft im Leben.

Erol Lyneian richtete den hohen Bug der *Delenia* auf eine enge Durchfahrt zwischen zwei Inseln. Das war gefährlich, doch er machte den Eindruck, als ob er wußte, was er tat – und ich hoffte inständig, daß er *tatsächlich* wußte, was er tat.

»Drüben auf der anderen Seite der Durchfahrt gibt es einen Anlegeplatz. Heute können wir uns Ehvenor nicht weiter nähern.«

Andreas Augen leuchteten auf – und das war nicht nur eine Metapher. Sie legte die Hand auf Erol Lyneians Schulter und sagte: »Nein. Es gibt einen anderen Weg. Weiter unten, hinter dem Kanal. Segle dorthin.« Ihre Stimme klang tief und voll; beinahe schien sie zu singen.

Ich sah zu Ahira hinüber, und er erwiderte den Blick, aber keiner von uns beiden wollte etwas sagen.

Erol Lyneian begann zu protestieren, doch Andy brachte ihn mit einer Geste zum Schweigen. »Bring das Schiff dorthin.«

Der Anleger bestand aus einer Felsenplattform, die in die Wand der Steilküste hineingehauen war. Drei Treppenfluchten waren in die Klippen gemeißelt und schlängelten sich bis hinauf zur Spitze.

Die *Delenia* spannte leicht die Ankerleine, denn der frische Seewind versuchte sie gegen die Felsen zu drücken. Ihre Segel flatterten lose im Wind. Wir mußten unser Gepäck schnell ausladen – Jason und Tennetty verließen als erste das Schiff. Ahira und ich warfen ihnen und den vier Ruderern im herabgefierten Beiboot die Bündel und Pakete zu.

Ich ging als letzter von Bord. Nun wandte ich mich Erol Lyneian zu, um ihm zu danken. Aber er hatte uns nicht seiner Herzensgüte wegen aus Brae herausgeholt, sondern damit ich ihm ein Geheimnis mitteilte, das vielleicht ebensoviel wert war wie eine Schiffsladung voller Gold. Es wäre nichts wert, wenn ich einfach verbreitet und jedem erzählt hätte, woraus Schießpulver besteht und wie es hergestellt werden kann.

Selbstverständlich wäre das Geheimnis dann für mich auch nichts mehr wert gewesen, aber das war es ohnehin nicht, jedenfalls nicht in dem Sinne, wie Erol Lyneian vermutete. Daher hatte er niemals an die Möglichkeit gedacht, daß ich das Geheimnis weiter verbreiten könnte – warum sollte ich ihm allein etwas geben, das ich all diese Jahre so sorgfältig gehütet hatte.

Ich lächelte.

»Lebwohl, Erol Lyneian!« rief ich ihm zu, als ich mich über die Reling hinunterließ. Nur wenige Minuten später hatten uns die Matrosen mit unserem Gepäck sicher auf dem niedrigen Landungssteg abgesetzt. Wir blickten den Seeleuten nach, die das Beiboot hastig zurück zur *Delenia* ruderten.

Ahira schaute hinauf zu den Lichtern, die den Himmel so erhellten, daß sich die Steilküste vor ihm dunkel abhob. Dann kehrte sein Blick zu mir zurück.

»Walter«, sagte er, »jetzt bist du dran.«

Meistens sind die Vorsichtsmaßnahmen, die man trifft, überflüssig. Dennoch muß man sie eben jedesmal treffen, damit sie wirken können.

Eine meiner Freundinnen von der Uni – sie hatte bereits mehrere Semester studiert, als ich noch Student im ersten Jahr war – hatte direkt nach ihrer Abschlußprüfung geheiratet. Sie wollte sofort Kinder bekommen, fand dann aber nach vielen Bemühungen und großem Aufwand schließlich heraus, daß sie unfruchtbar war. All die Jahre der Vorsorge und das Geld, das sie für Verhütungsmittel ausgegeben hatte, waren umsonst gewesen. Ich selbst möchte gar nicht erst nachzählen, wie oft ich ein Zimmer durch ein Fenster oder vielleicht durch eine Geheimtür betreten habe, oder wie oft ich den Kopf hineingesteckt und schnell wieder herausgezogen habe, um erst einmal einen flüchtigen Blick zu erhaschen, bevor ich eintrat. Ich könnte auch gar nicht aufzählen, wie oft ich mich für einen Tag oder eine Nacht bewaffnet habe, ohne dann jemals auch nur meine Hand an den Messer- oder Pistolenknauf zu legen. Ich will nicht versuchen, mich daran zu erinnern, wie oft ich eine Pistole geladen und sie dann wieder an die Wand zurückgehängt habe, ohne sie abzufeuern.

Aber noch immer macht man es – auf die gleiche Weise, immer und immer wieder.

Ich stieg langsam und vorsichtig die Stufen hinauf; meine Hände tasteten sich vor, während ich mein Gewicht zögernd auf jede weitere Stufe verlagerte. Meine Augen glitten über die Stufen, um nach Anzeichen Ausschau zu halten, die darauf hindeuteten, daß etwas nicht stimmte. Ich war froh, daß die Stufen aus Stein waren und nicht aus Holz. Es gibt tausend Möglichkeiten, eine hölzerne Treppe zu präparieren. Bei eingemauerten Steinstufen ist das schon schwieriger, und eine gemeißelte Treppe ist am schwierigsten zu manipulieren. Aber es ist nicht unmöglich.

Der günstigste Platz für eine Falle liegt oben an der Spitze. Dort würde nur ein Idiot seinen Kopf und Oberkörper über die Kante wuchten und sich so jedem als Zielscheibe präsentieren. Deshalb hielt ich auf der letzten Stufe inne und richtete mich vorsichtig auf.

Das Plateau war von dichten Ranken überwuchert, die den Boden flach bedeckten. Sie hatten schon lange alle anderen Pflanzen erstickt, so daß die Sicht frei war, wodurch es keine Möglichkeit gab, sich zu verbergen.

Aber in der Dunkelheit vermutet man nicht, daß irgend jemand nach einer Stirn und einem Augenpaar Ausschau hält. Man erwartet auch nicht, daß sich dort jemand befindet, dessen Augen nur wenige Zentimeter von den eigenen entfernt sind.

Zum Glück war es auch diesmal nicht so.

Was *tatsächlich* dort war, war ein Mann, der gerade außerhalb meiner Reichweite bequem auf dem Boden hockte und zu mir heruntersah. Hinter ihm standen noch zwei Männer. Er war breitschultrig und hatte dunkles Haar sowie einen dunklen Bart. Seine schmalen Lippen waren zu einem kaum sichtbaren Lächeln verzogen, das vielleicht ein wenig zynisch war, möglicherweise aber auch nur eine Spur von Verachtung widerspiegelte.

An seiner linken Hüfte konnte man den Griff eines Säbels erkennen – doch er hatte die Hände locker gefaltet.

»Seid gegrüßt«, meinte er. Mit übertrieben langsamen Bewegungen öffnete er die Hände und wies hinter sich auf ein Lagerfeuer, an dem sich drei weitere Gestalten in dunklen Roben um einen brodelnden Topf drängten. »Sie haben auf euch gewartet, auf euch alle.« Er streckte mir seine muskulöse Hand entgegen, um mir hinaufzuhelfen, zog sich aber mit erhobenen Handflächen langsam zurück, als ich die angebotene Hand nicht nahm.

Ich blickte hinüber zu den drei rauhen Gesellen am Feuer – drei Kapuzengestalten, die uns reglos beobachteten.

Sie waren sechs und wir waren fünf. Dieser Unterschied gefiel mir nicht besonders. Die drei, die eine Robe trugen und um das Feuer herumsaßen, hätten genausogut Schilder tragen können, die sie als Magier auswiesen.

Der Mann mit dem dunklen Bart sprach weiter. »Ta havath«, sagte er mit einem Lächeln. »Wir wollen euch nichts Böses antun, nicht hier und nicht jetzt ...« – es war ein aufrichtiges Lächeln, aber es gefiel mir trotzdem nicht – »... obwohl ich Wolkennen genannt werde und ein Vollmitglied der Sklavenhaltergilde bin, genau wie meine Gildenbrüder«, vollendete er seinen Satz.

Manchmal sind alle froh, daß ich Walter Slowotski und nicht Karl bin – besonders ich selbst. Karl hätte sich auf Wolkennen gestürzt, ohne dabei auch nur einen Gedanken an die Konsequenzen zu verschwenden. Einen zu erledigen war für ihn auf jeden Fall schon ein guter Anfang. Ich dagegen winkte nur den anderen zu, so schnell wie möglich die Stufen hinaufzukommen, richtete mich ganz auf und ließ den Griff meines Wurfmessers in die Hand gleiten.

Ich meine, ich glaubte ihm, aber ich war nicht sicher, ob ich mir glauben konnte, daß ich ihm glaubte, wenn du verstehst, was ich meine.

Andy stand neben mir; sie berührte mit einer Hand meinen Arm, um mich zur Vorsicht zu gemahnen, mit einem leisen Zauberspruch auf den Lippen.

»Bleib ruhig, Walter«, warnte sie und stieg die letzten Stufen hinauf, um über die Rankenflechten zum Lagerfeuer zu gelangen, an dem die drei anderen noch immer saßen. Einer der Sklavenhändler machte einen halben Schritt auf sie zu, wurde aber durch ein Aufblitzen in Wolkennens Augen gestoppt.

»Nein«, sagte er. »Laßt sie.« Er und die beiden anderen Sklavenhändler zogen sich zurück, fort von uns, fort vom Feuer, in Richtung auf das entfernte Ende des Plateaus, wo ein paar Zelte aufgestellt waren.

Ich stieg die wenigen Schritte zum Plateau hinauf. Unten am Abhang lag wartend Ehvenor. Aber vielleicht lag es gar nicht, und möglicherweise wartete es auch nicht. Mag sein, daß es mehr tat, als nur dazuliegen.

Denn in der Nacht flimmerte nicht Ehvenor unten im Tal, sondern der ganze Abhang von Ehvenor war von unzähligen Lichtern erhellt.

Das letzte Mal, als ich mich in der Nähe von Ehvenor aufhielt, sah sie eigentlich wie eine normale Stadt aus, mit Ausnahme der Region um Faerie herum ... nun, sagen wir lieber um Faeries Botschaft herum. Daran mußte ich immer wieder denken.

Ich würde sagen, daß Teile von diesem Außenposten Faeries nicht verändert waren, abgesehen von der Tatsache, daß er noch niemals unverändert gewesen *war*: Das war ja gerade das Problem mit ihm.

Es war ein schmaler, mit einer Kuppel überdachter Turm, der sich vielleicht vier Stockwerke emporstreckte. Er schien aus Dunst und dem Licht des Sonnenaufgangs gewebt zu sein. Am besten konnte man ihn aus den Augenwinkeln erkennen. Wenn man ihn direkt ansah, schien er sich ständig zu verändern oder zu verformen; dabei schien er von einer Form zur anderen zu fließen. Doch das geschah so unmerklich, daß man niemals sagen konnte, was eigentlich geschehen war. Man wußte immer nur, daß ein Unterschied zu dem bestand, was vorher gewesen war. Es war aber niemals möglich zu sagen, worin der Unterschied bestand, und ob die Veränderung schnell oder langsam gekommen war.

Er befand sich noch immer im Zentrum der Stadt, aber

jetzt war er von drei ähnlich aussehenden Gebäuden umgeben. Nein, es waren …

… hundert Gebäude; wie dumm, natürlich war es immer so gewesen … es waren tausend Gebäude, ausgebreitet über …

… nein, dicht zusammengepreßt durch …

… kilometerweite, gekrümmte …

… nein, gebogene …

… nein, gerade Straßen.

Ich hätte wegsehen können, aber es ist eine schlechte Angewohnheit, sich von Dingen abzuwenden, die einen beunruhigen. Man muß sich mit ihnen befassen. Deshalb blickte ich hin. Meine Kiefer preßten sich dabei so fest zusammen, daß ich froh war, daß mir kein Zahn zerbrach.

In Ordnung, schön. In den Außenbezirken der Stadt verliefen noch immer Straßen mit Kopfsteinpflaster und Schlammlöchern, dort standen auch noch immer Gebäude aus Stein und Holz. Das Zentrum der Stadt hingegen war eine Masse von großer Helligkeit und unbestimmbarer Größe. Anders, als mein Geist es greifen konnte, ganz gleich, wie sehr ich mich bemühte.

Bis auf diese eine, verdammte Sache gab es nichts, worüber man sich zu erschrecken brauchte, denn ich habe es auch noch nie verstanden, eine Integralrechnung zu lösen. Wenn mich das verschreckte, was ich nicht verstand, warum erschrak ich nicht auch dabei?

Also, warum zitterte ich? Ich wünschte mir, daß es auf dem Plateau kalt wäre, aber das lag daran, daß ich diesen Eindruck von intellektueller Unaufrichtigkeit nicht mochte, die sich gegen andere richtet, die hier Anwesenden eingeschlossen.

In Ordnung. Es jagte mir also einen Schrecken ein. Diese fürchterliche, fette und haarige Sache. Ich hatte schon vorher Angst davor.

Dort, wo die Lichter nicht hinreichten, veränderten sich dunkle Gestalten. Sie verfestigten sich und lösten sich auf, einige verdunsteten in flackernder Helligkeit, andere schlurften hinaus in die Dunkelheit.

Ich drehte mich zu den anderen um.

Mindestens in einer Ecke hatte sich schon einiger Ärger zusammengebraut. Andy hatte sich zu den drei Gestalten in den Roben gesellt, die beim Feuer saßen, doch Tennetty und Jason hatten ihr Gepäck genommen und sich gegenüber den Sklavenhändlern aufgestellt. Noch waren keine Waffen zu sehen, aber vielleicht war das nur noch eine Frage der Zeit. Jason hatte bereits den Halteriemen seiner geborgten Steinschloßpistole gelöst, die er bei sich trug.

So ein dummer Junge. Ich hatte die Halteriemen von *allen* meinen Steinschloßpistolen gelöst. Ich war bereit, Wolkennens Worten über seine Harmlosigkeit zu glauben – bis alles losging.

Ahira stellte sich vor Jason hin. »Laßt uns nichts beginnen, was wir nicht mehr aufhalten können, Freunde«, sagte er besonders eindringlich zu Jason und Tennetty, aber vielleicht ein bißchen auch zu mir.

In den Ranken unter meinen Füßen bewegte sich etwas, und ich zuckte, ließ die Hand aber auf dem Kolben der Steinschloßpistole liegen.

»Weißt du«, sagte ich, »das erinnert mich an eine Geschichte, die mir einmal zu Ohren gekommen ist. Zwei verfeindete Gruppen standen sich gegenüber und versuchten Frieden zu schließen. Die einzige Schwierigkeit war, daß ein Mitglied einer Gruppe eine Schlange tötete und sein Schwert zog, um ihr den Kopf abzuschlagen. In diesem Moment brach die Schlacht aus. Nicht, weil irgend jemand es so wollte, sondern weil jeder dachte, daß es losgegangen sei.«

Ahira stimmte zu. »Deshalb werden wir es ruhig angehen lassen. Tennetty, du und ich, wir werden uns ganz einfach dort hinten hinsetzen«, sagte er und wies auf eine Stelle, die sich ungefähr auf halbem Wege zwischen dem Feuer und den Zelten befand. »Jason und Walter, ihr schließt euch Andrea an.«

Ich wußte nicht, ob ich mich geschmeichelt fühlen sollte, weil er mir zutraute, Andy zu decken, was auch immer geschehen mochte; oder ob ich entmutigt sein sollte, weil er mir nicht zutraute, nicht zu feuern, wenn es darauf ankam, oder im richtigen Moment zu feuern. Deshalb entschied ich mich, zwischen Geschmeicheltsein und Entmutigung hin- und herzuspringen, und eilte mit Jason dorthin, wo Andy am Feuer stand.

Nun, ich hatte schon lange die Auffassung vertreten, daß man es mit magischen Symbolen zu tun hat, wenn irgend etwas in bezug auf Ehvenor geschah, was von Wichtigkeit war. Ich wußte nicht, ob ich froh oder enttäuscht darüber sein sollte, daß sich das als richtig erwiesen hatte.

Eine der drei in eine Robe gekleideten Gestalten stand nun auf, warf die Kapuze zurück und ließ die dunkle Kutte zu Boden fallen. Unter der Robe trug er eine Tunika und Beinkleider. Beides hatte die Farbe von hellem Gelb. Ich hatte immer gedacht, daß Hexenmeister kleine, verhutzelte, dürre Männer und Frauen seien – je mächtiger, desto kleiner und schrumpeliger –, aber es ist wirklich dumm, wenn man so denkt. Ein Mensch, der ein attraktives Äußeres annehmen kann, wird sich zweifellos für ein junges und starkes Aussehen entscheiden. Und ein Mensch mit genügend Macht, dieses Äußere auch Wirklichkeit werden zu lassen, wird sich ebenfalls dafür entscheiden, jung und stark zu wirken – und zweifelsohne sind alle Hexenmeister Menschen.

Er war hochgewachsen und eher hager als schlank. Sein schwarzer Bart war sauber gestutzt, und die Bewegungen seiner Hände waren anmutig, als er Andy zuwinkte.

»Geselle dich zu uns, gute Zauberin«, sagte er, faltete die Hände und verneigte sich. »Wir haben bereits auf dich gewartet.«

Andy antwortete nichts darauf, wodurch das Schweigen für eine Weile in der Luft hing, während die Stadt flimmerte und das Feuer vor sich hin loderte. In den knisternden Flammen brach ein brennender Baumstamm in zwei Teile und stieß einen Schwarm von Funken hinauf in den nächtlichen Himmel.

Andrea hob eine Hand und hauchte einen Zauberspruch; daraufhin streckte sich der Magier immer weiter, bis er für einen Menschen viel zu dünn war. Die Spitzen seiner Ohren verloren ihre runde Form; seine Haare und sein Bart wurden immer dünner, bis sie so fein wie Babyhaare waren.

»Gut gemacht, oh, sehr gut gemacht«, sagte der Elf in einem singenden Tonfall. »Du hast mich demaskiert, ich werde sprechen.«

Sie schüttelte den Kopf. »Ich brauche keine falschen Gratulationen. Ich hätte deine Erscheinung nicht überwinden können, wenn du mich nicht gelassen hättest.«

»Das ist wahr.« Sein Blick war nicht wirklich herablassend, genausowenig wie die Art und Weise, wie er die Hände vor der Brust faltete und sich verneigte. Sein starrer Blick war so eindringlich, daß ich dachte, er könnte nicht nur durch meine Kleidung und mein Fleisch hindurchsehen, sondern durch mein ganzes Selbst.

»Ich bin Vair ip Melhrood, seit langem Einwohner des herrlichen Pandathaway, zumindest seit den letzten zweihundert Jahren der Magiergilde. Ich bin als Vair der Unberechenbare bekannt.« Seine Lippen verzogen sich zu einem Lächeln. »Zumindest denke ich, daß ich deshalb bekannt bin.«

»Du hast dich gut gehalten«, sagte sie.

»Besten Dank.«

Der zweite stand auf und warf seine Robe in einer raschen Bewegung beiseite. Stehend reichte er ihr gerade bis zur Taille: Es war ein Zwerg. Mein erster Gedanke war, daß es sich bei ihm nicht um einen Magier handeln konnte, denn Hexenmeister waren beim Volk der Zwerge selten. Als er sich aber im Schneidersitz in der Luft niederließ, entschied ich mich anders. Es bedurfte einer mächtigen Magie, um einen Levitationszauber auszuführen, und das um so mehr, wenn er für so simple Zwecke verwendet wird wie der trivialen Absicht, seine Augen auf dieselbe Höhe mit Andys Augen zu bringen. Es konnte sein, daß es sich dabei nur um Prahlerei handelte, aber er war ein Zwerg, und Zwerge neigten nicht zum Angeben. Nein, er war ein Magier, aber er hatte sich keine Mühe mit seiner Erscheinung gegeben.

Zwergen ist es gleich, wie sie aussehen; sie haben keinen Sinn für Geschmack.

Dieser hier sah sogar für einen Zwerg besonders häßlich aus. Er war nur wenig kleiner als Ahira, wog aber wahrscheinlich nicht mehr als die Hälfte. Seine Haut hing in tiefen Falten von ihm herab. Dabei sah die abblätternde Haut nicht besonders gesund aus – doch ich vermutete, daß er sich um seine Schuppenflechten keine Gedanken machte.

Während Ahiras große Nase und sein massives Kinn ihn angenehm hausbacken aussehen ließen, wirkte das mit tiefen Runzeln übersäte Gesicht des Zwerges wie verschrumpeltes Leder.

»Nareen«, sagte er mit einem leisen Krächzen in der Stimme. »Nareen der Geduldige, Nareen der Glasmacher. Ich frage dich, ob du hier mit uns sitzen möchtest.«

»Ich werde dich anhören«, antwortete Andrea. »Aber nur kurz.« Sie wandte sich zu der dritten Gestalt um, die wie die anderen aufgestanden war und ihre Kapuze abgenommen hatte. Obwohl ihr Haar zu einem festen Knoten zusammengebunden war, hätte sie sehr liebreizend aussehen können, wäre nicht ihr rechtes Auge gewesen, das unbewegt, tot und blind geradeaus starrte.

Sie öffnete ihre braune Robe, um darunter ein ehemals weißes Gewand zu enthüllen. Trotz des Widerspruchs mit dem Auge wußte ich, was das bedeutete.

Scheiße.

»Ich habe weder einen Namen, noch werde ich von jemandem gerufen«, sagte sie mit einer schönen Altstimme. »Aber ich bin von der Heilenden Hand.«

Das war doppelte Scheiße.

Die erste Scheiße: Ich mochte die Hand nicht; und zwar aus persönlichen Gründen. Sie hatten uns Dora für mehrere Jahre fortgenommen und niemals wirklich zurückgegeben. Sie hatte ausbrechen müssen und dies nur knapp geschafft. Wir waren einander noch einmal begegnet. Ihr Geist war fast ausschließlich mit dem kollektiven Bewußtsein verschmolzen. Ich wußte, das war ein Teil, woraus sie ihre Kraft bezogen, die sie die Heilende Hand nannten. Gerade das befähigte sie auch dazu, wie ein Kanal für deren Segenswünsche und Bedürfnisse zu handeln. Aber ich mußte es nicht mögen, und ich mochte es auch nicht.

Die zweite Scheiße: Es schien so, als ob die Klerikerinnen der Hand mehr Macht entwickeln konnten, wenn sie ihre Identität aufgaben. Die Höherrangigen von ihnen waren nur durch ihre Titel bekannt. Sie hatten ihre eigenen Namen aufgegeben. Nach Aussage von jemandem, der es wissen sollte, hat die Matriarchin selbst nichts mehr von ihrer eigenen Persönlichkeit an sich, sondern ist nur noch eine Reflektion des Gesamtbewußtseins der Hand. Das erscheint mir gespenstisch. Vor Jahren war ich einmal mit der Matriarchin zusammengetroffen. Sie konnte meinem eigentlich doch so charmanten Ego offenbar nicht viel abgewinnen. Und aus irgendeinem Grund fühlte ich mich in der Anwesenheit von jemandem mit großer Macht, der mich stark ablehnte, äußerst unwohl. Das war schon immer so gewesen, bis zurück in meine Unizeit, wo ich einen Zusammenstoß mit dem Rektor wegen eines Vorfalls hatte, an dem ein wasserstoffgefüllter Basketball und ein Bunsenbrenner beteiligt gewesen waren.

Meinetwegen kann man mich auch wählerisch nennen.

Andrea deutete an die Stelle, wo die Sklavenhändler ihr Lager aufgeschlagen hatten. »Und diese dort?«

»Sie gehören zu mir«, sagte Vair. »Ich brauchte eine Leibwache. In Pandathaway haben die Sklavenhändler und meine Zunft ein … ständiges Abkommen.« Er neigte den Kopf leicht zur Seite. »Du scheinst überrascht zu sein, uns zu sehen; denkst du etwa, daß ihr die einzigen seid, die an einem derartigen Ereignis interessiert sind?«

Nareen hob an zu sprechen. »Ich habe hier seit mehr als einem Jahr gewartet«, sagte er, »und von Wurzeln und Blättern gelebt, um die Veränderungen dort unten zu beobachten. Ich habe gewartet, um mehr zu lernen.« Er wies auf die flackernde Stadt. »Als ich ankam, war es nur im Zentrum. Wenig von dem …«

»Dort«, sagte Vair, und wies auf etwas. »Noch ein weiterer.«

Ich blickte in die Richtung, in die der Finger wies, sah aber nichts.

Auch Andy konnte nichts sehen. »Was für ein weiterer?«

Vair zuckte mit den Schultern. »Wer weiß? Etwas wurde aus dem Schatten freigelassen, um in die Nacht zu schreiten. Es war dunkel und unförmig, am Rande des Sichtbaren, und nun ist es in der Dunkelheit verschwunden.«

Nareens Augen folgten etwas, das ich lange Zeit nicht sehen konnte, aber dann zuckte er mit den Achseln. »Es kann alles mögliche sein. Eine Fee, die Gestalt annimmt, eine Gestalt, die eine Identität annimmt, eine Sage, die zur Wirklichkeit wird.« Seine Augen blickten suchend und fingen Andreas Blick ein. »Ich sah zwei Drachen auffahren und davonfliegen, ein Dutzend Fluchtgestalten, die in die Nacht hinauswanken, und eine Unmenge von großen, haarigen Wesen, die wie Menschen aussahen, aber sogar noch häßlicher als diese waren.« Vair beobachtete die Stadt, die in diesem Augenblick besonders intensiv flackerte. »Dort. Ein Glimmen, ein Flackern, ein Vorgeschmack auf den Platz An-Dem-Die-Bäume-Schreien.«

Die Frau von der Heilenden Hand strich mit einer Bewegung durch die Luft. »Möglich. Ich weiß, daß ich vorhin bei einem kurzen Aufblitzen eine Gebirgswiese sah, irgendwo außerhalb von Aershtyn.«

Ich hätte sie am liebsten gefragt, warum sie sich so sicher war, wo die Wiese sich befand, aber ich tat es nicht. Überall war Magie.

Sie schüttelte den Kopf. »Nein, Walter Slowotski, das war sie nicht. Die Wiese war von kleinen Tannen umsäumt, die Sorte von Tannen, die nur hoch oben auf den Abhängen von Aershtyn wachsen.«

»*Was* geht hier vor sich?« Man konnte sich darauf verlassen, daß Jason diese auf der Hand liegende Frage stellen würde.

Vair zuckte wieder mit den Schultern. »Es kann eines von vielen Dingen sein. Es ist möglich, daß dies der erste Versuch seit langem ist. Ein Versuch, um zu erproben, ob die Kräfte der Magie und der Wille der Götter in der Lage sind, ein Gleichgewicht zwischen dem Feenreich von Faerie und allem zum Tode Geweihten zu halten.

Oder ist es möglich, daß einer von ihnen ein Unreifer gewesen ist ... Hmm. Ich glaube, ich finde dafür keine Worte.« Er blickte mich an; dann sprach er mit tiefer Stimme einige Silben, worauf irgend etwas vorsichtig nach meinem Geist tastete. Erst jetzt bemerkte ich, daß er Englisch sprach und nicht Erendra. »Es ist möglich, daß ein noch Unreifer ein Verräter ist und magische Kreaturen erschafft, um sie in die festen Regionen hinauszuschicken wie ein Kind, das Seifenblasen in die Luft bläst.« Er lächelte traurig. »Es könnte auch sein, daß ich mich absichtlich habe täuschen lassen und daß dies nur ein weiterer Teil des Duells zwischen den Ewig-Verrückten ist.«

Nareen lächelte. »Frag niemals einen Elfen nach Antworten; sie haben immer zu viele davon.«

»Und was ist mit dir?«

Der Zwerg zuckte mit den Schultern. »Ich will nicht vorgeben, eine Antwort zu kennen. O ja, jeder kann das auf der Hand Liegende sehen, nämlich daß Magie und der magische Fluß, der von Ehvenor ausgeht, wie geschmolzenes Glas aus der Öffnung eines Schmelztiegels fließt und sich in der Kälte der harten Realität verfestigt. Aber was ist der Grund dafür? Doch ich will nicht über die Gründe sprechen. Warum solltest du sonst denken, daß ich Nareen der Geduldige bin.«

Vair verschränkte die Arme vor der Brust; dann hob er eine Hand und griff sich ans Kinn. »Ich weiß es nicht. Es ist unbekannt, und vielleicht kann es niemals ergründet werden. Mit Sicherheit kenne ich keinen Weg, Wissen darüber zu erlangen – ohne nahe genug heranzukommen ... dazu müßte man in die Große Halle eindringen. Vielleicht gibt es eine undichte Stelle zwischen dem Feenreich und der Realität. Vielleicht spielen ein paar aus dem Guten Volk nur mit

Ehvenor herum. Aber vielleicht ist es auch das Ende der Welt.«

Die Priesterin legte ihre Hand auf Vairs Arm. »Das Unbekannte kann erforscht werden. Ein Leck kann vielleicht gestopft werden. Das Gute Volk kann möglicherweise überredet werden, mit seinem Spiel aufzuhören, falls es nur ein Spiel ist. Dem Unerkennbaren und dem Ende aller Dinge kann man mit Gelassenheit begegnen. Das Nicht-Wissen ist das Problem, genauso wie das Zuviel-Wissen.«

Zuviel zu wissen kann ein Problem sein?

Sie sah mich an. Na gut. Dein ganzer Sinn für Verhältnismäßigkeit kann zum Teufel gehen. Den einen habe ich schon vor Jahren, noch vor Professor Alpersons Kursus, ausgearbeitet. Ein zu großer Sinn für Verhältnismäßigkeit führt zu Unfähigkeit. Zum Beispiel die Antwort auf das Problem mit dem jungen und dem alten Mann, deren Füße in den Gleisen der Eisenbahn stecken und von denen du nur einen retten kannst: Es kommt nicht darauf an, daß du weißt oder glaubst zu wissen – Karl hatte recht. Die Antwort darauf lautet, daß man nicht zwei Leute sterben läßt, wenn man einen davon retten kann – selbst wenn das nur für einen Moment der Fall sein sollte –, weil man nicht willens ist, eine harte Entscheidung zu treffen.

Andys linker Mundwinkel verzog sich zu einem skeptischen Halblächeln. »Wie stehen die Chancen, daß dies das Ende der Welt bedeutet?«

Nareen machte ein finsteres Gesicht. »Es besteht keine Möglichkeit, daß es eintritt. Vair übertreibt. Die Geschehnisse in Ehvenor können wichtig sein, aber sie sind nicht von einer so schwerwiegenden Bedeutung. Das Gefühl trügt. Das Leben schwebt in der Balance, das Leben, ja, aber nicht die Realität der Realität, nicht die Existenz der Existenz.«

Was für eine beschissene Erleichterung.

Die Hand wählte ihre Worte auf priesterliche Weise mit großer Sorgfalt. »Es ist notwendig, daß jemand hinab ins Zentrum geht – zur Großen Halle, die ihr die Botschaft von Faerie nennt.«

»Und du glaubst, du hättest einen Dummen gefunden?« fragte ich.

Vairs dünne Lippen verzogen sich zu einem Strich. »Einen Dummen? Nein, eher jemand, der ... ungemein geschickt darin ist, seinen Weg über die Möglichkeiten der traditionellen Erfahrungsbereiche hinaus zu finden. Vielleicht jemand, der dazu berufen ist.« Er schenkte Andrea einen weiteren seiner durchdringlichen Blicke. »Doch wüßte ich nicht, wer dich gegen deinen Willen dazu auffordern könnte.«

Ich wandte mich Andrea zu. »Für mich hört sich das nicht gut an.«

»Braucht es auch nicht.« Sie entließ mich mit einer beiläufigen Handbewegung und wandte sich den Dreien zu. »Euer Problem besteht nicht in einem Mangel an Macht, nicht wahr? Euch fehlt das Wissen. Vair alleine hat schon genügend Macht, um ... einen magischen Fluß aufzuschneiden, vorausgesetzt, er hat die richtigen Werkzeuge. Nareen, du hast zwar die Werkzeuge hergestellt, kannst aber den Schnitt nicht heilen, um Zeit und Raum wieder zusammenzufügen. Sollte das erforderlich werden, besäße zwar Die Hand die Macht, den Schnitt zu versiegeln, doch wären all eure Anstrengungen nur dann nützlich, wenn jemand durch die Unbeständigkeit schauen könnte.«

Ihre Lippen waren zusammengepreßt, als die drei einmal angespannt nickten. »Ihr braucht jemanden, der sich ausgiebig mit Lokalisationszauber und Fernmagie beschäftigt hat, jemanden, der über diesen Bereich hinaus noch weitere Fertigkeiten besitzt, jemanden, der in der Lage ist, seinen Weg zu planen, mit der geringen Hoffnung, auch wieder herauszukommen, um euch davon zu berichten, was sich hinter der äußeren Form der Realität ereignet hat.«

Nareen seufzte. »Das ist beinahe der Fall«, sagte er traurig, langte mit seiner Hand nach unten zu einem an der Hüfte befindlichen Beutel und zog ein kleines, ledernes Säckchen aus seiner Geldbörse hervor. Mit außergewöhnlicher Behutsamkeit lösten seine groben Finger den Knoten und schoben ein Glasauge auf seine Handinnenfläche. »Das ist das zweite *Auge*, das ich hierfür hergestellt habe.«

»Ich habe das erste.« Die Klerikerin erhob sich und berührte ihr totes, starrendes Auge mit dem Fingernagel. *Tick. Tick.* »Was das eine Auge sieht, sieht auch das andere. So ist es. Von uns gibt es drei. Ich, die sieht, Nareen, der die Werkzeuge herstellt, und Vair, der sie gebraucht. Du bist die vierte. Diejenige, die das Auge plaziert.«

Ich hob eine Hand. »Jetzt wartet mal einen Augenblick. Warum könnt ihr das nicht selbst machen? Warum Andy? Warum wir?« Warum ausgerechnet *ich*?

»Warum nicht wir?« Vair nickte und bestätigte die Berechtigung dieser Frage, wenn auch nicht die darin enthaltene Beschuldigung. »Ich nicht, denn ich würde innerhalb kürzester Zeit in Ehvenor verloren gehen, weil meine Fähigkeiten auf einem anderen Gebiet liegen. Die Hand nicht, weil ich ihre Sehkraft brauche, und auch nicht Nareen, denn ich benötige die Werkzeuge, die er fertigstellen wird.« Vair der Unberechenbare schaute berechnend zu mir rüber. »Also Andrea, weil sie ihre Kräfte so weit auszudehnen vermag, daß sie fähig ist, durch die Unbeständigkeit zu navigieren. Jason, weil er wohl oder übel mitgehen wird, wie es auch sein Vater getan hätte. Ahira, weil in Ehvenor Gefahr lauert, so daß seine Kraft sich als hilfreich erweisen könnte. Tennetty, weil da, wo Kraft nicht ausreichen mag, ihre Bösartigkeit nützlich sein könnte. Und du, Walter, weil dort, wo weder Kraft noch Bösartigkeit ausreichen mögen, dein Vorwitz, deine Hinterlist und dein Dickkopf ihr Übriges tun werden.«

Ich neigte den Kopf zur Seite. »Heißt das, daß wir bloß das Auge zu dieser Botschaft von Faerie, oder diesem Außenposten, oder was es auch immer sein mag, zu bringen und dann wieder zu verschwinden brauchen?«

»Das einzige, was unabdingbar getan werden muß«, sagte Nareen in traurigem Tonfall, »ist, daß das Auge auf alle Fälle hineingebracht werden muß.«

Kapitel dreiundzwanzig

In dem wir uns dummerweise nicht die Zeit nehmen, über all dies nachzudenken

Obwohl Knaben im Scherz Steine auf Frösche werfen, sterben die Frösche nicht im Spaß, sondern im Ernst.

– PLUTARCH –

Sinn für die Wirklichkeit, pfui.

– WALTER SLOWOTSKI –

Eine Freundin von mir erklärte mir einmal, warum sie ihre Brüste nicht öfter als einmal im Monat kontrollierte. Man würde meinen, in Anbetracht dessen, wie wichtig es auf der Anderen Seite ist, einen Knoten frühzeitig zu entdecken – denn die Andere Seite hat nur wenige wirklich zuverlässige Behandlungen gegen dieses verheerende Leiden, und alle wirken besser, wenn man einen solchen im Anfangsstadium entdeckt –, man würde also meinen, sie könnte ruhig jeden Morgen ein paar Minuten zur Kontrolle aufwenden, Und wenn sie selbst das nicht für sich tun sollte, dann, zum Teufel, kannte ich genug Männer, einschließlich meiner eigenen Person, die das liebend gerne für sie besorgten.

Aber sie setzte mir auseinander, daß diese Art von Veränderung so allmählich vor sich geht, daß man sich an das Wachsen eines kleinen Knotens gewöhnt, wenn man dauernd daran herumfühlt, so daß es einem gar nicht weiter auffällt. Man übersieht die Veränderung viel länger, als wenn sie einen überrascht.

Manchmal ereignen sich wichtige Veränderungen unmittelbar vor unseren Augen, aber wir können sie nicht sehen.

Mir gefiel das nicht. Nichts davon.

»Was ich nicht verstehen kann«, grübelte ich, »warum ausgerechnet sie? Warum wir?«

»Weil wir hier sind?« Ahira zuckte unnötig heftig mit den Achseln, als er die Gurte seines Rucksacks über seinem Kettenhemd festmachte. Er hatte die Gurtschnallen ins äußerste Loch gesteckt, so daß der Rucksack gerade noch auf seinem Rücken hielt.

»So ein Mist«, brummte ich.

»Andrea hat ein paar Andeutungen fallenlassen. Ich vermute, daß sie hierher gezogen wurde. Denk einmal darüber nach.«

Ich erinnerte mich an meinen Besuch in ihrer neuen Werkstatt und an den flüchtigen Ausdruck von Besessenheit, von Zwang, der ihr Gesicht überflogen hatte. Und dann war da noch die Zeit außerhalb von Fenevar, als der Gedanke, Ehvenor den Rücken zu kehren, sie mit Schreck erfüllt hatte.

Ahira zog ein Stück Band unter seinen Rucksackriemen durch, machte einen einfachen Knoten und band dann die beiden vorderen Riemen mit einer Schleife zusammen.

»Von wem angelockt?«

Er zuckte mit den Schultern. »Ich weiß nicht.« Er schüttelte den Kopf. »Ich kann mich auch täuschen. Es macht keinen Sinn, sie ist eigentlich zu stark, und wenn jemand versucht, ihren Willen zu brechen, würde sie das nicht kampflos hinnehmen. Wer könnte wohl versuchen, sie derart zu beeinflussen, ohne daß sie im Stande wäre zu widerstehen?« Er hob die Hände. »Vergiß es einfach. Ich treffe mit meinen Einfällen schließlich nicht immer ins Schwarze.«

Mir fiel auch niemand ein. »Also, warum machen wir nicht einfach kehrt und verschwinden?«

Er verzog den Mund und blickte finster drein. »Weil es kaum etwas ausmachen dürfte, was jemand oder etwas anderes will. Die Voraussetzungen sind immer noch dieselben, nur in verstärktem Maße: Seltsame Wesen sind aus Faerie gekommen, und das beginnt sich auf uns und die Menschen, die uns nahestehen, schädlich auszuwirken.« Er warf einen kurzen Blick auf die drei am Lagerfeuer. »Und weil Andrea hineingehen will, egal, ob du und ich damit einverstanden sind, und weil du sie genausowenig allein hineingehen läßt wie ich.«

Nun, einer von uns mußte es ja aussprechen, und er war an der Reihe.

»Dreh dich um«, sagte ich. Als er gehorchte, zog ich einmal kräftig an seinem Rucksack. Er hielt. Zwar sah es weder elegant noch bequem aus, aber es bedeutete, daß der Sack auf seinem Rücken festsaß, er ihn aber trotzdem mit einem schnellen Ruck fallen lassen konnte, sofern das nötig war. »So wird es gehen.«

»Schön.« Er kaute auf seinem Daumennagel und besah den zerfransten Rand. »Wie viele Individuen oder Wesen hast du in das mit hineingezogen, was du nicht verstanden hast?«

»Nun ...« Ich konnte mir ein Lächeln nicht verkneifen. »Alle, außer mir und dir, und manchmal bin ich mir bei dir nicht ganz sicher.«

Er runzelte ärgerlich die Stirn. »Ich meine magische Individuen oder Wesen.«

Ich hob die Schultern. »Einschließlich Deighton? Viele.« Ich begann, sie an den Fingern aufzuzählen. »Zuerst einmal die Zunft der Hexenmeister. Gilt die als eins, oder zählt jeder Zauberer einzeln? Die Matriarchin, die Leuchtenden Reiter, Boioardo. Dann die Kerle, auf die wir vor ein paar Jahren außerhalb von Endell gestoßen sind. Thelleren, obwohl ich da möglicherweise nur aus Reflex mißtrauisch bin. In bezug auf Henrad bin ich mir nie ganz sicher gewesen, und ...« Ich schüttelte den Kopf. »Nein, sie ist stark wie wir alle. Ich wüßte eigentlich niemanden, der sie zu irgend etwas zwingen könnte.«

»Keinen Lebenden«, erwiderte er.

Ich beneidete Wolkennen nicht um seinen Job: Er versuchte, einen Fall zu gewinnen, den er eigentlich verlieren wollte.

»Ich finde immer noch, du solltest uns drei mitnehmen.

Wir halten uns ziemlich gut, wenn es zum Kampf mit der Klinge kommt.«

Tennetty lächelte leicht spöttisch. »Davon bin ich überzeugt.« Sie schob ihr Jagdmesser ein paarmal kräftig in seiner Scheide auf und ab. »Wie wär's ...«

»Nein«, erwiderte Jason. »Nicht hier und jetzt. Du würdest ihn töten, aber er könnte dich dabei verletzen, und wir haben nur noch ein paar Schlückchen von dem Heiltrank übrig.«

»Ich kann nicht verstehen, warum du die Hilfe abschlägst.« Andrea schüttelte enttäuscht den Kopf. »Wir könnten dort in Schwierigkeiten geraten.« Das war nicht ihr Teil des Geschäfts, und es gefiel ihr nicht, wie die Dinge sich gestalteten. Aber zum Glück war sie bereit, mir bis zum Ende zuzuhören.

»Es ist eine Sache der Erfahrung und des Vertrauens«, erklärte ich. »Ich kann sicher sein, daß Tennetty mir den Rücken deckt, wenn es ihre Aufgabe ist. Dadurch kann ich mich um das kümmern, was vor uns liegt.« Ich schaute den Abhang hinunter. »Ich traue Wolkennen nicht, und ich weiß auch nicht, wie gut er ist. Ich kann es mir nicht leisten, mir um meinen Rücken Sorgen machen zu müssen.«

Ahira klatschte in die Hände. »Schluß. Die Sache ist erledigt. Laßt uns aufbrechen. Tennetty, hast du das Auge?«

»Klar doch.« Sie hielt ihm Nareens Auge auf der flachen Hand hin. Tennetty wandte sich ab, entfernte ihren Augenlappen und führte ihre Hand zum Gesicht. Als sie sich wieder umdrehte, strahlte das Auge aus seiner Höhle. Ein guter Platz dafür, aber als sie blinzelte, rollte die weiße Rückseite nach vorne, und es starrte düster in die Nacht.

Sie zwängte die Schultern in ihren ledernen Waffenrock. »Eine leichte Aufgabe: einfach nur dies hier ...«, sie tippte an das Auge, »... zur Botschaft von Faerie bringen oder zum Vorposten, oder was, zum Teufel, es immer sein mag.« Tennetty ließ die Hand fallen und schaute zu mir herüber, wobei sie für einen Moment schielte. Sie klapste leicht gegen allerlei verschiedene Waffen und schulterte ihr Gepäck. »Ich bin soweit. Gibt es irgendeinen Grund, noch länger hier herumzutrödeln?«

Und ob es einen gab: Vielleicht lernte das Pferd ja noch zu singen.

»Nein«, antwortete Andy. »Bringen wir es schnell hinter uns.«

»Okay, alle Mann«, sagte Ahira, »dann wollen wir mal.«

»Augenblick noch.« Jason wandte sich Wolkennen zu. »Wir wissen, was du bist«, sagte er. »Du handelst mit lebendem Menschenfleisch. Jetzt ist nicht der Moment und der Ort, das mit dir auszutragen, aber es wird einen anderen Zeitpunkt und einen anderen Ort geben ...«

Wolkennen grinste höhnisch. »Wer bist du, daß du das voraussagen könntest?«

Jason lächelte. »He, Wolkennen, weißt du das denn nicht? Der Krieger lebt.« Er wandte sich uns zu. »*Jetzt* können wir gehen.«

Tennetty und ich bildeten die Nachhut, als wir aufbrachen. »Mir gefällt das alles nicht«, sagte sie. »Sie könnten den Hügel überqueren und um die Ostseite biegen. Und dann lauern sie uns von vorne auf, oder gar zwei von vorne und einer von hinten, und nageln uns mit ihren Bögen fest, ehe wir sie erreicht haben.«

Ich schüttelte den Kopf. »Nie im Leben.« Wen könnten sie denn dazu bringen, Ehvenor zu betreten?

Für alle Fälle aber hielt ich die Augen offen, und Tennetty und ich hatten das Schwert blank gezogen.

Auf der Rückseite des Plateaus führten Steinstufen hinab auf eine enge Straße, die sich an der Seite der Hügelkette zur Stadt hinunterwand. Immer wieder wurde der Blick auf die Stadt freigegeben, doch konnte ich sie nicht richtig erkennen, nicht so wie zuvor. Sie pulsierte und schimmerte, wobei die Straßen dauernd ihre Lage und Beschaffenheit änderten. Den einen Augenblick erschien eine Straße als ein enges, von fensterlosen Gebäuden gesäumtes Gäßchen in der Nacht, um sich dann ohne Ankündigung und erkennbaren Übergang plötzlich in eine breite Allee mit einem Gewirr von Gehwegen in vollem Tageslicht zu verwandeln.

Aber als wir näher kamen, verlangsamte sich die Häufigkeit der Wechsel. Die Straßen behielten ihr Aussehen länger, die Wechsel fanden in größeren Abständen statt, aber dennoch unvermittelt und ungesehen. Ich weiß, eigentlich ist es nicht möglich, daß sich etwas genau vor unseren Augen von einem Augenblick auf den anderen verändert oder daß wir nicht bemerken, wann es geschieht.

Ist jetzt klar, warum ich Magie nicht leiden kann?

Das Problem bestand natürlich darin, daß mein Verstand die Wechsel erspähen wollte, das Flackern oder Vermischen, Verschieben oder Verwandeln, und daß er nicht dazu fähig war. Man kann es sich so vorstellen, als ob man Farbbanden im Infrarot erkennen wollte; auch etwas, wozu ich nicht ausgestattet war.

Ich vermute, daß ich gerade viel zu sehr damit beschäftigt war, wie sich die Stadt wohl hinter der nächsten Straßenbiegung präsentieren würde, als uns das Pack ansprang. Davor muß man um Ehvenor herum ununterbrochen auf der Hut sein, denn es gibt zuviel Magisches dort, und sich in der Nähe von Magie herumzutreiben, kostet manche Menschen den Verstand. Ich vermute, es bewirkt, daß sie sich untereinander in Ruhe lassen, denn sonst würden sie sich schnell umbringen. Aber ich kann nicht behaupten, daß ich das weiß, denn es ist nicht mein Fach.

Doch in mein Fach gehörte, was mir gerade noch einen Warnschrei entlockte, als ich es erblickte: drei dunkle Gestalten, die sich aus den Bäumen fallen ließen, und die klauenfingrige Hand, die nach Tennettys Schulter griff und sie zu Boden zerrte.

Kapitel Vierundzwanzig

In dem wir den möglichen Ursprung eines vorher familiären Ausdrucks kennenlernen

Gewaltlosigkeit ist kein Kleidungsstück, das man willkürlich an- und ausziehen kann. Sie hat ihren Sitz im Herzen, und sie sollte ein untrennbarer Teil unseres Wesens sein.

– MOHANDAS K. GANDHI –

Nur ein einziges Mal würde ich mir einen Feind wünschen, dem gegenüber Gewaltlosigkeit eine brauchbare Alternative wäre – insofern brauchbar, als sie nicht damit enden würde, daß ich auf der Spitze eines Spießes tanzen oder in winzige, mundgerechte Stücke zerschnitten würde.

– WALTER SLOWOTSKI –

Ich schrie den anderen eine Warnung zu, als ich auf den breiten, haarigen Rücken einhieb. Ich konnte nur einmal zuschlagen, ehe ich das Schwert herumreißen mußte, um den, der mich mit ausgestreckten Klauen bedrohte, aufzuspießen.

Die Standardübung dafür ist einfach: Man pariert die Waffen des Gegners, stößt zu, zieht dann mit einer Drehung zurück, wobei man aus einer schmalen Wunde, die ihn nicht in seiner Geschwindigkeit beeinträchtigen sollte, eine breite reißt, welche ihm bestimmt zu schaffen macht – sofern man sein Schwert herausgezogen hat, damit man aufs neue parieren oder etwas anderes niedermetzeln kann. Zum einen darf es dem Gegner dabei unter keinen Umständen gelingen, durch ein Ablenkungsmanöver deine volle Aufmerksamkeit zu beanspruchen, während ein anderer sich auf dich stürzt; zum anderen darf er dich nicht durch Selbstaufopferung dazu bringen, zuviel Zeit damit zu verschwenden, ihn zu töten und dich so dem nächsten auf dem Tablett zu servieren.

In allen Fällen heißt es parieren, zustoßen und heraus mit einer Drehung, aber fix.

Unglücklicherweise war das Wesen nicht nur größer und kräftiger als ein Mensch, sondern auch schneller: Es riß mir das Schwert aus der Hand, das bis zum Heft in seinem behaarten Bauch steckte, packte mich im Bärengriff und riß mich von den Füßen. Das heißt, nicht ganz im Bärengriff, denn während es wohl meinen rechten Arm gegen meine Seite drückte, gelang es mir, die linke Hand zu befreien und ihm meine Knochenbrecherfaust in seine ledrige Visage zu schmettern, einmal, zweimal, dreimal.

Falsch, falsch, falsch! Denn das hatte noch weniger Wirkung als das Schwert. Es war, als schlüge man auf einen lederüberzogenen Felsbrocken ein.

Die beiden massigen Arme preßten den Atem aus mir heraus und hörten nicht auf, mich so fest zu drücken, daß das Heft meines Schwerts kräftig gegen meine Gedärme gequetscht wurde. Warmes Blut, sein warmes Blut, rann mir den Leib und die Beine hinunter, aber nicht es, sondern ich verlor die Kraft. Ihm schien das Schwert in seinem Bauch nichts anzuhaben.

Mir wurde schwarz vor Augen. Trotzdem gelang es mir, meinen freien Arm herüber zu mogeln, unter seinen behaarten Arm zu schieben und eine meiner Steinschloßpistolen aus dem Halfter an meinem Oberschenkel hervorzufingern. Ich spannte den Hahn, während ich die Pistole zu seinem Kopf hochbrachte, und schloß die Augen, als ich den Lauf gegen seine Schnauze setzte.

Ich zog den Abzug durch. Feuer und Feuchtigkeit spritzten mir ins Gesicht. Mit einem Röcheln plumpste das Ungeheuer zu Boden und gab mich dabei frei.

Mein nächster Atemzug schmeckte nach Schwefel und Feuer, nach Blut und widerlichem Schweiß und nach meiner eigenen Angst: Es schmeckte köstlich! Ich zog noch eine zweite Pistole und spannte sie, aber die anderen hatten bereits mit den beiden übriggebliebenen abgerechnet.

Tennettys Unhold, den ich verwundet hatte, lag sterbend auf der Erde. Seine Brust hob und senkte sich langsam, und er blutete aus zahllosen Wunden, die zum Teil nur leicht, zum Teil aber tief bis auf die weißen Knochen waren. Das dritte Ungeheuer war vom Schlüsselbein bis fast zur Taille entzweigespalten, und es ergoß mit dumpfer Gleichgültigkeit dunkles Blut und gelbliche Eingeweide in den kalten Schmutz.

Über diesem letzten stand keuchend Ahira, Axt und Panzerhemd von Blut verschmiert und schimmernd im Sternenlicht. »Sind alle okay?«

»Jason und mir geht es jedenfalls gut.« Andrea stand hinter ihm, und hinter ihr stand Jason, das Schwert in der einen Hand, eine Pistole in der anderen. Die beiden Cullinanes waren nicht gezeichnet, soweit ich sehen konnte.

»Ich werde es überleben«, stöhnte ich.

»Uff.« Tennetty hockte auf allen vieren im Schlamm. Sie ließ sich für einen Augenblick auf die Knie nieder und kam dann langsam und unter Schmerzen auf die Füße. »Hätte noch schlimmer sein können.« Ihr Haar war zerzaust wie eine Krähenfeder, und genau über dem rechten Backenknochen hatte sie eine üble Schramme, aber sonst sah sie nicht weiter mitgenommen aus.

Die drei Ungeheuer lagen vor uns am Boden.

Nimm einen Menschen, blas ihn auf, bis er anderthalbmal so groß ist, dehne sein Gesicht und überzieh alles mit einer dicken Matte von stinkendem Fell, dann hast du es in etwa getroffen. Riesig und äußerst kräftig, wenn auch nicht übermäßig helle: Wenn diese drei Unholde nur ein bißchen schneller oder schlauer gewesen wären, hätte es keiner von uns überlebt.

Ahira kniete über einem abgetrennten Arm und stocherte mit dem Griff seiner Axt in der Hand herum. »Teilweise einziehbare Klauen, und der Daumen ist den Fingern kaum entgegenzustellen. Möglicherweise sind es intelligente Wesen.«

Ich befühlte meine Seite. Sie tat höllisch weh, aber vielleicht war das ja das einzige. Ich atmete tief durch und spürte nirgends gebrochene Rippen knirschen, also war ich wahrscheinlich auch in Ordnung.

Diesmal hatten uns Alter und Erfahrung gerettet. Die meisten Vorsichtsmaßnahmen sind vergeudete Mühe. In neunzig von hundert Fällen kommt eine Wache, die man aufgestellt hat, noch nicht einmal dazu, auch nur in Unruhe zu geraten, und die Nachhut eines Trupps ist meistens reine Vergeudung. Das merken junge Leute nur allzu schnell. Deshalb haben sie nicht nur den Hang, ihre Gedanken schweifen zu lassen, wie ich selbst, sondern sie neigen auch dazu, ihre Aufmerksamkeit nicht auf das richten zu können, was um sie herum geschieht.

Man muß erst eine Zeitlang seine Erfahrungen machen, damit die Chancen, beim nächsten Mal zu überleben, steigen.

Etwas anderes gibt es nicht. Nur Anstrengung, Geduld, Konzentration und Glück. Nichts, worüber man sich Sorgen machen müßte.

Ich wischte meine zitternden Hände an den Schenkeln ab.

»Was, zum Teufel, seid ihr eigentlich?« fragte Tennetty den sterbenden Unhold.

Der drehte den Kopf mühsam in ihre Richtung, die Augen weit aufgerissen vor Schmerz, vielleicht auch vor Zorn.

»Urrrkk«, stieß er langsam hervor und streckte schmerzverzerrt seine mit Krallen versehenen Finger nach ihr aus.

Dann überlief ihn ein Schaudern, und er verschied.

»Die Zeit verstreicht«, stellte Ahira fest. »Kommt, wir gehen.«

Kapitel fünfundzwanzig

In dem wir Ehvenor betreten und ich verlorengehe

Nichts ist von Dauer, nur der Wandel.

– HERAKLIT –

Wenn du in mein Alter kommst, legst du Wert auf ein bißchen Sicherheit. Wenigstens, was den beschissenen Boden unter deinen Füßen angeht.

– WALTER SLOWOTSKI –

Wir setzten unseren Weg fort, als die Morgennebel aufstiegen. Die Bergstraße verlor sich im Flachland der Küste. Die vor uns liegende Stadt hatte nicht aufgehört, sich ständig zu verändern. Unsere Straße wurde schmaler, bis sie kaum noch schulterbreit war. Sie war auf beiden Seiten dicht mit Gestrüpp bewachsen, daher konnten wir nur noch hintereinander gehen.

Wir marschierten mit dem Gefühl, schon stundenlang unterwegs zu sein. Als wir uns Ehvenor näherten, kündigte sich die Morgendämmerung am Horizont an. Vom Zirrischen See wehte ein leichter Nebel herüber, dessen Kälte mir bis in die Knochen drang.

Tennetty und ich hatten Ahira und Jason hinter uns gelassen und nach Andy die Führung übernommen, während die beiden unseren Spuren folgten. So weit, so gut.

Das einzige Problem war Andy: Sie war zu ruhig, und ihre Schritte waren zu leicht und zu unbeschwert, bis wir an einer Stelle stehenblieben, wo die Straße sich verzweigte. Ich schüttelte den Kopf. Diese Abzweigung war vorher nicht dagewesen. Die Straße hatte an dieser Stelle zwar einen Schlenker gemacht, aber sie hatte sich nicht verzweigt.

Nun tat sie es.

Andy lächelte und murmelte leise ein paar kurze Silben vor sich hin. »Nach rechts«, meinte sie dann und entspannte sich wieder.

Sie blickte mir einen Moment in die Augen. »Es geht schon in Ordnung, wenn wir jetzt miteinander sprechen. Für die nächste halbe Meile dürften keine Entscheidungen mehr notwendig sein.«

»Wäre schön, wenn sich das in der nächsten Zeit nicht ändert.«

»Verlaß dich lieber nicht darauf.«

Ich bemühte mich, zuversichtlich zu lächeln. »Wie kommst du zurecht?«

Sie zuckte mit den Schultern. »Ich bin okay. Ich komme schon klar.«

»Gut«, erwiderte ich. »Aber wir können umkehren, wann immer du willst.«

Sie blinzelte nicht mehr mit den Augen. Ich wußte nicht, was das zu bedeuten hatte, und ich weiß immer noch nicht, was das bei ihr bedeutet. Aber sie hatte aufgehört zu blinzeln.

»Das möchte ich nicht«, versicherte mir Andy. Dann stellte sie noch einmal klar: »Nein, wir kehren jetzt nicht um. Wir gehen weiter.«

»Hinter uns ist gerade die Abzweigung verschwunden.« Ahiras Stimme war einfach zu ruhig.

Ich wandte mich um und sah, wie die Straße hinter uns eine Biegung machte und sich genau dort im Nebel auflöste, wo die Abzweigung war. Gewesen war. Sein müßte. Wie auch immer.

»Na gut«, murmelte ich. »Sie hat mir sowieso nicht gefallen.«

Der Nebel vor uns wurde noch dichter.

»He, Ahira? Woher wußten Tennetty und du, daß ihr abbiegen müßt?« Infrarot kann Nebel tiefer durchdringen als sichtbares Licht, und Zwerge können im infraroten Bereich besser sehen als Menschen.

Er nutzte jetzt diese Fähigkeit, und wir schritten wieder aus, während der Nebel sich so stark verdichtete, daß ich kaum noch zwei Schritte weit sehen konnte.

»Laßt uns enger aufschließen«, meinte Tennetty und winkte Jason näher heran. »Einer für alle, alle für einen, stimmt's?«

Ich hatte große Lust zu widersprechen, aber Ahira nickte. »Das klingt gut. Andrea?«

Andy schüttelte den Kopf. »Ich kann nicht nachdenken. Der Nebel ist zu dicht, auf dem Boden, in meinen Augen, in meinem Kopf.« Sie krümmte den Rücken, als würde sie damit rechnen, geschlagen zu werden; dann entspannte sie sich, und während sie einen Zauberspruch flüsterte, fuchtelte sie mit den Fingerspitzen in der Luft herum, als schriebe sie unsichtbare Buchstaben in den Dunst.

Der Nebel zog sich weiter um uns zusammen, bis ich kaum noch meine Füße erkennen konnte, geschweige denn Ahira, der doch direkt vor mir ging.

Mein Herz hämmerte.

Ehrlich – ich bin normalerweise nicht klaustrophobisch. Einer meiner Zwergenfreunde (nicht Ahira; er hat für Höhlenforschung nichts übrig) und ich waren einmal in einer Höhle eingeschlossen und mußten volle drei Tage warten, bis endlich Hilfe kam. Ich hatte damit keine Probleme. Ich brachte meinem Freund bei, wie man auf zwergisch Gespenst spielt. Jedenfalls hat die Festigkeit der Höhlenwände etwas Beruhigendes. Niemand kann mit klauenbewehrten Fingern durch eine Höhlenwand hindurchgreifen, um dir das Herz herauszureißen. In der Enge eines Zwergentunnels sind keine Fallgruben oder Stolperdrähte verborgen, und auch keine seltsamen Kreaturen, die nur darauf lauern, aus dem Nichts hervorzuspringen und ...

Ganz ruhig, Walter.

Andy hatte uns durch ihre Magie nach Ehvenor geführt. Ahira war in der Lage, durch den Nebel hindurchzublicken, wenigstens ein kleines bißchen weiter, als ich es vermochte, und hatte uns dadurch vor überraschenden Angriffen geschützt. Tennetty, Jason und ich dagegen waren nutzlos. Aber das kümmerte uns herzlich wenig.

»Nur noch ein kleines bißchen weiter«, ertönte Andys Stimme aus dem Dunst. Sie war nur noch als unbestimmter Schatten zu erkennen.

Nebelschwaden wallten an meinen Knien hinauf und stiegen dann bis auf Bauchhöhe. Jetzt konnte ich nur noch die Hand vor den Augen erkennen.

»Hier«, stieß Andy hervor, »eine scharfe Rechtsdrehung und dann einen Schritt nach vorn. Nein, nicht ihr anderen. Nur Ahira. In Ordnung. Walter, du bist der nächste.«

Ich wandte mich nach rechts, tat einen Schritt nach vorn, hinaus aus dem Nebel, und fand mich im Morgenlicht auf einer schlammigen, engen Straße Ehvenors neben Ahira wieder.

Ich wollte loslaufen – und ich lief auch los, aber der saugende Morast hielt meine Stiefel fest. Nun ja, es war eben so, als wenn man mitten im Morast versucht loszulaufen.

Im übrigen gab es gar keinen Grund, loszurennen. Bisher war um mich herum einfach nur dichter Nebel gewesen, und jetzt standen Ahira und ich im hellen Morgenlicht auf einer schmalen Straße, die von zweistöckigen Häusern aus Flechtwerk und Lehm gesäumt war – in knöcheltiefem, weichem braunem Schlamm. Es hätte irgendeine Straße in irgendeiner Stadt sein können, wenn da nicht die Lichter von Faerie gewesen wären, die selbst das Tageslicht überstrahlten und so reglos über uns schwebten, als wären sie dort festgefroren.

Andys Stimme ertönte aus einiger Entfernung, aber ich konnte die Richtung nicht feststellen. »Jason geht als nächster«, sagte sie. »Genau hier. Ja, geh ganz genau hier entlang.«

Und plötzlich standen Jason, dann Tennetty und schließlich auch Andrea neben uns.

Ich rang mir ein Lächeln ab. »Gut gemacht. Ich wußte gar nicht, daß du teleportieren kannst.«

Andy lächelte. Dann streckte sie die Hand aus und tätschelte mir die Wange. »Danke für das Kompliment, aber echte Teleportation setzt eine Macht und Kontrolle voraus, die nur theoretisch möglich ist. Jedenfalls für sterbliche Wesen«, fügte sie hinzu.

Wenn nicht Teleportation, dann wüßte ich gern, was es sonst war.

Ich schätze, daß mir diese Frage ins Gesicht geschrieben stand, weil sie abwiegelte: »Es ist keine Teleportation. Teleportation bedeutet, daß du von einem Punkt A zu einem unabhängigen Punkt B gelangst, wobei du die dazwischenliegende Strecke überspringst. Genau das ist vorhin direkt neben uns vor sich gegangen. Du hättest es bemerken können.«

Die Luft war wärmer, als es für diese morgendliche Stunde üblich war. Ich hatte zwar erwartet, daß es wärmer werden würde, aber nicht in diesem Ausmaß. Kühle Morgen sind angenehmer. Gib einer heißen Sonne die Chance, für einige Stunden eine typische Großstadtstraße zu bearbeiten, und die Straße wird so stinken, als wäre sie mit alten Pferdeäpfeln gepflastert. Was sie auch war, wenn man es sich genau überlegte.

»Ein Wandelweg«, meinte Andy, nickte bedächtig und winkte uns dann, ihr zu folgen. Eine gewundene Straße, eingefaßt von zweistöckigen Häusern aus Flechtwerk und Lehm, die etwa 30 Meter hinter uns und auch kurz vor uns eine scharfe Biegung machte. Die Gebäude waren sehr groß, und wir standen zu dicht davor, so daß wir darüber nichts anderes erkennen konnten als das Strahlen der Lichterkuppel weiter im Norden.

Es war überall still und verlassen; es gab nichts außer dem Morast, den Häusern und den strahlenden Lichtern von Faerie.

»Es ist so still«, bemerkte ich. »Zu still, kemo sabe.«

Ahira kicherte. »Halt die Klappe«, sagte er, ohne es so zu meinen, während wir Andy nachfolgten. »Genieß es, solange du kannst.«

Tennetty blickte sich langsam um, genau wie eine

Kamera, die eine 360-Grad-Panoramaaufnahme macht, was Tennetty meiner Meinung nach in gewissem Sinne auch tat. Ich nahm es ihr nicht übel, daß sie alles in sich aufnehmen wollte – aber alles hier war so gewöhnlich und überhaupt nicht so, wie ich mir Ehvenor vorgestellt hatte. Wo war das Flimmern? Die Straße, auf der wir standen, war genauso fest und normal wie jede andere Straße, die ich kannte.

Ich hatte mich schon fast damit abgefunden, als Jason mich doch wieder darauf aufmerksam machte.

»Wo ist das ganze Geflimmer? Warum ist hier alles so stabil?« fragte er.

Andrea wandte sich nicht um. »Das Geflimmer wurde durch die Unschärfe erzeugt. Ehvenor ist nie ganz eindeutig das, was es zu sein scheint, und die Unschärfe ist weiter angewachsen. Aber unabhängig davon sind wir hier zusammen, und das ist ausschlaggebend. Wir befinden uns nur innerhalb einer Zeit und an einem Ort.«

Ich reagierte so, wie ich immer auf Erklärungen über Magie reagiere:

»Oh.«

Es gibt drei Taktiken, wie man in feindlichem Gebiet eine Straße hinuntergehen kann. Meine bevorzugte Taktik ist, die Straße vor allem zu vermeiden. Es ist sehr unwahrscheinlich, daß man an einem Ort getötet wird, an dem man sich gar nicht befindet. Am zweitbesten ist es, die Gruppe zu teilen, so daß jede Hälfte auf einer Seite steht und der anderen Deckung gibt. Das schränkt das Schußfeld von jedermann ein, der sich in den Häusern auf der einen oder anderen Straßenseite verborgen hält.

Eine weitere Taktik wäre, daß man direkt in der Mitte der Straße geht. Der Hintergedanke dabei ist, daß man auf diese Weise Zeit zum Reagieren gewinnt, bevor irgend jemand oder irgend etwas einen erreichen kann.

Diese Taktik gefällt mir nicht besonders gut, also wandte ich mich um und ging auf die Holzstege zu, die sich am Straßenrand entlangzogen.

»Nein«, sagte Andrea nur. »Laß das. Du könntest verlorengehen. Das können wir uns nicht leisten.«

»Verlorengehen? Hör mal – ich bin nicht so einer, der verlorengeht. Ich habe zwar keinen perfekten Orientierungssinn, aber niemand wird mich auf einer Hauptstraße verlieren, wenn er es nicht unbedingt darauf anlegt.«

Genau, Walter. Wo ist also die Nebelbank, die eben vor deiner Nase war?

Ich blieb dicht bei den anderen.

Der Wandelweg schlängelte sich über einen halben Kilometer, bis er sich schließlich vor einem winzigen Park verzweigte, wobei die linke Biegung eine holprige Straße hinaufführte und die rechte noch tiefer in den Morast hinein.

Ich beugte mich zu Ahira hinunter. »Wollen wir wetten, welchen Weg wir jetzt einschlagen?«

»Dort entlang, nach rechts«, bestimmte Andy und stapfte hinunter, noch tiefer in den Schlamm, wobei sie beinahe bis zu den Waden einsank.

»Es hat hier vor kurzer Zeit ziemlich stark geregnet«, meinte Ahira, und seine Augen huschten ständig hin und her.

»Sag bloß, Sherlock.«

Wir folgten Andy hinunter in den Schlamm, wobei unsere Stiefel jedesmal widerlich saugende Geräusche von sich gaben, wenn wir die Füße anhoben, um weiterzugehen –

– hinauf auf den heißen, trockenen Schmutz einer Straße, in die Hitze einer drückenden Mittagssonne und auf einen bevölkerten Marktplatz, der von Flötenmusik erfüllt war.

»Leute«, bemerkte Ahira. »Es ist gut, endlich wieder Leute zu sehen.«

Das war der Augenblick, in dem ich erwartete, daß sie sich plötzlich alle von ihren Geschäften zu mir hinwenden würden, um dann ihre langen Reißzähne zu entblößen und sich auf mich zu stürzen. Manchmal bin ich ziemlich froh, daß eben nicht das geschieht, was ich erwarte.

Hoch über uns kreisten und wirbelten ein Dutzend Holzflöten – tanzten durch die feuchte Luft. Sie bewegten sich genauso schnell, wie sie ihre Töne ausstießen. Ihr hell klingendes Pfeifen ließ sie aufsteigen und absinken, passend zu ihrer magischen Melodie. Es war keine besonders anspruchsvolle Musik. Sie spielten ein einfaches Thema im Achteltakt, das ohne Variationen wiederholt wurde.

Wir mußten schnell beiseite treten, um zwei Pferden auszuweichen – riesigen Tieren, ungefähr von der Größe eines Sauriers, aber gesprenkelt und nicht einfarbig –, die einen schwer beladenen Wagen zogen.

Wir drängten uns eng um Andrea, so ähnlich wie es eine Gruppe von Schulkindern mit ihrer Lehrerin tut. Dieser Vergleich war gar nicht so schlecht.

Okay, okay. Ich bin zwar nicht der schnellste, aber irgendwann komme ich darauf: Ehvenor war nicht nur unbestimmt in dem, was es war, es war auch unbestimmt, wann es war. Normalerweise ist es ganz einfach, vom frühen Morgen bis zum Mittag zu gelangen, aber das ist eigentlich nicht möglich, ohne den Vormittag erlebt zu haben. Es sei denn, alles, einschließlich der Zeit, ist aus den Fugen geraten. Zum Teufel, es wäre möglich, daß wir aus dem Heute ins Gestern übergewechselt sind.

Es war Markttag, und unter den schrillen Flötentönen herrschte lebhaftes Treiben.

Drüben, neben einem großen Haufen Bastkörben, verhandelte ein rotbackiger Apfelverkäufer endlos mit einem grobknochigen Mann, der einen Reisemantel und einen verschlissenen Hut trug. Hinter ihnen stand eine dieser klobigen Bestien – ach, Mist, ich nenne sie Urks oder Orks, bis ihr einen besseren Namen für sie habt, vielen Dank –, die versuchte, mit plumpen Gesten dem Schlachter verständlich zu machen, daß er für die abgehangenen Hammelkeulen zuviel verlangte. Nun ja, ich hoffe, es war Hammel, es könnte aber genausogut Schaf gewesen sein.

Nicht weit entfernt wartete die Kuppel der Faerie-Botschaft, die nur durch zwei oder drei Querstraßen von uns getrennt war.

»Hier entlang. Und gebt euch Mühe, nichts umzustoßen«,

sagte Andy, die sich einen Weg durch die Menschenmasse bahnte, als ein schwer beladener Wagen vorüberrumpelte, der von zwei riesigen Pferden gezogen wurde. Das Schwierige bei einer Menschenmenge ist, daß man seine Nahkampfreflexe unterdrücken muß. Ich mag es nicht, wenn sich Fremde an mir vorbeidrängeln; da wäre ich schon lieber selbst derjenige, der drängelt. Ich weiß, wie man mit einer Menschenmenge umgehen muß, denn zugegeben, ich bin ein rechter Taschendieb. Aber jetzt war nicht der richtige Augenblick, um festzustellen, ob ich in dieser Beziehung noch immer gut in Form war.

Wir bahnten uns einen Weg die Straße hinunter, vorbei an den gefüllten Ständen, wo ein übergewichtiger Apfelverkäufer endlos mit einem großen Mann in Hut und Mantel debattierte, hinter ihnen ein Urks, der mit dem Schlachter herumstritt, und dahinter die Läden der Kerzenmacher, die ihr Handwerk ausübten und das Wachs zogen; vorbei an einer dicken alten Korbflechterin, die Weidenzweige durch den Boden eines Korbs zog, an dem sie gerade arbeitete.

Irgend etwas daran störte mich, und ich tippte Ahira kurz auf die Schulter; dann ließ ich mich ans Ende unserer Gruppe zurückfallen, um mich umzusehen. Ja, ja, man sollte Ärger hinter sich zurücklassen, aber äffische Neugier ist durchaus ein Überlebensfaktor, solange man es nicht übertreibt.

Sie taten immer noch das gleiche. Alle. Der Urks beklagte sich über den Fleischpreis, der große Käufer diskutierte immer noch mit dem kleinen Apfelhändler, und die Korbflechterin hatte immer noch nicht …

Ein schwer beladener Wagen rumpelte vorbei, der von zwei riesigen gescheckten Pferden gezogen wurde, beide ungefähr von der Größe eines Sauriers.

Und die Flöten kreisten und wirbelten immer noch über uns durch dasselbe Achteltaktthema.

Ich drängelte mich nach vorn zu Andrea durch. »Andy …«

Sie hob beschwörend den Zeigefinger und murmelte wieder einen Zauberspruch. »Wir müssen hier entlang.« Sie arbeitete sich mit den Ellbogen durch die Menge, zwischen zwei Ständen hindurch, hinaus in die Kühle des Tages und in die Dunkelheit der Nacht, fast in die Mitte des Karrees. Nun ja, wohl eher des Dreiecks – drei Straßen trafen hier zusammen. Die Häuserenden waren keilförmig, dreieckig, wie Stücke von einer Steintorte. Keine Fenster, keine Türen, nichts.

In der Mitte des Karrees stand eine Statue auf einem Sokkel, aber ich konnte nicht erkennen, was für eine Statue es war.

Hast du jemals das Experiment gemacht, deinen blinden Fleck zu orten? Es ist ziemlich einfach. Du machst zwei Punkte auf ein Stück Papier, die ungefähr fünfzehn Zentimeter auseinanderliegen, und schließt ein Auge. Dann fixierst du einen der beiden Punkte, während du das Papier auf dein Gesicht zubewegst, wobei der andere Punkt nur am Rande deines Blickfelds sichtbar bleibt.

Dabei wirst du mit Hilfe dieses Punktes irgendwann den blinden Fleck deines Auges feststellen können, den Ort, wo der Sehnerv eintritt. Der Punkt wird verschwinden, obwohl du genau weißt, daß er noch da ist. Und wenn du das Papier oder dein Auge ein klein wenig hin und her bewegst, wirst du ihn wieder sehen. Aber du darfst eines nicht tun: versuche nicht, ihn zu fixieren.

Genauso verhielt es sich mit der Statue. Es war, als könnte ich sie nicht sehen.

Wenn man die nächste Zubringerstraße geradeaus hinaufblickte, konnte man in der Nacht schräg darüber die flimmernde Kuppel der Faerie-Botschaft erkennen.

Andy trieb uns zur Eile an. »Schnell, schnell«, sagte sie und schob uns eine der Seitenstraßen hinauf.

Ahira hob die Hand. »Nein. Halt. Was tun wir ...«

Andy schüttelte den Kopf, und ihre Augen weiteten sich. »Nein. Wir können jetzt nicht anhalten. Es bricht gleich alles zusammen.« Ihre Lippen bewegten sich, und man hörte sie leise flüstern.

»Es geht nicht mehr einfach nur um die Stadt. Alles fällt auseinander.« Sie wies die Straße hinauf, die anscheinend zur Botschaft führte. »Die Hand-Klerikerin hatte recht: Sie verbindet sich mit dem Rest der Welt.« Andy zeigte zur Straße. »Geht diesen Weg hinunter, ehrlich, ich werde euch jetzt zur Vergessenen Straße bringen, aber die wird euch nicht am Doppelkreis ausspucken – haltet euch an der ersten Ecke nördlich, und sie wird euch hinunter zu den Hütten bringen. Die Straße nach Osten führt euch zu einem Ort hundert Meter unterhalb des Zirrischen Sees, gleich neben der Pandathaway-Küste. Wenn ihr die Straße nach Westen nehmt, werdet ihr in einem Baum außerhalb eines Dorfes auf Salket landen. Alles«, sie ließ den Zeigefinger kreisen, »alles ist miteinander verbunden. Aber ihr werdet doch nicht dort hinuntergehen, oder?«

Glückwunsch. Andy hatte einen n-dimensionalen Stadtplan im Kopf, von dem sie völlig ausgefüllt war. Deswegen konnte sie sich gar nicht mehr daran erinnern, daß uns anderen kaum klar war, was, zum Teufel, wir hier überhaupt taten.

»Laß uns verdammt noch mal verschwinden«, drängte ich.

»Nein, was du bis jetzt von Faerie kennengelernt hast, ist noch nicht alles. Jedenfalls nicht in den stabilen Bereichen. Nun ein Teil davon. Wir verschwinden, bevor *er* hier auftaucht.« Sie zog Jason am Arm mit sich und rannte auf die Straße zu.

Was hatte das zu bedeuten? Er? Welcher Er? Ich sprintete hinter ihr her, wobei mir Ahira und Tennetty dicht auf den Fersen blieben. Da war etwas hinter uns, etwas Gewaltiges, aber ich blickte mich nicht um. Wir erreichten die Verbindung zwischen dem Karree und der Straße nur ein kleines Stück hinter Andy.

»Boioardo?« fragte ich und reckte den Hals, sah aber nur Dunkelheit, als wir in der Nacht verschwanden und –

– und etwa einen halben Meter entfernt von der Kante eines heißen, flachen Daches schlitternd zum Stehen kamen. Ich streckte den Arm aus und hielt Ahira dadurch davon ab, in Jason hineinzulaufen. Eine gleißende Mittagssonne brannte auf uns nieder, aber der blaue Himmel war überzogen von schwarzen Streifen, die sich von einem Horizont zum anderen wölbten.

»Schnell, jetzt«, rief Andy, »dort drüben den Weg entlang!«

Wir kletterten eine Leiter hinunter in eine Gasse und folgten Andy, die geradeaus weiterlief ...

...in einen kleinen Park hinein. Eine grüne, minzige Kühle umgab uns – im Gegensatz zu der Hitze des späten Nachmittags.

Normalerweise hätte ich behauptet, die Bäume wären Eichen, nur daß ihre Rinde silbern überzogen war und die großen Blätter wie silberne Glöckchen leise klingelten, wenn sie sich im Wind bewegten.

Tennettys Atem kam in keuchenden Stößen, und ich schätzte, ich hätte auch einen Augenblick zum Luftschnappen gebrauchen können.

Ahira blickte sich um. »Können wir hier einen Moment bleiben?« fragte er durch das Klingeln der Blätter hindurch. »Oder müssen wir weiterlaufen?«

»O ja«, erwiderte Andy. »Wir rasten hier für einen Augenblick. Ich habe unsere Spur genug verwischt, so daß wir es ruhig wagen können.«

Ein Ast der uralten Eiche ragte so weit heraus, daß ein Wieder-zu-Atem-Kommender ihn gerade noch erreichen konnte. Ich griff danach. Die Rinde fühlte sich in meiner Hand rauh an, und der silberne Belag war kühl.

Jason langte hinauf und schnippte mit dem Fingernagel gegen ein Blatt. Es tönte wie eine Stimmgabel.

Ahira hockte sich auf den Boden. »Also, nur für den Fall, daß wir es wissen müssen: welchen Weg nehmen wir als nächstes?«

Andy schloß die Augen und dachte ungewöhnlich lange darüber nach, während sich ihre Lippen lautlos bewegten.

Ich meine, ich habe die Zeit zwar nicht gemessen oder so, aber es verstrich mindestens eine Minute, bevor Tennetty etwas herüberbrachte, nur um Jasons leichte Berührung an ihrem Arm entgegenzukommen. Jason machte das mit den leichten Berührungen inzwischen sehr gut. Ich hätte Tennetty am liebsten weggeschubst. (Ich hätte es zwar nicht *getan*, man bedenke das, aber ich hätte es gewollt. Die Magie machte mich langsam nervös.)

Endlich öffnete Andy die Augen. »Ihr könnt es von hier aus nicht sehen, aber ungefähr fünfzig Meter weiter die Straße hinunter sind ein paar Stufen, dort entlang, hinter der alten Eiche. Als nächstes werden wir zumindest den Weg all die Stufen hinunter schaffen – aber überspringt die oberste, sie führt von den Straßen weg.«

Ich ließ den Ast los und saß einfach an den Baum gelehnt da und ließ mich abschlaffen – was mich keine große Mühe kostete.

Die rauhe Borke unter meinem Umhang wirkte irgendwie beruhigend. Vielleicht gab mir ihre Festigkeit ein wenig Trost. Ich spielte mit den Fingern im hohen Gras. Jedenfalls war es hoch für einen Park, das heißt – ungefähr zehn Zentimeter lang, dicht und zart und grün wie ein Rasen.

Tennetty tippte mit dem Finger gegen das Glasauge. »Was ist los?«

Andrea öffnete den Mund, schloß ihn und öffnete ihn erneut. »Du hast nicht die Ausbildung, um das zu verstehen.«

Diese Art von Erklärungen hat mir noch nie gefallen. Das Unangenehme an ihnen war, daß sie manchmal zutrafen. Versuche mal, jemanden das Prinzip von Heisenbergs Unschärferelation zu erklären, der nicht einmal weiß, daß das kleinste mögliche Teilchen einer Sache nicht ein Staubkorn ist. Oder erkläre jemandem die Grundsätze der Atomtheorie, wenn er davon ausgeht, daß man – wenn man nur ein Messer hat, das scharf genug ist –, ein Stück Ton endlos zerkleinern kann – ich habe beides versucht.

Andreas Finger bewegten sich gewichtig. »Wir sind den

Naturgesetzen unterworfen. Die Magie ist ein Teil dieser Gesetze. Gravitation zieht ein Teilchen zum anderen hin. Magnetismus zieht an oder stößt ab. Die schwache magische Kraft bringt Informationen, die starke Kraft bedeutet Macht.« Sie wies mit der Hand hinüber zu der Kuppel der Faerie-Botschaft. »Aber diese sind bloß ein … ein Abbild der Gesetze von Faerie. Wenn wir in Faerie sind, oder einfach nur nahe daran, dann ist es so, als wären wir eine Gruppe von Newtonianern, die versuchten, sich ihren Weg durch das Einsteinuniversum zu bahnen und sich darüber wunderten, warum sie nicht die Lichtgeschwindigkeit überschreiten können, ganz egal, wieviel schneller sie wurden.«

Sie wies auf den Park um uns herum. Ihre Bewegungen waren ruckartig, so als wäre sie verspannt. »Ehvenor war schon immer ein Teil der … Ausläufer von Faerie. Das Gute Volk mag es nicht besonders, denn es ist dort zu eintönig und fade. Aber das ändert sich, und ich beginne, es immer stärker wahrzunehmen.« Sie stand auf, und während sie dastand, löste sich die Spannung in ihrem Körper. »Es ist nicht nur der Raum, der sich verbindet, sondern auch die Zeit. Das Hier und das Jetzt.« Ihre Stimme war gedämpft. »In der Mitte von Faerie, in der Einzigartigkeit seines Herzens, ist alles Chaos, alles verbindet sich, alle Gesetze herrschen dort und sind doch ungültig.«

Sie schüttelte den Kopf, als wolle sie alle Gedanken abschütteln. »Aber das muß nicht unbedingt hier sein. Die Drei könnten es überall in der Wirklichkeit verankern, wenn sie nur wüßten … wo. Vair ist am mächtigsten, aber er weiß nicht genau, wohin er sein Feuer richten soll. Nareens Waffen haben die Festigkeit und Stabilität seiner Rasse, aber wenig mehr.« Sie streckte einen Finger vor und tippte gegen Tennettys Auge. »Sie brauchen *ihr* Sehen.«

Ich hätte meinen Finger nicht gegen Tennettys Auge tippen wollen, nicht einmal gegen das Gläserne, aber Tennetty reagierte nicht.

Andrea zuckte unter ihrem Gepäck mit den Achseln. »Also, gehen wir?«

»Warum jetzt?« Ahiras Stimme hatte einen panischen Unterton.

»Weil«, erläuterte sie, »ich es euch gesagt habe. Ich habe den Durchgang gesehen. In nur wenigen Sekunden hören wir seine Schritte, und wir …«

Schwere Schritte ließen den Boden erbeben. Wir rannten die Stufen hinunter – übersprangen dabei die erste – und überquerten die holprige Straße, liefen die Gasse hinunter und …

…hinein in die dunkle, wolkige Nacht, die nur durch das schwache, grüne Glühen des stinkenden Mooses erleuchtet wurde, das am Rinnstein wuchs.

Ahira zog einen Glühstrahl aus seinem Beutel, dessen gleißendes Blau die Dunkelheit verjagte.

Es war nur eine Gasse, ein schmaler Weg zwischen zwei Gebäudereihen, die in die Nacht aufragten und sich in der Ferne auflösten. Hinter uns war es still, aber Andy schüttelte den Kopf. »Er ist uns jetzt zu dicht auf den Fersen. Wir müssen eine Abkürzung nehmen, indem wir tiefer in Faerie eintauchen. Hier entlang«, zischte sie und verschwand in der Schwärze eines Eingangs. Wir folgten ihr durch die Dunkelheit …

…hinaus in den scharfen, kalten Wind des Platzes-An-Dem-Die-Bäume-Schreien.

Der eisige Wind blies stetig durch die scharlachroten Blätter; jedes von ihnen tropfte karmesinrot bei der kleinsten Bewegung. Die mächtigen Äste ächzten in ihrem Schmerz. Unter den Bäumen hatten sich Seen aus Blut gesammelt, die sich im Weg verdunkelten und langsam gerannen.

»Keiner bewegt sich!« befahl Andrea. »Laßt euch von mir führen. Die Gesetze sind hier … allgemeiner. Es gibt keine Sicherheit der Stabilität, wenn ihr nicht wißt, wo ihr hintreten müßt.« Sie machte ein paar flinke Schritte, wobei sie sich so schnell bewegte, als würden ihre Füße über das feuchte Gras hinweggleiten. Dann berührte sie Jason einmal kurz an der Wange. Er verschwand mit einem lauten *Plopp*!

»Ihr müßt euch einfach rechts halten.« Sie zog Ahira am Arm. Er stolperte vorwärts und verschwand dann ebenfalls.

Nur Tennetty und ich waren noch übrig, aber auf dem Boden hinter uns konnte ich schon die Schritte hören. Nur noch eine Chance, und nicht einmal eine große.

Andys Hand strich über meine Wange. »Beweg dich jetzt nicht, Walter«, flüsterte sie mit gedämpfter Stimme. »Er ist genau hinter dir.«

Tennetty wirbelte herum und riß ihr Schwert in die Höhe, aber die Gräser verwandelten sich in Schlangen, die sich um ihre Knöchel wanden und ihre langen Giftzähne tief in ihre Waden schlugen.

Sie schrie auf. Ich weiß nicht, warum es mich so überraschte, daß es ein gellend hoher, furchtbarer Ton war, genau wie bei jedem anderen auch. Aber sie verwandelte ihn in ein Grollen, als sie auf die Schlangen einhackte, die von ihrer Klinge zerteilt wurden und den Boden um sie herum in einen Morast aus blutenden, sich krümmenden Stücken von Reptilienfleisch verwandelten.

Die Stimme klang wie zuvor.

»Guten Tag, alle miteinander«, sagte Boioardo. Seine Gesichtszüge waren zu regelmäßig, zu schön, seine Kinnspalte zu scharf. Er trug nur Schwarz und Karmesinrot. Über eine Schulter hing nachlässig ein scharlachroter Kapuzenumhang, der bis zu den schwarzen Stiefeln reichte, die selbst für einen SS-Offizier genug Glanz gehabt hätten. Sein Hemd war aus rotem Velour, an den Schultern eng geschnitten und um die Taille gegürtet, um den keilförmigen Oberkörper des Bodybilders zu betonen.

Er gab vor, sich in der leeren Luft hinzusetzen, genau wie jemand, der vergessen hat, daß hinter ihm kein Stuhl steht. Doch bevor er hinfallen konnte, kam ein Schwarm winziger geflügelter Eidechsen aus den Bäumen herabgeflogen, die scheinbar mühelos einen Juwelenthron herbeitrugen, den sie gerade rechtzeitig bereitstellten. Andere nahmen ihm seinen Umhang ab und falteten ihn sorgfältig über der Rücklehne des Throns zusammen.

Tennetty, die noch nach den Schlangen schlug, grollte noch einmal.

Boioardo schlug die Beine übereinander und glättete seine bereits glatten schwarzen Hosen. »Oh, bitte, mach doch hier nicht so ein Aufhebens.« Die Schlangen schmolzen bei seiner Geste zusammen, aber das Blut lief immer noch an ihrem Bein hinunter.

Boioardo verschwamm vor meinen Augen, und als ich ihn wieder fixieren konnte, war er ein schlanker Mann, ungefähr in meinem Alter und von meiner Größe, der immer noch lässig auf seinem Thron saß. Vielleicht war er ein bißchen älter, etwas weniger in Form und nur an den Schläfen leicht ergraut. Sein Kinn war fest, sein Bart glattgekämmt, und um seine Augen gab es ein paar kaum sichtbare Lachfalten. Er war ganz in Schwarz gekleidet, außer einem braunen Umhang, der durch eine schwarze Spange gehalten wurde.

Okay, okay, ganz langsam: »Ich sehe besser aus«, sagte ich.

Tennetty warf mir einen amüsierten Blick zu. Ich meine, amüsierter als gewöhnlich. »Als ich?« wollte sie wissen.

Andreas Finger berührten mich an der Schläfe, und für einen Augenblick begann er zu flimmern, wurde zu Tennetty, dann zu Andy und dann wieder zu mir. Er war nicht ich, er spiegelte mich nur auf seine eigene Weise wider.

Andy blickte mir für einen kurzen Moment in die Augen. Sie brauchte es mir nicht zu sagen: Sie mußte das Auge zur Faerie-Botschaft bringen, und Boioardo mußte lange genug aufgehalten werden, damit ihr das gelang. Sie kannte den Weg. Tennetty besaß das Auge. Das machte Andy unentbehrlich, Tennetty beinah ebenso wichtig und mich verzichtbar.

Aber sie konnte es nicht. Auf mich verzichten, meine ich. Nicht ohne meine Einwilligung. Das war das Problem bei Andrea: Sie war niemals kaltblütig genug.

Es war immer der gleiche Traum. Außer, daß mich diesmal die Cullinane darum bat, es selbst zu tun, und ich wußte nicht, ob ich es schaffen könnte.

Ich erstarrte, nur für eine halbe Sekunde ...

Kapitel sechsundzwanzig

In dem ich den Ort finde, wo dir nur das helfen kann, was du geliebt hast

Greife ins volle Leben. Strecke die Arme aus. Berühre, empfinde und lebe. Vertraue mir dieses eine Mal, wenn du mir auch sonst nicht glaubst.

– WALTER SLOWOTSKI –

Bei den folgenden Ereignissen war ich zum größten Teil abwesend, aber sie sind wohl geschehen, als ich gerade um mein Leben kämpfen mußte.

Vielleicht war es auch nicht so. Was ich sagen will, ist, daß es *passierte* – die Berichte über den weiteren Verlauf sind verläßlich –, aber da gibt es immer noch das Problem mit der Zeit. Wir wissen nicht viel über Faerie und sind wahrscheinlich auch nicht dafür geschaffen, viel darüber zu erfahren. Aber wir wissen, daß die Zeit sich in und um Faerie seltsam verhält, und es bestand kein Zweifel daran, daß wir uns ganz in der Nähe von Faerie befanden. Zudem bestand kein Zweifel daran, daß die Zeit sich auch schon in Ehvenor eigenartig verhielt. Soviel steht fest – wenn sich der Nachmittag dem Abend zuneigt und man sich dann plötzlich im Morgengrauen wiederfindet, dann, meine ich, muß man kein Albert Einstein sein, um sich auszurechnen, daß die Zeit gründlich durcheinandergewürfelt wurde.

Mit Sicherheit weiß ich, daß sich das, was mit Jason und dem Zwerg geschah, während des folgenden Abschnitts ihrer Lebensspanne ereignet hatte. Genauso wie sich mein Kampf mit Boioardo während des nächsten Abschnitts meiner Lebensspanne zutrug.

Ich glaube, das muß reichen.

Und ich kann nicht sagen, wodurch alles letztendlich ausgelöst wurde. Ich habe mich seitdem immer wieder gefragt: War ich es, oder waren es Andy und die Drei? Oder wir alle zusammen? Oder irgend etwas anderes?

Das Problem mit diesem Teil der Geschichten besteht darin, daß ich nicht weiß, wer der wirkliche Held ist.

Also, so ganz stimmt das auch nicht. Ich weiß es schon.

Sie schlug für Andy und mich ein paar Sekunden heraus und zahlte den vollen Preis dafür, ohne mit der Wimper zu zucken.

Verdammt noch mal, Tennetty.

Ahira taumelte aus den schreienden Gräsern hinaus in die Dunkelheit auf den weichen Teppich direkt vor Jason.

Hoch oben über dunklen Straßen befanden sie sich plötzlich in einem kleinen Raum, etwa von der Größe eines Schlafraums oder Studierzimmers. Der Raum wurde nur durch eine einzige Laterne beleuchtet, die oben an der Wand angebracht war. Er war so gut wie leer, bis auf den Teppich, einen an die Wand gerückten Tisch mit allerlei Gegenständen und einem Stapel Wolldecken obendrauf sowie einem Nachttopf, der in einer Zimmerecke auf dem Boden stand. Daneben befanden sich mehrere Säcke aus Leinentuch, die bis zum Rand mit rohem Gemüse und getrocknetem Fisch gefüllt waren.

Der Tisch machte, so wie er war, einen interessanten Eindruck. Die Tischplatte bestand aus einem abgeschliffenen Türblatt – der Türknauf war noch daran befestigt, doch befand er sich an der hinteren Seite dicht an der Wand –, was durch Steinblöcke unter seinen vier Ecken bis auf Kniehöhe gebracht worden war. Bücher und Pergamentreste lagen über die Tischfläche verstreut und waren durch kleine Steinbrocken und Eisenteile beschwert. Er konnte einige Glyphen aus Ehrendra erkennen, von denen ein Teil in kritzligen Runen geschrieben war, die Ahira nicht entziffern konnte, doch das meiste des Geschriebenen verschleierte sich vor seinen Augen. Zauberwerk.

»Hier hat jemand gewohnt«, sagte Jason.

Ahira hob einen Finger an die Lippen. Er war nicht über die scharfsinnige Feststellung des Offensichtlichen verärgert, die der Junge gemacht hatte, sondern darüber, daß er überhaupt gesprochen hatte. Solange sie keine bessere Vorstellung davon hatten, wo sie sich befanden, war es am besten, den Mund geschlossen und Augen und Ohren offen zu halten.

Eine schwere, hölzerne Tür führte hinaus in die dunkle Halle. Ahira lauschte für einen Moment, konnte aber nichts hören. So weit, so gut.

Während er Jason mit einem Zeichen zu verstehen gab, die Tür im Auge zu behalten, wandte er sich dem Fenster zu. Draußen, auf der gegenüberliegenden Straßenseite, leuchtete die Botschaft von Faerie in ihrer unsteten Herrlichkeit.

War sie drei oder vier Stockwerke hoch? Hatte sie lange, rechteckige Fenster, Glastüren gleich, die auf einen Balkon hinausführten, oder bestanden die einzigen Öffnungen in diesem soliden Steinbau aus breiten Schlitzen, die selbst für Schießscharten zu schmal waren.

Es war ihm unangenehm, länger hinzuschauen. Er konnte nicht sagen, warum. Es war besser, sich auf das Hier und Jetzt zu konzentrieren. Sich in der Werkstatt eines Zauberers herumzutreiben, war keine angenehme Vorstellung, es war Zeit zu ...

Jason winkte ihm unauffällig zu. Der Junge hatte sich allmählich ganz eng an die Tür gepreßt, die als einzige zur Halle führte.

Seine Lippen bewegten sich. *Ich hör' was*, gab er zu verstehen.

Guter Junge. Diesmal hatte er keine Angst. Nein, das stimmte nicht ganz – Ahira konnte den Geruch der Angst an ihm riechen. Jason war schlau genug, um Angst zu haben, denn er wußte, daß er jeden Augenblick verletzt oder getötet werden konnte, aber dies war nur ein weiterer Aspekt des Universums, mit dem man sich angemessen auseinanderzusetzen hatte.

Er machte sich in dieser Hinsicht nichts vor. Er konnte sich ein Lächeln nicht verkneifen. Diesmal lief Jason Cullinane nicht weg.

Der Zwerg hielt die Axt leicht in den Händen und neigte lauschend den Kopf, als im Flur vertraute Schritte ertönten.

Ahira senkte seine Axt. »Hallo, Andrea«, sagte er.

Andrea schritt durch die Tür, aber es war eine veränderte Andrea. Ihre schwarze Lederweste und -hose waren einer strahlend weißen Robe gewichen, die aus Nebel und Licht gewoben war. Ihr schwarzes Haar war mit Silber durchwirkt; ihre Augen waren rot und wiesen dunkle Ränder auf, die entweder von Weinen oder zu wenig Schlaf zeugten.

Jason machte einen Schritt auf sie zu, doch Ahira hielt ihn am Arm zurück. »Warte.«

Sie hob ihre schlanke Hand. »Ja, ich bin es. Älter, vielleicht ein Jahr, vielleicht mehr oder weniger? Die Zeit ist so ... anders hier, und ich habe mich in den Winkeln der Zeit verborgen und versucht, immer mehr zu lernen, um den Wahnsinn besser zu kontrollieren. Ja, ich bin älter geworden und hoffentlich auch ein bißchen weiser. Sicherlich, ich weiß jetzt genauer, wie wenig ich weiß, aber ich bin immer noch ich selbst.« Eine Träne lief ihr über die Wange. »Darf ich dich umarmen? Es ist schon so schrecklich lange her«, sagte sie.

Aber Tennetty verschwendete keine Zeit darauf, sich etwas einfallen zu lassen. Sie bohrte ihre Finger in ihre Augenhöhle und warf mir das Auge zu, während sie sich auf Boioardo stürzte.

Das Glasauge flog mir durch die Luft entgegen.

Nein. »Tennetty, *tu's nicht.*«

Aber gedacht oder gesprochen, es machte keinen Unterschied. Nareens Glasauge, dasjenige, welches die Drei brauchten, um durch den Schleier der Unbeständigkeit in das Herz von Ehvenor zu gehen, schwebte in der Luft auf mich zu. Ich schnappte mir das Auge, drückte es Andrea in die Hand und legte los, aber es war schon zu spät.

Boioardo hatte sich bereits von seinem Thron erhoben und sich dabei so schnell bewegt, daß die Ärmel und ein

Umhang wie das Ende einer Peitsche durch die Luft knallten. Er schlug ihr Schwert zur Seite, als ob es überhaupt nicht vorhanden war, und packte sie mit bloßen Händen.

Sie schrie nur einmal laut auf, als seine Finger wie eine Hacke, die durch den Boden pflügte, durch ihr Fleisch schnitten. Dann schüttelte er das, was von ihr übriggebliebeb war, ein-, zwei-, dreimal, genauso, wie ein Hund eine Ratte schüttelt, und schleuderte sie zur Seite. Blutig, zerfetzt, tot.

Seine Arme waren bis zu den Ellbogen mit Blut bespritzt. In seiner Eitelkeit schien er sich daran zu stören. Er schaute auf seine Arme und all das rote Blut hinunter, und machte dann eine einzige beiläufige Geste, worauf das Blut sofort verschwand. Tennetty lag auf dem Fußboden; ihre toten Augen starrten reglos in das Nichts.

Man verschwendet keine Zeit damit, Freunden nachzutrauern, nicht während eines Kampfes, nein, das tut man nicht.

»Also, Andy«, sagte ich. »Mach es jetzt, schnapp ihn dir. Wie du es schon mal gemacht hast.«

Sie schüttelte den Kopf. »Nicht hier, nicht hier an der Grenze zu Faerie. Ich habe nicht genügend Macht, nicht genügend Kräfte.«

Boioardo lächelte. »Sie weiß, daß ich euch in Ehvenor überallhin verfolgen kann, wo ihr euch auch zu verstecken sucht.«

Ich zog Andrea eng an mich. Gott, warum hast du die Frauen bloß so warm erschaffen? »Versteck dich jetzt erst einmal«, flüstete ich, »aber bring das Auge dorthin, wo es hingehört. Tue, was getan werden muß.«

Sie nickte einmal schnell, berührte dann mit ihren sanften Fingern meine Lippen und stieß mich hart fort. Während ich zurücktaumelte, machte sie einen Schritt zur Seite und verschwand ...

Unbeholfen umarmte Jason seine Mutter, und Ahira ließ die Schneide seiner Axt auf den Teppich fallen.

»Wie lange?« fragte Ahira. Sie spreizte die Finger, als

Jason sie losließ. »Ich weiß es nicht. Vielleicht ein Jahr, vielleicht zwei. Ich hatte mir angewöhnt, die Essens- und Schlafenszeiten zu zählen, aber ich ließ davon ab, als ich herausfand, daß ich hier nicht viel zu essen und zu schlafen brauchte. Zwei Jahre?« Sie ging zum Fenster. »Lang genug, all das zu lernen, was notwendig ist, um diese Straße zu überqueren. Lang genug, um die meisten der Wege, die durch Ehvenor führen, zu kennen, lang genug, einige Wahrheiten über mich selbst herauszufinden, und lang genug, um meine Anwesenheit hier zu akzeptieren.« Sie schüttelte den Kopf, als sie sich wieder den andern zuwandte. »Es tut mir leid, daß ich so empfindlich bin. Ich weiß, daß es für euch nur Sekunden gewesen sind.«

Ahira lächelte darüber. »Das beantwortet diese Frage.«

Endlich machte dieser Teil einen Sinn. Er kannte Andrea Andropolous Culinane jetzt seit zwanzig Jahren und hatte sie als so eigensinnig kennengelernt, wie ein Mensch nur sein kann. Ihr Wille unterstand niemals dem Einfluß eines anderen. Sie selbst traf die Entscheidungen und niemand sonst. Niemand anders.

Also, wer könnte Andrea nach Ehvenor gerufen haben? Wer könnte sie hierher gebracht haben? Wer hatte sie aus Schloß Cullinane hierher gerufen? Wer war es, der sie so verrückt gemacht hatte, daß sie sich auf die Straße begab und sich in das Gott-weiß-wo aufmachte?

Andrea.

Sie erwiderte sein Lächeln. »Ich bin's. Wer sonst?« Für einen Moment war ihr Blick verschwommen. »Sie wird schon in Kürze mit dem Auge ankommen.«

»Und was wird dann passieren?«

Sie zuckte mit den Achseln. »Mir ist nur wenig davon bekannt. Sie hatte nicht – ich meine, ich hatte nicht die Zeit, lange mit ihr zu sprechen. Nachdem wir euch beide verließen, nahm sie das Auge an sich und stieß mich in einen fremden Teil von Ehvenor, wo ich mich dann verirrte. Ich mußte lernen, wieder meinen Weg hierher zurückzufinden. Sie sagte, daß sie versuchen würde … also, daß *ich* versuchen würde, die Straße zu überqueren, um das Auge hierher zu bringen.« Sie schaute aus dem Fenster hinaus. »Ganz gleich, was es kostet. Der Rest ist Sache der Drei.« Ihre Augen öffneten sich. »Ach, nein. Es hat so gut getan, euch beide zu sehen, daß ich vergessen habe, was sie mir erzählte ...« Sie wandte sich an Jason. »Schnell, gib mir dein Messer.«

Ich taumelte zurück in eine leere Straße, die sich in einem verlassenen Teil der Stadt befand. Unter dem dunklen Himmel zogen sich Reihen von Mietshäusern an der schmutzigen Straße entlang, durch deren geborstenen Boden ein kaltes, weißes Licht leuchtete.

Ich war allein, aber ich sollte nicht für lange Zeit allein bleiben. Nicht wenn Boioardo mir gefolgt war. Der Plan beruhte auf der Hoffnung, daß Boioardo mich jagen würde und ich ihn lange genug ablenken könnte, um Andy die Zeit zu verschaffen, ihren Auftrag zu erledigen. Sie würde das Auge zur Botschaft von Faerie bringen und zurückkehren, um mich aus der Gefahr zu befreien, bevor Boioardo mich tötete.

Andy war im Aufspüren von Menschen und Dingen äußerst geschickt. Es würde funktionieren, wenn ich nur genügend Zeit herausschlagen würde. Aber ich mußte darauf achtgeben, Boioardo so lange wie möglich nicht in die Quere zu kommen ...

Ich spürte ein Klopfen auf meiner Schulter – da war er schon. Es war bei weitem nicht so, daß ich mein Spiegelbild in ihm erschaute, ganz bestimmt nicht. Wäre jemals ein so selbstgefälliges Grinsen unter meinem Schnurrbart zu finden gewesen?

»Ein hübsches Plätzchen«, sagte er und griff langsam nach mir. Das vom Boden aufscheinende Licht hüllte seine Augen in Schatten, aber sein allzu freundliches Lächeln fing in der Dunkelheit beinahe zu glühen an. »Sollen wir es hier zu Ende bringen?«

Schon auf der High School war ich als Stürmer bekannt. So tauchte ich unter seinen Armen durch und rannte querfeldein los. Es brachte mir überhaupt nichts. Er war sofort da. Immer einen halben Schritt hinter mir. Er lief nicht, sondern glitt mühelos über den Boden, wobei seine Füße niemals das Erdreich berührten.

Er runzelte die Stirn. »Das ist viel zu einfach«, sagte er und gab mir dabei so etwas wie einen leichten Schubs. Es fühlte sich bloß nicht so an – ich wurde zwei Meter über den schmutzigen Boden geschleudert, wobei Steine und Schmutz meine Kleidung über der linken Hüfte in Fetzen rissen und mir dann ein großes Stück Haut und Fleisch von Hüfte und Oberschenkel abschrammten. Ich prallte so hart gegen eine Wand, daß mir die Luft wegblieb.

Ich lag gekrümmt am Boden und versuchte, etwas Atem in die Lungen zu zwingen. Meine Muskeln wollten aber nicht gehorchen. Kein einziger.

Er ragte drohend über mir auf. »Hoch mit dir. So ein schlechter Sportsmann kannst du doch nicht sein.«

Ich rollte mich auf Hände und Knie und stand dann taumelnd auf.

»Warte«, brachte ich krächzend hervor. »Gib mir ... Zeit ..., mich zu erholen.«

Ich war mir nicht sicher, ob das rechte Knie mein Gewicht tragen konnte; außerdem konnte ich spüren, wie meine Rippen in jenem Bereich blinder Schmerzen, den ich normalerweise als meinen Brustkasten bezeichne, gegeneinander knirschten.

Sein Lächeln wurde breiter. »Dazu besteht kein Anlaß.« Er winkte einmal mit den Händen, und plötzlich waren all meine Schmerzen und Qualen verschwunden. Das geschah allerdings nicht mit der Behaglichkeit und Leichtigkeit, wie es bei Heiltränken immer der Fall ist. In einem Augenblick konnte ich vor Schmerzen kaum ein Wort hervorbringen, und im nächsten waren alle Qualen verschwunden.

Selbst die Schürfwunde, die ich mir an der linken Hüfte zugezogen hatte, war verheilt und die Kleidung darüber wieder unversehrt.

Bleib ruhig, Walter, ganz ruhig. »Einen Moment mal«, sagte ich. »Das ist zu leicht für dich. Mach es dir selbst etwas schwerer. Nimm nicht nur einfach meine Gestalt an. Verringere deine Kräfte und passe sie meinen an. Mach es zu einem fairen Wettkampf.« Sollte Boioardo eine Schwäche haben, dann war es seine Arroganz, doch wer konnte die schon nutzen. Er war unglaublich mächtig, unverwundbar und imstande, jede Gestalt anzunehmen, die er wünschte. Ich wäre jetzt lieber in Philadelphia gewesen.

Er legte den Kopf auf die Seite. »Fair? Nein. Ich habe nicht vor zu verlieren. Gut, ein bißchen weniger unfair vielleicht. Das macht die Sache etwas sportlicher.« Er beäugte mich gründlich, schloß dann die Augen und konzentrierte sich. Für einen Moment schien seine Gestalt zu zerfließen, festigte sich dann aber, bis er wieder genauso aussah wie ich.

Boioardo machte einen Schritt vorwärts. »Ich bin nur zweimal so stark und nur halb so schnell wie du.« Er blockte meinen Schlag ab und gab ihn mir zurück, wobei ich nur noch Sterne sah. »Das müßte reichen.«

Wenn man etwas oft genug eingeübt hat, wird es zu einem Teil der Erinnerung deiner Muskeln. Vielleicht gehörte die Grundform von Block und Schlag dazu.

Er setzte zu einem Hieb an, den ich jedoch abwehrte, wobei ich mich auf ihn zubewegte und mein Knie blitzschnell hochriß.

Das einzige Problem für mich bestand darin, daß er bereits dabei gewesen war, es kräftig nach unten abzuwehren.

Das einzige Problem für *ihn* bestand darin, daß ich mittlerweile eines der Wurfmesser in meine linke Deckungshand gebracht hatte und es ihm zwischen die Rippen stieß. Schmerzerfüllt taumelte er nach hinten. Ich hätte ihm gern den Rest gegeben, aber das hatte ich schon einmal durchgemacht, als er den Wolf spielte. Das Beste, was ich tun konnte – beziehungsweise das Beste, worauf ich hoffen konnte –, war, den Kampf zu einem Patt zu bringen, während die anderen inzwischen ihren Teil vollbrachten.

Und am besten tat man das, indem man weglief.

Ich rannte die Straße hinunter und in ...

... einen Wald voller riesiger Bäume, deren Blätterdach sich fünfzig Fuß über meinem Kopf wölbte. Meine Füße wirbelten beim Laufen die trockenen Blätter auf, die den Waldboden bedeckten, und das tiefe Unterholz schürfte mir Knöchel und Waden auf. In den Bäumen über mir schnarrten kleine grüne Eidechsen in einem leichten Wechselspiel zum Rhythmus meiner Schritte.

Ich stolperte und schlug der Länge nach hin. Ich rollte mich auf die Füße und konnte gerade eben noch einer gefährlich hervorstehenden Wurzel eines riesigen Baumes ausweichen, der sich hinter mir befand.

Boioardo warf seinen Umhang zur Seite, als er wieder vor mir stand.

Der einzige Plan, der mir in diesem Moment einfiel, bestand darin, für einen Augenblick innezuhalten, nur für diesen Moment, um ein Messer in Anschlag zu bringen. Vielleicht würde dieses Messer etwas Lebenswichtiges in ihm treffen und ihm, bevor er sich wieder regenerieren konnte, den Tod bringen.

»Das ist der Ort An-Dem-Man-Nur-Die-Wahrheit-Spricht«, sagte er. »Wir befinden uns an seiner Grenze. Sollen wir es hier zu Ende bringen?«

»Nein, ich werde es so lange hinauszögern, wie ich nur kann«, sagte ich wahrheitsgemäß, während meine Finger heimlich nach einem Wurfmesser tasteten. »Und ich werde dich abstechen ...«

Scheiße, Scheiße, Scheiße ...

Ich sprang die Wurzel hinauf zum Stamm des Baumes und von dort auf die nächste Wurzel. Ein weiterer Sprung brachte mich auf einen Pfad hinter den Baum. Boioardos Schritte dröhnten hinter mir. Ich hetzte den Pfad bis zu einer Biegung entlang, wo er einen anderen kreuzte, und sprang durch ...

Andrea wandte sich an Jason. »Schnell, gib mir dein Messer«, sagte sie.

Jason bewegte sich nicht. Ahira stieß ihn hart zur Seite,

zog schnell ein Messer aus seinem Gürtel und warf es mit einer fließenden Bewegung Andrea zu, den Griff voran. Sie hob das Messer und schleuderte es genau in dem Moment durch die offene Tür, als die andere, in schwarzes Leder gekleidete Andrea im Türrahmen aufflimmerte.

Ahira verschlug es den Atem.

… in die Dunkelheit. Ich stolperte und fiel rückwärts in das schlammige Wasser. Völlig durchnäßt und frierend zwang ich mich wieder auf die Beine. Ich konnte kaum stehen, ohne mir den Kopf an der Decke des Tunnels zu stoßen und mußte mich mit den Händen an den Seiten abstützen. Die Wände des Tunnels fühlten sich warm und weich an, und dieses fleischige Gefühl der Wände wurde ungefähr alle drei Meter durch harte Ringe oder etwas Weiches und Knochiges unter der Oberfläche unterbrochen.

Weiter vorn im Tunnel konnte man ein Licht erkennen. Ich stolperte, so schnell ich konnte, darauf zu. Weiter vorn gab es eine kaum sichtbare Kreuzung.

Hinter mir hörte ich das Donnern von Schritten, als ich die Kreuzung erreichte und durch sie hindurchstürzte …

… hinein in die nächste Abzweigung des Tunnels.

Manchmal ist selbst in Ehvenor eine Ecke nur eine Ecke.

Ich lief weiter; meine Füße machten schrecklich schmatzende Geräusche im Schlamm, und in …

Ahira blieb die Luft im Halse stecken.

Nein. Es hätte Andrea sein müssen, aber sie konnte es nicht sein. Andrea würde nicht versuchen, ihr früheres Selbst zu töten, aber wer immer es war, Ahira hatte ihr bereits ein Messer gegeben. Die Klinge sauste durch die Luft und verfehlte die neue Andrea nur knapp über der Schulter, wo sie sich in einen ausgestreckten, haarigen Arm bohrte.

Ahira lächelte. Um Gottes Willen, er hatte *tatsächlich* Recht gehabt. Die Weiße Andrea war *wirklich* seine alte Freundin.

Die Weiße Andrea ergriff den Arm der Schwarzen Andrea und zog sie zur Seite, als das überall behaarte, muskulöse und stinkende Ding zu ihnen hereintaumelte.

Es stieß mir Ahira zusammen, und behaarte Hände griffen blitzartig nach seiner Kehle, wobei sie gleichzeitig den Körper des Zwergs vom Fußboden hochhoben – das Messer, das immer noch in seinem Arm steckte, ignorierend. Die neue Andrea, die jüngere, hob die Hand, doch die in Weiß Gehüllte schlug sie beiseite.

»Nein. Wir müssen jetzt unbedingt aufbrechen. Dies ist der Zeitpunkt, sie zu verlassen. Wir müssen uns beeilen.«

Ohne ihre Proteste zu beachten, zog die Weiße Andrea die andere durch die Tür hinaus, knallte sie hinter sich zu und sperrte so Jason und Ahira auf geschickte Weise ein.

... den beißenden Rauch hinein, der mir in die Lungen biß und meine Augen tränen ließ. Kräftige Finger griffen nach mir, doch schlug ich ein-, zweimal um mich und tauchte dann hinab in die Dunkelheit, sein Keuchen und Würgen dicht hinter mir.

Ich war gerade dabei, mich zu fragen, ob er sich in eine menschliche Gestalt mit all ihren menschlichen Schwächen verwandelt hatte, als das Keuchen abrupt abbrach.

Zauberer, du betrügst. Er hatte sich die Zeit für eine kleine Veränderung genommen, die es ihm ermöglichte, Rauch ohne Schmerzen und Keuchen einatmen zu können.

»Also gut, so sieht's aus.«

Ich stolperte nach vorn, heraus aus dem Rauch ...

Die Zwerge nennen sich selber das Geduldige Volk. Unter dem Geduldigen Volk gibt es eine Redensart, die übertriebene Geduld verurteilt. Ausgeglichenheit ist wichtig, Gleichgewicht ist notwendig, aber beides nur an seinem Platz. Dies war nicht der Platz für Ausgeglichenheit. Hier wäre Mäßigung vollkommen fehl am Platze gewesen.

Das Universum begann vor Ahiras Händen zu verschwinden, mit denen er immer noch die Gelenke des Ungeheuers zu lösen versuchte. Das war alles. Er konnte nicht mehr tun, als mit beiden Händen den starken Griff aufzubrechen und seine Kehle zu befreien.

Seine Finger preßten fester und fester zu, aber das gleiche taten die Hände, die ihn würgten. Seine Lungen brannten; sie brauchten Luft. Dunkelheit schlich sich in jeden Winkel seines Bewußtseins.

Es hatte einmal eine Zeit gegeben, als er durch Krankheit an einen Metallstuhl gefesselt gewesen war, aber diese Zeit war vorüber, und sie brauchte auch nicht wiederzukehren. Er konnte nahezu alles ertragen, nur nicht eingesperrt und bewegungsunfähig zu sein.

Seine Arme und Beine zappelten nutz- und hilflos herum.

Ich will nicht gegen meinen Willen festgehalten werden. Ich werde niemals gegen meinen Willen festgehalten werden.

Es existierte nichts mehr außer seinen Fingern auf den Handgelenken, die sich immer stärker und härter um die Knochen und Muskeln der Kreatur krallten. Wut und Zorn flammten blauweiß in Ahiras Bewußtsein auf, verliehen seinen Händen Kräfte, spülten seinen Verstand und jeden seiner Gedanken fort und steigerten sich zur blinden Wut eines Berserkers, die nur noch eines einzigen Funkens bedurfte, um in Flammen aufzugehen.

Knochen brachen unter seinem Griff; die Hände entspannten sich, und Ahira fiel zu Boden, während sich blitzender Stahl in Fleisch bohrte ...

... schon wieder, dachte er.

Er hatte schon seit einer Weile das Geräusch eines ins Fleisch hackenden Messers wahrgenommen. Während er versuchte, sich zu befreien, hatte Jason die ganze Zeit auf die Kreatur eingestochen.

Ahira kam auf die Knie und nahm einen tiefen Atemzug übelriechender Luft. Ungeachtet des widerlichen Gestanks der Kreatur und des Geruchs seines eigenen Angstschweißes genoß er den Atemzug, mit dem er seine schmerzenden

Lungen kühlte, als wäre es ein erfrischender Schluck gekühlten Weißweins. Kühle und Behaglichkeit durchfluteten seinen Körper, drängten seine Wut zurück und ließen sein Bewußtsein wieder klar werden.

Er öffnete die Augen und sah, wie Jason erneut auf den Nacken der Kreatur einhieb, bis das Blut aus einem Dutzend Wunden über den Brustkorb hinunterrann.

Das Ungeheuer taumelte zurück, dann wieder nach vorn und griff nach Jason, denn es war zu dumm zu erkennen, daß es bereits tot war. Ahira umfaßte von unten die Knie des Monsters, warf seine Schultern hart gegen die pelzbedeckten Knochen und Muskeln und brachte dadurch die Kreatur zu Fall. Mit den Händen ergriff er den Kopf; die Finger der rechten Hand verfingen sich in dem steifen, zotteligen Haar, während die Linke den massiven Schädelwulst über den Augen umschloß.

Ahira drehte den Kopf in einer einzigen Bewegung, in die er all seine Kraft legte, und wurde mit einem schlichten, trockenen *Knack* belohnt.

Mehr brauchte es nicht. Die Kreatur zuckte noch einmal und erschlaffte. Der tote Körper entleerte sich mit einer widerlichen Blähung. Ahira schaffte es gerade noch, sich nicht zu übergeben.

Sie hielten sich beide die Hände vor den Mund, als Jason Ahira zum Fenster half.

»Was läuft hier ab?« fragte Jason.

»Ich weiß es nicht.«

Die von draußen hereinströmende kalte Luft befreite seine Nase und seinen Verstand, aber sie enthielt keine Antworten.

Andrea hatte sie verlassen, aber sie hatte dies in der Gewißheit getan, daß sie mit dieser Kreatur, Menschenfresser, Kobold oder was immer es auch war, fertigwerden konnten. Er lehnte sich weiter aus dem Fenster hinaus und atmete die süße, frische Luft ein.

Unten auf dem Gehweg stand die Weiße Andrea gegenüber der Botschaft von Faeri. In der rechten Hand hielt sie das Auge hoch, in der linken ein geöffnetes, in Leder gebundenes Buch.

Ahira lief zu ihr hinunter, aber entweder hörte sie ihn nicht, oder sie ignorierte ihn. Andrea betrat mit einem Schritt die enge Straße, doch in diesem Augenblick verfinsterte sich die Luft um sie herum und verfestigte sich zu drei dunklen Bändern, die um ihren Körper herum kreisten und sich langsam und unerbittlich zusammenzogen, sie auf die Knie zwangen und zurückzudrängen versuchten.

Ihr Blick fiel auf das Buch in ihren Händen. Ihre Lippen bewegten sich.

Ahiras Hände verkrampften sich auf dem Fensterbrett. Sein Mund war staubtrocken.

Sicherlich war Andrea eine mächtige Zauberin, und als die Weiße Andrea hatte sie eine Menge Zeit gehabt, sich auf diese Auseinandersetzung vorzubereiten. Aber der Gebrauch von zuviel Macht konnte sie krank machen. Indem sie es mit Faerie aufnahm, mußte sie quasi in einer höheren Liga kämpfen. Und verdammt, sie wußte das. Sie hatte sich den Zauberspruch, den sie benutzte, nicht ins Gedächtnis eingeprägt. Statt dessen las sie ihn aus dem offenen Buch ab, weil sie ihrer Fähigkeit nicht traute, den Spruch in ihrem Geist zu tragen und dabei gesund zu bleiben.

Sie hob den rechten Zeigefinger und berührte sanft den äußeren rechten Augenwinkel. Das Auge hielt sie mit den übrigen Fingern umschlossen. Eine einzelne Träne erschien und wuchs an, bis sie sich nicht länger halten konnte und über Andreas Wange lief. Die Träne fing an zu brennen, als sie sich von der Wange gelöst und auf die schwarzen Bänder fiel.

Wo die flammende Träne aufkam, zerfloß das Band, löste sich auf, und nur ein ausgefranstes Loch blieb zurück.

Andrea vergoß noch eine weitere feurige Träne, dann noch eine, bis sie einen richtigen kleinen Schauer brennender Tränen erzeugte. Die Bänder der Dunkelheit verschwanden, bis von Tränen oder Dunkelheit nur noch etwas Staub, ein bißchen Asche und ein wenig Ruß übrigblieb, der sich von ihrem Kleid löste, als sie einen weiteren Schritt vortrat.

… und stolperte hinein in den glühenden Nebel, die Steinfliesen hart unter meinen Knien, ein entferntes Brüllen in meinen Ohren. Ich kam auf die Füße und war mir nicht sicher, in welche Richtung ich rennen sollte. Zu meiner Rechten konnte ich eine Mauer eher fühlen als sehen, aber der Nebel um mich herum war so dick, daß genausogut viele Kilometer freien Raums oder ein lauernder Abgrund in jeder anderen Richtung liegen konnte.

O Gott, Andy, beeil dich, was immer du auch tust. Es wäre schön, gerade noch rechtzeitig gerettet zu werden.

Vielleicht konnte ich die Mauer hochklettern. Falls Boioardo mir folgte, konnte ich mich auf ihn fallen lassen. Auch wenn er doppelt so stark war wie ich, so war er doch nicht unverwundbar. Wenn ich hoch genug kam, würde mir das den nötigen Schwung verschaffen, um so hart auf ihm zu landen, daß ich ihn tot oder bewußtlos zu Boden schmettern konnte, bevor er die Begrenzungen des Fleisches abzuwerfen vermochte, das er angenommen hatte.

O ja, aber sicher doch. Vielleicht wurde ich auch noch zur Maikönigin gewählt.

Der Nebel vor mir lichtete sich und enthüllte eine Reihe von Nischen verschiedener Größe, die in die Mauer eingelassen waren. Es mochten nur zehn sein oder auch Hunderte oder Tausende, die sich im Nebel verbargen.

In der ersten Nische rechts vor mir stand ein Paar Turnschuhe.

»Ach, du heilige *Scheiße*.«

Es waren nicht einfach irgendwelche Schuhe. Es waren *meine* alten Turnschuhe, die ersten, die ich jemals gehabt hatte, oder zumindest die ersten, an die ich mich erinnern konnte.

Stash hatte immer gern Ware mit kleinen Fehlern gekauft und ein paar Schuhe einer bekannte Marke ausgesucht – Nike vielleicht –, die der Hersteller ausgesondert hatte, weil sie eine unsaubere Naht im Oberleder aufwiesen. Die schlampige Naht war immer noch da – ein wenig schief, aber nicht weiter störend –, und genauso war da der kleine

Fleck an der Sohle, direkt unter der Hacke, wo jemand, wahrscheinlich Prüfer Sieben, sehr säuberlich das kleine Markenzeichen der Turnschuhe entfernt hatte, als er sie aussortierte.

Der gleiche blaue Streifen entlang der Gummisohle, dieselben flachen Baumwollsenkel, genauso sauber und weiß wie am ersten Tag.

Sie erinnerten mich daran, wie ich an einem heißen Sommertag schnellschnellschnell rannte, über niedrige Lattenzäune sprang, in Hinterhöfen herumkletterte, und dies nicht etwa, weil ein verdammter Bernhardiner mich jagte, sondern weil ich zehn war und wir Sommer hatten. Das tut man eben mitten im Sommer, wenn man zehn ist.

In der nächsten Nische lag ein Füllfederhalter, ein richtiger dicker, tonnenförmiger Füllfederhalter, der mit dem weißen Punkt auf dem Klipp. Und ich wußte genau, wenn ich ihn herausnahm und die Kappe abschraubte, würde er in der schwärzesten aller blauschwarzen Tinten schreiben, denn dies war die Tinte, mit der er an dem Tag gefüllt gewesen war, als meine Mutter ihn mir geschenkt hatte. Es war der Tag, an dem ich zum erstenmal ein Zeugnis mit lauter Einsen und Zweien mit nach Hause brachte. Woher hatte sie wissen können, daß ich zu guter Letzt ein gutes Zeugnis bekommen würde? Hatte sie den Füller meine ganze Grundschulzeit lang aufgehoben?

Vier Einsen und drei Zweien, so stand es im Zeugnis. Es lag in der nächsten Nische, vollkommen sauber und irgendwie wartend.

Man brauchte beinahe länger dazu, es zu erzählen, als es zu erleben. Ich glaube nicht, daß ich länger als eine Sekunde vor dieser Mauer gestanden habe, um all das aufzunehmen.

Mein Teddybär lag in der nächsten Nische: ein häßlicher, ausgestopfter Panda in Schwarz und Schmutzigweiß. Ein Ohr war halb abgerissen, und er hatte glänzende braune Knöpfe von einem alten Mantel als Augen. Er wartete hier genauso geduldig, wie er immer am Kopfende meines Bettes gelegen hatte.

Bären sind so.

Boioardo hatte von dem Ort gesprochen, Wo-Nur-Das-Dir-Helfen-Kann-Das-Du-Einmal-Geliebt-Hast.

Nun verstand ich. Es war bestimmt ein bedeutender Ort in Ehvenor, ja, hier an der Grenze zu Faerie, sicherlich, aber es war auch ein unbedeutender Platz in meinem Kopf.

Ich habe nun schon einige Jahre gelebt und einige Dinge mehr als nur beiläufig berührt. Wenn du genug Sommertage in deinen Nikes aus dem Sonderangebot herumläufst, dann werden sie zu einem Teil von dir. Dies gilt nicht nur für ein paar Tage oder Wochen oder vielleicht Monate – solange die Schuhe eben halten –, sondern solange, wie es heiße Sommertage nach Schulschluß und beschwingte Freudensprünge gibt, die man nur in einem Paar neuer Turnschuhe machen kann, und Zäune, Hinterhöfe und Hunde, die natürlich in Wirklichkeit nie so groß sind und nie so scharfe Zähne haben wie in der Erinnerung.

Es war für immer ein Teil von mir.

Hier war mein Bär. Hier gab es keine Alpträume, nicht solange mein Bär am Kopfende meines Bettes wartete und jederzeit bereit war, einen schlechten Traum mit seiner vertrauten Wärme zu vertreiben.

Dies gehörte alles mir. Dies war *mein* Platz.

In der nächsten Nische lag mein Taschenmesser. Ich glaube, es sah nicht nach viel aus. Es war kleiner als in meiner Erinnerung, aber die Griffschale hatte denselben Kratzer wie früher. Es war *mein* Messer.

Es war mein Messer, das Big Mike mir vor so vielen Jahren gegeben hatte, und es war hier, lag in meiner Hand. Die in die Plastikauflage geschnittenen Riefen fühlten sich unter meinem Daumen vertraut an.

Ja, gut, ich wußte, daß ich einen Kampfdolch an der Hüfte trug, und ich wußte, daß ich damit eine größere Reichweite hatte. Aber er bestand nur aus Metall, war einfach ein Werkzeug.

Dies aber war *mein* Messer.

Es hatte mir etwas bedeutet, und es lag hier, um mir zu helfen. Was hatte Ahira noch gesagt? Daß es nicht nur die

Menschen sind, die in unserem Leben Bedeutung haben, und daß wir am besten sorgfältig mit dem umgehen, was wir herstellen und benutzen, weil wir den Dingen mit jeder Berührung etwas von uns geben.

Ich weiß, daß ein nicht feststellbares Taschenmesser eine lächerliche Waffe in einem Kampf ist. Deshalb klappte ich die Ahle an der Rückseite heraus und hielt das Messer versteckt in der Hand, so daß nur der Metalldorn herausschaute. Ein Schlag damit, und die Ahle konnte kräftig und tief durchs Fleisch und in Boioardos Augen schneiden.

Mein Messer.

In Ordnung, jetzt konnten die Dämonen kommen.

In weiter Entfernung röhrte etwas, ein vertrauter und dennoch fremdartiger Klang. Nicht wie das Brüllen eines Tieres, sondern eher wie das Dröhnen einer Maschine. Ich konnte mich nicht mehr erinnern, wann ich zum letztenmal den Klang einer Maschine gehört hatte.

Boioardo kam aus dem Nebel geritten, eine getreue Kopie meiner selbst. Sein Umhang schwang um seine Knöchel.

»Nett von dir, daß du auf mich gewartet hast, Walter Slowotski«, sagte mein Gesicht mit meiner Stimme. »Du hast mir den Spaß verdorben, nun verderbe ich dir deinen.« Er lächelte. »Ich wußte immer schon, daß es hier enden würde, hier an diesem Ort.«

Er schlug nach mir, aber ich blockte mit dem linken Arm ab; er war sofort betäubt und hing schlaff herunter. Aber mein rechter Arm funktionierte noch, und ich versetzte ihm einen kräftigen Schlag.

»Zur Hölle mit dir!« rief ich.

Sein Kopf schwang zur Seite, aber die schlanke Stahlahle schnitt seine Wange bis zum Knochen auf und ließ ihn taumeln.

Er hatte aber noch nicht genug. Er konterte, und der Schlag holte mich von den Beinen. Ich prallte hart auf den Steinfliesen auf, und das Messer schlitterte klappernd in den Nebel davon. Ich versuchte hinterherzukriechen, aber er verstellte mir den Weg.

»Du hast verloren«, stellte Boioardo fest.

Das entfernte Röhren kam näher.

Ich kannte diesen Klang, mein Gott, ich kannte diesen Klang. Acht Zylinder, die mehr Kraft erzeugten als dreihundert Pferde und Tonnen von Metall und Glas durch die Gegend jagten, schwarz und gelb lackiert wie eine Hummel.

Ahira hatte recht. Es ist am besten für uns, wenn wir sorgfältig mit dem umgehen, was wir berühren, was wir machen, was wir benutzen, weil immer etwas von uns in allem und jedem verbleibt und weil wir darauf achtgeben müssen, was wir sind. Und hier an dem Ort, Wo-Nur-Das-Dir-Helfen-Kann-Das-Du-Einmal-Geliebt-hast, ist es besser, wenn du durch die Welt gezogen bist und vieles angefaßt hast, weil man niemals weiß, was man hier brauchen wird.

Ich rang mir ein Lächeln ab. »Falsch, Boioardo, du hast verloren.«

Der Regen aus Tränen löste die schwarzen Bänder auf, und Andrea machte einen weiteren Schritt über die Straße in Richtung des flackernden Außenpostens von Faerie.

»Sie hat es geschafft!« seufzte Jason aufatmend.

»Nein.« Ahira schüttelte den Kopf. »Sie ist noch nicht dort angekommen. Schau.«

Das Flackern unter ihnen gewann an Substanz und verwandelte sich schimmernd in eine quer über die Straße reichende Wand, die sich unten bis zur Erde und oben bis in den Himmel erstreckte.

Durchscheinende Hände kamen aus der Wand, die Andrea vor- und zurückstießen. Einige packten ihre Gewänder aus Nebel und Licht, und andere schlanke Finger machten sich an ihren Haaren zu schaffen. Die kleinen Finger packten fester zu, als sie mehr Substanz bekamen.

Sie schlug eine andere Seite des Buches auf und zögerte einen Augenblick, nur einen Augenblick, bevor sie zu lesen begann.

Ihre Lippen murmelten Worte, an die man sich niemals erinnern würde. Sie klemmte das Buch unter den Arm und berührte ihr linkes Handgelenk leicht mit dem rechten Zeigefinger.

Einige Blutstropfen rannen ihren Arm hinunter. Es waren dicke, rote Tropfen, die alle golden leuchteten, als sie zu Boden fielen.

Sie formte die linke Hand zu einer Schale. Die Blutstropfen liefen an ihrem Handgelenk hinunter und sammelten sich in der Handfläche. Als die Hand so voll war, daß die Goldtropfen über den Rand rollten, hob sie die Hand und schüttelte sie ein-, zwei-, dreimal. Ein Schauer goldener Tropfen zerschmetterte die Geisterhände zu einem Nebel und schleuderte sie in das Nichts.

Das Auge hoch erhoben und das Buch wieder aufgeschlagen in der anderen Hand, machte die Weiße Andrea einen weiteren Schritt vorwärts.

»Falsch, Boioardo«, sagte ich. »Du hast verloren.«

Es kostete nichts extra, mit tapferen Worten auf den Lippen zu sterben, aber ich war nicht im Begriff zu sterben, jedenfalls nicht hier und nicht jetzt. Es war sein eigener Fehler, denn er hatte den Ort ausgesucht. Vielleicht hatte er in seiner unmenschlichen Grausamkeit gedacht, daß es amüsant wäre, mich hier an diesem Ort, meinem Ort zu erledigen. Aber seine Arroganz hatte ihn selbst hereingelegt.

Dies war *mein* Ort.

Zuerst glaubte er mir nicht. Dann verschwand sein Lächeln, und seine Augen weiteten sich. Auf der Suche nach einem Fluchtweg schaute er von einer Seite zur anderen, aber es gab keinen. Auf der einen Seite befand sich die Mauer, und von der anderen Seite näherte sich etwas aus dem Nebel.

Boioardo versuchte zu betrügen, er versuchte sich zu verwandeln, aber es war zu spät für ihn, weil er zu langsam war. Bei anderen Verwandlungen war er schon schneller gewesen, doch nun versuchte er zu viele Veränderungen auf einmal.

Schlecht für ihn. Du kannst dem Großen Auto nicht entgegentreten, wenn dir zu viele andere Dinge durch den Kopf gehen.

Er war beinahe der letzte und der absolut beste der serienmäßig hergestellten Straßenkreuzer. Ein riesiger Wagen, der von den dreihundert Pferdestärken seines V-8-Motors angetrieben wurde, was mehr als genug für diese Aufgabe war. Ein Monster von einer Acht-Zylinder-Maschine, das wie ein Löwe röhrte. Zweifarbig. Schwarz und gelb wie eine Hummel. Ein Rundumwindschutz, gebogene Kotflügel und ein Heckteil, das groß genug war, um darauf zu zelten.

Die Reifen quietschten, als es ausscherte, um mich nicht zu treffen. Tonnen schwarzen und gelben Stahls schossen röhrend aus dem Nebel und krachten gegen Boioardo, der rückwärts gegen die Wand geschleudert wurde.

Er versuchte aufzustehen, aber das Große Auto legte den Rückwärtsgang ein. Die Reifen qualmten, als es zurücksetzte. Dann schaltete der Wagen und sprang vorwärts, um Boioardo erneut gegen die Mauer zu schmettern. Der Stahl knirschte, als die Wucht des Aufpralls den Kühlergrill eindrückte und die Windschutzscheibe zerspringen ließ.

Es hatte Boioardo mitten in der Verwandlung erwischt. Blutig und zerschlagen erhob er sich noch einmal, doch er war zu angeschlagen, um sich noch auf eine weitere Verwandlung konzentrieren zu können. Seine Finger verbogen sich an den umöglichsten Stellen, als er seine gebrochenen Hände hochriß, um sich zu schützen.

»Nein, *bitte* nicht.«

Selbst wenn ich Mitleid gehabt hätte, wäre ich nicht dazwischengegangen, und ich hatte kein Mitleid. Man kann nicht herumziehen und mit den Menschen umgehen, als wären sie Spielzeug, und dann noch Sympathie von mir erwarten. Man zerreißt keinen, den ich liebe, in blutige Fleischstücke und bittet dann um Gnade.

»Tu es«, sagte ich.

Die Luft vor Andrea verfestigte sich zu einer schwarzen Mauer, die Andrea von der flimmernden Botschaft trennte.

Sie streckte die rechte Hand aus, die Hand, die das Auge hielt, und drückte es, wobei ihre Lippen niemals ganz aufhörten, sich zu bewegen. Licht umspielte ihre Fingerspitzen. Kalte, lautlose, rotweiße Kugeln, die verschwanden, wenn sie auf die schwarze Mauer trafen.

Sie murmelte einen weiteren Zauberspruch und ein Donnergetöse erscholl, das Ahira in den Ohren dröhnte. Aber der Donner schlug nutzlos und harmlos gegen die Schwärze.

Sie trat einen Schritt zurück und sah sich suchend um, als ob sie nicht überlegen würde, *ob* sie weglaufen sollte, sondern *wohin*. Andrea schüttelte den Kopf. Schwarzes, von Silberstreifen durchsetztes Haar wehte um ihre Schultern. Ihre Augen waren fest verschlossen.

Ahira konnte sie wegen des Donners nicht hören, aber er brauchte ihre Worte auch nicht zu verstehen.

Ahira bemerkte, daß das Fensterbrett unter seinem Griff zersplitterte. Er zwang sich, die Hände zu lösen. Das Fensterbrett zu zerstören führte zu nichts. Verdammt, er hatte sich schon wieder geirrt. Er hatte angenommen, daß ein Zauberer nicht wußte, wie weit man die Magie treiben konnte, welcher Augenblick ihm den Verstand rauben würde und wann er sich selbst opferte.

Zweifellos wußte Andrea, daß ihr nächster Zauberspruch sie mehr als Blut und Tränen kosten würde.

Sie richtete sich gerade auf, straffte die Schultern und schlug eine neue Seite im Buch auf. Sie las langsam und sorgfältig, während sie das Auge mit erhobener Hand emporhielt. Sie streckte den Zeigefinger aus und berührte die Schläfe so, als wollte sie sagen: *Ich werde dich damit füttern*.

Ihre rechte Hand glühte, als sie sie auf die schwarze Mauer richtete. Sofort begann die Mauer zu schmelzen. Sie warf das Auge in Richtung der flimmernden Botschaft und fiel dann auf die Knie, das Gesicht in den Händen. Ihre Schultern zuckten.

In weiter Ferne sprach eine Stimme langsam und bedächtig in der Art, wie Elfen es tun. »Ich glaube, ich sehe es.«

»Laß dich nicht in Versuchung führen«, antwortete eine andere. »Nimm das hier und versiegle es vollständig.«

Die Welt explodierte in Helligkeit; dann verschwand sie.

»Tu es!« sagte ich.

Das Große Auto ließ den Motor noch einmal aufheulen.

Die Reifen quietschten auf den Steinen, und der Gestank von verbranntem Gummi stieg mir in die Nase.

Es raste ein letztes Mal in ihn hinein. Dampf drang aus dem zerstörten Kühler und vermengte sich mit dem Nebel, als der Wagen das, was von Boioardo noch übrig war, gegen die Wand schleuderte. Der Wagen setzte zurück und ließ den zerschmetterten Körper blutig und tot zurück. Wenn ich es nicht gewußt hätte, wäre es mir unmöglich gewesen zu sagen, was er einmal gewesen war.

Langsam und stockend wendete der Wagen und fuhr auf mich zu. Ein verbeulter Kotflügel stieß mich zart an, als wollte er mich fragen, ob es mir gutgehe.

Der Ort verschwand um mich herum.

Ich hatte kaum noch Zeit, meine Hand auf seine kalte Metallflanke zu legen. Zwar hatte ich noch nie mit ihm geredet, aber er würde mich schon verstehen, egal wie ich es sagte.

»Danke dir, mein guter und treuer Diener.«

Und dann wirbelten die Nebel empor und wuschen alle Spuren meines Bewußtseins fort.

Kapitel siebenundzwanzig

In dem wir uns trennen und zwei von uns heimwärts ziehen, na ja, Holtun-Bieme-wärts

Jede Trennung gibt einen Vorgeschmack des Todes …

– ARTHUR SCHOPENHAUER –

Wenn du einem Freund Lebewohl sagst, dann geh davon aus, daß einer von euch sterben wird, bevor ihr euch jemals wiederseht. Wenn du etwas ungesagt lassen willst, gut … aber mach dich darauf gefaßt, es für immer ungesagt zu lassen.

– WALTER SLOWOTSKI –

Ich kann mich nicht darauf besinnen, wie wir dorthin gelangt sind. Wieder auf dem Plateau über Ehvenor zu stehen, war das nächste, woran ich mich überhaupt erinnerte. Es kam mir vor, als wären wir mit einem Auto-Piloten unterwegs gewesen. Das war wohl eine Schockreaktion, und meine ausgedehnte Sammlung von Beulen und Quetschungen zeigte, daß ich mehr als nur ein paar Schläge auf den Kopf erhalten hatte.

Nein, ich erinnerte mich wirklich an rein gar nichts. Ahira und ich sprachen über die letzten Ereignisse, während ich in die Ferne blickte. Andrea, in eine wollene Decke gehüllt, lehnte sich gegen Jason und schluchzte.

Wir waren zu siebt. Einige saßen, die anderen standen. Das Feuer brannte in unserem Rücken, und vor uns lag der zerstörte Haufen dessen, was sich einmal eine Stadt genannt hatte.

Die drei Sklavenjäger waren geflohen oder hatten einfach nur beschlossen zu gehen.

Ehvenor flackerte nicht mehr, und die Unmenge Kreaturen, die durch die Transformation herbeigeflimmert waren, wurden ohne Umschweife in dieser Ebene abgeworfen. Gruppen pelziger Ungeheuer kämpften in den engen Gassen miteinander. Die klügeren flohen aus der Stadt, während die Kreaturen der Nacht ihr Heil in der Dunkelheit des Berges suchten, um dem anbrechenden Tag zu entfliehen.

Dunkle Schatten huschten hinaus, entflohen der Enge der Stadt, einige schoben sich über den Boden, andere erhoben sich in die Luft oder tauchten in den Zirrischen See. Ich hätte fast schwören können, daß ich sah, wie ein Drache seine Flügel ausbreitete und nach Süden flog, aber ich kann mich auch geirrt haben.

Ich brauchte dringend etwas zu trinken. Ich hatte den Wunsch, mit Tennetty einen zu heben – vielleicht ein Nikken und ein kaltes Lächeln von ihr, das bestätigte, daß ich meine Sache gut gemacht hatte. Warum auch immer ich überhaupt einen Furz auf die Meinung dieser kaltblütigen Psychopathin gab, entzog sich meiner Kenntnis.

Verdammt, Tennetty.

Ich mußte mich hinsetzen für den Drink, durchwühlte meine Ausrüstung und brachte den Flachmann mit Riccettis Bestem zum Vorschein. Er fühlte sich noch ziemlich schwer an, also war noch etwas übrig. Genug für, sagen wir, ein halbes Dutzend reichlich bemessener Schlucke. Ich zog den Korken, tat einen tiefen Zug und ließ den feurigen Whisky in meiner Kehle brennen und meinen Bauch wärmen, bevor ich die Flasche an Ahira weitergab.

»Hmm«, sagte er und überlegte. »Ich glaube, das haben wir uns verdient.« Er nahm einen Schluck und bot die Flasche dann der Hand-Frau an. Das überraschte mich.

Sie schlug das Angebot jedoch aus. Ihre Augen – das echte und das Glasauge – ließen nie den Blick von dem Schauspiel da unten. »Magische Ungeheuer, freigelassen in Wildnis, Erde, Luft und Wasser«, murmelte sie vor sich hin. Sie neigte den Kopf zur Seite. »So etwas hat es nicht mehr gegeben, seit ich ein kleines Mädchen war.«

Erst viel später fiel mir ein, daß die meisten magischen Kreaturen seit Jahrhunderten aus Eren verschwunden waren.

Sie schulterte eine kleine Leinentasche, drehte sich um und schritt in die Dunkelheit hinaus.

Ich brauchte fast eine ganze Minute, bis mir klar wurde, daß sie gerade verschwunden war und nicht wiederkehren würde. Ahira gab die Flasche an Jason weiter, der sie dann Nareen reichte.

Vair polierte einen münzgroßen Rubin und fügte ihn in eine offene Drahtfassung. Er warf eine Handvoll Pulver auf das Feuer und beobachtete den Qualm durch diese Linse.

»Es hätte wesentlich schlimmer kommen können«, erklärte er. »Ganz Faerie wäre herausgeflossen, wenn der Durchbruch nicht versiegelt und derjenige, der ihn geschlagen hatte, nicht aufgehalten worden wäre.« Er fixierte mich durch das Feuer des Rubins; dann steckte er ihn in seine Gürteltasche und verschränkte die langen Arme über der Brust. »Es wäre alles fehlgeschlagen, wenn wir den Durchlaß nicht mit dem Auge gesehen hätten. Ihr habt euch alle tapfer gehalten.« Er erhob sich. »Jedenfalls sieht es für mich so aus.« Ohne ein weiteres Wort drehte er sich um und trat in die Dunkelheit. Ich war sicher – ich bin mir sicher –, daß er schon verschwand, während er immer noch im Licht des Feuers hätte sichtbar sein sollen.

Andrea, die sich an ihren Sohn lehnte, schluchzte immer noch. Jason blitzte uns alle wild und schweigend an, als ob wir etwas ändern könnten.

Nareen kicherte sanft, denn so kichern die Geduldigen. »Wir können nichts tun, junger Cullinane. Man kann nur erleiden.« Nareen lief zu den beiden hinüber. Sanft und langsam löste er Andrea von ihrem Sohn und nahm ihre kleinen, zarten Hände in seine kräftige Faust.

»Du siehst«, erklärte er, als spräche er zu Jason, »diejenigen von uns, die mit der Gabe gesegnet sind, kennen die Wahrheit. Es gibt keine größere Freude als die, diese Gabe anzuwenden und zu verfeinern.« Seine breiten Hände streichelten die ihren. »Die meisten von uns wissen, daß wir uns beim Gebrauch dieser Gabe vorsehen müssen. Wenn wir die Gabe zu oft anwenden und es zu weit damit treiben, müssen wir zwischen ihr und unserem klaren Verstand wählen. Und wer würde den Verstand wählen, verglichen mit der Unvergleichlichkeit der Kraft, die dein Rückgrat entlangströmt, nicht wahr?«

Seine Worte waren sanft, aber jedes davon traf Andy wie ein heftiger Schlag. Sie schluchzte noch lauter und versuchte, sich abzuwenden. Aber der Zwerg ließ sie nicht.

»Nein«, drängte er. »Du hast deine Entscheidung getroffen. Du wirst deine Kraft nicht mit dem Verstand nähren, sondern mit deinen Fähigkeiten.« Sein Zeigefinger fuhr durch die Luft. Der rauhe Fingernagel hinterließ ein verschwommenes rotes Glühen, das rasch verblaßte. »Ich meine zum Beispiel deine Fähigkeit, dies hier als scharfe Linien zu sehen, anstatt als verschwommenes Rot – und alles, was das einschließt.«

Ich dachte darüber nach, daß vor langer Zeit einer meiner Freunde seine Fähigkeit für die Magie geopfert hatte und daß es gut für ihn ausgegangen war. Deshalb hatte ich Hoffnung. Vielleicht würde es für Andrea auch so verlaufen. Oder vielleicht auch nicht.

Nareen nickte, möglicherweise bewundernd oder nur mit einer leichten Spur von Herablassung. »Mein Kompliment«, meinte er und bettete sie auf den Boden. Sie hockte sich unglücklich hin und versteckte ihr Gesicht in den Händen.

Nareen wandte sich von ihr ab.

»Verlaß uns noch nicht.« Jason hob die Hand. »Warte. Ich – wir, das heißt … wir haben dir geholfen. Jetzt möchte ich gerne, daß du uns hilfst.« Er schluckte. »Ich habe da einen Freund, der durch die Gegend läuft und Schreckliches anrichtet. Ich muß ihn unbedingt finden. Hilf mir.«

In seinem Gesicht lag wieder jene Unnachgiebigkeit der Cullinanes. Keine Frage, daß er seine Mutter liebte und sie zu seinen Füßen auf dem Boden hockte und weinte – aber es gab etwas da draußen, das er erledigen mußte, und er ließ sich nicht davon abbringen.

Nareen nickte. »Vielleicht ein wenig.«

»Danke.«

Scheiße. Das ist das Problem, wenn man versucht, Herkules zu spielen. Man mistet die Ställe von Augias aus, und dann muß man auch noch losziehen, um Pegasus zu fangen.

Ahira sah zu mir herüber und lächelte. »Was soll ich sagen?« warf er ein.

Ich lächelte zurück. »Frag Jason. Es wird bestimmt eine gute Übung sein.«

Jason dachte einen Moment nach. »Daß jemand Mutter nach Hause bringen muß, aber daß ich immer noch zu jung und dumm bin ...«

»Unerfahren«, korrigierte der Zwerg.

»Das trifft es wohl«, fügte ich hinzu.

» ... um allein herumzulaufen.« Er schluckte. Er würde kein Wort über Tennetty verlieren. Ich weiß nicht, warum ihm das wichtig war, aber es war so. »So«, fuhr er mit stokkender Stimme fort. »Es ist besser, einer von euch begleitet mich. Und zwar jemand, der geschickter darin ist, sich aus Schwierigkeiten herauszuhalten als sich hineinzumanövrieren.«

Ahira lächelte mich an. »Ich frage mich, wer das wohl sein könnte?«

Jason drehte sich um und warf mir noch einen dieser Cullinane-Blicke zu. Ich habe mir nie sehr viel daraus gemacht.

»Gibst du auf Mutter acht?« fragte er, obwohl es nicht wirklich eine Frage war, sondern ein Befehl.

Das war in Ordnung. »Sicher«, erwiderte ich. »Andrea braucht etwas Ruhe. Zumindest wir beide sollten hier für die Nacht unser Lager aufschlagen und uns morgen zu den Bergen aufmachen.«

Es würde mindestens eine Woche dauern, um zur Butterspitze zu gelangen, dem Berg nördlich von Ollerwell, der einer der nächsten regulären Treffpunkte war. Wir konnten dort warten, bis Ellegon auf seiner nächsten Runde dort durchkam. Das mochte ein paar Tage dauern, schlimmstenfalls zehn. Ich würde mehr als diese paar Tage außerhalb des Landes leben können.

Heute nacht bekam ich wohl nicht so viel Ruhe, daß es der Rede wert war. Jemand mußte Wache halten. Und eine schweigende, unaufhörlich weinende Frau entsprach nicht so ganz meiner Vorstellung eines guten Wachpostens.

Nareen lächelte beruhigend. »Dafür wird zumindest heute nacht gesorgt sein.«

Wahrscheinlich hätte ich ein wenig ärgerlich darüber sein sollen, daß der Zwergenmagier meine Gedanken las, aber sein Grinsen war ansteckend. Er griff in die Tasche und zog eine kleine Glaskugel hervor, die ungefähr die Größe einer großen Murmel hatte. Dann stellte er sie in die Luft und stieß sie mit dem Daumen an, und mit ein paar gemurmelten Silben brachte er sie zum Drehen. »Schlaft gut heute nacht. Das hier wird bei jeder Gefahr kreischen. Und was uns betrifft – je eher wir aufbrechen, desto schneller können wir eine Fahrt nach Artiven buchen.«

Ich fragte mich, wie sie es anstellen wollten, in der Nacht voranzukommen, aber Ahira tippte sich an die Braue.

Dunkelsichtigkeit, erinnerst du dich?

Uff.

Ahira nickte. »Es wäre besser, wir brechen sofort auf, oder?«

»Das war's dann wohl.«

Ich schüttelte Nareen kurz die Hand und umarmte Jason – was er sich mit bewundernswerter Geduld gefallen ließ –, bevor ich mich wieder Ahira zuwandte.

»Paß gut auf dich auf, Kleiner«, sagte ich. »Und wenn ihr mich brauchen solltet ...«

Er nickte einmal und schenkte mir ein halbes Lächeln. *Wir kommen schon zurecht*, dachte er. *Aber wenn wir dich brauchen sollten, werden wir es dich wissen lassen*. Sein Griff an meiner Schulter war fest.

Ich schob ein wenig mehr Holz ins Feuer, während sie in die Nacht hinauszogen.

Weiter unten lag Ehvenor verlassen im Licht der Dämmerung. Die Stadt gab kein Lebenszeichen mehr von sich, außer dem glühenden Gebäude in ihrer Mitte.

Nareen ließ also die Murmel, oder was immer zum Teufel es auch war, auf Wache. Während ich mich gerade noch so daran erinnere, mein Bettzeug ausgerollt und mich hingelegt zu haben, so weiß ich wirklich nicht mehr, wie ich eingeschlafen bin. Bevor ich richtig lag, war ich schon weggetreten.

Ich schlief wie ein Toter und wurde schließlich im Morgengrauen erst durch das *Kling*! der Murmel, oder was immer zum Teufel es auch war, geweckt, als sie von einem Stein heruntersprang.

TEIL DREI
NEUE AUFGABEN

Kapitel achtundzwanzig

In dem die lebende Tote nicht nur spricht, sondern sogar Forelle und Hühnchen ißt

Reisen, so scheint mir, hat immer mehr dazu beigetragen, daß man sich die Füße platt läuft, Schwielen an den Sohlen bekommt und seine Hämorrhoiden reizt, als dazu, seinen Horizont zu erweitern.

– WALTER SLOWOTSKI –

Ich betrachtete den Himmel über Ehvenor, als wir unser Lager abbrachen.

Blauer Himmel, Wattewölkchen und kein Drache weit und breit. Verdammt.

Hmm, dachte ich, so sollte es doch eigentlich auch sein, wenn wir unser Lager abbrechen. Der Unterschied war, daß nicht wir es taten. Ich hatte uns ein deftiges Frühstück zubereitet – Dörrfleisch und Haferschleim. Ehrlich gesagt, hatte ich die Rucksäcke gepackt und die letzte Glut des Feuers gelöscht. Nun ja, ich hatte die besseren physischen Voraussetzungen für diese Aufgaben.

Andy erwartete mich weiter unten am Weg. Sie hatte ein abgenutztes, ledergebundenes Buch aus ihrem Rucksack hervorgeholt und aufgeschlagen. Die Buchstaben verschwammen vor meinen Augen; ich war nicht dafür geschaffen, Zaubersprüche zu lesen.

Sicherlich verschwammen sie auch vor ihren Augen, selbst wenn man für den Moment vergaß, daß sie ihre magischen Fähigkeiten verloren hatte. Tränen hatten die gleiche Wirkung.

Sie wischte sich mit dem Handrücken über die Augen und verstaute das Buch. Dann schnürte sie den Rucksack sorgfältig zu und warf ihn sich über die Schulter.

»Gut«, sagte ich, »der Tag ist noch blutjung.« Ich habe

etwas dafür übrig, eine blumige Sprache zu verwenden. »Machen wir uns auf den Weg.«

Sie setzte sich langsam in Bewegung. Immerhin weinte sie nicht mehr. Ihre Augen waren gerötet, und unter ihnen befanden sich dunkle, eingesunkene Ringe. Ihr Haar war wirr zerzaust und ihr Mund zu einem finsteren Ausdruck erstarrt.

Aber sie weinte wenigstens nicht mehr.

Gütiges Schicksal. Es war nicht einfach mit ihr.

Ich musterte den Himmel in der Hoffnung, ein paar ledrige Flügel zu entdecken. Dies wäre gerade der rechte Moment für Ellegons Erscheinen, um mein Stiefelleder und meine zarten Füßchen zu schonen. Aber am blauen Himmel waren nur Wolken und Vögel zu sehen. Nie ist ein Drache zur Stelle, wenn man ihn braucht.

Wir wanderten den Pfad hinab.

Es gibt eine Reihe von Dingen, die man nicht mit jemanden zusammen machen kann, der damit beschäftigt ist, sich von der Welt zurückzuziehen. Das einzige, was einem bleibt, ist, geduldig zu sein und ihm den Rückzug auf seinen Bauchnabel zuzugestehen, bis es ihm genehm ist, wieder zum Vorschein zu kommen. Falls es ihm genehm sein sollte.

Nun, ich sagte nicht, daß es eine schlechte Herangehensweise war. Wahrscheinlich ist es sogar eine gute Methode, damit umzugehen, vielleicht sogar die beste. Aber es ist nicht Walter Slowotskis Art und Weise. Tut mir leid.

»Nun«, sagte ich und plapperte gegen das Plappern des Flußes an, »jeder kann sich verirren, wenn er nicht weiß, wo er sich befindet. Solange man weiß, wie man dahin gelangen kann, wo man hin will, ist das kein Problem. Aber nicht zu wissen, wer man ist und was man will, ist die gefährlichste Art, sich zu verirren.«

Es war ein wohlgeformter Fluß und maß auf unserer Höhe etwa drei Meter in der Breite. An seinen ausladenden Ufern befanden sich gut ausgetretene Pfade. In der Regenzeit trat der Fluß sicherlich über die Ufer. Doch im Moment war keine Regenzeit.

»Es ist einer der einfacheren Orientierungstricks«, sinnierte ich. »Wenn man unbekanntes Gelände durchqueren will, sollte man eine Orientierung an bestimmten Punkten – einer Stadt, einer Oase oder ähnlichem – vermeiden. Solche Punkte – okay, okay, solche Gebiete kann man leicht verpassen.

Straßen und Flüsse aber sind lange, schmale Gebilde. Man sollte bemüht sein, an ihnen entlang zu reisen.

So peilt man eine Straße an, von der man weiß, daß sie einen ans Ziel bringt, auch wenn das bedeutet, daß man alle anderen Richtungen, die man vorher im Kopf hatte, außer acht läßt. Nun ja, ich kenne die Straße von Heliven nach Ollerwell – es ist eine lange und breite Straße, die weiter oben in den Bergen mehrere Flüsse – diesen wahrscheinlich eingeschlossen – überquert. Solange es keinen guten Grund gibt, der dagegen spricht, werden wir diesem Fluß folgen, bis wir auf die Straße treffen, quod erat demonstrandum.«

Sie antwortete nicht.

»Ich weiß, was du sagst«, fuhr ich fort. »Du sagst ›Walter, das ist ja alles schön und gut‹. Und du gibst zu bedenken, ›Du bist doch früher schon aus Ehvenor hinausgewandert, und deshalb ist dies hier kein unbekanntes Gelände für dich‹.

Dein Einwand ist gut, das ist schon mal klar. Aber es ist etwas anderes, ob man das Gebiet schon einmal durchreist hat oder ob man es gut kennt. Zugegeben, ich kenne die Route, die wir das letzte Mal genommen haben, als ich Ehvenor verließ, aber das ist mehr als zehn Jahre her. Ich bin sogar der Meinung, daß man sich in einer der Städte an mich erinnern könnte. Darum wäre es vielleicht genausogut, sie einfach zu umgehen.«

Sie sah mich an und versuchte, nicht zu starren. Das war schon ein Fortschritt. Wenigstens bemühte sie sich um etwas.

Ich war versucht, etwas auszuprobieren. Ich hatte mich schon in häßlicherer Gesellschaft befunden.

Wenn man von den rotgeränderten Augen und den hängenden Schultern absah, war Andy immer noch eine wahrhaft gutaussehende Frau, egal ob mit oder ohne ihre Stiefel und Lederklamotten.

Aber sie sprach noch immer nicht.

Ehrlich gesagt, gibt es schon Dinge, die ich noch weniger leiden kann, als mit jemanden zu reisen, der von sich aus kein Gespräch beginnt, der nur einsilbig antwortet und sich jede Nacht in den Schlaf weint. Aber die meisten dieser Dinge sind vergleichbar damit, an einen Marterpfahl gefesselt zu sein.

Der Fluß machte weiter vorn eine Biegung, und ich vermutete, daß wir dort unter dem umgestürzten Baum, der den Fluß nur zum Teil überbrückte, Futter suchende Fische vorfinden würden. Der Morgen verlor seine Jugend, und die Lebensmittel in unserem Gepäck wurden schließlich auch nicht mehr. So entledigte ich mich eines Rucksacks und gab Andy ein Zeichen zu warten.

Sie setzte ihren Rucksack ebenfalls ab und hockte sich in schweigendem Gehorsam auf den Boden.

Es wäre mir lieber gewesen, sie hätte den Mund aufgemacht und die Fische damit verscheucht.

Ich legte mich bäuchlings auf den Stamm. Ich war mir sicher, daß dicht unter der sich leicht kräuselnden Wasseroberfläche, an einem stillen Plätzchen, das von dem Baum geschützt wurde, sich ein Trio fetter Forellen im Schatten tummelte und im stummen Gespräch über das Leben eines Fischs seine Mahlzeit zu sich nahm.

Aber nicht mehr lange.

Eine der Gaben, die ich durch den Übertritt auf Diese Seite erhalten habe, sind meine Reflexe. Und während sie bei anderen Gelegenheiten durchaus von größerer Wichtigkeit waren, hatte ich nie mehr Freude an ihnen als beim Fischen, wenn ich nach einem Fisch griff und ihn, wie der Bär einen Lachs, durch die Luft warf. Abgesehen davon war ich viel umgänglicher als jeder Bär.

Die Forelle landete auf dem Ufer und zappelte wie wild hin und her. *Flippidiflappflippidiflapp*.

Sie war ein ganz schöner Brocken, so wie die meisten der hiesigen gesprenkelten Forellen. Sie wog vielleicht drei bis dreieinhalb Pfund.

Ich hatte vage gehofft, Andy würde sie mir abnehmen, aber sie schaute nur zu. So holte ich das Allzweckmesser aus meinem Rucksack – normalerweise benutze ich meinen Dolch oder meine Wurfmesser nicht für solche Arbeiten – und nahm den Fisch aus. Danach wusch ich sowohl den Fisch als auch meine Hände im Fluß. Igitt.

»Wenn man eine Forelle richtig zubereiten will, muß man sie mit Essig und Gewürzen pochieren«, erklärte ich. »Forelle Blau ist eines der besten Gerichte, die jemals erfunden wurden. Die zweitbeste Wahl wäre, die Forelle auf einen grünen Zweig zu spießen und sie dann zwei Handbreit über schöne, heiße Grillkohle zu halten. Aber schließlich haben wir keine schöne, heiße Grillkohle zur Verfügung und ich bin nicht bereit, eine Stunde damit zuzubringen, so ein Kochfeuer herzustellen.«

Unter diesem beharrlichen Monolog sammelte ich ein paar trockene Zweige und entfachte ein schnelles Feuer zum Kochen am Ufer des Flusses. Wenn man wie wir etwas Birkenrinde zur Hand hatte und wie ich gewillt war, etwas von dem Schießpulver zu verschwenden, konnte man ein Feuer wirklich schnell zum Brennen bringen.

Ich teilte den Fisch in der Mitte und befestigte die Hälften an den Enden von zwei grünen Zweigen. Mit Hilfe eines rauhen Steins rieb ich des Geschmack wegen etwas wilde Zwiebel darüber. Es dauerte nur wenige Minuten. Frischwasserfische kocht man eben nur solange, bis alle Parasiten abgetötet sind.

Ein bißchen Salz aus dem Fäßchen in meinem Gepäck und voilà: Fisch am Spieß. Ein Mittagessen für zwei.

»Welchen möchtest du haben?« fragte ich.

Sie ließ sich nicht ködern. Aber ich brachte es nicht übers Herz, sie hungern zu lassen. So drückte ich ihr einen der Spieße in die Hand und schlang dann meinen eigenen Fisch schnell hinunter.

Nicht schlecht. Nein, wirklich, gar nicht schlecht. Frische Forelle, noch keine fünfzehn Minuten aus dem Wasser, ist ein Gericht, das eines Königs würdig ist.

Oder sogar eines Walter Slowotski.

Ich wusch mir die Hände im Fluß und schüttete anschließend etwas Wasser über das Feuer. »Laß uns aufbrechen.«

So verbrachten wir die ersten Tage. Andy schlief, wenn ich es ihr sagte, und aß, was ich ihr vorsetzte.

Zu meiner Überraschung übernahm sie ihren Teil der Wache, ohne dabei einzuschlafen. Aber das war auch alles.

Die Nächte waren kalt, und ich hätte nichts dagegen gehabt, nicht allein zu schlafen. Aber es schien mir nicht die rechte Zeit, dieses Thema zur Sprache zu bringen, noch nicht einmal, wenn es einfach nur um das Schlafen ging. Bin ich nicht ein einfühlsamer Kerl?

So behielt ich statt dessen den permanenten Monolog auf unserer Wanderung bei. Ich schwöre, mir gingen allmählich die Themen aus; am dritten Tag hatte ich verdammt noch mal bereits alles abgehandelt, was ich wußte (nun gut, fast alles. Es gibt Dinge, die Frauenzimmer nichts angehen!). Darüber, wie man eine Burg erobert. Darüber, wie man sich im Bogenschießen übt. Darüber, warum man Steinschloßgewehre geladen läßt und wie die gute alte Tennetty immer wieder dafür sorgte, daß mir das Herz in die Hose rutschte.

Spät am zweiten Tag trafen wir auf die Heliven-Ollerwell-Straße und ließen den Fluß und somit auch die Forellengelage hinter uns.

Als wir am nächsten Morgen gerade das Lager abbrachen und ich mit dem täglichen Monolog begann – eine nochmalige Erörterung der Nickelschen Verteidigungsstrategie und ihrer Brauchbarkeit für den College-Football –, sah Andy zu mir auf und runzelte die Stirn.

»Walter, halt die Klappe«, sagte sie.

»Wunderbar, wunderbar, wunderbar. Es klappt.« Ich setzte mir den Rucksack auf und wir begannen, uns quer durch den Wald den Weg zurück zur Straße zu bahnen.

Sie hätte eigentlich vor Wut schnauben sollen, aber statt

dessen sah sie mich nur ausdruckslos an. »Dein Mitgefühl ist überwältigend. Du weißt ja nicht, was ich aufgeben mußte.«

»Etwas Besseres als Sex, wie ich gehört habe.«

Ihre Mundwinkel hoben sich unmerklich um einen Millimeter. »Kommt darauf an, mit wem.«

»Soll das ein Angebot sein?«

»Nein.«

Manchmal bedeutet nein nicht unbedingt nein, aber wenn es von einem leichten Kopfschütteln begleitet wird und sich die Lippen auf diese Art kräuseln, bedeutet es genau das, was es heißt. Das ist auch in Ordnung so. Ich kann ein Nein gut wegstecken.

Andererseits war ich auf dem Weg zu meiner Frau und hatte vor, dort alles ins Lot zu bringen. Es wäre nett gewesen, eine letzte kleine Liebelei zu haben. Andererseits ... aber das liegt nicht in meiner Hand.

Wie dem auch sei.

Schweigend setzten wir unseren Marsch fort. Ich kann Stille ganz gut ertragen, obwohl man im Wald eigentlich nie eine vollkommene Stille erlebt. Fast immer ist der entfernte Schrei eines Vogels, das Summen eines Insekts oder, wenn gerade nichts anderes vorherrscht, das leise Wispern des Winds in den Bäumen zu hören. Es ist wirklich niemals ganz still. Noch nicht einmal ruhig, nicht wirklich; nur die allerhöchsten Bäume stehen schwarz und schweigen.

»Wie geht's jetzt weiter?« fragte sie, oder hätte sie zumindest fragen können.

Ich war diese Strecke noch nie zuvor gegangen, aber ich war schon ein- oder zweimal durch Ollerwell gekommen. »Ollerwell liegt nur wenige Kilometer vor uns auf der anderen Seite des Flusses und noch ein kleines Stück weiter. Wir könnten uns ein paar frische Lebensmittel besorgen. Ich glaube nicht, daß wir noch mehr Forellen fangen können – für gewöhnlich ist um Ollerwell herum alles leergefischt –, aber vielleicht bekommen wir einige Aale oder Barsche aus den Seen weiter oben auf unserem Weg. Kein Rindfleisch –

es könnte zwar sein, daß sie welches vorrätig haben, aber die Einheimischen essen selbst nicht viel davon, und wir würden noch tagelang danach riechen. Wir könnten uns den Luxus leisten und Hühnchen kaufen, vorausgesetzt ...«

»Schsch.« Sie winkte müde ab. »Ich meinte, was werde ich tun, nachdem wir zurückgekehrt sind?«

Ich zuckte mit den Achseln. »Alles, was du willst, Andy. Außer Magie, wie ich gehört habe.«

Zum tausendsten Male nahm sie das abgenutzte, ledergebundene Buch aus ihrem Rucksack und schlug es auf.

Die Buchstaben verschwammen vor meinen Augen und offensichtlich auch vor ihren.

Selbst wenn sie nicht geweint hätte.

Manchmal trifft es sich gut: Ein Bauer am Rande einer Stadt hatte ein Feuer brennen und darüber einen fetten Kapaun, der sich am Spieß drehte und köstliche Düfte verströmte, die mit dem Wind fortgetragen wurden. Höchstwahrscheinlich hätten wir in der Stadt einen besseren Handel abschließen können, doch das Brutzeln der knusprigen Haut über den Kohlen veranlaßte mich dazu, mich von einer Holtun-Bieme-Kupfermünze mit Karls Porträt darauf zu trennen. Ich erstand dafür ein riesiges Stück Brust (bitte keine Kommentare) und für Andy eine übergroße Keule. Beides wurde auf einem faustgroßen Laib frisches braunen Brotes serviert, das noch heiß vom Ofen war.

Ich wartete nicht, bis es sich abgekühlt hatte, und zahlte dafür mit einer verbrannten Zunge. Aber das war es wert gewesen.

Ich möchte nicht vergessen zu erwähnen, daß Andy ihren Teil mit Heißhunger und großem Appetit hinunterschlang, nur daß sie erst zu essen begann, als wir das Dorf durchquerten und an einer Reihe schmuddeliger, aus Lehm gebauter Hütten vorbei den Weg zur nördlichen Straße einschlugen.

Nur noch wenige Tage, dann würden wir die Butterspitze erreichen.

»Was ist mit dir?« fragte sie.

Ich antwortete nicht sofort, denn ich brauchte einen

Moment, um mir darüber klar zu werden, daß sie unsere Unterhaltung an der Stelle wiederaufnahm, wo wir sie vor Stunden abgebrochen hatten. Ich haßte es, wenn sie das tat.

»Ich?« fragte ich schulterzuckend. »Ich glaube, ich lasse es lieber eine Weile ruhig angehen und werde mich einige Zeit den Kindern und Kirah widmen. Und du?«

Sie seufzte. »Ich könnte zurück in den Lehrberuf gehen: Englisch, Grundlagen der Mathematik, das Übliche. Selbst wenn einige der Jüngeren von Heim es besser machen, als ich es könnte. Ich weiß auch nicht.«

Vielleicht, ganz vielleicht, wenn ich Kirah genügend Geduld und Aufmerksamkeit widmete, würde es möglicherweise mit uns gut gehen. Manchmal ist das Leben ein Kampf; es gibt Zeiten, wo man sich selbst dazu zwingen muß, den Sprung ins kalte Wasser zu wagen, alle Türen hinter sich zu schließen und sich keine Sorgen darüber zu machen, was geschieht, wenn das nicht gut geht. Es verhält sich nämlich folgendermaßen: Man gibt nichts von sich selbst in eine Sache, die einem wichtig ist, sondern man gibt es für einen Menschen, der einem am Herzen liegt. Nach beinahe zwanzig Jahren, die wir zusammen verbracht hatten, war Kirah ein Teil von mir geworden, und ich war nicht bereit, den herzugeben. Lieber hätte ich meinen linken Arm hergegeben.

Ellegon fand uns in dieser Nacht.

Ich hielt es für gefährlich, allzu nah an einer Straße zu kampieren, die so breit war, daß man sie im Sternen- und Feenlicht hätte sehen können. Daher hatten wir unsere Hängematten ein gutes Stück abseits der Straße auf einer bewaldeten Anhöhe weit oben in eine riesige alte Eiche gehängt. Es war immer noch hell genug, um sehen zu können.

Eigentlich war ich es, der die Hängematte befestigte, und eigentlich handelte es sich auch nur um eine einzige. Das Hinaufklettern war für Andy schon schwer genug, aber ich brach ihr die Äste aus dem Weg, um ihr das Hineinkommen zu erleichtern. Es war nicht ganz einfach, aber wir schafften es, sie in die Matte zu bugsieren. Sie stellte sich schlafend, und ich stieg den Baum noch weiter empor und setzte mich in eine Gabelung zwischen zwei knorrige Äste. Ich war zu faul oder einfach zu müde, um mich darüber zu beklagen. Ich schlang das eine Ende eines Seils um den Baum und knotete es vor der Brust zusammen. Für den Fall der Fälle, daß ich mich nach vorn anstatt zurücklehnte, würde ich wenigstens nicht runterfallen und mir das Genick brechen.

Ich ließ den Tag davontreiben. Wie hieß noch das alte Abendlied der Zwerge? Irgend etwas mit …

Natürlich war das der Augenblick, in dem die Flamme hell und leuchtend über den Baumwipfeln aufflackerte, begleitet von dem Rauschen lederner Schwingen.

Wacht auf, Leute. Eure Mitfluggelegenheit ist da. Wenn ihr euch beeilt, können wir schon am Morgen in Holtun-Bieme sein.

Kapitel neunundzwanzig

In dem wir uns darüber klar werden, was jeder zu tun hat und warum

Es ist besser, voller Hoffnung zu reisen, als anzukommen.
– ROBERT LOUIS STEVENSON –

Komme nie unerwartet nach Hause. Dabei kommt bestenfalls ein Abschluß ohne Gewinn heraus, zumindest was den Abschluß einer Beziehung betrifft.
– WALTER SLOWOTSKI –

Im grauen Licht der anbrechenden Dämmerung ließ Ellegon sich leise vor den Mauern nieder. Ich rutschte an seiner schuppigen Haut hinunter und landete hart auf dem steinigen Boden, wobei ich mir einen Fußknöchel umknickte.

»Du wirst langsam alt, Walter«, bemerkte Andy, während sie selbst wesentlich vorsichtiger vom Rücken des Drachen stieg.

Das kann doch dem Besten mal passieren, übermittelte der Drache, wobei er seinen breiten Schädel herumdrehte, um uns beide anzusehen. *Also, ich habe verstanden. Was werdet ihr jetzt tun*?

»Ich bin reif fürs Bett«, erklärte ich. »Ich schlafe nicht besonders gut im Freien.«

Das habe ich schon bemerkt.

Andy strich sich über den Bauch. »Ich werde erst mal was essen gehen und dann vielleicht ein bißchen schlafen. Und du?«

Der Drache watschelte in Richtung Hauptstraße davon, wobei er seine Flügel abwechselnd anlegte und wieder entfaltete. *Auf der Südweide gibt es ein Schaf, das wie geschaffen für mich ist. Ich bin nämlich hungrig.*

Es war zu freundlich von Ellegon, weit genug wegzugehen, damit wir nicht von dem Staub und Schutt überschüttet wurden, den er gewöhnlich bei seinem Abflug aufwirbelte. Obwohl das in diesem Fall auch nichts weiter ausgemacht hätte. Das wäre nämlich wie der Versuch gewesen, zu verhindern, daß ein Fluß naß wird.

Na, wenn das so ist … mit diesem Gedanken sprang der Drache in die Luft, und seine ledernen Flügel schleuderten Staub und Sand auf, der mir in Augen und Gesicht brannte.

»Ich und meine große Klappe«, murmelte ich.

Andy gab keine Antwort.

Der Wächter am Burgtor ließ uns durch eine kleine Pforte hinein. Wir winkten jedoch ab, als er sich freundlich anbot, das Begrüßungskomitee aus dem Bett zu holen. Ich wollte nur kurz bei meinen Kindern und meiner Frau vorbeischauen und dann ein freies Bett suchen. Oder besser noch, ein paar Decken nehmen und mich in einer Ecke von Kirahs und meinem gemeinsamen Zimmer einrollen, so daß sie mich morgens, wenn sie aufwachte, vorfinden würde. Ich wollte nicht unaufgefordert zu ihr ins Bett schlüpfen, denn das konnte sie noch nie leiden.

Andy legte für einen Augenblick die Hand auf meine Schulter. »Komm zu mir, sobald du wieder wach bist. Mir ist etwas eingefallen, was ich mit dir besprechen möchte.«

Ich nickte, war jedoch viel zu müde, um mich länger damit zu befassen, um was für eine Idee es sich dabei wohl handeln könnte.

Draußen drohte zwar die Dämmerung anzubrechen, aber in einer Burg ist es immer dunkel, bis die Sonne hoch am Himmel steht, und natürlich auch nur solange, bis sie wieder untergeht. Allein die Dienerschaft schien das nicht zu wissen. Irgendein besonders schlauer, sparsamer Bediensteter oder ein anderer geiziger Volltrottel hatte fast sämtliche Laternen gelöscht. Ich mußte mir also eine vom Ständer neben der Küche herunterholen.

Ich glaube zwar eigentlich nicht an so was wie verrücktes Gekicher aus der Dunkelheit, aber die Schatten schienen mich irgendwie auszulachen, während ich die Treppen zu unserem Schlafzimmer hinaufstieg.

Doranns Zimmer lag neben Kirahs und meinem. Ich schlüpfte für einen Augenblick hinein.

Nur von einer flackernden Laterne beleuchtet, lag mein Töchterlein ganz zusammengekringelt und winzig klein unter ihrer Decke. Ich mußte an mich halten, um ein lautes Schluchzen zu unterdrücken, obwohl ich eine oder zwei Tränen nicht zurückhalten konnte, die mir über das Gesicht liefen. Verdammt noch mal, es sah doch wirklich so aus, als wäre sie in der Zeit, in der ich fort gewesen war, ein ganz schönes Stück gewachsen. Dir geht schon eine Menge verloren, wenn du ständig unterwegs bist, ganz gleich, ob du nun von Beruf Vertreter bist oder Dieb.

Einen Augenblick legte ich meine Hand an ihre warme Wange, und sie bewegte sich ein wenig. Dann streckte sie ihre rundlichen Patschhändchen aus und zog meine Hand näher an ihr Gesicht, wachte dabei aber nicht auf. Nach ein paar Minuten löste ich zärtlich meine Hand.

Du liebes Kleines, jetzt weiß ich erst, wie sehr ich dich die ganze Zeit vermißt habe.

Vorsichtig schloß ich die Tür hinter mir und ging dann zu unserem gemeinsamen Schlafzimmer hinüber. Die Klinke ließ sich nicht bewegen; die Tür war abgeschlossen. Gut, dachte ich, Kirah kümmerte sich also immer noch um die einfachsten Sicherheitsvorkehrungen. Ich wäre jede Wette eingegangen, daß auch die Geheimtür zum nächsten Zimmer immer noch gut verriegelt war.

Ich kramte in meiner Tasche nach dem Schlüssel, holte ihn hervor und drehte ihn dann ausgesprochen langsam im Schloß herum. Vorsichtig schob ich die schwere Tür auf, in der Hoffnung, daß die Scharniere nicht quietschten und sie weckten.

Das Bett war in meiner Abwesenheit umgestellt worden. Ein großer Wandspiegel stand jetzt direkt am Fenster, in einem solchen Winkel, daß er die ersten Strahlen der Morgensonne auffangen und auf das Bett werfen konnte, um die darin Schlummernden aufzuwecken.

Ganz schön raffiniert.

Und so genügte auch nur eine winzige Spur dieses ersten

Dämmerlichts, daß ich die Gesichter der beiden Schlafenden erkennen konnte: das meiner Frau und das des Arschlochs Bren Adahan.

Ich weiß nicht, wie lange ich dort stand, ohne einen einzigen Gedanken zu fassen. Im Nachhinein erscheint es mir sehr lang, aber bestimmt war es das nicht mal.

Ich erinnere mich nur vage, worüber ich zwischen meinen Anwandlungen von Ärger, Haß, Eifersucht, Scham und Schuld nachdachte.

Irgendwie kam mir in den Sinn, daß ich nie so etwas wie eine Doppelmoral vertreten oder praktiziert habe, wirklich und wahrhaftig nicht, ganz gleich, wie stark und schnell mein Herz jetzt auch schlug oder wie sehr mich mein Zorn nun rot sehen ließ.

Ich kann mich zudem daran erinnern, wie mir langsam klar wurde, daß Kirah das Anfassen und Berührtwerden nicht *grundsätzlich* verabscheute; es war immer die Berührung *meiner* Hand, der Druck *meines* Körpers gegen den ihren gewesen, was sie mit ihrem alten Leben, mit Vergewaltigung, Erniedrigung und Sklaverei in Zusammenhang brachte.

Womit hatte ich das verdient? Was hatte ich nur getan? Nichts, wahrscheinlich. Gut. Wer, zum Henker, will behaupten, daß man immer das bekommt, was man verdient?

Ich weiß noch, daß ich vorübergehend daran dachte, das Schloß zu Bren Adahans Zimmer nebenan aufzubrechen, um ihn dort zu erwarten, wenn er durch die geheime Tür zurückkam.

Und ich vergesse auch nicht, daß ich schließlich einsah, daß das Herumstehen in der offenen Tür, während die Tränen nur so an meinen Wangen hinunterliefen, verdammt noch mal auch nichts bewirken würden. Deshalb schloß ich die Tür wieder behutsam hinter mir und wischte mir mit dem Handrücken die Tränen ab. Ich hatte den Schlüssel schon fast vollständig herumgedreht, als ich leise Schritte hinter mir vernahm.

Ich war nicht aufmerksam genug. Das ist keine gute Lebensversicherung.

Abrupt hielt ich in meiner Bewegung inne und steckte mir den Schlüssel vorsichtig in die Tasche. Dann wandte ich mich langsam um, indem ich mein Gewicht auf die Fußballen verlagerte.

Janie und Aeia standen nebeneinander im fahlen Licht. Janie trug ein schweres schwarzes Schlafgewand, das in den Hüften mit einem dicken samtenen Gürtel zusammengerafft war. Das Gewand war viel zu groß für sie. Der Saum schleifte über den Fußboden, und ihre Hände lugten kaum aus den Ärmeln heraus. Das alles ließ sie viel jünger erscheinen, viel zu jung jedenfalls, um so herumzulaufen.

Aeia hatte sich eine bodenlange weiße Seidenrobe übergestreift. Schlanke Finger spielten nervös an dem Gürtel um ihre Taille. Ihr Augen waren vom Schlafen noch ganz verquollen und nur ein wenig geöffnet.

Ich versuchte mir auszumalen, wer von ihnen den anderen geweckt hatte, und gelangte zu der Einsicht, daß Aeia wohl Janie aus dem Bett geholt haben mußte. Aeia wußte nämlich – und zur Hölle, das war eigentlich jedem hier klar –, daß Janie mich immer um den Finger wickeln konnte.

»Hallo, Vati«, wisperte Janie.

»Hallo, meine Süße«, flüsterte ich zurück.

»Hast du was auf dem Herzen?«

Mit einem traurigen kleinen Lächeln – verdammt, nie zuvor hatte ich Janie so traurig lächeln sehen, und mir gefiel das gar nicht – nahm sie meinen Arm und führte mich durch die Halle zum Treppenabsatz.

»Es hat sich eine Menge getan, seitdem du uns verlassen hast«, sagte sie. »Und wir alle tun so, als wüßten wir von nichts. Aeia macht sich Sorgen, daß du etwas Dummes anstellen könntest. Aber ich habe ihr gesagt, daß mein Vater solche Dinge auf eine angemessene, zivilisierte Art erledigen würde, so daß niemand dabei verletzt wird oder sonstwie zu Schaden kommt.« Ihr Gesicht verfinsterte sich. »Sag ihr, daß ich recht habe, Vati.«

Versteht ihr: Ich bin schließlich mehr als eine wilde Ansammlung von Hormonen und Reaktionsketten. Ich könnte zwar vor Wut platzen – und bin es auch schon –, aber noch entscheide *ich*, was Walter Slowotsky tut und nicht mein Zorn. *Ich* entscheide, und ich entscheide mich dafür, nicht zu explodieren. Nicht hier und jetzt, und auch sonst nicht. Probleme dieser Art löst man nicht mit dem Messer oder dem Gewehr, wirklich nicht.

Deshalb zwang ich meine Fäuste dazu, sich langsam wieder zu öffnen.

»Sicher, mein Liebes. Kein Problem. Um die Wahrheit zu sagen, mir ist klar geworden, daß deine Mutter und ich nicht mehr zusamengehören.« Gut, das entsprach wahrscheinlich den Tatsachen. Jedenfalls seit den letzten wenigen Minuten. Unabhängig davon, was ich zuvor auf der *Delenia* gedacht hatte. Zur Hölle, für einen Moment wird man vielleicht von seinen Gefühlen überwältigt, aber jedesmal, wenn ich Kirah in Zukunft sehen würde, stände das Bild von ihr und Bren in unserem Bett zwischen uns. Und jedesmal, wenn ich versuchen würde, sie zu berühren, würde sich der gleiche Horrortrip, oder was auch immer, wieder in ihr abspulen.

Zur Hölle!

Aeia lächelte. »Es ist einfach schrecklich«, sagte sie. Ihr goldbraunes Haar war vom Schlaf verwuschelt und verlockte mich dazu, mit den Fingern hindurchzufahren. Sie ließ ihre Hand in meine gleiten und drückte sie fest. »Aber es wird alles wieder gut werden«, tröstete sie mich. »Vertraue mir.«

»Wir kriegen das wieder hin«, erwiderte ich müder, als man sich vielleicht vorstellen kann.

Sie nickte einmal.

»Wie wär's, wenn sich jemand in der Zwischenzeit um ein Bett für mich kümmert?« fragte ich.

Janie führte mich durch den Flur zu einem freien Zimmer im Stockwerk darunter und kniff mich zart in die Wange. »Bis heute nachmittag. Schlaf gut.« Sie ging durch die Halle zurück und wäre beinahe über den Saum ihres viel zu langen Kleids gestolpert.

Aeia schmiegte sich in meine Arme. Sie drückte mich ohne eine Spur von Widerwillen an sich, so daß ich ihren warmen, lebendigen Körper an meinem spürte. Eine Weile ließ sie den Kopf an meiner Brust ruhen; dann hob sie das Gesicht und küßte mich schnell und zärtlich auf den Mund.

»Bis später«, sagte sie, wandte sich um und ging durch die Halle fort. Der Raum war dunkel und etwas muffig. Das Bett war zerwühlt und roch strenger als muffig. Aber es hatte auch sein Gutes, hundemüde zu sein: Innerhalb von zwei Sekunden hat man sich in den Schlaf geweint.

Der Alptraum ist immer derselbe:

Wir versuchen, aus der Hölle zu fliehen. Millionen von uns strömen die Straße von Ehvenor hinunter, um den Wolfsgeschöpfen zu entkommen, für die wir nichts anderes als Spielzeug und Beute sind. Alle, die ich jemals geliebt habe, befinden sich unter den Fliehenden, und mit ihnen vertraute und unbekannte Gesichter.

Vor uns ist eine Abzweigung, ein Platz, von dem ich irgendwie weiß, daß wir in Sicherheit sind, wenn wir nach rechts abbiegen. Ich brülle laut meine Anweisungen heraus.

Es scheint zu funktionieren. Mitten beim Abbiegen flimmern die Menschen noch einmal auf, und irgendwie weiß ich — so, wie man es nur in einem Traum wissen kann —, daß sie entkommen sind und sich nicht am Ort-Wo-Die-Bäume-Schreien wiederfinden werden.

Aber die Wolfsgeschöpfe nähern sich, begleitet von den schwankenden Menschenfressern, deren Fänge von Blut triefen.

Und dann seh ich ihn: Karl Cullinane, Jasons Vater, steht hochaufgerichtet mit strahlendem Gesicht da, Hände, Brust und Bart mit frischem und geronnenem Blut befleckt.

»Wir müssen sie hinhalten!« schreit Karl. »Wer ist dabei?«

Er lächelt, als ob er sein ganzes Leben lang darauf gewartet hätte, der verdammte Idiot.

»Ich komme mit dir«, sagt jemand.

Einige Gestalten schieben sich aus der Menge nach vorn, einige bluten und einige gehen gebeugt.

Tennetty ist die erste. Nicht die gealterte, abgewrackte Tennetty, sondern eine junge, kraftvolle, die mit unversehrtem höhnischem Lächeln sagt: »Du kannst auf mich zählen.«

Andy steht neben ihr. Sie sieht verwegen aus in ihrer Lederklei-

dung. Ein kleiner lederner Schild ist an ihren linken Arm geschnallt, und sie hält eine rauchende Pistole in der rechten Hand. Sie lächelt mich an. »Du glaubst auch nicht, daß ich Magie brauche, um etwas wert zu sein, nicht wahr?«

Big Mike hebt seinen Stab und schlägt ihn leicht gegen seinen Schenkel. »Du brauchst nie irgendwas, oder?«

Mein Bruder Steve befestigt sein Bajonett am Ende seines leeren M16. Er lächelt zuversichtlich. »Scharfe Kanten kommen nicht so leicht in die Klemme, was, Grille?«

Karl schaut mich an – alle schauen mich an –, Erstaunen liegt in seinem blutigen Gesicht. »Walter? Worauf wartest du noch?«

Ich wollte gerade etwas Wichtiges sagen, aber dann ...

Ich erwachte in der Dunkelheit, in kaltem Schweiß gebadet.

Nur ein Traum, zum Glück. Während ich mir den Schweiß von der Stirn wischte, versuchte ich mich selbst davon zu überzeugen, daß es nichts Ernstes gewesen war.

Es war dunkel. Ich hatte den ganzen Tag bis in die Nacht hinein geschlafen – oder, wenn man genau sein wollte, einen Alptraum durchlitten. Während ich schlief, war irgend jemand hereingekommen und hatte nicht nur frische Kleidung dagelassen, sondern auch das Waschbecken gefüllt und die Lampe unter das Becken gestellt, um die Kälte abzuhalten – oder besser noch, das Wasser zu erwärmen.

Ich zog mich bis auf die Haut aus und spritzte mir ein bißchen Wasser ins Gesicht und auf die Brust, bevor ich in meine Hosen stieg und ein Hemd über den Kopf streifte. Ein Vollbad konnte warten, bis ich etwas gegessen hatte, aber keinen Augenblick länger. Ein schönes heißes Bad war genau das, was die Kirche in solchen Fällen verordnete.

Ich schluckte. Okay, und was nun?

Es klopfte an der Tür.

»Komm rein!« rief ich, während ich nach dem Griff eines Messers schnappte. Ich ging nicht davon aus, daß ich mit Bren kämpfen müßte, aber vielleicht wußte er das nicht. Um einen Kampf heraufzubeschwören, bedarf es nicht unbedingt zwei.

Andy kam herein. In der einen Hand trug sie eine Lampe, und mit der anderen balancierte sie ein Essenstablett. »Ein Wächter hat auf die leisesten Geräusche und Veränderungen hier drinnen geachtet«, erklärte sie. »Damit ich mit dir sprechen kann, bevor es hier ... turbulent wird.«

Ich zwang mich zu einem Lächeln. Das war ein passendes Wort dafür: turbulent. So etwas hatte ich gern. »Und du wolltest mit mir sprechen?« fragte ich. Ich biß in ein Stück kaltes Geflügel. »Du wolltest eigentlich über etwas anderes mit mir sprechen. Nämlich, darüber, na, darüber, wie es kommt, daß du nun keine Zauberin mehr bist. Du willst also etwas tun, das in den Bereich der Familienangelegenheiten gehört, wie Karl es normalerweise bezeichnete, und dazu brauchst du einen Lehrer. Und wolltest du mich nicht fragen, ob mir eine Luftveränderung in der nächsten Zeit gut tun und ob ich nicht vielleicht gern dein Lehrer sein würde?«

Sie nickte, ohne zu lächeln. Nur ein Nicken. Ich fragte mich, ob der einzige Ort, an dem ich sie je wieder lächeln sehen würde, in meinen Alpträumen sei. »Gut«, sagte sie nüchtern.

»Und was, meinst du, würde ich dir antworten?«

»›Ja‹. Ich glaube, du würdest ›ja‹ sagen.«

»Also gut: ja.« Ich nickte ebenfalls. »Ich muß nur noch ein paar Dinge und ein paar familiäre Angelegenheiten in Ordnung bringen. Dann beginnen wir mit der Ausbildung und reisen ab, sobald es uns möglich ist.«

Sie schien noch eine Frage auf dem Herzen zu haben.

»Die erste Lektion lautet: frag alles. Frag ohne Unterlaß, sobald du nur einen Augenblick Zeit dafür hast.«

Sie dachte kurz nach. »Warum bist du so scharf darauf, wieder unterwegs zu sein?«

»Willst du die Wahrheit wissen?«

»Natürlich.« Sie lächelte. »Warum denn nicht?«

Ich hob unentschlossen die Schultern und blickte zurück auf die zerknüllten und schweißdurchtränkten Decken, die auf dem Bett und dem Boden verstreut herumlagen. »Dann kann ich wenigstens mal eine Nacht ruhig schlafen.«

Anmerkungen des Autors

Die Personen in Walters Traumepisoden sind ganz bewußt Walters Helden und nicht die meinen. Es mag zwar so manche Überschneidungen geben, doch in meiner Heldenkartei würden viele aus seiner Besetzung nicht auftauchen und umgekehrt.

Jeder von uns sollte – und muß – nach allem, was passiert ist, seine eigene Wahl treffen.

– J. R. –